《中国家庭基本藏书》

荣获

新闻出版总署优秀畅销书奖
全国优秀古籍图书普及读物奖
第十七届山西省优秀图书一等奖
第二届山西出版政府奖
山西出版集团2008年度十种好书

全套藏书累计销售500万册

中国家庭基本藏书（修订版）

诸子百家卷

《诗经》《尚书》《礼记》《楚辞》《论语·大学·中庸》《孟子》
《老子》《庄子》《荀子》《韩非子》《孙子兵法·尉缭子·鬼谷子》
《墨子》《周易》《山海经》《吕氏春秋》《三十六计》

名家选集卷

《三曹诗集》《陶渊明集》《王 勃 集》《王 维 集》《孟浩然集》
《高 适 集》《岑 参 集》《李 白 集》《杜 甫 集》《白居易集》
《刘禹锡集》《元 稹 集》《李商隐集》《李 贺 集》《杜 牧 集》
《韩 愈 集》《柳宗元集》《李 煜 集》《欧阳修集》《王安石集》
《苏 轼 集》《黄庭坚集》《柳 永 集》《秦 观 集》《周邦彦集》
《李清照集》《辛弃疾集》《陆 游 集》《范成大集》《杨万里集》
《姜 夔 集》《文天祥集》《元好问集》《唐 寅 集》《张 岱 集》
《三 袁 集》《李 贽 集》《傅 山 集》《纳兰性德集》《袁 枚 集》
《郑板桥集》《龚自珍集》

史著选集卷

《左传》《国语》《战国策》《史记》《汉书》《后汉书》《三国志》
《资治通鉴》

综合选集卷

《唐诗三百首》《宋词三百首》《元曲三百首》《千家诗》《古文观止》
《汉魏六朝小赋骈文选》《唐宋八大家文选》《明清小品文选》

笔记杂著卷

《蒙学六种——三字经·百家姓·千字文·增广贤文·幼学琼林·格言联璧》
《颜氏家训·朱子家训》《世说新语》《金刚经·坛经·心经·地藏经》
《曾国藩家书》《菜根谭·小窗幽记·幽梦影》《浮生六记》《闲情偶寄》
《近思录》《徐霞客游记》《古代书信精选》

戏曲小说卷

《元杂剧精选》《西厢记》《牡丹亭》《长生殿》《桃花扇》《今古奇观》
《三国演义》《水浒传》《西游记》《红楼梦》《聊斋志异》《儒林外史》
《封神演义》《话本小说选》《文言小说选》

中国家庭基本藏书　名家选集卷

姜夔集

〔宋〕姜夔　著
杜伟伟　姜剑云　解评

山西出版集团
三晋出版社
博学工作室

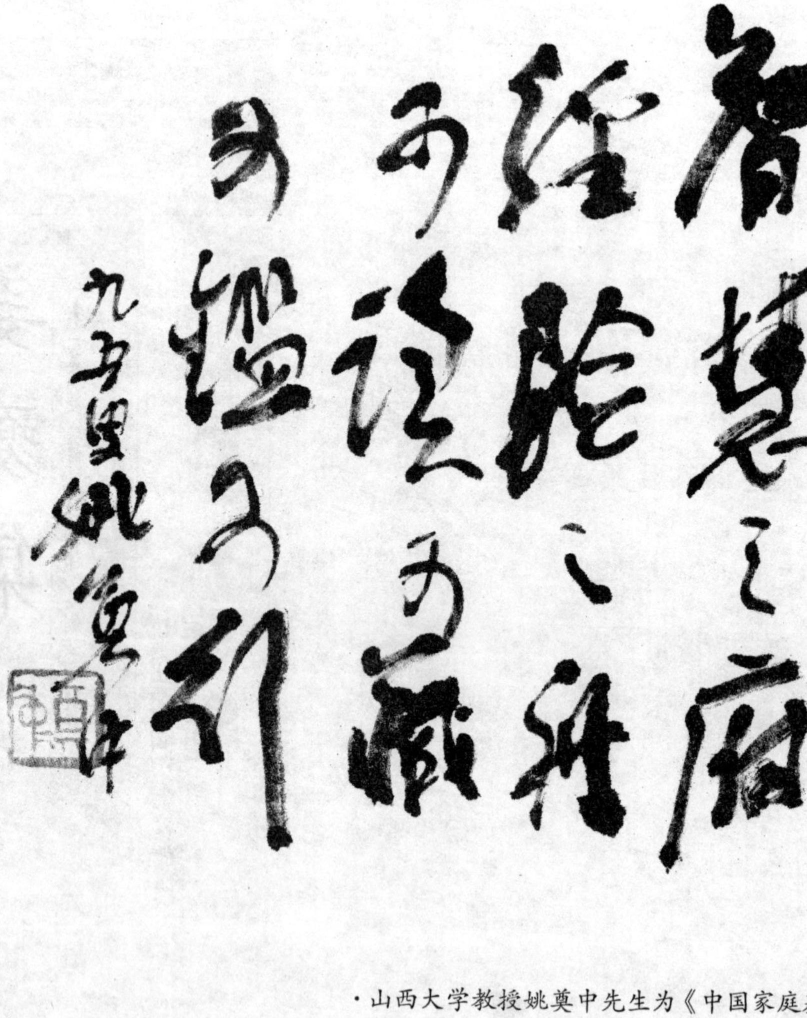

·山西大学教授姚奠中先生为《中国家庭基本藏书》题词

前言

姜夔（1155？—1221？），字尧章，饶州鄱阳（今江西波阳）人，因曾卜居湖州苕溪白石洞天附近而被友人潘柽称为“白石道人”。其父名噩，宋高宗绍兴三十年（1160）进士。姜夔早年随父宦游，往来汉阳、长沙等地，后其父卒于汉阳任上，夔孤贫，依姐居于汉川（汉阳西北），其后漫游于吴越一带。他精通音律、书法，工于诗词，三十多岁时在湖南结识了老诗人萧德藻，萧氏赏识姜夔的才华，便把侄女嫁给了他，此后姜夔便依萧德藻居湖州。淳熙十四年（1187）经萧德藻介绍，他袖诗拜谒杨万里，万里“许其文无不工，甚似陆龟蒙，并以诗送，往见范成大”（夏承焘《姜白石系年》），自此往来苏州时便依靠范成大。宋光宗绍熙四年（1193），姜夔结识了南宋大将张俊的后裔张鉴，宋宁宗庆元二年（1196）冬，姜夔受张鉴的邀请，举家搬往杭州，依之十年。他在《姜尧章自序》中说：“旧所依倚，惟有张兄平甫，其人甚贤。十年相处，情甚骨肉。而某亦竭诚尽力，忧乐同念。”

姜夔一生的成就中对后世影响最为深刻的当数其词。他的词清刚醇雅，格调高旷，讲求声律，字斟句酌，影响了吴文英及清代浙派词人，被誉为“诗家之杜少陵”、“文中之昌黎”、“词中之圣”。词自晚唐兴起之时便带有柔软婉丽的先天特征，这也正是它为“词”，而不为“诗”的一个重要原因。姜夔之前，范仲淹、王安石、苏轼、辛弃疾虽是两宋词风的特例，但并不能从根本上改变词作为一种独立文体而特有的语言风格，词至姜夔，软媚无力已蔚然成风。与此恰恰相反的是，此时诗坛已入江西末流，奇险硬涩、槎枒干枯的诗风为当时许多文人所不满。姜夔恰逢此时，他在诗歌和词曲创作上都造诣颇深，于是他另辟蹊径，把晚唐词风与江西诗风相结合，用健笔写柔情，形成了幽韵冷香的语言风格。

从姜夔的词中我们可以看出他一生的行迹和不幸，积极入世与屡试不第，怀念情人与厮守无期，渴望归依与飘泊江湖，多种感情激烈斗争，此消彼长，终于成就了他一生的文学事业。他还有一部分作品流露出隐逸的情怀，并常常以陆龟蒙、陶渊明自比，但实际上他是一个积极入世之人，他的出世命运是被庙堂所排斥的结果。

宋宁宗庆元三年(1197)，姜夔四十三岁之时曾向朝廷献上《大乐议》和《琴瑟考古图》，建议治理国乐，但因权臣妒才而未被重视。次年(1198)正月，作《戊午春帖子》:“晴窗日日拟雕虫，惆怅明时不易逢。二十五弦人不识，淡黄杨柳舞春风。”真可谓满腹牢骚，表达的尽是生不逢时、怀才不遇的感慨。说归说，宋宁宗庆元五年(1199)，姜夔又上《圣宋铙歌鼓吹》十二章，因此，他获诏允许免解参加礼部进士考试，但不幸落第，以布衣终身。所以说，姜夔“出世”的一生是被逼的，他虽然一心崇拜陆龟蒙，但他充其量只能算是一个假隐士，在生活窘迫之时他做不到陶渊明式的“清”，在仕途潦倒之时他甚至没有苏轼的“旷”。

姜夔所结交的大多是达官显贵，豪门贵族，与其唱和最多的也是这些人，那么这其中有没有一点点姜夔的良苦用心呢？或许他想得到这些人的举荐而步入仕途，或许是要通过与这些人的交往来满足心灵上对于济世的需要。曾经有一种说法:〔暗香〕、〔疏影〕是姜夔为范成大而作，目的是希望得到范氏举荐，借此步入仕途。由于这两首词的词旨较为飘忽不定，所以并不能印证此说，但是如果这种说法成立的话，那么可以肯定的是，姜夔的此类作品绝不仅限于这两首。现可考的与姜夔有交游的人达一百多，而其中并没有一个真正的隐士，但是仅在他的词作中，向往隐逸之词就为数不少，如〔点绛唇〕(燕雁无心)、〔庆宫春〕(双桨莼波)、〔江梅引〕(人间离别易多时)等等，都流露出了向往退隐江湖之意。而在姜夔四处飘泊的一生之中，对于归隐生活，他占天时——二十至五十岁生活在宋金议和、短暂而稳定的三十年中，占地利——长期漫游于人杰地灵、风光秀丽的吴越一代，占人和——布衣终身，无所经营，那么他为什么没有走向隐居之路呢？为什么入仕不得，而又向往隐逸的词人作品中不见鄙薄功名利禄之语呢？他的词同样可以回答这个问题。他的[徵招]词中有“一丘聊复尔，也孤负幼舆高志。水葓晚，漠漠摇烟。奈未成归计”之词句，意思是“如果要隐居，只一片茂密的山林也就足够了，但这也辜负了谢鲲建功立业的壮志。天色渐晚，水葓生处，烟雾濛濛，而我仍飘泊在外，归计未成”。这样就再明白不过了，姜夔借谢鲲道出了自己的心声，他并不是真的向往隐居，那只是出仕不成、飘泊江湖时所产生的用来抵抗失败、落魄、孤独的消极逃避的心理。

姜夔的内心世界是极为复杂和矛盾的。一、他是一个地道的江湖文人，儒、道、佛三家对他的思想都有影响，并在作品中有所反映。但作为一个传统的中国文人，儒家济世思想在他心中是最深刻的，他要求济世，要求有所作为，要求建功立业，但现实与理想却背道而驰，积极入世与被迫出世时时刻刻咬噬着他的内心，撕裂了他全部的人生和理想。二、成就姜夔一生文学事业的当数其带有梅花意象的怀人词、恋情词，二十年对合肥情人的忆恋为中国文学宝库留下了熠熠生辉的财富，同时见证了姜夔执着不渝的爱情。但这里有一个矛盾现象：从姜夔的词作中可以看出，合肥在他的心目中是第二故乡，合肥情人是他感情的皈依，但他身在合肥时却仍然满怀飘泊之感和思乡之情，如其词作〔淡黄柳〕题序中写道的：“客居合肥南城赤阑桥之西，巷陌凄凉，与江左异，唯柳色夹道，依依可怜。因度此阕，以纾客怀。”一个“客”字奠定了全词的感情基调，同时表明姜夔虽客居合肥多年，但感情上从没有融入其中。另一方面，〔鹧鸪天〕云：“慵对客，缓开门。梅花闲伴老来身。娇儿学作人间字，郁垒神荼写未真。”其所抒发的是家居生活的温暖，亲人关怀、天伦之乐的幸福。由此我们可以看出，对情人的眷恋和对家庭生活的向往这对矛盾，也是姜夔所不能化解的。

姜夔著述今存者主要有《白石道人诗集》、《白石道人歌曲》和《白石道人诗说》等。姜夔同杨万里一样，都是从江西诗派出来而走向晚唐的，所不同的是他的诗“饶有缥缈的风神而缺少现实内容”（夏承焘《论姜白石的词风》）。他的诗论《白石道人诗说》虽篇幅较短，但却是在中国古代文论史上占有一席地位的重要作品，它主要讲创作方法和技巧，乃是经验之谈，见解颇为独到。王士祯《渔洋诗话》称：“多精至之论，严羽之前，无与比也。”顾易生等《宋金元文学批评史》称：“从初期的‘论诗及事’为主，终于完成了向‘论诗及辞’为主的过渡，有关诗歌的创作思维及艺术规律的探索，构成了优秀诗话的主要内容。”

除此之外，姜夔在我国音乐史上同样做出了巨大的贡献。他善于自度新腔，而且还有十七首词自注工尺旁谱，这是研究宋代音乐的宝贵材料。

姜夔作为一代江湖文人，为庙堂所遗弃而又远离底层人民，既不能匡时济世又不能深入地反映民生疾苦，这对于他的文学创作是一个很大的限制。但他以精湛的笔力、深厚的艺术涵养跻身于南宋文坛，影响了一代又一代文人，乃至数百年之后仍被后人效法。

本书所评注的姜夔作品，以人民文学出版社 1998 年出版的夏承焘《白石诗词集》为底本，并参校山西人民出版社 1986 年出版的孙玄常《姜白石诗集笺注》、上海古籍出版社 1983 年出版的刘乃昌《姜夔诗词选注》等，择善而从。限于丛书之体例篇幅等方面要求，我们选注了 70 首诗，全部评注了姜夔现存的 84 首词，以及两篇文章《白石道人诗集自序》和《白石道人诗说》。为方便读者使用，末附“姜夔年谱简编”、“姜夔研究重要参考文献”、“《姜夔集》名言警句”（正文中用着重号标注）。笔者学识浅薄，题解、新解、新评各项乃参考前贤研究成果，并融汇个人所学、所得而成，不当之处，请专家读者批评指正。

杜伟伟　姜剑云

2008 年 6 月

姜夔生平及其作品研究(代序)

刘乃昌

姜夔（约1155—约1221）南宋词人、诗人。字尧章。人称白石道人。饶州鄱阳（今属江西）人。自幼随父宦居汉阳，成年后曾出游扬州，旅食江淮，来往湘、鄂等地。30多岁时,在长沙结识诗人萧德藻，萧氏很赏识姜夔的文才,便把侄女嫁给了他。随后姜夔依萧德藻寓居湖州（今属浙江），卜居弁山白石洞下。

经萧德藻介绍，姜夔袖诗谒见杨万里,杨称其“于文无所不工”,并介绍他拜会范成大。姜夔自此同一些名重一时的诗人结成翰墨交谊，不断往来于湖州、杭州、苏州、金陵、合肥等地。绍熙二年（1191），他冒雪赴苏州石湖别墅访范成大,应约写成《暗香》、《疏影》两首传世名作。

40岁左右与世家贵胄张鉴结识交好。此后他长期寓居杭州，浪游浙东、无锡诸处,主要依靠张鉴资助。姜夔后来回忆说:“十年相处,情甚骨肉。”姜夔多才多艺，诗词而外，还擅长书法，精通音律。他怀有用世之志,但困踬场屋，不能一展其才。曾于庆元三年

(1197)向朝廷上《大乐议》、《琴瑟考古图》,建议整理国乐,未得重视。其后两年,又上《圣宋铙歌鼓吹》,获诏免解参加礼部进士考试,未中。嘉泰年间辛弃疾被当局起用筹措北伐,姜夔写词表示激励,两人唱酬甚欢,姜夔词作深得辛氏赞赏。姜夔虽文名籍籍,却终身沉沦,晚年朋辈凋零,生活益加凄苦,死后竟不能殡殓,赖有友人张罗,才把他葬于钱塘门外。

姜夔生活在宋金对峙、南北妥协时期。南宋王朝忘怀国耻,一味歌舞湖山。在这种政治气候下,姜夔一生过着湖海漂零、寄人篱下的生活。他既未沦入底层,更广泛地接触社会,也缺乏奋力匡时济世的雄心,于是不免在"酒祓清愁,花消英气"中消磨年华,因而他的创作视野较狭。不过,姜夔布衣终身,为人狷洁清高,"襟怀洒落如晋宋间人"(陈郁《藏一话腴》)。他的作品不傍他人门户的气韵,当和这种身世个性和修养有关。

姜夔词有的咏叹时事,如〔扬州慢〕反映金兵侵扰后江淮一带的荒凉,〔永遇乐〕"云隔迷楼"激励爱国志士澄清中原;有的作品感念旧游、描写旅况,如〔玲珑四犯〕、〔探春慢〕真切地反映了作者的襟怀落寞、身世凄苦;有的作品眷怀恋人,如〔长亭怨慢〕、〔踏莎行〕,写得执著庄重,一往情深;有的作品托物寄情,如〔暗香〕、〔疏影〕。这两首咏梅词托喻君国,感叹今昔,时而旧日豪情一气流走,时而对梅忆旧情意深长。张惠言认为这二首词"以二帝之愤发之"。姜夔词在一定程度上反映了南宋偏安、中原残破的时代课题,但这类作品不太多。其余多是吟咏湖山、感喟身世、追怀旧游、眷念情遇之作。

前人对姜夔在词史上的地位评价甚高,誉为"如盛唐之有李杜"(陈锐《袌碧斋词话》),"文中之有昌黎(韩愈)"(《词林纪事》引许昂霄语),"词中之圣"(《七家词选》),或有偏爱之处。张炎用"清空"二字概括白石词格,说"如野云孤飞,去留无迹"(《词源》)。姜夔词风神潇洒,意度高远,仿佛有一种冷香逸气,令人挹之无尽;色泽素淡幽远,简洁醇雅,能给人以隐秀清虚之感;笔力疏峻跌宕,言情体物,善用健笔隽句,造成刚劲峭拔之风;讲究律度,多自制曲,格高韵响,谐婉动听,他有 17 首词自注工尺旁谱,是研究宋代词乐的珍贵资料。郭麐《灵芬馆词话》说他"一洗华靡,独标清绮,如瘦石孤花,清笙幽磬",颇能道出白石词的独特个性。姜夔写作态度严谨,注重艺术琢练,其词风很受南宋晚期的骚雅派和清代浙派词人推崇。

姜夔写诗初学江西诗派,后又承受唐诗的影响而自出机杼,杨万里把他比为晚唐陆龟蒙,称其诗"有裁云缝月之妙思,敲金戛玉之奇声"(《直斋书录解题》引)。白石诗或写跋涉川陆的奇险经历,如古体《昔游》;

或写边疆民族的风格习尚，如《契丹歌》，笔墨浑朴，章法开阖顿宕，写景状物较有气魄。七言绝句如《除夜自石湖归苕溪》、《湖上寓居杂咏》等，吟咏漂泊生活，描摹湖山胜景，琢句精妙，意境幽隽，韵格浏亮婉转，很有诗情画意。但其诗名为词名所掩。

姜夔工于诗，所作《白石道人诗说》汲取前人的经验，又含有自己的创作体会。其中也讲“诗法”、“活法”，但更强调“吟咏情性”、“自然高妙”、“以文而工，不以文而妙”等，虽承受江西诗论的影响，却能超出江西诗论。此书篇幅不长，但能集中讲述诗的理论和技巧，于一般诗话外独树一帜，颇受后人称许和重视。

著有《白石道人诗集》、《白石道人歌曲》，有《四部丛刊》本，《白石诗说》(《白石道人诗说》)附刻集后。《续书谱》有《丛书集成》本、《绛帖平》有《四库全书》本。今人夏承焘有校辑《白石诗词集》、《姜白石词编年笺校》，集中存诗180多首，词80多首。

刘乃昌，山东滕县人。1953年毕业于山东大学中文系。1959年毕业于杭州大学古典文学研究班。精于宋代文学研究，历任中国韵文学会第一届常务理事，山东古典文学研究会第一届常务理事，山东省古典文学研究会第一届副会长。现为山东大学文学与新闻传播学院博士生导师。著有《辛弃疾论丛》、《姜夔诗词选注》、《姜夔词新释辑评》、《苏轼文学论集》、《两宋文化与诗词发展论略》等。

以上“代序”节选自《中国大百科全书·中国文学》，题目为编者所拟。

目录

名家选集卷
姜夔集·目录

◎词

◎文

◎附录

◎诗

以"长歌意无极，好为老夫听"为韵奉别沔鄂亲友(其十)

题解

姜夔早年随父宦游，往来汉阳、长沙等地，后其父卒于汉阳任上，夔孤贫，依姐居于汉川(汉阳西北)，其后漫游于吴越一带。孝宗淳熙十三年丙午(1186)，姜夔应萧德藻之约前往湖州(今浙江吴兴)居住，途中路经汉阳，便去探望了嫁在此地的姐姐和阔别多年的朋友，这组诗便是临行时为告别亲友而作，从此之后姜夔再也没有回来过。"沔鄂"在这里指湖北汉阳一带。宋人赋诗好以前人诗句为韵，唐代杜甫《行次盐亭县聊题四韵奉简严遂州蓬州两使君咨议诸昆季》有诗句云："长歌意无极，好为老夫听。"此诗便是以这两句诗的韵为韵脚而作。

孤鸿度关山，风霜摧翅翎。
影低白云暮，哀噭那忍听。
士生有如此，储粟不满瓶。
著书穷愁滨，可续离骚经。

新解

孤鸿度关山，风霜摧翅翎——孤单的鸿雁飞越关隘山岭，风霜摧折了它的翅膀。度：飞越。关山：关隘、山岭。《乐府诗集·木兰诗》："万里赴戎机，关山度若飞。"摧：摧折。翅翎：翅膀。

影低白云暮，哀噭那忍听——孤鸿的身影在傍晚的白云中低飞起伏，那哀婉的号呼声让人不忍倾听。噭(jiào)：号叫；呼号。

士生有如此，储粟不满瓶——还有像我这样生活清贫、食不果腹的读书人。士：原指智者、贤人，后来成为读书人的泛称。这里是诗人自称。储粟不满瓶：家中储存的谷米不满一瓶，说明生活清贫、艰难。东晋陶渊明《归去来兮辞·序》："幼稚盈室，瓶无储粟，生生所资，未见其术。"瓶，腹大而口小的容器。这里指盛储粮食的容器。

著书穷愁滨，可续离骚经——虽然过着穷愁潦倒的生活，但还是真心希望可以留在汉阳安心著书立说，留下像《离骚》那样的传世经典。著书穷愁滨：《史记·平原君虞卿列传论》："然虞卿非穷愁，亦不能著书以自见于后世云。"穷愁，穷困潦倒，忧愁困苦。滨，水边，这里指汉阳。离骚经：古代伟大的爱国诗人屈原的诗篇，感情忧愤愁苦悲壮。经，表现了对《离骚》的推崇。离骚也用来泛指诗赋文章等。

新评

这是一篇感怀身世之作。诗的前四句采用比兴的手法，用暮色中孤鸿凌云飞越关山，风霜摧翅的凄苦遭遇作比，来兴诗人自己多年在外飘泊的穷愁潦倒。"哀嗷那忍听"表面上写孤鸿叫声的凄惨，实际上则用此来引出自己的飘泊劳累、无依无靠的生活，凸现江湖流浪的难忍之情。后四句"士生有如此，储粟不满瓶。著书穷愁滨，可续离骚经"写的是诗人的现实生活和愿望。白石一向自命清高，这里暗用典故，把自己与陶渊明相比，极言自己的清贫与清高；不仅如此，他还表达了著书立说的宏愿，抒发了自己的鸿鹄之志和此志不可实现的无奈。

虞美人草

题解

西楚霸王项羽有美人虞姬，垓下兵败后，项羽乌江自刎，虞姬随之而去。虞美人草属草本植物，一年或二年生，初夏开花，茎细长，花瓣略呈圆形，色艳，有紫红、洋红、粉红等，供观赏。清人张岱《陶庵梦忆·金乳生草花》："草木百余本，错杂莳之，浓淡疏密俱有情致，春以罂粟、虞美人为主，而山兰、素馨、决明佐之。"对于虞美人草有多种传说，有的说它见人辄舞，有的说它闻吴音而舞，不管哪种传说，都把它与项羽的虞姬联系在一起。辛弃疾亦有《浪淘沙·赋虞美人草》："只今草木忆英雄。唱著虞兮当日曲，便舞春风。"此诗便是姜夔借虞美人草，以拟人化的手法忆及西楚霸王之作，从中也隐含了对自身怀才不遇的感慨。

夜阑浩歌起，玉帐生悲风。
江东可千里，弃妾蓬蒿中。
化石那解语，作草犹可舞。
陌上望骓来，翻愁不相顾。

新解

夜阑浩歌起，玉帐生悲风——夜阑人静之时，大王放声高歌，与虞姬我诀别，帐内顿时充满了悲凉的气氛。夜阑浩歌起：此句用典，《史记·项羽本纪》载："项王则夜起，饮帐中，有美人名虞，常幸从。骏马名骓，常骑之。于是项王乃悲歌忼慨，自为诗曰：‘力拔山兮气盖世，时不利兮骓不逝。骓不逝兮可奈何，虞兮虞兮奈若何！’歌数阕，美人和之。项王泣数行下，左右皆泣，莫能仰视。”夜阑，夜将尽之时。浩歌，放声歌唱，引吭高歌。玉帐：像玉石一样坚不可摧的帐幕，尤指主帅所居的营帐。

江东可千里，弃妾蓬蒿中——江东辽阔，本来是可以大有作为的，但大王您却气馁不振，乌江自刎，使我含悲而死，把我抛弃在这草莽之间。江东：泛指长江以南江浙的部分地区。《史记·项羽本纪》：“且籍与江东子弟八千人渡江而西，今无一人还，纵江东父兄怜而王我，我何面目见之？”蓬蒿：蓬草和蒿草，泛指草丛、草莽之间。

化石那解语，作草犹可舞——我想和古代贞妇一样化为望夫石，但石头毕竟不能说话，还是化为一株草吧，这样还可以为你翩翩起舞。化石：南朝刘义庆《幽明录》：“武昌北山有望夫石，状若人立。古传云：昔有贞妇，其夫从役，远赴国难，携弱子饯送北山，立望夫而化为立石。”后人多用化石表现思妇对远方丈夫的思念和坚贞。

陌上望骓来，翻愁不相顾——我在路边盼望着大王骑马而来，但又担心您看不见我这株渺小的草。陌：道路。骓(zhuī)：项羽的坐骑名。翻愁：反而忧愁。翻，副词，反而。愁，忧虑，发愁。顾：看。

新评

此诗采用历史故事为题材，以拟人的手法把虞姬的心理描写得活灵活现，从表象上表达了诗人对这段历史的看法和态度。“夜阑浩歌起，玉帐生悲风”描写的是霸王别姬的感人场面，夜阑离歌，悲风四起。“江东可千里，弃妾蓬蒿中”是虞姬的哀怨之声，其中带有鲜明的个体意识，这对于生活在男尊女卑社会中的文人来说，能有这种意识是难能可贵的；“江东可千里”说明姜夔并不赞成项羽自取陨灭的做法，表现了独特的政治主张，流露对项羽的哀痛惋惜之情。“化石那解语，作草犹可舞”通过虞姬对于自己命运的选择表达了对项羽深深的爱恋，“作草犹可舞”，为何要化为翩翩起舞的一株草呢？难道是因为虞姬疯狂热爱舞蹈吗？当然不是，下一句告诉了我们答案：“陌上望骓来”，原来是盼望着有朝一日能再见项羽，可以再为他翩然起舞。最后一句“翻愁不相顾”用刻画矛盾心理来表现哀怨的心情，含蓄内敛。回顾当时的社会状况及姜夔自身，南宋小朝廷偏安一隅，不思北顾，不正是“江东可千里”而又苟且过活、不图作为吗？姜夔满怀热心想要投身于济世之道，却被排挤在仕途的大门之外，不正如“弃妾蓬蒿中”吗？从他的诗词中，我们经常可以见到其向往隐逸之作，但他却始终没有走出漂泊拜谒的生活，没有放弃经国济世的抱负，可谓“化石那解语，作草犹可舞”。最后一句“陌上望骓来，翻愁不相顾”，正是姜夔一生心理及命运的写照。他以全部生命热情等待着朝廷的垂爱，但命运却最终还是没有眷顾他，“愁”其一生，“愁”到最终。此诗的亮点就在于姜夔借咏史来咏怀，跳出了咏史诗的樊笼，上升到家国与自身命运纠结的层面，读之感人肺腑，动人心肠。

箜篌引

题解

箜篌是古代的一种拨弦乐器，有竖式和卧式两种。《箜篌引》是古乐府名，《古今注》载：“《箜篌引》者，朝鲜津卒霍里子高妻丽玉所作也。”子高看见一个白发狂夫渡河溺死，其妻追之不及，于是弹箜篌而歌：“公无渡河，公竟渡河，堕河而死，当奈公何？”歌后亦投河而死，子高回家后把这件事告诉了他的妻子丽玉，丽玉颇为感伤，于是作《箜篌引》。此诗便是借这个古题来讲述贫妇卖身的悲剧。

箜篌且勿弹，老夫不可听。
河边风浪起，亦作箜篌声。
古人抱恨死，今人抱恨生。
南邻卖妻者，秋夜难为情。
长安买歌舞，半是良家妇。
主人虽爱怜，贱妾那久住。
缘贫来卖身，不缘触夫怒。
日日登高楼，怅望宫南树。

新解

箜篌且勿弹，老夫不可听。河边风浪起，亦作箜篌声——卖妇的箜篌声太悲哀了，请暂且不要弹了，我实在不忍心听。河边风浪大作，声势汹涌，令人想起了当年的白发狂夫和他的妻子。且：副词。暂且；姑且。老夫：诗人自称。不可：不忍。河边风浪起：指《古今注》中所引的白发狂夫的故事。

古人抱恨死，今人抱恨生。南邻卖妻者，秋夜难为情——白发狂夫和他的妻子带着遗憾离开人世，而今天的卖妇和他的丈夫却要含恨面对残酷的现实。每当秋夜月圆之时南邻的那个卖妻的人都会为卖妻之事而伤感痛苦。抱恨：怀着遗憾。恨，遗憾。难为情：感情上受不了，承受不住。

长安买歌舞，半是良家妇。主人虽爱怜，贱妾那久住——在杭州卖身的歌舞妓女大半都是清白人家的女子，虽然主人很怜爱她们，但她们不愿在这里久留。长安：在这里指南宋的都城临安（今浙江杭州）。良家：清白的人家。主人：买妇者。爱怜：

疼爱;喜爱;怜爱。久住:久留。

缘贫来卖身,不缘触夫怒。日日登高楼,怅望宫南树——她们来卖身只是因为家境贫寒,并不是因为夫妻感情的破裂。她们多么希望朝廷承平,人民生活富裕,摆脱卖身之苦啊!缘:因为;由于。怅望:满怀惆怅地远眺。宫南树:南宋朝廷的宫阙在杭州城南。这句话的意思是说卖妇盼望朝廷政治清明,改变她们的悲剧命运。

新评

这是一篇反映民生疾苦之作，在姜夔现存作品中实属罕见。本诗以箜篌声开篇,表现卖妇感情上的痛苦煎熬,又以箜篌声贯穿古今生死,加深了卖妇和卖妻者生不如死、虽生犹死的悲剧生活的感染力,这里的岸边风浪既是穿越时空的一个连接点又是诗人、卖妻者和卖妇愤怒情绪的寄托和象征。“长安买歌舞,半是良家妇。主人虽爱怜,贱妾那久住。缘贫来卖身,不缘触夫怒”以卖妇的口吻写出了卖妇的身世和为生活所迫而不得不出卖自己的悲惨遭遇，同时用身世的清白和夫妻的无间反衬出如今境遇的凄惨难耐。结尾“日日登高楼,怅望宫南树”含蓄而深刻,说明姜夔对南宋朝廷的腐败和民生的疾苦有深刻的认识，但他把卖妇的命运以近似于哀求期盼的形式完全寄托于南宋朝廷,也体现出封建时代文人的思想局限性。

古乐府

题解

这是模仿古乐府而作的一首闺情诗,写作时间不可考。

裁衣赠所欢,曲领再三安。
欢出无人试,闺中自着看。

新解

裁衣赠所欢,曲领再三安——闺中少妇为心爱的人裁制新衣,一针一线都仔细密致。欢:恋爱中的男女称对方为“欢”。郭茂倩在《乐府诗集》中解释为:“江南谓情人曰欢。”《乐府诗集 · 吴声歌曲一 · 子夜歌之四》:“自从别欢来,奁器了不开。”曲领:即指圆领。唐宋期间,官员公服为曲领大袖。

欢出无人试,闺中自着看——高高兴兴制成新衣,心爱的人却不在身边,只能自己穿上看是否合适。

新评

这是一篇闺情之作,诗中只描写了两个动作,一个是裁制新衣,一个是试穿新衣，这两个动作虽然简单平常至极，但意义却十分丰富。裁制新衣用了“再三安”三个字，既是极为细致的动作描写，也是出神入化的情态塑造，少妇对情人的浓情蜜意及缝衣时的甜蜜幸福尽现于此。第二个动作是少妇自己试穿为情人缝制的衣服，从侧面写出了与情郎相隔的寂寞孤独的生活和对情郎真切深至的思念，感情饱满，表达含蓄。姜夔在《白石道人诗说》中写道：“语贵含蓄。东坡云：‘言有尽而意无穷者，天下之至言也。’山谷尤谨於此。清庙之瑟，一唱三叹，远矣哉。后之学诗者可不务乎。若句中无余字，篇中无长语，非善之善者也。句中有余味，篇中有余意，善之善者也。”此篇把女主人公对爱人绵绵的眷恋寄托在两个细节动作之中，无一字写思念，而思念之情自现，无一字写孤独，而孤独之意盈盈，曲尽含蓄，为闺情诗中之善之善者也。

昔游诗（十五首选三）

题解

嘉泰元年（1201）秋，姜夔寓居杭州，闲来无事想起早年的孤贫生活及多年的飘泊生涯，感触颇多，乃作《昔游诗》十五首来记述漫游经历。此组诗写景记事尽现白石风格，惟妙惟肖，引人入胜，正如韩淲所说：“景物不易供，尽扫一笔端。”孙玄常在《姜白石诗集笺注》中说：“……按白石此诗，集中巨制，得力于韩、杜、山谷甚深。”蚤（zǎo）：通“早”。川陆：水上和陆地。宁处：安宁的居所。无谓：无聊。愕：惊讶；吃惊。战国时期，楚国宋玉的《高唐赋》有：“卒愕异物，不知所出。”

夔蚤岁孤贫，奔走川陆。数年以来，始获宁处。秋日无谓，追述旧游可喜可愕者，吟为五字古句。时欲展阅，自省生平，不足以为诗也。

其　三

九山如马首，一一奔洞庭。
小舟过其下，幸哉波浪平。
大风忽怒起，我舟如叶轻。
或升千丈坡，或落千丈坑。
回望九马山，政与大浪争。
如飞鹅车炮，乱打睢阳城。
又如白狮子，山下跳狰狞。
须臾入别浦，万死得一生。

始知茵席湿，尽覆杯中羹。

新解

九山如马首，一一奔洞庭。小舟过其下，幸哉波浪平——九马山矗立在洞庭湖边，这里水流湍急，我们的小船在此经过却没有赶上风浪，这真是件幸运的事情啊。九山：即九马山，在洞庭湖边，舟过甚险。幸哉：幸运啊。

大风忽怒起，我舟如叶轻。或升千丈坡，或落千丈坑——忽然水面上起了大风，我们的小船如轻轻的一片薄叶，一会儿升到了千丈高的浪尖儿上，一会儿又跌入千丈深的浪谷底。

回望九马山，政与大浪争。如飞鹅车炮，乱打睢阳城——回头眺望九马山，它正与大风浪搏斗，那气势仿佛是当年乱飞的鹅车炮在攻打睢阳城。鹅车炮：鹅车上发出的石弹。鹅车，古代边疆民族攻城的一种战车。睢（suī）阳：古县名，在今河南商丘县南。唐代张巡曾守睢阳，与安史叛军在这里发生激烈的战斗。

又如白狮子，山下跳狰狞。须臾入别浦，万死得一生——又像是一头白狮子在山下面目狰狞地狂跳怒吼。片刻之后，我们的小船就到了入湖的小港，那情形真是万死一生啊。狰狞：指凶恶的样子。多用来形容性情、容貌或行为十分可怕、吓人。须臾：片刻；一会儿。别浦：河流入江、入海之处称为别浦，或称浦。

始知茵席湿，尽覆杯中羹——我们惊魂稍定，这才发现由于小船的剧烈颠簸，杯中的羹全洒在了草席之上，坐席被弄湿了。茵席：草席；垫子。汉代傅毅《舞赋》："陈茵席而设坐兮，溢金罍而列玉觞。"羹：在古代指用肉类或蔬菜等烹制而成的带有浓汁的食物，今多指糊状类食品。

新评

这首诗所描写的是诗人在宋孝宗淳熙十三年（1186）秋泛舟洞庭湖的情形。首四句交待地形和风平浪静的行程，然后突然急转——"大风忽怒起，我舟如叶轻。或升千丈坡，或落千丈坑。"这四句从诗人所乘坐的小船的角度来显现风浪的猛烈。"回望九马山，政与大浪争。如飞鹅车炮，乱打睢阳城。又如白狮子，山下跳狰狞"则是从大风浪拍击九马山的气势和声势角度来突出风浪的猛烈和境遇的惊险；"须臾入别浦，万死得一生"写风浪过后九死一生的心情；"始知茵席湿，尽覆杯中羹"用险情过后的场景来回溯了当时的小船陡起陡落的场面。用细节描写来表现宏大的场面和壮烈的情景，这在姜夔诗作中是难得一见的。此外，本诗主要采用了白描和比喻的手法来凸现场面的惊奇，白描部分顺畅而有起有落，不落俗套，比喻部分用炮打睢阳的激烈场面来比喻飞浪拍山的猛烈，用白狮暴跳的狰狞来形容水势的汹涌澎湃，新颖而富有气势，引人联翩的想象，整体读来，仿若一篇叙事性散文。

其　五

我乘五板船，将入沌河口。
大江风浪起，夜黑不见手。
同行子周子，渠胆大如斗。
长竿插芦席，船作野马走。
不知何所诣，生死付之偶。
忽闻入草声，灯火亦稍有。
杙船遂登岸，亟买野家酒。

新解

我乘五板船，将入沌河口。大江风浪起，夜黑不见手——伸手不见五指的夜晚，我乘着小船将要进入沌河口时，江上掀起了大风浪。五板：唐宋时的小船，名为"五板子"、"三板子"。沌（zhuàn）河：水名。在湖北省汉阳县。陆游《入蜀记》卷五："晚泊通济口，自此入沌。沌读如篆。字书云：'水名，在江夏。'"

同行子周子，渠胆大如斗。长竿插芦席，船作野马走——和我同行的周先生胆子很大，他把长竿插在舱口当桅杆，用芦席作船帆，这样小船就像野马一样在风浪中急驰。子周子：周先生，其人不详。第一个"子"表敬称。渠：他。胆大如斗：《三国志·姜维传》："《世语》曰：'维死时见剖，胆如斗大。'"在这里用来形容周先生的胆子大。走：快跑，奔跑。

不知何所诣，生死付之偶。忽闻入草声，灯火亦稍有——我不知道小船将要驶向何方，完全把自己的生死寄托在同伴的身上。忽然，我们听到了小船驶入水边草丛的声音，也隐隐约约地看见了岸边的灯火。诣：到；去；前往。偶：同伴。

杙船遂登岸，亟买野家酒——我们系船上岸，赶忙到当地人家去买酒。杙（yì）：拴某物于木桩之上。王安石《歌元丰》诗："老翁堑水西南流，杨柳中间杙小舟。"遂：副词。相当于"于是"、"就"。亟：急。野：泛指村野。

新评

宋孝宗淳熙九年（1182）冬，姜夔回汉阳姐姐家省亲，这首诗写的就是此行江中遇险之事。"我乘五板船，将入沌河口。大江风浪起，夜黑不见手"用叙述的手法写深夜江中行船遇上了大风浪的险情。"同行子周子，渠胆大如斗。长竿插芦席，船作野马走"四句赞扬了同行的周先生的勇敢和机智，长竿作桅，芦席作帆，既显示了智慧又突出了情况的危急。姜夔在《白石道人诗说》中写道："难说处一语而尽。"此句诗正是本色当行之语。"野马走"三个字写尽了五板船疾驰的状态，形神俱备，既突出了速度之快，又通过“野”字显示了船行之猛，船行之不受掌控、不合章法，以此从侧面写出了周子的智勇双全之特点，也可以说“野马走”写的不仅是船，也是周子。“不知何所诣，生死付之偶”写的是人的一种极端的生命感受，而后两句“忽闻人草声，灯火亦稍有”写的是惊险中的带来生命希望的事实，一收一放、一张一弛之中把看到希望时瞬间的心情表现得淋漓尽致，生动自然。最后舍船登岸，喝酒压惊，描写了惊险过后的喜悦和解脱，语言简洁而明快。同时，此诗的结尾与“九山如马首”一诗的最后一句“始知茵席湿，尽覆杯中羹”，都是用惊险过后人和物的状态，来表现险情之“险”，两处有异曲同工之妙。

其十三

既离湖口县，未至落星湾。

舟中三两程，程程见庐山。

庐山遮半天，五老云为冠。

朝看金叠叠，暮看紫巉巉。

瀑布在山半，仿佛认一斑。

庐山忽不见，云雨满人间。

新解

既离湖口县，未至落星湾。舟中三两程，程程见庐山——我从湖口县乘船出发还没有到落星湾时，已经历了两三段路程，每一程都能看见庐山。湖口县：在江西北部长江南岸，因地处鄱阳湖入长江之口而得名。落星湾：又名落星湖，在鄱阳湖西北。《圆经》：“昔有星坠水，化为石，当彭蠡湾中，俗呼为落星湾。”《寰宇记》载：“落星石在江州庐山东，周回一百五步，高丈许。”程：在古代，两个驿站邮亭或其它停顿止宿地点之间的路程称为“程”。庐山：在江西省北部，鄱阳湖、长江的岸边。

庐山遮半天，五老云为冠。朝看金叠叠，暮看紫巉巉——庐山遮挡住了一半的天空，五老峰上白云朵朵，好像是戴了一顶白色的帽子。早上，庐山在旭日的照射下是一片金色的山峦，而傍晚的庐山却紫气腾腾。五老：指五老峰。庐山的东南有五峰，名为五老峰，是庐山的名胜之一。巉巉（chán）：这里用于形容词的后缀，并无实际意义。元代无名氏《梧桐叶》楔子：“闷恹恹人间白昼，静巉巉门掩青春。”

瀑布在山半，仿佛认一斑。庐山忽不见，云雨满人间——看到了半山腰处的瀑布就仿佛看到了庐山最具代表性的一部分。忽然间天气阴晦，云雨满空，庐山隐入了茫茫烟霭之中。瀑布：庐山多瀑布。

新评

这首诗所描写的是诗人在宋孝宗淳熙十三年(1186)冬从汉阳出发,经武昌顺长江而下时远望庐山之事。与前两首不同的是,此诗不再写行程之险、之难,而转向写景色之美、之奇,描绘了一个风景瑰丽、极富神秘感的庐山景象。首两句"既离湖口县,未至落星湾"用对偶的手法交待行程,简洁而明了;"舟中三两程,程程见庐山"引入了庐山,转入正题;"庐山遮半天,五老云为冠。朝看金叠叠,暮看紫巉巉。瀑布在山半,仿佛认一斑"六句描写庐山的高耸、雄伟、风景宜人;"庐山忽不见,云雨满人间"描绘的是庐山天气的变化无常,为庐山披上了一层神秘的面纱。全诗景色幽雅而朦胧、风姿别具,笔致洒脱晓畅,于俊逸之处尽显高雅峭拔,无怪乎潘柽读到此诗说:"君诗如画图,历历记所尝"以至"起我远游兴"。

送项平父倅池阳

题解

项平父即项安世,字平父,浙江括苍人,后迁居江陵,宋孝宗淳熙二年(1175)进士,宋宁宗庆元元年(1195)由校书郎添差通判池州(即池阳,治所在秋浦县,今为安徽贵池县)。姜夔的这首送别诗就是在此时作于杭州。"倅(cuì)",指副职。在宋时通判相当于州府的副行政长官,地位略次于州府长官,但握有连署州府公事和监察官吏的实权,号称监州。

项君声名天宇窄,与君俱是荆湖客。
向来相闻不相值,长安城中乃相识。
论文要得文中天,邯郸学步终不然。
如君笔墨与性合,妙处特过苏李前。
我知切切秋虫语,自诡平生用心苦。
神凝或与元气接,屡举似君君亦许。
西湖一曲古墙阴,清坐论诗夜向深。
见谓人间有公等,不知来者不如今。
乾坤虽大知者少,君不见古人拙处今人巧。
我徂山林口挂壁,如君合救狂澜倒。
石渠春水绿泱泱,阁下无人白日长。
万里江湖入归梦,子云不愿校书郎。

九华山色梅根渡，半日风帆即秋浦。

六条察吏安用许，幸有千岩作诗侣。

新解

项君声名天宇窄，与君俱是荆湖客。向来相闻不相值，长安城中乃相识——平父你声名显赫，连天下都显得狭窄了。我和你虽同是荆湖人，我也对你早有耳闻，但却始终不能与你相遇。终于，我们在临安城中相识了。天宇：天下。荆湖客：平父家在江陵，姜夔自小依姐居汉阳，同是荆州湖北之地。值：遇上，正赶上；碰到。长安：指南宋都城临安（今浙江杭州）。

论文要得文中天，邯郸学步终不然。如君笔墨与性合，妙处特过苏李前——我们彼此谈论诗文，都认为做文章要语出自然，仿效别人终究是行不通的。您的诗文就源自于真性情，浑然天成，高妙处超过了苏李。天：自然天成。《白石道人诗说》："沉着痛快，天也。自然与学到，其为天一也。"邯郸学步：比喻模仿不成，反而失去了自己原来本有的长处。《汉书·叙传上》："昔有学步于邯郸者，曾未得其髣髴，又复失其故步，遂匍匐而归耳。"《白石道人诗说》："陶渊明天资既高，趣旨又远，故其诗散而庄，澹而腴。断不容作邯郸步也。"如：表示举例。苏李：汉代苏武与李陵的并称。二人的酬唱赠答之作合称为苏李诗。《新唐书·文艺传中·宋之问》："语曰'苏李居前，沈宋比肩'，谓苏武、李陵也。"

我知切切秋虫语，自诡平生用心苦。神凝或与元气接，屡举似君君亦许——我用尽了毕生的心血，责成自己，才使我的诗文如秋虫切切悲鸣，哀怨凄清。而您只要集中精神用心写作，就能使文章与造化浑融，语出天成。我屡次标举自己的诗风与你相似，你也表示赞同。自诡：责成、督促自己。凝神：聚精会神，集中注意力。元气：泛指宇宙自然之气，这里即指自然。屡：经常；屡次，多次。

西湖一曲古墙阴，清坐论诗夜向深。见谓人间有公等，不知来者不如今——我们相会在西湖幽静的古墙之下，尽情谈论诗词一直到深夜。世间有很多庸庸碌碌之辈，他们既不知道将来的事也比不上同时代的杰出的人。曲：指僻静幽深之处。墙阴：墙的阴暗之处，墙影下。见谓：被说成；被称作。公等：平庸的人。《史记·平原君虞卿列传》："公等碌碌，所谓因人成事者也。"来者：将来的人或事。《论语·子罕》："后生可畏，焉知来者之不如今也？"

乾坤虽大知者少，君不见古人拙处今人巧。我徂山林口挂壁，如君合救狂澜倒——天地虽大，而真正像你这样有智慧、有见识的人却不多，古人的朴直之处已经被现在的人转为机巧的诈变了。我可以走向山林，隐退江湖，默不作声，而像你这样有抱负有能力的人却应该极力挽救这样的不良之风。乾坤：天地。知者：有见识、有智慧的人。知，通"智"。徂(cú)：去，往。挂壁：挂在壁上。比喻搁置，暂不使用。

合:应当;应该。《史记·司马相如列传》:"然则受命之符,合在于此矣。"狂澜:原指汹涌澎湃的波浪,常用于比喻剧烈的社会变动。在此指诗词创作上的不正之风。

石渠春水绿泱泱,阁下无人白日长。万里江湖入归梦,子云不愿校书郎——石渠阁下春水幽深,平父虽担任校书郎却倍感寂寞无聊,时时不忘离开京城,回归家乡。石渠:阁名。《三辅黄图·阁》:"石渠阁,萧何造。其下砻石为渠以导水,若今御沟,因为阁名。所藏入关所得秦之图籍。至于成帝,又于此藏秘书焉。"石渠阁是西汉皇室藏书的地方,因平父曾任校书郎,校理皇家图书,所以用此典。泱泱:形容水既深且广的样子。《诗经·小雅·瞻彼洛矣》:"瞻彼洛矣,维水泱泱。"子云:西汉文学家杨雄字子云。王莽在位时杨雄曾校书于天禄阁,所以这里用子云借指平父。

九华山色梅根渡,半日风帆即秋浦。六条察吏安用许,幸有千岩作诗侣——平父你由九华山经梅根河,只需半日的水路便可以到达秋浦了。我没有做官,但幸好有千岩老人这样的诗友,我的生活才不会孤独无聊。九华山:在今安徽省青阳县,宋时属池州。《读史方舆纪要》载:"(九华山)旧名九子山。山有九峰如莲华,唐李白游此,改今名。"梅根:在今安徽省贵池县。《读史方舆纪要》载:"(梅根河在池州府)东四十五里。其源一出九华山,泻于五溪桥,过黄屯,至府东四十里之斗龙山,沿流至府东五十五里之五埠河;一出太婆山,泻马衙桥,绕龙潭,与九华之流合,交于双河,又北达大江。"六条察吏:汉代刺史颁布了六条巡察诏条,以考察官吏。安用:何用。千岩:萧德藻,南宋诗人,字东夫,自号千岩老人。

新评

这虽是一篇送别之作,但并没有用过多的笔墨来写送别的场面和依依惜别之情,而是主要表现二人的君子之交。诗的前四句叙写诗人与平父相闻、相识的过程,接着便用大段的篇幅来表现相交的过程和二人之间的真挚情谊。此诗最有特色的地方就在于这一部分,诗人在叙述二人交往时选取了"论诗"这一特别的角度,阐述了二人的创作主张,流露了二人的创作风格,突出了平父这个才思敏捷、志趣高雅、满腹经纶的诗人形象,同时通过对古今的谈论,使诗人与平父都闪耀着智者的光辉。从"石渠春水绿泱泱"到诗末,白石用清淡的笔调不着痕迹地写出了与平父的相知之情,表达了对好友的祝愿和鼓励,也写出了诗人对布衣生活的自得。最后一句"六条察吏安用许,幸有千岩作诗侣",与全文联系并不紧凑,突然引入"千岩",给人突兀无措之感,可谓全诗之败笔,也让白石有了自夸自怜之嫌。

契丹歌

题解

姜夔在题目下自注："都下闻萧总管自说其风土如此。"都下指南宋京都杭州，萧总管指原金国大将萧鷓巴。宋高宗绍兴三十一年(1161)九月，金人大举南侵，不久萧鷓巴降宋，因其做过忠州团练使，负责一方军事，所以称他为总管。萧总管在杭州与姜夔相识，这首诗就是根据他的所说而作的。

契丹家住云沙中，耆车如水马若龙。
春来草色一万里，芍药牡丹相间红。
大胡牵车小胡舞，弹胡琵琶调胡女。
一春浪荡不归家，自有穹庐障风雨。
平沙软草天鹅肥，胡儿千骑晓打围。
皂旗低昂围渐急，惊作羊角凌空飞。
海东健鹘健如许，鞲上风生看一举。
万里追奔未可知，划见纷纷落毛羽。
平章俊味天下无，年年海上驱群胡。
一鹅先得金百两，天使走送贤王庐。
天鹅之飞铁为翼，射生小儿空看得。
腹中惊怪有新姜，元是江南经宿食。

新解

契丹家住云沙中，耆车如水马若龙。春来草色一万里，芍药牡丹相间红——契丹民族住在大漠里，以结实的车马作为交通工具，络绎不绝。春天到来，万物萌发，草色万里，百花绽放。契丹：指我国古代北方的少数民族，游牧于辽河滦河上游，鲜卑族后裔。916年阿保机建立政权，国号契丹，947年其子耶律德光改国号为辽，占据今辽宁及河北北部，成为北宋的强敌。辽在北宋宣和七年(1125)于宋金夹击下灭亡。云沙：指沙漠。耆车如水马如龙：形容车马往来不绝，热闹繁华的景象。《后汉书·皇后纪上·明德马皇后》："前过濯龙门上，见外家问起居者，车如流水，马如游龙。"耆(qí)车，构造坚固的车。耆，强。

大胡牵车小胡舞，弹胡琵琶调胡女。一春浪荡不归家，自有穹庐障风雨——他们一整个春天都赶着车在外放牧，住在温暖的毡帐里，男女老少唱歌跳舞，好不自在。大胡：年长的契丹人。胡，匈奴、鲜卑、羯、氐、羌统称为五胡。契丹是鲜卑的后裔，因其在东部所以又称东胡。浪荡：到处游荡。这里指在外游牧。穹庐：古代游牧民族居住的穹隆形状的毡帐。障：遮挡。

平沙软草天鹅肥，胡儿千骑晓打围。皂旗低昂围渐急，惊作羊角凌空飞——宽广的沙原上细草柔软、天鹅丰满，契丹人一大早骑着千匹骏马打围捕猎。皂旗高举，契丹人渐渐缩小包围圈，受惊的天鹅像旋风一样凌空而去。平沙：指平坦广阔的沙漠。天鹅：鸟类的一种，即鹄，全身白色，形状像鹅而体形较大。天鹅生活在海滨或湖边，喜吃植物和昆虫，在冬去春来之际从南方飞往漠北。骑（qí）：骑的马。打围：打猎。这样的打猎方式需要多人合围猎物，所以称为打围。皂旗：黑旗。低昂：偏义复词，偏义于“昂”。羊角：指旋风。《庄子·逍遥游》：“抟扶摇羊角而上者九万里。”成玄英疏：“旋风曲戾，犹如羊角。”

海东健鹘健如许，鞲上风生看一举。万里追奔未可知，划见纷纷落毛羽——猛雕猎鹰如此矫健，站在臂鞲之上突然像风一样飞上空中。契丹人为了追捕天鹅不知跑了多远，忽然看见天鹅的羽毛纷纷飘落，终于射中了！海东：即海东青，一种凶猛而珍贵的雕，产于黑龙江下游附近。宋人庄季裕的《鸡肋编》卷下载：“鸷禽来自海东，唯青鸡最嘉，故号海东青。”鹘（hú）：鸟类的一种，也叫隼，鹰中最小的一种，翅膀窄而尖，飞得很快，善于袭击其它鸟类。杜甫《义鹘行》：“斯须领健鹘，痛愤寄所宣。”如许：像这样。鞲（gōu）：革制臂套，出猎时戴在手臂上，鹰站于此。划见：忽然看见。杜甫《苦雨奉寄陇西公兼呈王征士》诗：“划见公子面，超然欢笑同。”

平章俊味天下无，年年海上驱群胡。一鹅先得金百两，天使走送贤王庐——品评天鹅的美味，那可以说是天下无双了，所以契丹人年年都会被国王驱遣到辽东海滨猎捕天鹅。最先射下天鹅的人会被赏赐黄金百两，他的猎物也会被使官送到皇宫呈给君王。平章：品评。海上：指辽东海滨。天使：天子的使者。这里指契丹王派来监督打猎的人。贤王庐：在此指契丹国王的宫廷。贤王，有德行的君主。

天鹅之飞铁为翼，射生小儿空看得。腹中惊怪有新姜，元是江南经宿食——天鹅非常矫健，仿佛是铁做的翅膀，那些无能的猎手只能眼巴巴地望着而射不下来。打开天鹅的肚子会惊奇地发现里面有新鲜的姜，原来那是天鹅前一夜在江南吞下的食物。射生：射杀禽兽。惊怪：惊讶奇怪。元：同“原”。经宿食：隔夜的食物。

新评

这首诗在姜夔作品中别开生面，独具特色，它通篇采用白描的手法，顺畅流利地表现了契丹民族的风土人情，歌颂了契丹人的能歌善舞、勇敢勤劳、矫健尚武。姜夔《白石道人诗说》中有言：“作大篇尤当布置，首尾匀停，腰腹肥满。多见人前面有余，后面不足，前面极工，后面草草。不可不知也。”如用此语评价这首《契丹歌》当为中肯之言了。诗的开篇先在我们眼前展现了一幅风情万种的大漠春光，白云、黄沙、绿草、红花……缤纷绚丽，车水马龙；接着描绘了一幅契丹男女老少到处游牧、载歌载舞的欢乐热闹的场面；然后诗人把重点放在了对契丹人打猎场面的细致的描写上，用猎人、猎鹰与天鹅的激烈冲突和鹰、雕的凶猛来表现契丹人的矫健和尚武；最后四句用天鹅腹中的生姜来表现天鹅的善于飞翔，又用天鹅的善于飞翔来表现捕猎的不易，用捕猎的不易来表现契丹人的骁勇，真是精彩新奇、独具匠心。全诗开篇景象繁忙而欢快，色彩纷呈；中间部分节奏紧张，壮怀激烈；结尾处又自出新裁，不同凡响，是姜夔诗作中的优秀之作。其中在歌颂契丹人的同时又流露了对民生疾苦的关怀，这在他的作品中也是不多见的。对此诗，撇开文学艺术的一面不谈，其中姜夔对猎杀天鹅场面的描写就极富有史料价值，同时它作为一篇记录、描绘、歌颂少数民族辛勤劳动的诗歌，其历史地位也是不可忽视的。

次韵诚斋送仆往见石湖长句

题解

宋孝宗淳熙十四年(1187)，经萧德藻介绍，姜夔袖诗拜谒杨万里，万里许其文工，便以诗《送姜尧章谒石湖先生》送往见范成大，原诗曰："钓璜英气横白蜺，咳唾珠玉皆新诗。江山愁诉莺为泣，鬼神露索天泄机。彭蠡波心弄明月，诗星入肠肺肝裂。吐作春风百种花，吹散瀕湖数峰雪。青鞋布袜软红尘，千诗只博一字贫。吾友彝陵萧太守，逢人说项不离口。袖诗东来谒老夫，惭无高价索璠玙。翻然欲买松江艇，径去苏州参石湖。"姜夔的这首诗便是按照杨万里原诗原韵原字及次序而和的诗，题目中的次韵便是此意，其中"诚斋"是杨万里的号，"石湖"是范成大的号，"长句"指七言古体诗。

客来读赋作雌蜺，平生未闻衡说诗。
省中诗人官事了，狎鸥入梦心无机。
韵高落落悬清月，铿锵妙语春冰裂。
一自长安识子云，三叹郢中无白雪。
范公萧爽思出尘，有客如此渠不贫。
堂堂五字作城守，平章劲敌君在口。
二公句法妙万夫，西来囊中藏鲁玙。
只今击节乌栖曲，不愧当年贺鉴湖。

新解

客来读赋作雌蜺，平生未闻衡说诗。省中诗人官事了，狎鸥入梦心无机——见到诚斋之后，我们便成为了知己，他渊博的学识对我来说是闻所未闻的。他虽然在朝为官，却毫无心机，向往闲适的隐逸生活。客：姜夔自称。雌蜺（ní）：当彩虹有两个环时，内环色彩鲜艳的为雄，称之为虹；外环色彩暗淡的为雌，称之为蜺，即霓。南朝梁沈约《郊居赋》有："驾雌蜺之连卷，泛天江之悠永。"六朝时一般把"蜺"读为平声，而"雌蜺"中的"蜺"应读为入声，王筠读沈约《郊居赋》时把这一字读得准确无误，沈约很高兴，认为遇见了知音。衡说诗：西汉的匡衡很善于讲说《诗经》，当时诸儒有"无说《诗》，匡鼎来；匡说《诗》，解人颐"之语，这里把杨万里比作匡衡，谓其学问渊博。省（shěng）中诗人：指杨万里在朝为官。省中，宫禁之中。李善注引《魏武集》："荀欣等曰：'汉制，王所居曰禁中，诸公所居曰省中。'"这一年杨万里迁秘书少监，在秘书省做官。狎（xiá）鸥：意指隐逸。据《列子·黄帝》载："海上之人有好沤鸟者，每旦之海上，从沤鸟游，沤鸟之至者百住而不止。其父曰：'吾闻沤鸟皆从汝游，汝取来，吾玩之。'明日之海上，沤鸟舞而不下也。"沤，同"鸥"。心无机：没有心计。

韵高落落悬清月，铿锵妙语春冰裂。一自长安识子云，三叹郢中无白雪——诚斋诗作气韵高雅，如明月高悬，音节亦是美妙绝伦，如春冰开裂般清脆悦耳。自从在临安认识了他，我便深深感叹国中再也没有更精彩的诗歌了。韵高：指杨万里诗作气韵高雅。落落：卓越；优秀；高超。北周庾信《谢赵王示新诗启》："落落词高，飘飘意远。"铿（kēng）锵（qiāng）：形容作品读起来流畅有力。长安：指南宋京城临安（今杭州）。子云：西汉文学家杨雄字子云。这里借杨雄来指杨万里。郢：古地名。春秋战国时期是楚国的都城。今为湖北省江陵县纪南城。白雪：原为古琴曲名，相传是春秋时期晋人师旷所作，后来借此喻指高雅的诗词。

范公萧爽思出尘，有客如此渠不贫。堂堂五字作城守，平章劲敌君在口——范成大潇洒自然、思想超拔，他有诚斋这样的朋友就不会感到贫乏无味了，他对诚斋的诗作是大加称赞的。范公：指范成大。萧爽：潇洒自然。思出尘：思想不凡。客：朋友。指杨万里。渠：他。堂堂：形容宏大、盛大。五字作城守：指范成大的诗写得好。唐代诗人刘长卿擅长五言诗，号"五言长城"，意思是他人难以胜过。后常用"五言长城"称赞五言诗或善作五言诗的人。平章：品评。劲敌：强大有力的对手或敌人。这里指对手。君：指杨万里。

二公句法妙万夫，西来囊中藏鲁玙。只今击节乌栖曲，不愧当年贺鉴湖——范成大、杨万里二人的诗作高妙非凡，超越众人，胸中都有瑾瑜之才。杨万里的诗篇受到像李白《乌栖曲》式的高度赞扬，范成大不愧是当年的贺知章呀。万夫：万人、众人。鲁玙（yú）：鲁国的美玉。这里指诗作。击节：打拍子，表示赞扬。乌栖曲：乐府曲调名。唐代诗人贺知章读了李白的《乌栖曲》后说:“此诗可以哭鬼神矣。”贺鉴湖:指唐代诗人贺知章。

新评

此诗是为和杨万里的《送姜尧章谒石湖先生》而作,表现了姜夔对范成大、杨万里两位诗人的敬重之情和得以相识的兴奋心理。诗的前八句称赞了杨万里的博学、诗才和纯洁的隐逸之心;“范公萧爽思出尘,有客如此渠不贫”既写出了范成大的思想超拔、杨万里的多才强识,也暗示了两人令人羡慕的文字友谊;“堂堂五字作城守,平章劲敌君在口”则是重点表现了范、杨二人在文学上的共同点,和惺惺相惜之情;“二公句法妙万夫,西来囊中藏鲁玙”极力赞扬二人诗法超群,流露了无限的敬仰和推崇之情;最后借用李白和贺知章的典故结束全篇,含蓄深刻,照应了全篇。全诗共十六句,一百一十二字,有七处用典。在诗词中运用典故,虽自古有之,但以宋人为最盛,其中原因很复杂,众说纷纭,而有两点却是得到共识的:一是宋代文人都比较有学问,都是多才多艺的大学问家;二是宋代诗坛受江西诗派的影响最甚,而江西诗派提倡“夺胎换骨,点铁成金”。姜夔是南宋精通书、乐、诗、词等艺术的一大家,他是从江西诗派走出来而步入晚唐的,“善于用典”这一特征,对于姜夔来说也不例外,他在《白石道人诗说》中写道:“难说处一语而尽,易说处莫便放过。僻事实用,熟事虚用。说理要简切,说事要圆活,说景要微妙。”这可以说是姜夔对于用典艺术的经验总结。在实践过程中,他所应用的典故虽不能完全做到这几点,但也算得上是“技法精妙”了。此诗中“一自长安识子云,三叹郢中无白雪”两句,一句用一典,两句形成对偶,语意贯通,自然流畅,即使不能称为姜夔用典艺术的代表之例,也足可以让后人学习效仿的了。

同朴翁登卧龙山

题解

朴翁即姜夔的好友葛天民,宋周密《癸辛杂识别集上》:“葛天民字无怀,后为僧,名义銛,字朴翁。其后返服居西湖上,一时所交皆胜士。”宋光宗绍熙四年(1193)姜夔客居浙江绍兴时曾与他同游卧龙山,此诗就作于这个时候。卧龙山在浙江绍兴一带,《宝庆会稽续志》:“按元微之《州宅》诗序:州之子城,因种山之势,盘绕回抱,若卧龙形,故取以为名。”春秋时越大夫文种助越王灭吴后被越王所杀,葬于卧龙山,故卧龙山又名种山。

龙尾回平野,檐牙出翠微。

望山怜绿远，坐树觉春归。
草合平吴路，鸥忘霸越机。
午凉松影乱，白羽对禅衣。

新解

龙尾回平野，檐牙出翠微——卧龙山曲折地盘绕在广阔的平原之上，青翠的山腰上矗立着檐际飞扬的楼阁。龙尾：指卧龙山。檐牙：房檐边际向外翘出，形状如牙的部分。翠微：指青葱的的山色。李白有诗《赠秋浦柳少府》："摇笔望白云，开帘当翠微。"

望山怜绿远，坐树觉春归——远望卧龙山峰，那一片青葱深深地吸引着我；休憩在阴凉的树荫下，便感觉到春天已经远去。怜：爱惜。坐树：坐在树下休息。

草合平吴路，鸥忘霸越机——春秋时越王勾践灭吴时所经过的那条路已经被荒草所覆盖，自由翱翔的鸥鸟也忘却了越国逐鹿中原的机心，一点儿也不怕生人。

午凉松影乱，白羽对禅衣——中午吹来的阵阵凉风让松树也跟着摇摆，洁白的飞鸟、毫无机心的僧人，到处呈现出一片祥和的气氛。白羽：指鸥鸟的羽毛。禅衣：因朴翁曾出家为僧，所以这样说。

新评

这是一首触景感怀之作。全诗都描写卧龙山的美景。首联描写卧龙山的整体风貌：曲折的山脉盘旋于平原之上，碧绿的半山腰有亭台楼阁矗立于此。颔联描写的是登山过程中的所见所感，重点放在了一个"绿"字上，突出了夏季葱绿之景。颈联借景抒怀：前尘往事在无尽的宇宙时空面前显得渺小而苍白，流露了对历史和时事的感喟。尾联以动写静，突出了山中的幽静、祥和，并用白羽的纯洁对应禅衣的无机之心，使此中诗情画意更富有空空之感，整个卧龙山在诗人笔下如出水芙蓉般洁净无华，似世外桃园般美妙宁静。

答沈器之二首

题解

陈思《白石道人年谱》谓此诗的创作时间是宋宁宗开禧三年（1207）姜夔寓居杭州之时："沈器之仕履无考，据'江汉'、'大堤'、'铜鞮'等句，沈盖楚人。据'风高北马'句知在金兵九道南下后；据'露下秋虫'句知答诗为本年秋。"其中"风高北马"大概不是指金兵南下，联系通篇可知此诗主要表达怀乡之思和漂流之感，所以此句应该是化用"胡马依北风"之意。

其 一

江汉乘流客，乾坤不系舟。
玉琴虚素月，金剑落清秋。
野鹿知随草，饥鹰故上鞲。
风流大堤曲，一唱使人愁。

新解

江汉乘流客，乾坤不系舟——我多年来在长江汉水流域飘泊，天地之大，没有我驻足停留的地方。江汉：指长江和汉水。宋代朱熹集传："江汉，二水名。"《诗经·小雅·四月》："滔滔江汉，南国之纪。"乘流客：乘船顺水到处飘泊的人。这里是诗人自称。乾坤：指天地。《周易·说卦》："乾为天……坤为地。"不系舟：拴不住船。这里指飘泊不定。

玉琴虚素月，金剑落清秋——皓月下玉琴空闲，无人弹奏，金光闪闪的宝剑无人挥舞，如今满是秋霜。玉琴：琴的美称。南朝齐王融《咏幔》："每聚金炉气，时驻玉琴声。"虚：空出；空闲着。素月：明月。东晋陶潜《杂诗》之二："白日沦西阿，素月出东岭。"金剑：金光闪闪的宝剑。清秋：指清凉的秋天。这里代指秋霜。

野鹿知随草，饥鹰故上鞲——野鹿会跟随青草而迁移，饥饿的雄鹰也容易受人驱使。野鹿知随草：化用《诗经·小雅·鹿鸣》："呦呦鹿鸣，食野之苹。"此言随遇而安之意。鞲(gōu)：革制臂套，出猎时戴在手臂上，用食物吸引鹰站于此，见到猎物便放飞。

风流大堤曲，一唱使人愁——不知何时才能相见，唱一首具有襄阳遗风的《大堤曲》，使人愁绪满怀。风流：遗风；余韵。大堤曲：出自《襄阳乐》的乐府西曲。由此可知沈器之可能是湖北襄阳一带人。

新评

这首诗描写的是诗人的身世之感。首联描写的是天地飘泊、居无定所的江湖生活；颔联借玉琴、金剑来表现自己满腹经纶而怀才不遇；颈联自嘲自己为了生计而各地游走受人驱使的命运；尾联借用友人故乡遗风《大堤曲》来表达对沈器之的惜别之情，悠悠不尽。

其 二

涉远身良苦，登高望欲迷。
试吟青玉案，不是白铜鞮。

露下秋虫怨，风高北马嘶。
槎头有新味，人在太湖西。

新解

涉远身良苦，登高望欲迷——远离家乡，飘泊在外，身心深感疲惫辛苦，登临高处，远望家乡，却又迷惑难辨。涉远：走远路。良苦：很辛苦。

试吟青玉案，不是白铜鞮——你所吟咏的是悲凉之曲，而不是欢乐的襄阳之歌。青玉案：词调名，此调一般以宋代贺铸所作“凌波不过横塘路”一首为正格，表达的感情比较惆怅哀婉。白铜鞮：乐府曲调名，是欢快的乐曲，又称《襄阳白铜鞮》。李白《襄阳曲》云：“襄阳行乐处，歌舞白铜鞮。”

露下秋虫怨，风高北马嘶——霜露来临，秋虫切切哀鸣，北风高起，胡骑嘶叫着想回到家乡。北马：北方的马。《古诗十九首》云：“胡马依北风，越鸟巢南枝。”嘶：马鸣。

槎头有新味，人在太湖西——现在襄阳的槎头鱼最是味道鲜美，可你却又飘泊到太湖来了。槎(chá)头：指槎头鳊，即鳊鱼。缩头，味鲜美，以汉水中的鳊鱼最为著名。杜甫《观打鱼歌》之二：“徐州秃尾不足忆，汉阴槎头远遁逃。”槎，木筏。太湖：在今江苏省南部，浙江省北部。

新评

此诗同上一首一样，描写的是身世之感。首联一个“涉远”说明了在外远游，一个“登高”写出了远望故乡，身心疲惫，思念家乡，而又无所得，加倍了诗人迷离的凄苦心理和作品的感染力。颔联突出表现了感情的悲切。颈联用秋日里秋虫的切切声和胡马的嘶叫声渲染了怀乡的气氛，创造了悲凉、萧瑟、肃杀的境界。尾联用沈器之家乡的具有代表性的美味来表现他的飘泊无依。此作虽是“答”沈器之，内容写的也是沈器之望故乡怀故乡、沈器之故乡的槎头鱼，但处处流露的却是诗人自身的深切体验和刻骨感受，流露的是两个人的怀乡之思。

悼石湖三首

题解

范成大（1126－1193），字致能，晚年居住在苏州西南的石湖，自号石湖居士。宋光宗绍熙四年（1193）九月，范成大病故，十二月白石赴苏州吊唁，作《悼石湖三首》。

其　一

身退诗仍健，官高病已侵。
江山平日眼，花鸟暮年心。
九转终无助，三高竟欲寻。
尚留巾垫角，胡虏有知音。

新解

身退诗仍健，官高病已侵——您虽退隐田园，可您的诗兴才思仍很旺盛敏捷。当日您位居高官之时，责任重大，身体已日见衰弱。官高：范成大曾任礼部尚书、参知政事等职。

江山平日眼，花鸟暮年心——您一生放眼河山，担忧国事，迟暮之年才落得清闲恬淡，寄情于诗酒花鸟。

九转终无助，三高竟欲寻——灵丹妙药终究不能治愈您的病，您还是到九泉之下追随三位高贤了。九转：指道教中的九转丹或其炼制秘诀。道教称丹的炼制有一至九转（九次提炼）之别，而以九转最为可贵。晋代葛洪《抱朴子·金丹》："九转之丹服之，三日得仙。"三高：江苏吴淞江上有三高祠，供奉吴越范蠡、晋代张翰、唐代陆龟蒙。范成大有《三高祠记》。

尚留巾垫角，胡虏有知音——就连金人都对您这样的高洁雅士推崇备至，现在仍保留着当年的垫角巾作为纪念呢。巾垫角：《宋史》卷三百八十六《范成大传》载："金迎使者慕成大名，至求巾帻效之。"范成大《石湖集》中《蹋鸱巾》自注云："接送伴田彦皋，爱予巾裹求其样，指其所带蹋鸱巾有愧色。"并有诗句："雨中折角君何爱。"这句诗化用了郭泰的典故。《汉书·郭泰传》载郭泰字林宗，品学为人所重，常外出遇雨，头巾一角陷下，人们争相效仿，故意折叠头巾一角，称为"林宗巾"。后用"垫巾"、"垫角"谓模仿高雅。白石词《石湖仙·寿石湖居士》中的"见说胡儿，也学纶巾欹雨"亦指此次石湖出使之事。胡虏：原指匈奴，后泛指与中原敌对的北方部族。在此指金国人。

新评

此诗用古朴的语言道出了范成大一生的功绩，表达了对其忠君之忱、报国之志的赞扬，流露了诗人对范公之死的遗憾和哀痛。范成大在宋孝宗淳熙十八年（1183）请病归苏州石湖，九年之后，在宋光宗绍熙三年（1192）起知太平州，可刚到任一个月，他的小女儿便夭折了，于是范成大又辞官归石湖，直到绍熙四年（1193）九月病故。至此，石湖在苏州隐居共十年，也是他人生中从五十八岁至六十八岁的十年，所以姜夔说“身退诗仍健”、“花鸟暮年心”。范成大是一位受人爱戴的清官，他在任期间操劳国事，跋涉万里，四十五岁时出使金国，四十七岁时帅任广西，五十岁时又不远万里帅任西蜀，所以姜夔称他“官高病已侵”、“江山平日眼”并不是夸张之词。颈联中“九转终无助”，孙玄常先生在《姜白石诗集笺注》中说：“按唐宋士大夫，晚岁多逃禅求仙，烧药炼丹，石湖未必深信，亦不能免俗。”笔者认为，姜夔这样说只是为了表达范成大为了治病曾经寻访名医，服用名贵的药材，并不能说明他真的服用丹药。在尾联，诗人用金人对范成大的推崇、尊敬和怀念，表现了范公的人格魅力和不朽的功绩，曲笔直言，颇具匠心。

其　二

未作龙蛇梦，惊闻露电身。
百年无此老，千首属何人。
安得公长健，那知事转新。
酸风忧国泪，高冢卧麒麟。

新解

未作龙蛇梦，惊闻露电身——您没有给我任何先兆就突然与世长辞了。龙蛇梦：在此指厄运之前的预兆。龙蛇，指贤人遭遇厄运之时。后人以“岁在龙蛇”指命数当终。《后汉书·郑玄传》：“五年春，梦孔子告之曰：‘起，起，今年岁在辰，来年岁在巳。’既寤，知命当终。”唐人李贤注：“北齐刘昼《高才不遇传》论玄曰：‘辰为龙，巳为蛇，岁至龙蛇贤人嗟，玄以谶合之。’盖谓此也。”露电：朝露很快会干，闪电瞬间就会消逝，形容事物迅速逝去或消失。语出《金刚般若波罗蜜经》：“一切有为法，如梦幻泡影，如露亦如电，应作如是观。”

百年无此老，千首属何人——假如这个世界不曾有您这样的文人，这么多优秀的诗词歌赋又由谁来完成呢？百年：指人生百岁。千首：唐代诗人杜甫《不见》诗乃怀念李白之作，其中有言：“敏捷诗千首，飘零酒一杯。”在姜夔此诗中，或许有将范成大比太白之意。属（zhǔ）：属文，撰写文章。

安得公长健，那知事转新——我希望您永远健康长寿，可谁知道会发生这样的变故呢。

酸风忧国泪，高冢卧麒麟——在刺骨的寒风中，面对您的高起的青冢，让人不禁流下忧国的眼泪。酸风：指刺骨的寒风。高冢卧麒麟：唐代诗人杜甫有《曲江》诗曰：“苑边高冢卧麒麟。”麒麟，古代传说中的一种仁兽、瑞兽，象征着祥瑞。它头上有角，体型像鹿，全身长鳞，有着牛一样的尾巴。麒麟也用来比喻才能杰出的人，用在这里即指范成大墓冢上的石兽，也包含对他人品才华的推崇之意。

新评

此诗的重点放在了对范成大突然病故的吃惊、哀痛和对他的才华的推崇上。首联写范成大去世的突然和诗人突闻噩耗的悲痛；颔联表达的既是对贤人远逝的遗憾和哀婉之情，也是对范成大横溢的才华的推崇；颈联又转回来写范公之死对诗人来说是晴天霹雳，是完全出乎意料的；尾联一方面表现了姜夔的无限哀悼和怀念之情，另一方面也通过“忧国泪”、“卧麒麟”暗示了范成大是位忧国忧民的贤人雅士。宋人诗中，已无兴象可言，姜夔作诗也重在议论和叙述。用饱含诗书学问的语言阐明道理、叙述事情，从而流露出自身的感情，这是姜夔所擅长的。也正因于此，他所抒发的感情显得多是理性思考之后的沉痛，而原始的真性情已引退其后，节制、理性、隐忍，可以称为是宋诗的共同特点。

其　三

未定情钟痛，何堪更悼亡。
遗书知伏枕，来吊只空堂。
雪里评诗句，梅边按乐章。
沉思酒杯落，天阔意茫茫。

新解

未定情钟痛，何堪更悼亡——我对挚友的思念之情尚未能消除，怎么又能经得起悼念他的死亡的伤痛呢。情钟：情感聚结之处。南朝宋人刘义庆《世说新语·伤逝》：“王戎丧儿万子，山简往省之。王悲不自胜。简曰：‘孩抱中物，何至于此！’王曰：‘圣人忘情，最下不及情；情之所钟，正在我辈。’”何堪：怎能忍受。悼亡：悼念去世的人。西晋潘岳因丧妻而作《悼亡》诗三首，此后，多称丧妻为悼亡。这里借指悼念知己。

遗书知伏枕，来吊只空堂——看到你的来信，我才知道你已经卧病在床，当我赶来时却只剩下空旷寂寞的厅堂了。遗书：发信。伏枕：原指伏卧在枕头上，后多指因病或年迈而长久卧床。吊：祭奠死者或慰问死者家属及遭遇不幸的人。空堂：寂寞而空旷的厅堂。汉代司马相如《长门赋》：“日黄昏而望绝兮，怅独托于空堂。”

雪里评诗句，梅边按乐章——我们曾经在皑皑白雪之中、在盛开的梅树下，品评诗句、弹奏美妙的音乐。按：弹奏，演奏。宋玉《招魂》：“肴羞未通，女乐罗些；陈钟按鼓，造新歌些。”

沉思酒杯落，天阔意茫茫——饮酒时我又想到你，不禁愁思满怀，放下酒杯，遥望天际空阔，情绪茫然若失。

新评

紧承前两首诗的顺序，此诗写姜夔与石湖的真挚友谊和对石湖的无限哀悼之情。首联写范成大病故给诗人带来的感情上的沉痛；颔联叙述从收到范公的最后遗书到赶来石湖的过程，流露了对没有见到最后一面的遗憾和惆怅之情；颈联采用互文手法追忆二人融洽交往的前尘往事，姜夔词作中有〔暗香〕、〔疏影〕、〔玉梅令〕就是作于此诗所谓的“雪里梅边”，此外二人还有许多唱和之作；尾联突出表现了诗人痛失知己的悲伤，意境苍茫寥落。这样三首诗联起来便成为一篇完整的悼文，从生平到突然病故，再转向深切的追念，结构完整而层次鲜明，悲情浓重而深长。

京口留别张思顺

题解

京口在今江苏省镇江市，是古代长江下游的军事重镇。张思顺名履信，字思顺，号初游，宋光宗绍熙二年(1191)立春前在京口与姜夔相遇。此诗便是姜夔在这次相遇后离别时所作。

伯劳飞燕若为忙，还忆东斋夜共床。
别后无书非弃我，春前会面却他乡。
连宵为说经忧患，异日相逢各老苍。
更欲少留天不许，晓风吹艇入垂杨。

新解

伯劳飞燕若为忙，还忆东斋夜共床——我们怎能经得起匆匆的相聚分别呢，还记得当年我们在书斋里同床夜话的情景吗？伯劳：鸟名，又名䴗或鵙。《玉台新咏·古词〈东飞伯劳歌〉》：“东飞伯劳西飞燕，黄姑织女时相见。”后来用伯劳代指离别的亲朋好友。若为：怎堪。东斋：指书斋。

别后无书非弃我，春前会面却他乡——自从上次分别以后，我们书信不通，但我知道你并没有忘记我，不料今年立春前我们又在京口相遇了。非弃我：没有忘记我。春前：立春前。

连宵为说经忧患，异日相逢各老苍——我们通宵未眠，互相诉说各自经历的忧患和坎坷，唯恐他日相见之时已是白发迟暮之年。连宵：通宵，整夜不眠。老苍：容颜苍老、头发灰白的老人。

更欲少留天不许，晓风吹艇入垂杨——我再想稍作停留，天公却不允许，一清早就趁着风把我的船吹到杨柳夹岸的河道里去了。更:再。少:通“稍”。晓:天亮。

新评

这是一首留别之作。首句写感情上不能忍受与友人匆匆相聚匆匆分别的痛苦,含有“相见时难别亦难”之意,引出了对当日书斋夜话的回忆和向往;颔联说明诗人对与张思顺书信不通的理解和今日意外相逢的无限喜悦;颈联照映了首联中的“还忆东斋夜共床”,描绘了一幅老朋友久别重逢后在短暂的相聚时间内争分夺秒地诉说经历和感受的场面,既体现了相聚的短暂和弥足珍贵,又表现了朋友间情感的深厚;尾联与首句相辉映,以分别开篇又以分别收尾,体现了“留别”的主题,以感情上的不舍开篇又以天公不作美收尾,充分流露了依依惜别之情。姜夔在《白石道人诗说》中说到:“篇终出人意表,或反终篇之意,皆妙。”“更欲少留天不许,晓风吹艇入垂杨”,用现实来反理想之“意”、反全篇之“情”,其妙处不言而喻。此诗充分体现了姜夔诗词时空跳跃的特点, 以今日——昨日之昨日——昨日——将来——今日来结构全篇,场面开阔,感情低回。

次朴翁《游兰亭》韵

题解

兰亭在浙江省绍兴市西南之兰渚山(一名兰亭山)上。《水经注》卷四十:“浙江又东与兰溪合,湖南有天柱山,湖口有亭,号曰兰亭,亦曰兰上里。太守王羲之、谢安兄弟,数往造焉。”晋穆帝永和九年(353)三月三日,王羲之、谢安、孙绰等四十多人会于兰亭,赋诗三十七首,编为《兰亭集》,王羲之作《兰亭集序》。此次聚会起因源于“修禊”的习俗,古人在农历三月上旬的巳日(魏以后定为三月三日)临水而祭,袚除不祥,后来此意义消退,逐渐发展成为暮春在水边宴游。宋光宗绍熙四年(1193),姜夔同朴翁、张鉴等六人同游兰亭,朴翁作有《游兰亭》一诗,夔便依其原韵原字及次序而和,此诗《次朴翁〈游兰亭〉韵》乃成。朴翁即姜夔好友葛天民(见《同朴翁登卧龙山》)。

亚字桥亭面面风,六人同坐树阴中。
松交归路如留客,石碍流杯故恼公。
山色最怜秦望绿,野花只作晋时红。
夕阳啼鸟人将散,俯仰兴怀自昔同。

新解

亚字桥亭面面风，六人同坐树阴中——水上兰亭，微风穿过，我们同行六人休憩在树阴之下，凉爽宜人。亚字：兰亭的形状好像一个“亞”字。

松交归路如留客，石碍流杯故恼公——归去的路上，低垂的松枝交织于胸前，仿佛在挽留游客；水中的石块挡住了漂流中的酒杯，好似在故意戏弄你。石碍流杯：修禊是古代的一种风俗，即每逢农历三月上旬的巳日，人们临水而祭，相聚宴饮，以祓除不祥。后人仿效，在环曲的水流旁宴饮聚会，任酒杯沿着环曲的水流顺流而下，杯停在谁的面前，谁就取来一饮而尽，称为“流觞曲水”。东晋文士王羲之《兰亭集序》：“又有清流激湍，映带左右，引以为流觞曲水。”恼公：引逗；戏弄；撩拨。唐代诗人李贺有《恼公》诗，写冶游情事。

山色最怜秦望绿，野花只作晋时红——秦望山的青葱绿色最惹人怜爱，而这里的野花还是同王羲之游兰亭时一样鲜艳。怜：怜爱。秦望：指秦望山，在今浙江省杭州市西南。秦始皇东巡时曾登上此山以望南海，因此而得名。

夕阳啼鸟人将散，俯仰兴怀自昔同——夕阳西下，飞鸟归巢，游人也将散去了，而俯仰之间产生的感慨自古便是相同的。俯仰兴怀：东晋文士王羲之《兰亭集序》中有言：“向之所欣，俯仰之间，已为陈迹，犹不能不以之兴怀。”俯仰，形容时间短暂易逝。兴怀，引起感发、感想。

新评

这是一首游兰亭感怀之作。首联描写兰亭宜人之景及诗人六者同行之况。颔联采用对仗句，以拟人化的手法、轻快的语言表现了山中游赏的乐趣和诗人对大自然的热爱。“石碍流杯”回归历史盛会，体现了文人墨客的闲情雅趣。颈联继续描写山中迷人的景色，色彩鲜明夺目，对偶巧妙。白石在诗末自注“右军祠堂有杜鹃花两株、花极照灼”（王羲之官至右军将军，会稽内史，世称王右军。右军祠在兰渚山之上），当是针对“野花只作晋时红”。尾联写傍晚兴尽而归，化用王羲之《兰亭集序》之语，感慨万千，发人深省。

寄时父

题解

萧时父是萧德藻的侄子，白石妻党，他与姜夔于宋孝宗淳熙十三年（1186）相识，曾共游湘江（见〔湘月〕词序），两人交情较深。此诗便是姜夔写给时父的赠答之作，写出了对时父的深切思念。

迟君日日数归程，到得君归我已行。
一路好山思共看，半年有酒不同倾。
吾侪正坐清贫累，各自而今白发生。
人物渺然须强饭，天工应不负才名。

新解

迟君日日数归程，到得君归我已行——我天天计算你归来的日程，盼望早日与你相见，谁知等你回来时我已经离开这里了。迟(zhì)：等待。

一路好山思共看，半年有酒不同倾——一路上我看见好的风景就想和你一同欣赏，我们已经分别太久了，半年以来都没和你共饮美酒。倾(qīng)：把东西倒出来。这里指饮酒。

吾侪正坐清贫累，各自而今白发生——我们奔走江湖正是因为被生活所累，为生计而奔波，而现在都已经满头白发了。吾侪(chái)：我们。侪，辈。坐：因为；由于。

人物渺然须强饭，天工应不负才名——人在天地之间是十分渺小的，所以我们要努力加餐，保重身体，上天是不会辜负有才华的人的。渺然：微小、藐小的样子。强(qiǎng)饭：努力进食。这里的意思是保重身体、抖擞精神，不要自暴自弃。天工：天的职责、职能。古代人认为王者效法天而建立官制，执行天的职能和旨意。

新评

此诗既是一首赠答诗，也是一篇励志之作。首联通过对时父归期的数指计算，表达了诗人难以抑制的思念之情和二人错过而不得见的惋惜，突出了友谊的深厚。颔联承接首联的“行”字而作，进一步表达了诗人对于朋友的深切怀念。颈联抒发飘泊之感，寄寓迟暮之悲。尾联笔锋一转，感情由失落哀苦变为充满斗志、激昂向上。“人物渺然须强饭，天工应不负才名”，表面上看来是对友人的激励，实际上也是诗人自我勉励之语：“虽然现在我们年迈潦倒，但只要坚持到底，相信总会有出头之日的。”其气魄之豪壮虽不及“将相本无种，男儿当自强”，但其心中的期盼却始终是“朝为田舍郎，暮登天子堂”，这也是姜夔辛劳一生、漂泊一生、拜谒一生的精神支柱和理想目标，也是我国古代清苦书生的理想模式。姜夔就是这样，他既具有词人纤细的思绪和多愁善感的情怀，又具有顶天立地的男子汉的意志，否则，在他漂泊半生之后决不会得壮言如此。此诗感情迂回，首联主要表达对不能相见的遗憾之情；颔联写诗人在旅途上的所见所思，流露了日久不见的思念；颈联说明了朋友不能相聚的原因，纵观了一生的境遇，感喟为生计所驱使的命运；尾联自解心结，写出了对人生的信心。全诗不但反映了姜夔与时父腹心相照的友谊，也透射了两人在隐伤与达观之间徘徊的完整生命。

张平甫哀挽

题解

张鉴，名鉴，字平甫，南宋大将张俊的诸孙。宋光宗绍熙四年(1193)姜夔初识张鉴，此后十年，姜夔便生活在张鉴的资助之下，他在《姜尧章自序》中说："旧所依倚，惟有张兄平甫，其人甚贤。十年相处，情甚骨肉。而某亦竭诚尽力，忧乐同念……惜乎平甫下世，今茫茫然若有所失。"这篇七律就表达了诗人对平甫的深切哀挽。

将军家世出臞儒，合上青云作计疏。
吴下宅成花未种，湖边地吉草新鉏。
空嗟过隙催人世，赖有提孩读父书。
他日石羊芳草路，弟兄来此一沾裾。

新解

将军家世出臞儒，合上青云作计疏——世家贵胄竟然有您这样清瘦的儒者，本来应该是青云直上、高官显爵的，但您拙于官场经营，终不能跻身高位。臞(qú)儒：清瘦的儒者。《汉书·司马相如传下》："相如以为列仙之儒居山泽间，形容甚臞，此非帝王之仙意也。"青云：喻高官显位。作计：考虑；谋划。

吴下宅成花未种，湖边地吉草新鉏——您在杭州的新宅刚刚落成，现在却已经长眠在西湖之边了。吴下：泛指吴地，在此诗中特指杭州。平甫在杭州东青门营造的新居刚刚落成。地吉：占卜入葬之地之吉否。这是一种迷信的风俗。鉏(chú)：锄草。

空嗟过隙催人世，赖有提孩读父书——我们只能白白地感叹时光短暂、人生易逝，不过幸好您还有年幼的孩子继承您的遗志。嗟(jiē)：感叹。过隙：比喻时间短暂、时间过得飞快。《礼记·三年问》："三年之丧，二十五月而毕，若驷之过隙。"成语"白驹过隙"出自于此，与"过隙"同义。赖有：幸有。提孩：即孩提，指幼儿、儿童。读父书：《礼记·玉藻》："父没而不能读父之书，手泽存焉尔。"

他日石羊芳草路，弟兄来此一沾裾——他日，平甫的儿子们会经常来到墓前悼念父亲。石羊：古代高官贵族坟墓前的一种石兽。唐人封演《封氏闻见记·羊虎》："秦汉以来帝王陵前有石麒麟、石辟邪、石象、石马之属，人臣墓则有石羊、石虎、石人、石柱之属，皆所以表饰坟垄如生前之仪卫耳。"沾裾(jū)：眼泪滴湿了胸前的衣襟。裾，衣服的前后襟。

新评

姜夔在好友之中，依靠张鉴的时间最长，有十年之久，感情也最好。姜夔作品中反映二人交游的有〔莺声绕红楼〕、〔鹧鸪天〕（曾共君侯历聘来）、〔庆宫春〕（双桨莼波）、〔阮郎归〕（红云低压碧玻璃）、〔阮郎归〕（旌阳宫殿昔徘徊）、〔少年游·戏平甫〕、〔平甫见招不欲往〕、〔陪张平甫游禹庙〕、〔平甫放三十六鸥于吴松，予不及与盟〕等，在平甫过世后姜夔作〔念奴娇·毁舍后作〕表达了对好友的怀念。此篇是姜夔为平甫而作的挽歌，首联概述平甫高贵的出身、家世和不善谋划的正直人格，暗示了官场不得意的一生；颔联表达了对平甫不幸逝世的惋惜；颈联和尾联感叹人生短暂，但平甫总算有了年幼的孩子作为自己生命的延续，可以聊以自慰了。此作通篇忧郁凄凉，情调凄婉，蕴含了无限哀感，充溢着诗人对平甫的深长情义。

东堂联句

题解

联句是作诗方式之一，由两人或多人各作一句或几句，合起来成为一篇完整的诗。南朝梁刘勰在《文心雕龙·明诗》中说："回文所兴，则道原为始；联句共韵，则《柏梁》余制。"开禧二年(1206)，姜夔南游浙东，与处州太守赵雍东堂联句（赵雍号竹潭，宋宁宗开禧年间为处州太守）。

金风凉夜深，吹我萧萧发。（赵雍）
起折丹桂枝，惊落花上月。（白石）

新解

金风凉夜深，吹我萧萧发——深夜吹来凉爽的秋风，吹乱了我稀疏的头发。金风：秋风。萧萧：形容稀疏的样子。宋人李纲有《摘鬓间白发有感》诗："萧萧不胜梳，扰扰仅盈掬。"

起折丹桂枝，惊落花上月——深夜无眠，起身攀折桂枝，却望见了天边的落月。丹桂：桂花的一种。

新评

这是一篇写景之联句，一、二句是赵雍作，三、四句是姜夔续。此诗以明快的语言描写了秋夜的清凉和秋月的明净，"萧萧发""起折""惊落"活泼而富有情趣，把风写得顽皮快活，把月写得轻快利落，很有游戏之作的情致。

雁　图

题解

这首诗是姜夔为一幅飞雁图所题写的七言绝句，他借画中的风景表达了心中的所思所感。

万里晴沙夕照西，此心唯有断云知。
年年数尽秋风字，想见江南摇落时。

新解

万里晴沙夕照西，此心唯有断云知——夕阳照耀着无边的沙漠，慢慢西沉，我的心随着大雁飞向远方的片片白云，只有白云才能明白我的心意。晴沙：阳光照耀下的沙漠。断云：片云。南朝梁简文帝《薄晚逐凉北楼迥望》诗："断云留去日，长山减半天。"

年年数尽秋风字，想见江南摇落时——滞留北方的旅人年年看到成群的雁行怎能不想念草木凋零的江南呢，而我也在深深地思念家乡。秋风字：指雁行。大雁成群飞行时或成一字或成人字。摇落：凋零；败落。《楚辞·九辩》："悲哉秋之为气也！萧瑟兮草木摇落而变衰。"

新评

此诗全篇描写的都是画中的景，抒发的是诗人的情。"万里晴沙夕照西，此心唯有断云知"不但为我们展现了万里广阔的塞北沙漠、火红灿烂的夕阳和蓝天下的朵朵白云，而且以"心向白云"向我们呈现了纯洁空净的心境。后两句"年年数尽秋风字，想见江南摇落时"流露了涓涓的思乡之情，既是画中的意境，也是诗人的所感。

除夜自石湖归苕溪（十首）

题解

宋光宗绍熙二年（1191）冬，白石冒雪到苏州石湖拜见范成大，除夕，自石湖归苕溪（在湖州，今浙江吴兴）家中，作十首绝句《除夜自石湖归苕溪》，题目后自注："此诗录寄诚斋，得报云：'所寄十首，有裁云缝物之妙思，敲金戛玉之奇声。'"由此可见，杨万里对这十首诗十分推赏，而姜夔自注于此，也尽现得意之情。这组诗主要反映了白石的江湖飘泊的孤独和寂寞，亦有伤春悲秋之思。

其 一

细草穿沙雪半销，吴宫烟冷水迢迢。
梅花竹里无人见，一夜吹香过石桥。

新解

细草穿沙雪半销，吴宫烟冷水迢迢——积雪还没有完全融化，小草从沙地中露出了嫩芽，远望吴宫旧址，一片寒烟凄迷，只有河水向远方不停地流淌。销：消融；融化。韩愈《春雪》诗："拂花轻尚起，落地暖初销。"吴宫：指春秋时吴王夫差的宫殿，其遗址在苏州。迢迢：形容水流绵长，道路遥远。

梅花竹里无人见，一夜吹香过石桥——竹林里盛开的梅花虽然不为人所见，但那香气却一夜之间把我的船吹过了石桥。

新评

这首诗描写了冬去春来之际行舟时所见的江南景色。前两句写所见，"雪半销"和"吴宫烟冷水迢迢"营造了一派冷峭、荒凉、寂寞的气氛，弥散着吊古伤今的情怀，但"细草穿沙"又寓含着勃勃向上的生命力和清新的青草气息。后两句从嗅觉的角度写出了竹里梅花的幽冷清香，突出了梅花的脱俗和远离尘世之美，"一夜香吹过石桥"极富活力与情趣，体现了欢快心情。诗人把欣欣向荣之景与衰落颓败之象相结合，既写出了感时伤逝之感，又写出了对生命的爱惜和高洁出世之情。

其 二

美人台上昔欢娱，今日空台望五湖。
残雪未融青草死，苦无麋鹿过姑苏。

新解

美人台上昔欢娱，今日空台望五湖——昔日吴王同西施在姑苏台上寻欢作乐，而今只剩下空旷的姑苏台同五湖遥遥相望。美人：指西施。春秋时越王勾践使用美人计，把西施献给吴王夫差，使吴王沉迷于美色，最终灭吴。台：供视察眺望用的、垒土而成的、高而上平的方形建筑物。这里指姑苏山上的姑苏台，春秋时吴王所建。五湖：泛指古代吴越地区湖泊。其说法不一。

残雪未融青草死，苦无麋鹿过姑苏——冬天的积雪还没有完全融化，青草也没有萌芽的意向，麋鹿却偏偏没有来到姑苏台。麋鹿：一种稀有的珍贵兽类，哺乳动物。因其雄性有角，而又角像鹿、尾像驴、蹄像牛、颈像骆驼，所以也叫四不像。吴灭越后，越王勾践忍辱求和，吴大夫伍子胥进谏吴王夫差，认为越不可和、敌不可纵，吴王不听，伍子胥于是说："臣今见麋鹿游姑苏之台也。"(《史记·淮南衡山列传》)意思是吴国就要灭亡了，姑苏台将成为麋鹿游走的荒地。这里姜夔反用其意说：姑苏台一派废弃荒凉的景象，如果真的有麋鹿出没，应了伍子胥的话，那就真的可以让国王将相引以为戒了。

新评

这是一首即景怀古之作。苏州有不少吴越春秋的遗迹，身处其地易生悲秋怀古之感，姜夔选择了姑苏台，以其昔盛今衰之比及对吴国的独特意义抒发了忧国之思。姑苏台是吴王夫差荒淫享乐的一个象征，而同吴王共游于此的西施正是以美人之计使吴王沉迷于声色犬马的生活，骄纵自恣，直至亡国。诗人选取了这一有代表性的人和事，借伍子胥之谏表达了自己对南宋朝廷沉湎淫乐、不思国政的感慨。

其　三

黄帽传呼睡不成，投篙细细激流冰。
分明旧泊江南岸，舟尾春风飐客灯。

新解

黄帽传呼睡不成，投篙细细激流冰——船夫们的招呼声使我夜不成眠，我倾听着船篙在流水中敲击细冰的声音。黄帽：指船夫。汉代的船夫都戴黄帽子，号称"黄头郎"。传呼：行船时互相呼喊打招呼。激：一作"击"。打动。

分明旧泊江南岸，舟尾春风飐客灯——我分明记得现在经过的河岸正是曾经停船的地方，那夜的春风吹晃着船尾的灯火。飐(zhǎn)：因风的吹动而使物体摇动。

新评

这首诗描写的是夜中行船而不寐，卧听船篙击冰的情景。与前首怀古诗不同的是，这首诗没有宏大的历史背景，没有广阔的场景空间，而只是截取生活中一个小小的画面进行细致入情的描写。"黄帽传呼睡不成"交待的除"我"以外的人物及"睡不成"的原因，并以"黄帽"暗示了所处的地点；"投篙细细激流冰"是完全借助想象从听觉角度进行描写的，"细细"不仅表现了冰的细小、声音的细微，同时体现了诗人感情的细腻。"分明旧泊江南岸，舟尾春风飐客灯"通过写此时江南的河岸是他曾经停泊过的地方，说明已不止一次来到这里，暗示了飘泊的生活，又通过描写夜晚春风中摇曳的孤灯，表现了游子孤独寂寞的思乡之情。末句中的"客"是诗眼所在，流露了全诗的感情主旨。

其　四

千门列炬散林鸦，儿女相思未到家。

应是不眠非守岁，小窗春色入灯花。

新解

千门列炬散林鸦，儿女相思未到家——千家万户都陈列着蜡烛，灯火通明，惊散了林间栖息的乌鸦，儿女们正期盼着我回家团圆，而我正在匆匆赶路，还未到家。列炬散林鸦：杜甫《杜位宅守岁》诗："守岁阿戎家，椒盘已颂花。盍簪喧枥马，列炬散林鸦。"列，陈列。炬，蜡烛。

应是不眠非守岁，小窗春色入灯花——家人也不能成眠，大概不是因为要守岁，而是惦记远方飘泊的亲人。就在这灯火辉煌的漫漫长夜之中，春天已经悄悄地来临了。守岁：除夕之夜，通宵不眠，以迎接新年的到来。《东京梦华录·除夕》："是夜，禁中爆竹山呼，声闻于外，士庶之家，围炉团坐，达旦不寐，谓之守岁。"

新评

这首诗通篇为想象之言，并无眼见之实景，表达了急切回家的心情。首句"千门列炬散林鸦"洋溢着节日的欢乐气氛，"儿女相思未到家"突然转折，由别人的欢乐转向自身的飘泊之境和相思之情。"应是不眠非守岁，小窗春色入灯花"描绘了一幅家人半夜挑灯之景，流露的是对游子的惦记和对团圆的期盼之情。孙玄常《姜白石诗集笺注》云："此诗盖从徐陵《关山月》：'思妇高楼上，当总应未眠'，及杜甫《月夜》翻出，不言己之思家，却自远处落笔，写家人之念己，则思归之切，已溢于言外矣。"

其　五

三生定是陆天随，又向吴松作客归。

已拚新年舟上过，倩人和雪洗征衣。

新解

三生定是陆天随，又向吴松作客归——我的前生一定是陆天随，要不我怎会和他一样在吴松的旅船上度过岁末呢。三生：前生、今生和来生。这里指前生。陆天随：晚唐诗人陆龟蒙自号天随子，辞官后隐居松江浦里。天随诗多以避世心态写闲散隐逸之作，抒淡泊情思，诗境闲适，杨万里等人曾试图用其情趣拯救江西诗派的生硬瘦涩之弊病。吴松：即吴淞江，俗名苏州河，太湖最大的一条支流，在吴淞口流入长江。《吴地记》："松江一名松陵，一名笠泽，一名吴淞江……"

已拚新年舟上过，倩人和雪洗征衣——我注定要在旅船上度过新年了，为了迎接新年，我请人浣洗旧衣服，上面粘有奔波的尘土与冰雪。拚(pīn)：旧读pàn。舍弃；不顾惜。倩(qìng)人：请托、拜托别人。倩，请；使。征衣：远行人的衣服。

新评

这首诗抒发了姜夔飘泊江湖的羁旅情怀。他十分崇拜隐居不仕的陆龟蒙，并常以龟蒙自比，如“沉思只羡天随子，蓑笠寒江过一生”，“第四桥边，拟共天随住”，这里诗人借陆龟蒙不但表达了隐居不仕之情，更主要的是流露了除夕佳节对故乡的思念、对羁旅生活的厌倦和无力改变现状的无奈。

其　六

沙尾风回一棹寒，椒花今昔不登盘。
百年草草都如此，自琢春词剪烛看。

新解

沙尾风回一棹寒，椒花今昔不登盘——沙岸边一条小船飘荡在冷风回旋之处，今年的除夕又不能同家人团聚了。沙尾：即指沙滩的边缘部分。杜甫《春水》诗：“三月桃花浪，江流复旧痕。朝来没沙尾，碧色动柴门。”椒花今昔不登盘：古时正月初一的习俗，一说以盘进红椒，又名椒盘；一说以红椒泡酒。这句话的意思是：除夕不能同家人团聚了。棹：船桨。这里代指船。

百年草草都如此，自琢春词剪烛看——我的一生都这样辛劳奔波，只能夜晚在灯下为自己写下新年的祝福。草草：劳苦不安的样子。琢：修饰文辞，锤炼句子。春词：为迎接新年而作的韵语或诗词，即春帖子词。剪烛：指灯下。

新评

新春佳节正是阖家团圆之时，在万家灯火的喜悦气氛中，姜夔只身一人在江中小船之上为自己写下新年的贺语，伴随他的只有昏暗的灯光和沙地的冷风——这就是这首诗所展现的情景意境，充满了不尽的孤寂和悲凉。“沙尾风回一棹寒”写的是客观景物，一派肃杀寒冷的景象，以哀景为下文做了铺垫；“椒花今昔不登盘”由景过渡到人，但又不是直接写人，而是用具有象征性的事物暗示人的远离家乡；“百年草草都如此”把自己一时的境遇扩大到了整个人生，含有无限的感慨，也有丝丝豁达的意味；最后一句“自琢春词剪烛看”以自娱的表现，突出了诗人的凄凉之境，甚是巧妙动人。

其 七

笠泽茫茫雁影微，玉峰重叠护云衣。
长桥寂寞春寒夜，只有诗人一舸归。

新解

笠泽茫茫雁影微，玉峰重叠护云衣——笠泽之上水气迷蒙，很少能看见鸿雁掠过的身影，远处群山重叠、云雾缭绕。笠泽：一说即松江，《吴地记》："松江一名松陵，一名笠泽，一名吴淞江……"；另一说即太湖，《扬州记》："太湖一名笠泽，一名洞庭。"茫茫：渺茫；模糊，看不清楚。玉峰：指太湖群山。护云衣：形容山峰为云雾笼罩的样子。

长桥寂寞春寒夜，只有诗人一舸归——垂虹桥寂寞地矗立在春天的寒夜之中，江面上只有诗人孤零零的一条小船飘泊在回乡的旅途上。长桥：即垂虹桥。舸：船。

新评

此诗景况孤独寂寥，用暗淡萧瑟的景物营造了一派悲凉阴冷的气氛，笔法清刚冷峻。"笠泽茫茫雁影微，玉峰重叠护云衣"从宏观的角度写出了大环境的特点，第一句描写近处的湖面，第二句描写远处的寒山，皆有朦胧、迷茫之特点，富有层次感。"长桥寂寞春寒夜"继续写景，但不同的是已由宏观之景变为具体的事物，其中"寂寞"一词是全诗的中心主旨；"只有诗人一舸归"由物转向人，表达了低回不尽的飘泊之感。

其 八

桑间篝火却宜蚕，风土相传我未谙。
但得明年少行役，只裁白纻作春衫。

新解

桑间篝火却宜蚕，风土相传我未谙——在桑树林中烧起火堆，可以促使桑叶早早发芽生长，有利于蚕的养殖，这是地方上流传下来的风俗习惯，我对此并不熟悉。篝火：用竹笼罩着的火。风土：风俗。谙：知道；熟悉。

但得明年少行役，只裁白纻作春衫——只要明年我不经常在外飘泊，我也要亲自种桑养蚕，用自己的劳动成果织成布、裁作春衫。但：表示假设或条件。如果；只要。行役：泛称出行、远游、出门在外。白纻(zhù)：用苎麻为原料织成的白粗布。

新评

姜夔通过对江南民间种桑养蚕的风俗习惯想到自己不谙此道，直抒对田间劳动的渴望，表达了对安定生活的向往和飘泊江湖的厌倦。“桑间篝火却宜蚕，风土相传我未谙”两句写景叙事；“但得明年少行役”直抒胸臆，说明不想再过羁旅生活；“只裁白纻作春衫”把心中的愿望、美好的生活状态寄于一件春衫之上，新颖别致。此诗在这组诗中独树一帜，一改暗淡萧瑟的景物和抑郁寡欢之情，而以乡土气息和美好愿望的表达结构全篇，在这十首诗中熠熠生辉。

其　九

少小名知翰墨场，十年心事只凄凉。
旧时曾作梅花赋，研墨于今亦自香。

新解

少小名知翰墨场，十年心事只凄凉——我自年少的时候便在文坛上崭露头角，而近十年来却境遇不佳，心绪总是凄清悲凉。少小：幼时，儿时。翰墨场：指文坛。翰墨，笔墨。

旧时曾作梅花赋，研墨于今亦自香——曾经我创作过许多吟咏梅花的诗作名篇，至今磨墨之时仍能感到梅花的香气。研墨：磨墨。

新评

姜夔自年少时便富有才情，学问丰富，所以“少小知名翰墨场”并不是夸张之言。又据陈思《白石道人年谱》，宋孝宗淳熙八年辛丑（1181）姜夔“客长沙从萧千岩学诗”，至宋光宗绍熙二年（1191）正好十年，此十年间姜夔于公卿士大夫之间颇为闻名，但始终未仕，飘泊于江湖之上，年近而立却怀才不遇已使他心生凄凉之感。“少小名知翰墨场，十年心事只凄凉”两句极具概括性，形成与现实的鲜明对比，不但时间跨度大而且境遇悬殊，读之使人感到浓重而深长。姜夔创作此诗时大约三十七岁左右，在此之前他曾创作过许多咏梅之词，如〔一萼红〕、〔小重山令〕(人绕湘皋月坠时)、〔夜行船〕、〔玉梅令〕、〔暗香〕、〔疏影〕等，这些都是他得意的代表作，“研墨于今亦自香”可作双解，可以理解为至今提笔之时尤能想起当年文坛风流之事，也可理解为如今的才思不减当年。

其　十

环玦随波冷未销，古苔留雪卧墙腰。

谁家玉笛吹春怨，看见鹅黄上柳条。

新解

环玦随波冷未销，古苔留雪卧墙腰——身上的佩玉像河水一样寒气逼人，多年的青苔被积雪覆盖着蜷缩在墙角里。环玦：古时佩带的玉器。圆圈形的为环；环形，有缺口的为玦。销：消散；消退。

谁家玉笛吹春怨，看见鹅黄上柳条——杨柳树已经露出了淡淡的黄色，可又是谁在用玉笛吹奏春日的愁绪呢？鹅黄：淡淡的黄色。

新评

这是一首春思之作。除夕之夜寒气逼人，“环玦随波冷未销，古苔留雪卧墙腰”着重从触觉和视觉两方面给人以“冷”的感觉，使原本孤独的诗人在热闹的节日气氛中倍感凄凉阴冷。“谁家玉笛吹春怨，看见鹅黄上柳条”采用了倒装的手法：因为看见了柳条显出鹅黄之色，感受到了春的气息，所以引起了春日怨情，吹奏出哀婉的笛声。此诗感情惆怅衰飒却又细腻委婉，可见诗人纤细的思绪和敏感的心灵。

临安旅邸答苏虞叟

题解

宋宁宗嘉泰四年(1204)三月，杭州大火，烧毁了尚书省、中书省、枢密院、六部右丞相府及两千七百馀家，姜夔的寓所在此大火中被毁，此后只能暂住旅馆。这首七绝就作于临安旅馆，表达了流离失所的痛苦。旅邸即旅馆，苏虞叟是浙江绍兴人，姜夔之友。

垂杨风雨小楼寒，宋玉秋词不忍看。
万里青山无处隐，可怜投老客长安。

新解

垂杨风雨小楼寒，宋玉秋词不忍看——凉风斜吹着冰冷的雨水，敲打在低垂的杨柳枝条上，小楼之上充斥着风雨飘摇的寒冷，此时的我实在不忍心去欣赏宋玉的《九辨》。宋玉秋词：宋玉是战国时楚国辞赋家，曾为楚顷襄王大夫。有人称他是屈原的弟子，其代表作《九辨》开头为“悲哉秋之为气也，萧瑟兮草木摇落而变衰。憭栗兮若在远行，登山临水送将归”，故后人常以此为悲秋之词，以宋玉为悲秋伤怀的代表人物。

万里青山无处隐，可怜投老客长安——青山万里，可是却没有我的容身之所，迟暮之年却只能飘泊在临安。投老：临老，迟暮之年。长安：指南宋都城临安（今浙江杭州）。

新评

这是一首感怀境遇身世的悲秋之词。寒冷的风雨、东摇西摆的垂杨、孤独寂寞的小楼，诗的开始就营造了一派凄清悲凉的气氛，再加上此时诗人流离失所、穷困潦倒的社会生活，使他不自觉地与宋玉的《九辨》相对照。《九辨》的悲秋氛围，《九辨》中宋玉政治上不得志的悲伤，使诗人找到了感情上的契合，惆怅黯然，不忍卒读。"万里青山无处隐，可怜投老客长安"正是诗人心中致命的隐伤。年已半百，操劳一生，飘零一世，辛辛苦苦，到处奔波，最后却什么都没有得到，连个容身之所都失去了，这真可以说是人生莫大的失败和悲哀了。"五十而知天命"，这难道真的是白石的天命所归吗，想必他也有这个疑问吧。

姑苏怀古

题解

宋孝宗淳熙十四年（1187）姜夔客居湖州萧德藻处，这年夏天到苏州拜谒范成大，并作〔石湖仙〕为其贺寿，此首诗便是这次游苏州时所作。

夜暗归云绕柁牙，江涵星影鹭眠沙。
行人怅望苏台柳，曾与吴王扫落花。

新解

夜暗归云绕柁牙，江涵星影鹭眠沙——夜色降临，归山的晚云萦绕在我的船头，澄静的江面倒映着无数的星星，水鸟栖息在岸边的沙地上。柁（duò）牙：指舵板。柁，即舵。在船上掌握行驶方向的装置。鹭：水鸟的一种。

行人怅望苏台柳，曾与吴王扫落花——来往的行人惆怅地望着姑苏台上的垂柳，只有这些垂柳曾经和吴王轻抚过这里的落花。苏台：指姑苏山上的姑苏台，春秋时吴王所建，他曾与西施在此歌舞淫乐，致使亡国。落花：姜夔诗《寄上张参政》有："姑苏台下梅花树。"

新评

这是一首怀古诗。前两句描写苏州美景，夜色撩人，归云浮动，江面澄静，星光灿烂，飞鸟闲静，流露出江山依旧的意味；后两句借咏柳来怀古，用柳树来见证当年的吴国，抒发了古今兴亡之感、物是人非之慨，缅邈飘逸，充满了人事变幻的沧桑感。

次石湖《书扇》韵

题解

陈思《白石道人年谱》云："淳熙十四年巳酉……七月，诣苏州以石湖仙曲为石湖居士寿，有次石湖书扇韵诗。"而夏承焘先生则认为〔石湖仙〕作于宋孝宗淳熙十四年（1187）夏季。此诗的创作时间尚无定论，但可能与〔石湖仙〕相近。范成大（1126－1193），字致能，晚年居住在苏州西南的石湖，自号石湖居士。这首诗便是依石湖《书扇》的原韵原字及次序而和的。

桥西一曲水通村，岸阁浮萍绿有痕。
家住石湖人不到，藕花多处别开门。

新解

桥西一曲水通村，岸阁浮萍绿有痕——一条曲曲折折的小溪从村边小桥下流过，两岸沾染着点点滴滴的绿色浮萍。阁：通"搁"，放；放置。浮萍：草本植物的一种，浮生在水面上，表面绿色，背面紫红色。

家住石湖人不到，藕花多处别开门——范成大虽在石湖建有别墅，但现在人却不在这里，而是到荷花茂盛的庭院居住了。石湖：宋代诗人杨万里《石湖集·序》云："公之别墅曰石湖。山水之胜，东南绝境也。寿皇尝为书两大字以揭之，故号'石湖居士'云。"藕花：荷花。别开门：另开一个院门。指另一处所。

新评

此作灵动飞扬，描绘了一幅色彩绚丽的农村风光。首句写全景"桥西一曲水通村"，村舍、小桥、流水，一派桃园景象，闲适而宁静；"岸阁浮萍绿有痕"用岸边绿色浮萍这一细节给整幅画卷点染了生命的气息；"家住石湖人不到，藕花多处别开门"用心独到，不直接写人在欣赏荷花，而先说人不在石湖，不直接赞美荷花的茂盛繁华、娇艳多姿，而借人为花所吸引来从侧面写花的美丽，可谓曲笔传情，婉言达意。

竹友为徐南卿作（二首）

题解

姜夔有一好友名叫徐南卿，此人事迹不详，他的居室名为竹友轩。宋孝宗淳熙十五年(1188),姜夔客临安,为题南卿竹友轩而作此诗。

其　一

发已星星带已宽,徐卿犹自客长安。
家山竹好无由看,漫种庭心一两竿。

新解

发已星星带已宽,徐卿犹自客长安——徐卿头发斑白了,人也消瘦了,却还飘泊在外,客居临安。星星:形容头发斑白。带已宽:腰带宽松,形容人消瘦的样子。徐卿:指徐南卿。长安:指南宋都城临安(今浙江杭州)。

家山竹好无由看,漫种庭心一两竿——家乡的山竹再好也没有机会见到了,随便在庭院中种上一两竿,一解思乡之苦吧。漫:副词。随便。

新评

这是一首赠答之作。"发已星星带已宽,徐卿犹自客长安"描写了徐南卿窘迫潦倒而凄凉的生活:年事已高,身体羸弱,而又客居他乡。"家山竹好无由看,漫种庭心一两竿"表达的是徐南卿难以言说的思乡之情:那令他魂牵梦绕的大片山竹只能在庭院中种上一两竿。此一"种"不如不种,犹相见不如不见,见不到固然思念,可是见到了一两棵后便仿佛是只让饥饿的人闻到香喷喷的红烧肉的味道而不让他吃到,渴望的滋味更加难耐。全篇把徐南卿的飘泊之感、迟暮之悲寄寓到一两竿竹子上,表现了无限的哀感,流露了诗人的同情。

其　二

世路苍黄总是愁,暮年须得小优游。
如今渐觉知心少,剩种青青伴白头。

新解

世路苍黄总是愁,暮年须得小优游——世事多变,总是给人带来烦恼和哀愁,人到暮年应该享受些悠闲安逸的生活了。世路:世事。苍黄:比喻事物多变,反复无常。暮年:晚年。优游:悠闲自得。

如今渐觉知心少,剩种青青伴白头——现在慢慢地发现腹心相照的朋友越来越少了,只能种些绿竹来打发晚年的时光了。剩:余下。青青:指绿竹。

新评

此诗同上一首一样,也是表达对徐南卿晚年生活的同情。但与上一首不同的是，此诗并没有把重点放在“飘泊”之上，而转向抒发对人生苦短、世事多变、知音难求的感慨。

湖上寓居杂咏（十四首选六）

题解

夏承焘《姜白石系年》中认为此组诗作于庆元六年庚申（1200）寓居杭州西湖之时，时夔四十六岁：“寓西湖，作湖上寓居杂咏。诗无甲子，此依姜谱，不知何据。案第八首‘囊封万字总空言，露滴桐枝欲断弦’句，知在论大乐考琴瑟之后。”此组诗以清虚的笔致描绘了西湖俊丽清逸的风光，写荷花、芦苇、杨柳等境界幽雅，笔墨细致。

其　一

荷叶披披一浦凉，青芦奕奕夜吟商。
平生最识江湖味，听得秋声忆故乡。

新解

荷叶披披一浦凉，青芦奕奕夜吟商——池塘里荷叶随风飘动，芦苇在月下风中不时地发出瑟瑟的悲秋之音，池塘岸边凉气袭人。披披：随风飘动的样子。《楚辞·九歌·大司命》：“灵衣兮披披，玉佩兮陆离。”浦：水滨。青芦：芦苇。奕奕：忧愁悲伤的样子。《诗经·小雅·頍弁》：“未见君子，忧心奕奕。”孔颖达疏：“奕奕，忧之状。”商：五音（宫、商、角、徵、羽）之一，古人把五音与四季相配，商音配秋，所以用商指秋季。就音乐而言，商音凄厉，与秋天萧瑟肃杀的景象相辉映。

平生最识江湖味，听得秋声忆故乡——我有生以来对飘泊江湖的滋味最有体会，一到这凄清的秋季便会对故乡产生不尽的思念。平生：有生以来；此生；这辈子。秋声：秋季里自然界特有的声音。亦泛指秋天的各种象征。

新评

这是一首秋季怀乡之作。诗的前两句写秋景，“荷叶披披一浦凉”写的是视觉上的荷叶和触觉上的凉风；“青芦奕奕夜吟商”则是用拟人的手法为青芦灌以人的主观感情，突出了它忧愁的样子和秋风吹过芦苇丛的声音，简短两句描绘出清凉萧瑟的秋夜之景，有景象，有声音，有意境，真切传神。“平生最识江湖味，听得秋声忆故乡”乃是抒情之语，“江湖味”、“忆故乡”直截了当地道出了对羁旅生活的厌倦、无奈和对久别的故乡的怀念。末句中的“秋声”是建立在首两句写景的基础上的，所以不应单纯地把它理解为秋天的各种声响，“秋声”在此至少应包含秋天的景象、秋天的凉爽和秋天的声音，我们也可以不拘泥于此，而把它理解为诗人眼中所见的秋天的万物，这样更扩大了诗的意象，增加了诗的内涵。

其 二

湖上风恬月澹时，卧看云影入玻璃。
轻舟忽向窗边过，摇动青芦一两枝。

新解

湖上风恬月澹时，卧看云影入玻璃——风静月淡的夜晚，我在湖边休息，欣赏着白云倒映在澄静湖面上的影子。恬：恬静；安静；平和。澹：恬淡。玻璃：在古代为玉名，又称之为水玉。在此比喻平静澄澈的水面。金人高士谈《减字木兰花》词："涨绿涵空，十顷玻璃四面风。"

轻舟忽向窗边过，摇动青芦一两枝——一叶小舟忽然驶过我的窗下，摇动了几枝静默的芦苇。青芦：芦苇。

新评

这首诗描写的是西湖夜景，一派恬淡宁静。"湖上风恬月澹时，卧看云影入玻璃"写风写月，写云写湖，空灵浑成，"卧看"一词显示了诗人的舒适的心情和悠闲的状态。"轻舟忽向窗边过，摇动青芦一两枝"以动写静，以有写无，完全脱现了夜晚的静和从容的心。

其 四

处处虚堂望眼宽，荷花荷叶过阑干。
游人去后无歌鼓，白水青山生晚寒。

新解

处处虚堂望眼宽，荷花荷叶过阑干——到处都是空荡荡的高堂，所以视野开阔了，一望无际，湖面上千顷的荷花荷叶一直伸过了亭台的阑干。虚堂：高堂。

游人去后无歌鼓，白水青山生晚寒——游人散去，喧闹的歌鼓声随着消失了，在夜晚的寒冷中只剩下白水青山依然在此。

新评

这首诗描写的是傍晚游人散去后的荷塘景色。"处处虚堂望眼宽"，游人散后，放眼望去，亭台楼阁，空空荡荡；"荷花荷叶过阑干"是"望眼"所见的景色，写荷花盛开之状；"游人去后无歌鼓，白水青山生晚寒"，一派寂静，寒意袭人。

其 九

苑墙曲曲柳冥冥，人静山空见一灯。

荷叶似云香不断，小船摇曳入西陵。

新解

苑墙曲曲柳冥冥，人静山空见一灯——曲曲折折的苑墙之下柳树幽暗，山空人静的黑夜之中只有一灯闪烁。苑墙：园林的花墙。冥冥：昏暗阴晦的样子。朱熹集传：“冥冥，昏晦也。”

荷叶似云香不断，小船摇曳入西陵——茂密的荷叶像连成一片无边的云彩，不断地飘出阵阵清香，忽然一只小船驶入这飘香幽静的荷塘之中。摇曳：摇荡，表现优游自得的样子。西陵：即西陵桥，又名西泠桥。在〔卜算子〕（月上海云沉）中姜夔自注：“西泠桥在孤山之西。”

新评

这首诗也是写的西湖夜景，与第四首有异曲同工之处，描绘了深夜中西湖的幽静之美。“苑墙曲曲柳冥冥，人静山空见一灯”营造了一派寂静的氛围，用“有”“一灯”衬托出山的“空”、“静”。“荷叶似云香不断”从视觉和嗅觉两方面写出了荷叶的美和荷花的香，把荷塘之景描绘成空灵省净的人间仙境，这时一只小船划入，打破了荷塘的沉默，带入了人迹的活跃，使荷塘更加富有生气和人性，更加贴近生活。

其十一

卧榻看山绿涨天，角门长泊钓鱼船。

而今渐欲抛尘事，未了菟裘一怅然。

新解

卧榻看山绿涨天，角门长泊钓鱼船——靠在榻板之上远望与天相接的翠绿山峦，角门外岸边总有钓鱼船停靠着。榻：坐卧用具。角门：正门之外的小侧门。

而今渐欲抛尘事，未了菟裘一怅然——现在我想抛开一切凡尘俗世，隐身远遁，却找不到一个可以终老的安身之所，只能在这里惆怅。未了：没有完成，没有实现；没有结束。《乐府诗集·清商曲辞一·子夜四时歌秋歌十三》：“寒衣尚未了，郎唤侬底为？”在这里“未了”指没有找到。菟（tú）裘：古代地名。在今山东省泗水县。春秋时期，鲁惠公去世后由鲁隐公继位，十一年后，隐公准备让位给鲁桓公，而大夫羽父则要求他杀了桓公。隐公却说：“使营菟裘，吾将老焉。”（据《左传·隐公十一年》)后来便用菟裘代称告老退隐的居处。宋代诗人陆游《暮秋遣兴》诗中有言:“买屋数间聊作戏,岂知真用作菟裘。”元代的耶律楚材《过燕京和陈秀玉韵》诗之四有:“自料荒疏成弃物,菟裘归计乞封留。”成语“菟裘归计”亦出于此。

新评

这是一首即景抒怀之作。诗人徜徉于湖光山色之中,为眼前的美景所迷醉,由岸边停泊的钓鱼船想到了自己飘泊的身世,引发了退隐之感,可是天大地大,却没有可以终老的容身之所。诗中抒发了前路迷茫、无处安身立命的惆怅之感。

其十四

指点移舟著柳堤,美人相顾复相携。
上桥更觉秋香重,花在西陵小苑西。

新解

指点移舟著柳堤,美人相顾复相携——把小船停靠在长满柳树的堤岸之上,同行的歌女嬉笑着携手登上小桥。著:靠近。美人:同游的歌女。携:搀扶;挽。

上桥更觉秋香重,花在西陵小苑西——小桥之上,美人携手,只觉香气更加浓重,而繁花却在西陵小苑之西。

新评

这是一首记游诗。秋高气爽,诗人和友人歌女们泛舟于西湖之上欣赏美景,舍舟登桥,到西陵小苑寻赏秋花,到处都洋溢着欢乐的气氛。“指点移舟著柳堤”一方面指明了行程,另一方面“移舟”“柳堤”暗示了闲适的心情和美丽宜人的风景;“美人相顾复相携”描绘了熙攘登桥的热闹、欢快的场面;“上桥更觉秋香重,花在西陵小苑西”既以花写人又以花衬人,人的美丽幽香和花的娇艳芬芳相映衬而浑融,分不清是花香还是人香。

平甫见招不欲往(二首)

题解

宋宁宗庆元六年(1200)姜夔寓居临安(今浙江杭州),他的朋友张鉴(字平甫)邀他去喝酒,夔没有兴致,便写了这两首诗答谢朋友盛情。

其一

老去无心听管弦，病来杯酒不相便。
人生难得秋前雨，乞我虚堂自在眠。

新解

老去无心听管弦，病来杯酒不相便——我已经上了年纪，无心再享受歌舞欢笑的生活了，最近身体欠佳，也不能饮酒了。管弦：管乐器与弦乐器的并称。亦泛指乐器。

人生难得秋前雨，乞我虚堂自在眠——人生难得遇见这样凉爽宜人的雨，就让我在家里悠闲地睡觉吧。秋前雨：夏末的雨。乞：请求；祈求。虚堂：高堂。

新评

宋宁宗庆元六年（1200）姜夔大约四十六岁左右，可是他在这里却说“老去无心听管弦，病来杯酒不相便”，表现出一种老态龙钟的样子，人未老而心衰力竭。后两句说要趁着雨天在家里安静地睡觉，流露了萧索倦怠的心情，凝重而深远。

其二

楼阁万重秋雨里，峰峦四合暮潮边。
凤城今夕凉如水，多少人家试管弦。

新解

楼阁万重秋雨里，峰峦四合暮潮边——秋雨之中，楼阁重重，迷蒙的山峦环绕着澎湃的晚潮。

凤城今夕凉如水，多少人家试管弦——夜晚中的临安清凉如水，家家户户都在歌舞欢唱。凤城：京城。在此指南宋京城临安。试管弦：指吹弹演奏乐曲。

新评

此诗首两句写景，“楼阁万重秋雨里，峰峦四合暮潮边”描写了楼阁、秋雨、峰峦、暮潮，一派秋日傍晚凉爽的景象。“凤城今夕凉如水”从表面上看是紧承上句的，写的是凉夜，但是从下一句“多少人家试管弦”可以看出，“凉如水”不但是写夜晚，更是诗人心境的描述。后两句，一句正衬内心的凄凉，一句反衬内心的孤独，把诗人的孤独寂寥描写得淋漓尽致，读之给人悲苦难抑之感。

三高祠

题解

江苏吴淞江上有三高祠，供奉吴越范蠡、晋代张翰、唐代陆龟蒙。范成大有《三高祠记》。宋孝宗淳熙十四年(1187)姜夔游苏州三高祠，作此诗，从三位先贤的角度阐释自己的处世哲学和人生理想。

越国霸来头已白，洛京归后梦犹惊。
沉思只羡天随子，蓑笠寒江过一生。

新解

越国霸来头已白，洛京归后梦犹惊——范蠡霸越之后退隐江湖已是满头白发；张翰虽离开洛阳，幸免于难，但午夜梦回仍心有余悸。越国霸来头已白：春秋时越国为吴国所败，越王勾践在大夫范蠡的辅佐下卧薪尝胆，十年后终于灭吴，成为一方霸主。之后勾践猜忌重臣，范蠡不得不引退江湖。洛京归后梦犹惊：晋代齐王司马冏当政时，张翰到洛阳任大司马东曹掾，后知司马冏将败，又见秋风起而思吴中鲈鱼脍，遂命驾而归，不久司马冏果然被杀。洛京，洛阳。

沉思只羡天随子，蓑笠寒江过一生——想想倒不如像陆龟蒙那样，散发江湖，布衣终身。天随子：晚唐诗人陆龟蒙自号天随子，辞官后隐居松江浦里。天随诗多以避世心态写闲散隐逸之作，抒淡泊情思，诗境闲适。蓑笠寒江：唐代柳宗元《江雪》有："孤舟蓑笠翁，独钓寒江雪。"

新评

这是一篇吊古抒怀之作。前两句采用对偶手法，一句写越大夫范蠡，一句写晋代大将张翰，实为绝工之对。姜夔在《白石道人诗说》中这样写道："人所易言，我寡言之。人所难言，我易言之。自不俗。花必用柳对，是儿曹语。若其不切，亦病也。难说处一语而尽，易说处莫便放过。僻事实用，熟事虚用。说理要简切，说事要圆活，说景要微妙。"此诗的前两句就是用事与对偶的完美的结合。"越国霸来头已白，洛京归后梦犹惊"，在看似无心的流水对中融入了范蠡霸越、引退江湖、张翰归洛、司马被杀四个历史事件，时空跳跃性巨大，极富张力。此外，姜夔对这些故事反其意而用之，两句诗提到了三高祠中的两位先人，而用"只羡"一词便全部给予否定，同时引入了第三位先贤——陆龟蒙，表达了自己向往蓑笠寒江、散发江湖的生活态度。全诗虽赞扬了天随无心仕进、淡泊隐逸的情怀，表明了诗人恬淡省净的内心，但姜夔并不是一个真正的出世之人，他真正所向往的、他一生追求的，其实是范蠡式的功成身退的人生，这一思想特点在他的诗词中都有反映。他引退江湖的思想实际上是无奈之极的表现，是长期被排斥在仕途大门之外的自我解脱的方式，这一点由宋宁宗庆元三年(1197)上书《大乐议》和《琴瑟考古图》一事可知。所以我们只能说姜夔是一个逃避现实的假隐士，而不是超脱的出世人。

过垂虹

题解

垂虹桥，北宋建，在今江苏吴江县境内。宋光宗绍熙二年(1191)冬，姜夔到苏州石湖拜见范成大，为其作了《暗香》和《疏影》，范成大十分喜欢，并以歌妓小红相赠。姜夔携小红乘舟回湖州时路经垂虹桥，作此诗。此事在陆友仁《砚北杂志》中有记载。

自作新词韵最娇，小红低唱我吹箫。
曲终过尽松陵路，回首烟波十四桥。

新解

自作新词韵最娇，小红低唱我吹箫——自己创作的新词音调最为柔美，小红轻轻地为我唱歌，我为她吹箫伴奏。韵最娇：音调最为柔美。

曲终过尽松陵路，回首烟波十四桥——一曲完毕，我们已经过了松陵的一段水路，回首望去，我们刚刚划过的十四座石桥正在烟波浩渺之处。松陵：即松江。《吴地记》："松江一名松陵，一名笠泽，一名吴淞江……"

新评

此作格调自然高妙，凸现出意境的清幽淡雅和诗人情怀的宁静闲适。"自作新词韵最娇"既写出了姜夔的自得之情，也从侧面暗示了小红歌声的婉转悠扬。姜夔在著名诗人范成大处以词得赠美人，自是千古佳话，这既向世人证明了他自身的诗赋曲乐的水平又同时有美眷相陪，得意之情可想而知。这时能写出"自作新词韵最娇，小红低唱我吹箫"这样的诗句来可谓人之常情，是内心真实的写照。"小红低唱我吹箫"既是对一个特定场景的描写，也可以算是对白石诗曲一生的概括，他终生都伴随着对情人真挚的爱，同时把全部的生命寄予对诗歌的热爱和词曲的创作之中，"小红低唱我吹箫"既是他的向往也是现实。"曲终过尽松陵路"说明了诗人完全沉浸在音乐的天堂中，不觉时间飞快，路程遥远。姜夔用语主张含蓄蕴藉，他在《白石道人诗说》中说"小诗精深,短章蕴藉","语贵含蓄","句中有余味,篇中有余意,善之善者也"。此诗的最后一句"回首烟波十四桥"即是含蓄蕴藉之笔。"回首烟波"借浩渺迷蒙之景抒优游不迫之情,脱现出清空悠远的诗境,耐人寻味。

过德清

题解

此诗的创作年月已无可考。《读史方舆纪要》:"德清……本乌程县地。晋以后为武康县之东境。唐天授二年,析置武源县,属湖州。景云二年,改名临溪。天宝初,又改今名。"德清即今浙江德清县,在湖州与杭州之间,有水路相通,姜夔大约在三十三岁后寓居湖州时常往来其间。

木末谁家缥缈亭,画堂临水更虚明。
经过此处无相识,塔下秋云为我生。

新解

木末谁家缥缈亭，画堂临水更虚明——在远处树梢之后隐隐约约的是谁家的亭台呢？华丽的画堂倒映在水中显得更加空明清澈。木末:树梢。缥缈:隐隐约约、若有若无的样子。画堂:华丽的厅堂。虚明:空明;清澈而明亮。苏轼《碧落洞》诗有:"幽龛入窈窕,别户穿虚明。"

经过此处无相识,塔下秋云为我生——在这里我是孤独寂寞的,没有人与我相识,只有塔下的秋云与我相伴。塔下秋云为我生:似化用黄庭坚《汴岸置酒赠黄十七》诗:"黄流不解浣明月,碧树为我生秋凉。"

新评

这是一首即景抒情之作,写的是行舟的寂寞。诗的前两句写景——在重叠的高大树木的后面是一个隐隐约约的亭台——营造了神秘空静的气氛,下一句"画堂临水更虚明"紧承上一句的意境,写得清虚而浑化,画堂因为有水而更空明,水因为有画堂的照映而更富有灵气。前两句诗着重营造的是空灵清虚的意境,暗示了诗人心情的孤独寂寞。"经过此处无相识"由景转向人,写出了自己的形单影只、无依无靠,最后"塔下秋云为我生"是诗人自我安慰的一种解脱,将秋云化为自己的伴侣也体现了姜夔心中的一分旷达之情。此诗意境浑化空灵,很有禅宗意味。

项里苔梅

题解

宋光宗绍熙四年（1193）姜夔客居浙江绍兴，这里既是西楚霸王项羽的故乡又盛产苔梅。姜夔得苔梅一株，见其风姿独特，乃作七言绝句。项里：项羽的故乡。里，指故乡。山阴：今浙江绍兴市。杨梅：常绿乔木，球形核果，酸甜可食。苔梅：梅的一种。范成大《梅谱》云：（苔梅）古梅会稽最多，四明、吴兴亦间有之。其枝樛曲万状，苍藓鳞皴，封满花身。又有苔须，垂于枝间，或长数寸，风至绿丝飘飘可玩。初谓古木久历风日致然，详考会稽所产，虽小株亦有苔痕，盖别是一种，非必古木。"王性之：王铚，字性之，北宋末名士，汝阴人，王莘之子，著有《默记》、《挥尘录》、《玉照新志》。

项里，项王之里也，在山阴西南二十馀里。地多杨梅、苔梅，皆妙天下。王性之赋项里杨梅云："只今枝头万颗红，犹似咸阳三月火。"予近得苔梅一株，古怪特甚，为作七言。

旧国婆娑几树梅，将军逐鹿未归来。
江东父老空相忆，枝上年年长绿苔。

新解

旧国婆娑几树梅，将军逐鹿未归来——项王的故乡仍旧苔梅婆娑，而他自从离开家乡逐鹿中原后就再也没有回来过。旧国：故乡。这里指项羽的故乡。婆娑：形容姿态优美动人。将军：指项羽。逐鹿：《史记·淮阴侯列传》："秦失其鹿，天下共逐之，于是高材疾足者先得焉。"此处以鹿喻帝位。以后便以"逐鹿"借指争夺政权。

江东父老空相忆，枝上年年长绿苔——江东父老徒然怀念项羽，可他已经不可能再回到家乡了，只剩下苔梅依旧一年年地生长着绿苔。江东父老：《史记·项羽本纪》："且籍与江东子弟八千人渡江而西，今无一人还，纵江东父兄怜而王我，我何面目见之？"江东，泛指长江以南江浙的部分地区。

新评

这是一首咏物怀古之作。前两句借用苔梅婆娑的美妙姿态写出了项王家乡的美好，反衬出他一去不回的悲哀；后两句则用苔梅的"枝上年年长绿苔"写出了物是人非之感。全诗以苔梅起笔，又以苔梅收尾，中间充斥着项王的远逝和江东父老对他的思念，即物兴感，灵动飞扬，遗恨无涯。

雪中六解

题解

“六解”即六章；六首，《古今乐录》载：“伧歌以一句为一解，中国以一章为一解。”此组诗同《昔游诗》一样，是以回忆的手法来记述曾经在雪中游历的情景，歌咏江南雪景，陈思《白石道人年谱》中说：“……而三十年之游踪，皆以雪显。与《昔游诗》同一章法。”

其　二

黄鹤矶边晚渡时，柳花风急片帆飞。
一声长笛鱼龙舞，白浪如山不肯归。

新解

黄鹤矶边晚渡时，柳花风急片帆飞——我乘坐的小船在雪花纷飞的傍晚驶过黄鹤矶，疾风夹着雪花把船吹得飞快。黄鹤矶(jī)：宋孝宗淳熙十三年(1186)姜夔离汉阳前往浙江湖州，途经武昌，为庆贺武昌安远楼落成曾作〔翠楼吟〕一首，而此安远楼便位于武昌西南黄鹤矶上，是为庆祝抗金胜利而建的。姜虬绿《白石道人诗词年谱》曰：“《雪中六解》‘黄鹤矶边晚渡时’，指此。”矶，水边突出的岩石或石滩。柳花：指白雪。《世说新语·言语》：“谢太傅寒雪日内集，与儿女讲论文义。俄而雪骤，公欣然曰：‘白雪纷纷何所似？’兄子胡儿曰：‘撒盐空中差可拟。’兄女曰：‘未若柳絮因风起。’公大笑乐。即公大兄无奕女，左将军王凝之妻也。”片帆：指小船。

一声长笛鱼龙舞，白浪如山不肯归——我在船上吹一声长笛，天上水中便鱼龙翻舞，掀起漫天白浪，难以行船。一声长笛鱼龙舞：化用《文选》马季长《长笛赋》：“鱼鳖禽兽闻之者，莫不张耳鹿骇，熊经鸟申，鸱视狼顾，拊噪踊跃。”白浪如山：化用李白《横江词》：“白浪如山那可渡，狂风愁杀峭帆人。”

新评

这首诗在我们面前呈现了一片水中鱼跃、漫天飞雪的江南夜雪之景，壮丽而充满了生机。“黄鹤矶边晚渡时，柳花风急片帆飞”记述了在夜晚、大风、大雪中行船；“一声长笛鱼龙舞，白浪如山不肯归”用鱼龙飞舞、白浪如山的磅礴气象一方面写出了雪势的大、猛，另一方面也兼有抒怀之意，展现了远大的抱负、博大的胸襟和从容不迫的态度。

其 三

万马行空转屋檐，高寒屡索酒杯添。
故人家住吴山上，借得西湖自卷帘。

新解

万马行空转屋檐，高寒屡索酒杯添——漫天飞舞的雪花萦绕在屋檐之上，吴山上的天气更加寒冷，我们屡屡斟酒添杯，抵抗寒气。万马行空：形容雪花漫天飞舞。高寒：苏轼〔水调歌头〕(明月几时有)："又恐琼楼玉宇，高处不胜寒。"索：索取。

故人家住吴山上，借得西湖自卷帘——我的老朋友在吴山之上的家中可以鸟瞰西湖全景，只要卷起珠帘便仿佛是把西湖借到自己家里来了。吴山：在杭州西湖东南，是南宋的繁华之地。借得西湖自卷帘：初唐王勃《滕王阁序》有："珠帘暮卷西山雨。"

新评

这首诗是从屋内的角度写雪景的，而且是鸟瞰之势，别有一番韵味。"万马行空转屋檐，高寒屡索酒杯添"把屋外寒冷的风雪和屋内温暖的烈酒相比，突出了诗人对生活的享受和怡然自得的心情；其中的"万马行空"很有李白的风格和气魄。"故人家住吴山上"紧承上一句的"高寒"，"借得西湖自卷帘"写的是在高处的窗口俯视西湖美景的优势，人与自然相浑融，充满了江湖隐士的生活情趣，令人神往。

其 五

万壑千岩一样寒，城中别有玉龙蟠。
旧人乘兴扁舟处，今日诗仙戴笠看。

新解

万壑千岩一样寒，城中别有玉龙蟠——绍兴的峰峦山谷一派寒冷景象，卧龙山像一条白色的玉龙盘踞在城内。万壑千岩：形容浙江绍兴的地理风貌，峰峦、山谷极多。语出南朝宋刘义庆《世说新语·言语》："顾长康从会稽还，人问山川之美，顾云：'千岩竞秀，万壑争流。'"城中：绍兴城内。玉龙：指卧龙山。越大夫文种助越王灭吴后没有听范蠡的规劝及时退隐而终被越王所杀，葬于卧龙山，卧龙山旧名种山。《宝庆会稽续志》："按元微之《州宅》诗序：州之子城，因种山之势，盘绕回抱，若卧龙形，故取以为名。"蟠(pán)：盘曲；盘踞。

旧人乘兴扁舟处，今日诗仙戴笠看——曾经有王子猷乘兴弄扁舟，而今有我这个诗人戴着斗笠在这里看雪。旧人乘兴扁舟处:此句运用典故。《世说新语·任诞》:“王子猷居山阴,夜大雪,眠觉,开室命酌酒,四望皎然。因起彷徨,咏左思招隐诗。忽忆戴安道。时戴在剡,即便夜乘小舟就之。经宿方至,造门不前而返。人问其故,王曰:‘吾本乘兴而行,兴尽而返,何必见戴?’”诗仙:姜夔自称。笠:斗笠,类似于帽子。用竹篾、棕皮或箬叶等编成,用于遮阳、遮雨等。《世说新语·言语》“谢灵运好戴曲柄笠,孔隐士谓曰:‘卿欲希心高远,何不能遗曲盖之貌?’谢答曰:‘将不畏影者,未能忘怀。’”

新评

夏承焘《姜白石系年》据“万壑千岩一样寒,城中别有玉龙蟠”认为此诗应作于宋光宗绍熙四年(1193)姜夔寓居浙江绍兴期间,此依夏承焘先生一说。这首诗描写的是绍兴玉龙山的雪景。“万壑千岩一样寒,城中别有玉龙蟠”描写了一派银装素裹、盘踞如龙的卧龙山景象,不直接言雪却写出了雪中山的冷峭和晶莹,不写自己却道出了心中的清高孤傲;下面便由记景转向写人,“旧人乘兴扁舟处,今日诗仙戴笠看”,诗人以王子猷自比,显示了自己乘兴的雅致,又使用了谢灵运的形象表现了自己如白雪一样晶莹洁净、高雅凄冷的清空之心。全诗自然浑成,空灵蕴藉,在省净高洁之处显示了姜夔创作的主体风格。

送范仲讷往合肥三首

题解

据夏承焘先生考,姜夔有情人在合肥。宋光宗绍熙初年,姜夔流寓合肥,绍熙二年(1191)夔到此找寻情人而不得,此后其诗词中再无前往合肥踪迹。此诗无甲子,陈思《白石道人年谱》谓其创作于宋宁宗庆元二年(1196),尚待考证。范仲讷,其人不详,只是由诗中可知他是姜夔的邻居。

其　一

壮志只便鞍马上,客梦长在江淮间。
谁能辛苦运河里,夜与商人争往还。

新解

壮志只便鞍马上,客梦长在江淮间——我本来是壮志凌云的,想建立一番功业,可现在却飘泊于江淮之间,作客他乡。江淮:泛指长江与淮河之间的地区。

谁能辛苦运河里,夜与商人争往还——有谁能像我一样整天奔波在运河之中,日夜与商人为伴。运河:指京杭大运河。

新评

姜夔一生过着飘泊游荡的生活,往来于江淮吴越之间,舟车劳顿,客梦难眠。此诗就是姜夔对自己人生的宏观描写。“壮志只便鞍马上,客梦长在江淮间”是两个形成鲜明对比的句子,自身本来的宏图大志化为今天的飘泊江淮,理想与现实的落差仿佛是命运跟白石开了个莫大的玩笑,对他的身心来说是一个痛苦的折磨。后两句采用了一个场景的描写:与商人在运河之中争相渡船,极具画面感和真实效果。古代分士、农、工、商四个阶层,商人在社会中的地位最为低下,而在我国古代人民心中向来有“万般皆下品,惟有读书高”的观念,所以诗人再次把自己放到商人的生活之中,表达了自身境遇的凄惨、怀才不遇的苦闷,以此引发了下一首对往日邻里生活的怀念。

其　二

我家曾住赤阑桥,邻里相过不寂寥。
君若到时秋已半,西风门巷柳萧萧。

新解

我家曾住赤阑桥,邻里相过不寂寥——我曾经在合肥城南的赤阑桥居住,邻居之间互相往来,使我不会感到寂寞孤独。赤阑桥:姜夔在[淡黄柳]词序中说:“客居合肥南城赤阑桥之西”。

君若到时秋已半,西风门巷柳萧萧——你回到合肥之时想必已经进入深秋了吧,夹道的柳树大概已经在瑟瑟的秋风中凋零了。萧萧:形容稀疏的样子。唐人牟融《游报本寺》诗:“茶烟袅袅笼禅榻,竹影萧萧扫径苔。”这里指柳枝凋零、稀疏的样子。合肥街巷多柳树。

新评

这虽是一篇送别之作,但并没有对送别的场面和离别之情进行正面的描写,而是先回忆往日邻里和睦往来的欢乐生活,表现了对曾经闲适、和谐生活的向往,与上一首在感情和内容上形成转折,也可以说是在上一首的极度悲伤之时想起了曾经的美好时光,这是符合人的心理变化的。接着“君若到时秋已半,西风门巷柳萧萧”设想范仲讷到达合肥时的时令节气和相应的萧条景象,既表现了对合肥的怀念,也流露了对老朋友的依依惜别之情。

其 三

小帘灯火屡题诗，回首青山失后期。
未老刘郎定重到，烦君说与故人知。

新解

小帘灯火屡题诗，回首青山失后期——当年我在窗下多次题诗送给情人，现在回想当初向她许下的携手青山的承诺，不知已失约多少年了。青山：指隐居之处。唐代诗人贾岛有《答王建秘书》诗："白发无心镊，青山去意多。"

未老刘郎定重到，烦君说与故人知——如果你见到她，请替我转告，我一定会再回合肥的。未老刘郎：宋光宗绍熙二年（1191）姜夔离开合肥之时曾作[点降唇]（金谷人归）一首，写到"月落潮生，掇送刘郎老"，刘郎指刘禹锡，他的《再游玄都观》诗中有一句"前度刘郎今又来"，此时距前一次到玄都观已隔十四年。

新评

此诗写的是诗人在范仲讷临行前的嘱托。姜夔有情人在合肥，他也曾多次寓居合肥，度过了一段美好而欢乐的时光。在姜夔的作品中，词曲里怀念合肥情人的篇章较多，但大多并不直接言明，而像此诗这样在诗中明明白白地写出怀念合肥情人的实属罕见。纵观这组诗，饶有趣味，第一首写宏图大志、壮志难酬；第二首写邻里情深、送别友人；第三首则是写小帘题诗、儿女情长，三首排列，款款道来，的的确确是送别的喃喃之语。

下菰城

题解

宋宁宗庆元二年（1196），姜夔同俞灏、张鉴、葛天民从浙江武康乘舟赴无锡，途经下菰城，见风景怡人，乃作此诗。《太平寰宇记·湖州》："废菰城县在（湖）州南二十五里。"

人家多在竹篱中，杨柳疏疏尚带风。
记得下菰城下路，白云依旧两三峰。

新解

人家多在竹篱中，杨柳疏疏尚带风——整齐的竹篱笆环绕着乡村小舍，杨柳树垂下稀疏的枝条随风舞动。疏疏:形容稀疏的样子。

记得下菰城下路,白云依旧两三峰——下菰城下风景依旧那么秀丽迷人,朵朵白云环绕着青翠的山峰。下菰城:在今浙江省吴兴县南,即乌程镇。

新评

姜夔途经下菰城,这里乡村的风景淡雅清醇:竹篱、人家、杨柳、清风、白云、青山,一景一物都充满了诗情画意,一景一物都触动着诗人敏感的诗兴。白石以热情洋溢、飞扬灵动的七绝笔调写秀逸清畅之言,表达了对大自然的热爱。

萧山

题解

此诗是姜夔在宋光宗绍熙四年(1193)由杭州前往绍兴,路经萧山时所作。《读史方舆纪要》载:"萧山县治西一里。唐以此山名县,一名西山。又城山,在县西九里。其山中卑四高,宛如城堞,亦谓之越王城。山半有洗马池,产嘉鱼。其前两峰对峙,谓之马门。相传吴王阖闾侵越,勾践保此以拒吴。又冠山,在县西十七里,山形如冠。又西三里为连山,长冈九里。旧《经》:秦始皇欲置石桥渡浙江,今山下有石柱数十,沿列江际。"

归心已逐晚云轻,又见越中长短亭。
十里水边山下路,桃花无数麦青青。

新解

归心已逐晚云轻,又见越中长短亭——还没有到绍兴,可我的心已像归山的晚云一样早已飞向了故里。绍兴城外的长亭短亭又一一呈现在我的眼前,这情景是多么熟悉啊。越中:指浙江绍兴一带。长短亭:古代的驿亭,供人行旅休息或饯别,有"十里一长亭,五里一短亭"之说。唐代诗人李白《菩萨蛮》有:"何处是归程,长亭更短亭。"

十里水边山下路,桃花无数麦青青——绿水环绕着青山,一条弯弯曲曲的小路随水而行,放眼望去到处是盛开的桃花和青葱的麦田。

新评

这是一首写景抒情之作。诗人将回到久别的的绍兴,往日的欢乐时光和绍兴的山水美景、风土人情一一呈现在脑海之中,畅快之情难以抑制。首句"归心已逐晚云轻"写出了回归的快乐,与李白的"轻舟已过万重山"、杜甫的"即从巴峡穿巫峡,便下襄阳向洛阳"在抒情方面有异曲同工之妙。后三句全是写景之词,并无半点儿流露心情之语,而我们却能从这美景的字里行间窥视出诗人对绍兴的热爱和久别重逢的喜悦。这里的长亭短亭、青山绿水、桃花麦田,既可以看作是诗人眼前实实在在之所见,也可以认为是他心中真切刻骨之所忆、所想,总而言之,既是美景培养、引发了真情,也是心中的真情点染了眼中的美景。

戊午春帖子

题解

此诗作于庆元四年戊午(1198)正月。帖子即帖子词,宋代苏轼《次韵秦少游元旦立春》:"好遣秦郎供帖子,尽驱春色入毫端。"并自注:"立春,翰林学士供诗帖子。"孙玄常先生《姜白石诗集笺注》中《除夜自石湖归苕溪》的"自琢春词剪烛看"句注有:"按宋时凡新春、端午等节,翰林例撰帖子词以进……然帖子词未必皆奉旨所撰……白石有《戊午春帖子》,见后,亦非奉旨撰,盖当时风气如此。"

晴窗日日拟雕虫,惆怅明时不易逢。
二十五弦人不识,淡黄杨柳舞春风。

新解

晴窗日日拟雕虫,惆怅明时不易逢——我日日在明亮的窗前沉溺于诗词曲赋的创作,基为难于遇到政治清明的时代而伤感。晴窗:明亮几净的窗户。拟:起草;写作。雕虫:即"雕虫篆刻"。虫书和刻符原本都指的是一种字体,后以"雕虫篆刻"喻指微不足道的小技艺或词赋文章。这里指自己写作的诗文辞赋,此为诗人自谦的一种说法。惆怅:伤感,失意。明时:政治清明的时代。三国时期曹植有《求自试表》,云:"志欲自效于明时,立功于圣世。"逢:碰到;遇见;赶上。

二十五弦人不识,淡黄杨柳舞春风——虽然没有人赏识我的上书、发现我的才华,但我可以在这里欣赏春风中翩翩起舞的淡黄杨柳。二十五弦:古代的一种有二十五根弦的琴瑟。《汉书·郊祀志上》:"泰帝使素女鼓五十弦瑟,悲,帝禁不止,故破其瑟为二十五弦。"这里用二十五弦代指诗人于宋宁宗庆元三年(1197)上书的《大乐议》和《琴瑟考古图》。

新评

这首诗所抒发的是不遇之怀。宋宁宗庆元三年(1197)姜夔向朝廷上书《大乐议》和《琴瑟考古图》,建议治理国乐,但因权臣妒才而未被重视,此诗便是在这件事之后所作，表达了对朝廷的不满和生不逢时的感慨。“晴窗日日拟雕虫”用“日日”来写勤奋和刻苦，同时为下文的“人不识”埋下伏笔，暗示出自己的作品并不是无能之作；“惆怅明时不易逢”正面来抒发怀才不遇的悲愤和对朝廷的极度不满；“二十五弦人不识，淡黄杨柳舞春风”流露的是诗人一种旷达的、自娱自乐、随遇而安的情怀。

观灯口号(十首选九)

题解

诗无甲子，孙玄常《姜白石诗集笺注》云：“陈思《白石年谱》，《灯词》诗亦系于是年(庆元三年，即1197年)。按白石有《观灯口号》十首，列《诗集》，又有《灯词》四首、《春词》二首，并列《集外》，多见于《武林旧事》，或非一岁所作。盖白石自庆元三年后，虽有浙东、松江、金陵之游，而寓杭为久，故未必一时所作。”

其 一

世间形象尽成灯，烘火旋纱巧思生。
列肆又多看不遍，游人一一把灯行。

新解

世间形象尽成灯，烘火旋纱巧思生——人们模仿世间的各种形象做成了千万种灯笼，走马灯最是心思巧妙。烘火旋纱：指走马灯，一种供玩赏的花灯。走马灯的外围有人、马等像，中间有一转轮，轮下有蜡烛产生热气，使空气对流，从而促使转轮转动，同时也带动图像旋转。

列肆又多看不遍，游人一一把灯行——男女老少提着灯笼在街上游玩，街道上排列的商铺繁多，让人们看得眼花缭乱。列肆：指街道两边成列的商铺。把：提着；拿着。

新评

我国自唐代以来就有正月十五观灯的习俗，南宋杭州灯火尤为鼎盛，这在周密《武林旧事·元夕》中有详细的描述。姜夔这组诗就描写了杭州灯节期间的纷繁热闹和风俗习惯。此是第一首，表象上写的是花灯品种繁多，巧用心思，人们应接不暇。但实际上“世间形象尽成灯”还有另一层涵义，即眼前的万事万物在这辉煌热闹的夜晚都是赏不尽的美景，都是像花灯一样令人眼花缭乱、悦人耳目的，至少在诗人眼中这些都是写不尽、画不尽的。接下来的“列肆又多看不遍”更明了地阐述了这一层意思,"看不遍"的不仅是列肆,还有各种各样的灯、各种各样的人、各种各样的世间景象。这种纷繁热闹的氛围也是组诗的主旋律,十首组合起来仿佛是临安城的一幅绵延繁华的盛世画卷。

其　二

市楼歌吹太喧哗,灯若连珠照万家。
太守令严君莫舞,游人空带玉梅花。

新解

市楼歌吹太喧哗,灯若连珠照万家——街道楼阁上,人们欢乐地歌唱吹奏,好不热闹。远远望去,美丽的花灯连成片,照得花市仿如白昼。歌吹:歌唱声和乐器演奏声。连珠:指连成串的珠子,又用来比喻连续不断。

太守令严君莫舞,游人空带玉梅花——太守禁止游人在大街上舞蹈,这可白白辜负了他们美丽的装扮。太守:官名。宋代的"太守"是知州、知府的别称。玉梅花:头上的饰物。元·张伯雨〔追和周文璞浪淘沙〕:"挑下杖头钱,取此高眠。玉梅金缕孟家蝉。说着钱塘都是梦,懒问游船。"

新评

从这首诗开始,诗人分别选取了九个角度,从不同侧面,全方位地描绘了如灯一样绚丽多彩的"世间形象",其中有人物、有事物、有视觉、有听觉、有整体的场景、有细节的聚焦,其描写手法也如灯一样千姿百态。这是组诗的第二首,分别从视觉和听觉两方面描写了灯市整体的繁华热闹的场面,是对灯市第一印象的概括,塑造了灯火达旦、歌舞升平的南宋都城的形象。

其　三

游人总戴孟家蝉,争托星毬万眼圆。
闹里传呼大官过,后车多少尽婵娟。

新解

游人总戴孟家蝉,争托星毬万眼圆——游人装扮入时,穿着孟家蝉的衣饰来逛花灯。孟家蝉:宋代服饰的一种。宋人朱彧的《萍洲可谈》载:"(哲宗)时,孟氏皇后,京师衣饰画作双蝉,目为孟家蝉。"星毬:绣球灯。万眼圆:指万眼灯,纱灯的一种,又叫"万眼罗",古代南方江浙地区过节时多张挂此灯。宋代诗人范成大《上元纪吴中节物俳谐体三十二韵》:"万窗花眼密,千隙玉虹明。"其自注云:"万眼灯,以碎罗红白相间砌成，功夫妙天下，多至万眼。”

闹里传呼大官过，后车多少尽婵娟——喧闹之中，听到开道的呼声，有大官正从这里经过，车后跟随着许多美丽如仙的女子。婵娟：借指美人。唐人方干有《赠赵崇侍御》诗云：“却教鹦鹉呼桃叶，便遣婵娟唱竹枝。”

新评

第三首描写的是达官贵人出门赏灯的特定场景，增加了花市的热闹、繁华之感。“大官过”后“尽婵娟”，这样的景象可以说是临安城花市的一大特点。作为南宋的都城临安，其发达程度和知名度可能无法和唐代的长安城相媲美，但由于当时享乐气氛日滋，所以其花市繁华和当时达官贵人的奢侈生活，如果夸张点儿说，或许是空前绝后的，这由周密的《武林旧事》可窥一斑。临安是当时的皇城所在地，那么也定是高官显爵的聚集地，所以诗人选取这样的场景描写，可以说是突出了典型环境，而又用典型环境中的典型场景进一步写出了城市的热闹繁华。

其　四

花帽笼头几岁儿，女儿学着内人衣。
灯前月下无归路，不到天明亦不归。

新解

花帽笼头几岁儿，女儿学着内人衣——年轻的女子头上戴着金翠装饰的花冠，学着宫廷教坊歌舞妓的打扮，穿着入时。笼头：戴在头上。女儿：女子，多指年轻的未婚女子。内人：宫中的女伎。唐人崔令钦《教坊记》载：“伎女入宜春院，谓之‘内人’，亦曰‘前头人’，常在上前头也。”

灯前月下无归路，不到天明亦不归——花市人潮人海，熙熙攘攘，人们个个兴致勃勃，不到天亮不想离开。

新评

第四首从入时的装扮和无限的激情两个角度突出了年轻女子的形象。元夕花市虽云集了各色人等，但主要是年轻人的世界，是青年男女幽会的地方，北宋词人欧阳修的著名词篇〔生查子〕就这样写道：“去年元夜时，花市灯如昼。月上柳梢头，人约黄昏后。　　今年元夜时，月与灯依旧。不见去年人，泪湿春衫袖。”姜夔的〔鹧鸪天·正月十一日观灯〕、〔鹧鸪天·元夕不出〕、〔鹧鸪天·元夕有所梦〕、〔鹧鸪天·十六夜出〕也同样表现的是元夕赏灯所引发的对年轻时代的生活和情人的思念。元夕佳节既然是这样的节日，那么年轻漂亮、装扮入时的女孩子必定是花市的主角，是当时时尚和元夕风情的代表。诗人在这里描写年轻女子，可谓是塑造了典型环境中的典型人物。"灯前月下无归路,不到天明亦不归",不仅使人联想到了"舞低杨柳楼心月,歌尽桃花扇底风"的无限风情,同时也通过典型人物的行为、兴致,从侧面反映了游人的亢奋的情绪和临安城通宵达旦的繁华热闹。

其　五

好灯须买不论钱,别有琉璃价百千。

都下贵人多预赏,买时长在一阳前。

新解

好灯须买不论钱,别有琉璃价百千——达官贵人们遇见自己喜欢的好灯不管价钱高低都要买下来,其中以五色琉璃灯最为华美昂贵。琉璃:一种略带颜色的、半透明的玉石。宋代戴埴《鼠璞·琉璃》:"琉璃,自然之物,彩泽光润踰于众玉,其色不常。"周密《武林旧事·元夕》:"灯之品极多,每以'苏灯'为最,圈片大者径三四尺,皆五色琉璃所成,山水人物,花竹翎毛,种种奇妙,俨然著色便面也……禁中尝令作琉璃灯山,其高五丈,人物皆用机关活动,结大彩楼贮之。"

都下贵人多预赏,买时长在一阳前——临安城里的富贵人都要在元宵节前预赏花灯,所以常常在冬至前抢购。都下:指南宋京城临安。预赏:我国正月十五有观灯习俗,宋代自腊月十五至元宵节前已开始陆续试灯,称为"预赏"。周密《武林旧事·元夕》:"禁中自去岁九月赏菊灯之后,迤逦试灯,谓之'预赏'。一入新正,灯火日盛。"一阳:冬至。

新评

第五首描写了花灯的昂贵和购买时间之早,写出了人们对灯节的重视,同时暗含了花市的隆重、热闹。此诗基调与组诗相一致,突出的是富贵、华丽、热闹,一派升平景象,但这正与当时南宋的国家政治状况和民生情况相反、相悖,这样的不和谐恰恰体现了"都下贵人"、"君王"、"贵客"的腐朽没落。当然这并不是姜夔的创作动机,他定是没有注意到这一点,否则他不会写出"春风到处皆君赐,金柳丝丝满凤城"这样的诗句。由此,我们进一步看到了姜夔思想、创作的局限性。

其　六

珠络琉璃到地垂,凤头衔带玉交枝。

君王不赏无人进,天竺堂深夜雨时。

新解

珠络琉璃到地垂,凤头衔带玉交枝——琉璃灯晶莹剔透,奇丽华贵,装饰精美,高高悬挂,一直垂到地上。周密《武林旧事·元夕》:“西湖诸寺,惟三竺张灯最盛,往往有宫禁所赐,贵珰所遗者。都人好奇,亦往观焉。白石诗云:‘珠络琉璃到地垂,凤头衔带玉交枝。君王不赏无人进,天竺堂深夜雨时。’”珠络:比喻晶莹而又连贯的东西。凤头衔带玉交枝:形容灯奇丽华贵。

君王不赏无人进,天竺堂深夜雨时——天竺寺中的花灯尽是皇宫所赐,人们都争相前来观赏,深夜不归。天竺:天竺寺,在浙江杭州市灵隐山飞来峰之南。

新评

第六首终于写到了花市的主角——花灯。此诗所写的花灯是天竺寺中皇宫所赐的琉璃灯,华丽而名贵。“君王不赏无人进”更进一步说明了灯的价值和奇丽不凡,说明了这不是一般百姓的花市。

其　七

纷纷铁马小回旋,幻出曹公大战年。

若使英雄知此事,不教儿女戏灯前。

新解

纷纷铁马小回旋,幻出曹公大战年——走马灯不停地旋转,呈现出许多强兵战将,重现了当年曹操驰骋疆场的画面。铁马:配有铁甲的战马。有时也用来指强大的军队、善战的勇士。曹公:汉末的曹操曾位至三公,人称曹公。当年魏、蜀、吴三国争霸,战争激烈,曹操统帅北方之魏。

若使英雄知此事,不教儿女戏灯前——如果当年的英雄们得知后世儿女把他们的殊死战争做成走马灯来玩耍,他们一定会强烈反对的。

新评

第七首于广阔花市之中选取了绘有曹公战年的小小的走马灯进行特定的描写,“幻出曹公大战年”写出了花灯的奇、新、巧。“若使英雄知此事,不教儿女戏灯前”,极富情趣,使此诗中的走马灯同上一首中天竺寺的琉璃灯形成鲜明的对比,从而显得更具有人情味。

其　八

贵客钩帘看御街,市中珍品一时来。

帘前花架无行路，不得金钱不肯回。

新解

贵客钩帘看御街，市中珍品一时来——达官显贵们乘着车挑起帘子，悠闲地欣赏着花市街的繁荣美景；叫卖商人满街排列，各种珍奇的商品琳琅满目。御街：皇帝出行的街道。在此指临安城中的街道。市中珍品：街道上叫卖的各种物品。周密《武林旧事·元夕》：“节食所尚，则乳糖圆子、䭔饳、科斗粉、豉汤、水晶脍、韭饼，及南北珍果，并皂儿糕、宜利少、澄沙糰子、滴酥鲍螺、酪面、玉消膏、琥珀饧、轻饧、生熟灌藕、诸色龙缠、蜜煎、蜜果、糖瓜蒌、煎七宝姜鼓、十般糖之类，皆用镂鍮装花盘架车儿，簇插飞蛾红灯彩盝，歌叫喧阗。幕次往往使之吟叫倍酬其直。白石亦有诗云：‘贵客钩帘看御街，市中珍品一时来。帘前花架无行路，不得金钱不肯回。’”

帘前花架无行路，不得金钱不肯回——贵人车前挤满了买东西的小贩，他们不赚到钱是不肯回去的。

新评

第八首也是写达官贵人出行的场面，但与第四首不同的是，此诗重在描写街边叫卖，商人争先恐后地挤着贩卖商品的情形，于乱境之中选取乱景，可谓点睛之笔。

其　九

修内司人编戏鼓，辇宫营里独烧烛。
春风到处皆君赐，金柳丝丝满凤城。

新解

修内司人编戏鼓，辇宫营里独烧烛——深夜里皇宫里的内侍官们还在为元夕灯节之事而忙碌。修内司：内侍官衔，主管元夕花灯之事。周密《武林旧事·元夕》：“一入新正，灯火日盛，皆修内司诸珰分主之，竞出新意，年异而岁不同。”辇宫营：内侍官衔。烧烛：点着蜡烛。

春风到处皆君赐，金柳丝丝满凤城——皇宫的喜庆气氛感染了整个京城，全城都充满了节日的欢乐。凤城：京都的美称。金柳：如金子一样颜色的柳树的嫩芽。

新评

第九首写宫内之人为灯节而忙碌的场面，把镜头由街市转向了皇宫之内，扩大了组诗的描写画面。

◎词

扬州慢

题解

龙榆生《唐宋词格律》：此姜夔自度曲，入“中吕宫”。其序云：(略)九十八字，前后片各四平韵，前片第四、五句及后片第三句，第八句皆上一、下四句法。见《白石道人歌曲》。这是姜夔的第一首自度曲，创作于南宋淳熙三年（1176），时夔约二十二岁。宋高宗绍兴三十一年（1161），金兵第二次大规模南侵，江淮军败，扬州遭到极大破坏。十五年后，姜夔路过此处，依然是废池乔木，景物萧条，乃生今昔之怅惘，于是写下此慢词。

淳熙丙申至日，予过维扬。夜雪初霁，荠麦弥望。入其城则四壁萧条，寒水自碧，暮色渐起，戍角悲吟。予怀怆然，感慨今昔，因自度此曲。千岩老人以为有《黍离》之悲也。

淮左名都，竹西佳处，解鞍少驻初程。过春风十里，尽荠麦青青。自胡马窥江去后，废池乔木，犹厌言兵。渐黄昏、清角吹寒，都在空城。　杜郎俊赏，算而今重到须惊。纵豆蔻词工，青楼梦好，难赋深情。二十四桥仍在，波心荡、冷月无声。念桥边红药，年年知为谁生。

新解

小序中交代了所作此词的时间、地点以及原因。其意为：南宋孝宗淳熙三年（1176），我经过扬州。前一天夜里，这里刚刚下了雪，现在远远望去，满眼都是野生的麦子。进入扬州城，到处都是萧条的景象——碧绿的寒水、昏暗的残阳，还有那悲吟的戍角声。这一切都让我感到悲伤，心中不禁升起今昔变迁之感慨，于是我自度此曲，抒发感伤之情。老诗人萧德藻认为我的这首词有家国之悲。至日：指冬至日、夏至日。由“夜雪初霁”可知在此指冬至日。维扬：即扬州。《尚书·禹贡》：“淮海维扬州。”荠麦：野生的麦子。弥望：满眼。千岩老人：萧德藻，南宋诗人，字东夫，自号千岩老人。《黍离》之悲：国家破败之痛。《黍离》，《诗经·王风》篇名，首句云“彼黍离离”。《黍离》写作者看到西周宗庙宫室的遗址上密密麻麻长满黍，不胜感伤。“千岩老人以为有《黍离》之悲也”,指作者感念的国家残破、往日繁华远逝之痛。此句表明,这一句或者是这个小序可能是作者后来添加的。夏承焘说:“白石淳熙十三年丙午始从德藻游,在作此词之后十年;此词小序末句,盖后来所增。”

淮左名都,竹西佳处,解鞍少驻初程——扬州是淮南东路的名都,竹西亭清幽秀美,风景如画,初次到来,我解鞍下马,稍作停留。淮左:宋朝设淮南路,后分东西两路,古人以东为左,故淮南东路又称淮左,扬州是其名都。竹西:指竹西亭,扬州名胜之一,景色清幽秀美。杜牧《题扬州智禅寺》有云:“谁知竹西路,歌吹是扬州。”少驻:暂时停留。少,通“稍”。初程:初次的旅程。

过春风十里,尽荠麦青青——经过的长街,昔日春风摇荡,繁华热闹,而现在却到处杂草丛生,长满了野麦。春风十里:指往日繁华的扬州长街。杜牧《赠别二首》中写道:“娉娉袅袅十三馀,豆蔻梢头二月初。春风十里扬州路,卷上珠帘总不如。”下片中的“豆蔻词”即指此诗。

自胡马窥江去后,废池乔木,犹厌言兵——经受了金兵铁马践踏之后的扬州,只剩下了破废的水池和古老而高大的树木,他们见证了战争的残酷,永远不愿再提及刀兵蹂躏之祸。胡马窥江:指高宗建炎三年(1129)及绍兴三十一年(1161)金兵两次南侵。废池:荒废的水池。乔木:高大的树木。陈廷焯《白雨斋词话》卷二指出:“写兵燹后情景逼真。‘犹厌言兵’四字,包括无限伤乱语,他人累千百言,亦无此韵味。”

渐黄昏、清角吹寒,都在空城——黄昏时,号角清吹,给这座空城注满了寒意。渐:介词。表示某段时间的终点,相当于“到”。俞平伯《唐宋词选释》中说“空城”二字“点明一篇主意”。

杜郎俊赏,算而今重到须惊——料想即使杜牧来到扬州也会震惊于这里的颓败和今非昔比。杜郎:指唐代诗人杜牧。他曾官居扬州,并以风流轻狂著称。俊赏:卓越的鉴赏。俊,才智过人的人。算:料想。

纵豆蔻词工,青楼梦好,难赋深情——即使如此精巧美妙的“豆蔻词”和“青楼梦”也难以表达他此时的深情。豆蔻词:即杜牧的《赠别二首》。青楼梦:杜牧《遣怀》诗中有诗句:“十年一觉扬州梦,赢得青楼薄倖名。”

二十四桥仍在,波心荡、冷月无声——二十四桥依旧在,但不知当年吹箫的美丽女子们今在何处,只剩下清冷无声的月光照亮那荡漾的微波。二十四桥:杜牧《寄扬州韩绰判官》诗中写道:“二十四桥明月夜,玉人何处教吹箫。”先著、程洪《词洁》云:“‘二十四桥仍在,波心荡、冷月无声’是‘荡’字着力。所谓一字得力,通首光采,非炼字不能,然炼亦未易到。”

念桥边红药,年年知为谁生——那桥边的红芍药,依旧花繁叶茂,不知是为何人而生,等谁欣赏。红药:红芍药。吴曾《能改斋漫录》引孔武仲《芍药谱》:“扬州芍药,名于天下,非特以多为夸也,其敷腴盛大而纤丽巧密,皆他州所不及。”

新评

《扬州慢》一词是姜夔的感时伤世之作，表现了对国家政治的关怀，具有一定的现实揭露意义。全词采用对比手法，繁华景与残破景作比——如竹西佳处、春风十里与荠麦青青、废池乔木比；豆蔻青楼之情与犹厌言兵作比，突出了今非昔比、往日繁华远逝；同时用客观景物烘托人、烘托人的主观情感——如黄昏、清角吹寒、空城，以及以景反衬人——如"念桥边红药，年年知为谁生"的方法，表达了词人伤时悲逝、感念祖国惨遭蹂躏的意蕴。

姜夔词受江西诗派诗风的影响，经常使用"夺胎换骨"的方法。词中的"竹西佳处"、"春风十里"、"豆蔻词"、"青楼梦"、"二十四桥"都是化用的杜牧诗句，在此词中引入杜牧及化用杜牧的诗句是一个很巧妙的方法，因为杜牧与扬州关系太密切了，提及杜牧便不能不说到扬州，说到扬州便自然会联想到杜牧，因此，再加上姜夔完美的艺术技巧，化用的诗句虽多，却似风来疏竹，不留痕迹。

一萼红

题解

谢映先《中华词律》:《乐府雅词》无名氏词有"未教一萼，红开鲜蕊"句，故名。双调，有平仄两格。平韵格一百零八字，前片十一句五平韵，后片十句四平韵。减字有一百零七字体。仄韵格一百零八字，前片十一句四仄韵，后片十句五仄韵。两格前后片自第四句以下至第八句止句式相同。

此咏梅词据夏承焘先生在《姜白石编年笺校》中说："此客长沙岳麓山作。"此时姜夔约三十二岁，在长沙萧德藻处作客。另外据夏先生《白石怀人词考》中说，姜夔年少游历时，在合肥曾有一段情遇，在他人生中的以后十几、二十几年中都没有忘记此段感情。因为与此女子分开时正直梅花盛开时节，而且合肥街巷多柳树，所以白石词中写到梅、柳处多是对这段感情的思念。

丙午人日，予客长沙别驾之观政堂。堂下曲沼，沼西负古垣，有卢橘幽篁，一径深曲；穿径而南，官梅数十株，如椒如菽，或红破白露，枝影扶疏。著屐苍苔细石间，野兴横生。亟命驾登定王台，乱湘流入麓山。湘云低昂，湘波容与。兴尽悲来，醉吟成调。

古城阴，有官梅几许，红萼未宜簪。池面冰胶，墙腰雪老，云意还又沉沉。翠藤共闲穿径竹，渐笑语惊起卧沙禽。野老林泉，故王台榭，呼唤登临。　南去北来何事，荡湘云楚水，目极伤心。朱户黏鸡，金盘簇燕，空叹时序侵寻。记曾共西楼雅集，想垂杨还袅万丝金。待得归鞍到时，只怕春深。

新解

姜夔的小序很有特点，具有独特的艺术性，既与词作是浑然的一体，又可独立为一篇小散文。此序不但交待了词作的背景，而且对周围景色作了细致、精彩、传神的描绘，冬日长沙之美如在眼前，这景也是正文之情的导线与映衬。此序意为：宋孝宗淳熙十三年（1186）正月初七，我客居在湖南长沙，依萧德藻于观正堂。堂下有长而曲折的池塘，池塘西面背靠古墙，这里还种有金橘和一片幽暗的竹林，竹林中有一条幽深的小路，沿着它向南走，就能看到一片官梅，这里的梅花形态各异，有的像椒、有的像豆，更有将开未开之美，一派生机勃勃、花繁叶茂的景象。徘徊在苍苔细石之间，我无法抑制那洋溢的郊野游览的兴致。于是，我们马上动身去了定王台，游历了湘江和岳麓山。湘江上的白云随意地飘浮在空中，湘江之水缓缓地流动着。如此醉人的景色到头来却引发了我心中的悲凉，借酒浇愁，乃作此调。人日：阴历正月初七。长沙别驾：指萧德藻。别驾，通判的别称，萧德藻当时任长沙通判。曲沼：长而曲折的池塘。负古垣：背靠着古墙。垣，矮墙。卢橘：金橘。幽篁（huáng）：幽深的竹林。官梅：官家所植的梅树。椒：花椒。菽（shū）：豆类植物。红破白露：将开未开之貌。扶疏：枝叶茂盛的样子。著（zhuó）屐：步行。亟命驾：立刻动身。定王台：汉代长沙定王刘发筑，位于长沙之东。乱：渡过。麓山：即岳麓山，在长沙西南。容与：徘徊、从容、缓慢流动的样子。

古城阴，有官梅几许，红萼未宜簪——长沙古老的城墙下，有一些官梅，花萼还小，不能插到发髻上。簪：名词活用为动词，插、戴。

池面冰胶，墙腰雪老，云意还又沉沉——池面上的冰似化未化地胶连着，墙角的积雪已失去了莹亮的光泽，天空云彩阴沉沉的。

翠藤共闲穿径竹，渐笑语惊起卧沙禽——翠绿的青藤伴随着我们穿过竹间小径，我们的笑声临近，惊起了俯卧在沙洲上的水鸟。共：伴随。渐：副词。表示时间，相当于“随即”。

野老林泉，故王台榭，呼唤登临——百姓纵游的山林泉池、汉代遗留的定王台勾起了大家无限的兴致，我们急不可待地登临游赏。野老：村野老人。台：供视察眺望用的、垒土而成的、高而上平的方形建筑物。榭：台上之亭。

南去北来何事，荡湘云楚水，目极伤心——站在定王台上举目四眺，目之所及，看到浮荡的湘云、缓流的楚水，想到自己南来北去、飘泊江湖而不知所为何事，不由得伤心起来。陈锐《袌碧斋词话》云:“换头处六字句有挺接者,如‘南去北来何事’。”此句移情入景,用湘云楚水寄寓自己的飘泊之凄苦。

朱户黏鸡,金盘簇燕,空叹时序侵寻——转眼又是一个新春,我南来北去只落得个时间流逝,一事无成。此句“空叹”与上一句“何事”相呼应,用自嘲的手法表现了极度的悲慨和无奈。朱户黏鸡:人日民俗。《荆楚岁时记》云:“人日贴画鸡于户,悬苇索其上,插符于旁,百鬼畏之。”朱户,泛指朱红色的大门。金盘簇燕:《武林旧事》云:“春前一日,后苑办造春盘,翠缕红丝,金鸡玉燕,备极工巧。”金盘,即春盘。时序:时令轮替之序。侵寻:渐进。

记曾共西楼雅集,想垂杨还袅万丝金。待得归鞍到时,只怕春深——记得当初在西楼欢乐的聚会,楼前飘动着无数金黄色的柳条。我也想重游故地,但到那时恐怕早已是暮春了。袅:轻柔地摆动,飘动。归鞍:重回故地,指词人回到合肥与情人相会。

新评

此篇是羁旅伤怀的恋情词。词作上片以写景为主,却从一开始就流露出了爱怜之情,“红萼未宜簪”,为谁簪呢?定不是为他自己了,一定是为一个女子,这一句就由梅花写到了女子,同时还有双关语意:暗示了他和这女子只有遇合而没有结合。想到这般伤心遗憾之情境,便生忧郁之情,而生冰胶、雪老、云沉之隐晦景。之后,词人被美景感染,表现了难得的闲情逸致,流露了喜悦之情。下片笔锋陡转,兴尽而悲来,以抒情为主,穿插景物的感发,虽着笔大多在“兴致”上,却始终没有离开悲的主题,而以梅起、以柳结的形式使全篇弥漫着思恋之情。

词中之情经历了爱怜——忧郁——美景之乐——飘泊之苦闷——对恋人的思念几个阶段,用飘泊的苦闷充实着情人之恋,将思恋之情融入到飘泊的情网中,体现了典型的姜夔情结。词人于欢乐处而不能忘却身世飘零之苦,这一点就体现了他与苏轼的区别,苏轼词中充满了伟大生命的感发,而白石词中却是特定物象的感发。

词中,姜夔一展其生新瘦硬之笔法,如“池面冰胶,墙腰雪老”、“荡湘云楚水”等,使恋情词表现出典雅清刚的一面,一改婉约词的柔靡之风,并采用游历进程和情感发展两条线索,写得深婉、内敛、含蓄。

霓裳中序第一

题解

龙榆生《唐宋词格律》:姜夔所填“商调”曲。其小序云:(略)一百一字,前片七仄韵，后片八仄韵，后片八仄韵，例用入声部韵。前片第四句第一字是领格，宜用去声。

此篇是姜夔依古谱而填的商调曲。《霓裳羽衣曲》是唐代著名宫廷音乐，调属黄钟商，乃唐乐之代表作，今已失传。白居易《长恨歌》中有名句："渔阳鼙鼓动起来，惊破霓裳羽衣曲。"

丙午岁，留长沙，登祝融，因得其祠神之曲，曰黄帝盐、苏合香。又于乐工故书中，得商调霓裳曲十八阕，皆虚谱无辞。按沈氏乐律，霓裳道调，此乃商调。乐天诗云，散序六阕，此特两阕，未知孰是。然音节闲雅，不类今曲。予不暇尽作，作中序一阕传于世。予方羁游，感此古音，不自知其辞之怨抑也。

亭皋正望极，乱落江莲归未得。多病却无气力。况纨扇渐疏，罗衣初索。流光过隙，叹杏梁双燕如客。人何在，一帘淡月，仿佛照颜色。　　幽寂，乱蛩吟壁，动庾信清愁似织。沉思年少浪迹，笛里关山，柳下坊陌，坠红无信息。漫暗水涓涓溜碧。漂零久，而今何意，醉卧酒垆侧。

新解

序中主要交待了得到此曲的经过，及填词之原因。此序意为：宋孝宗淳熙十三年（1186），我在长沙登上祝融峰，从而得到了祭神之曲，名为《黄帝盐》和《苏合香》。后来我又从乐师旧书之中，发现了商调《霓裳羽衣曲》乐谱，共十八曲，但只有乐谱没有歌辞。按照沈氏乐律，《霓裳羽衣曲》本是道调曲法，但我得到的却是商调。白居易《和元微之霓裳羽衣歌》中说："散序六奏未动衣。"但我得到的却只有两阕，我也不知道到底哪个说法才是对的。但是这个曲谱音节闲雅，不像是当世的作品。我没有时间为整个曲谱填上歌辞，只作中序中的一曲留给后人。我现在正作客他乡，听到这样的古音，心生感慨，不自觉地，所作之词也哀怨悲凉了。祠神：祭神。黄帝盐、苏合香：都是曲调名。霓裳曲：《霓裳羽衣曲》，唐玄宗时的名曲。阕：曲终为阕，一阕即为一曲。沈氏乐律，霓裳道调：沈括《梦溪笔谈》中谈音律的部分认为《霓裳羽衣曲》是道调曲法。方：正在。

亭皋正望极，乱落江莲归未得——站在水边的广阔的平地上举目四望，江中的莲花都已凋落，花瓣飘落水面，欲归根而不能。亭皋（gāo）：水边的平地。望极：极目远眺。

多病却无气力。况纨扇渐疏，罗衣初索——我体弱多病，身心憔悴，而现在又到了清秋时节。纨扇渐疏：渐渐闲置了团扇。纨扇，古人常用纨扇收藏，比喻情谊断绝。相传汉成帝时，班婕妤失宠，作《怨歌行》："新裂齐纨素，鲜洁如霜雪，裁为合欢扇，团团似明月。出入君怀袖，动摇微风发。常恐秋节至，凉飙夺炎热，弃捐箧笥中，恩情中道绝。"纨，细绢。罗衣初索：刚换下夏衣。

流光过隙，叹杏梁双燕如客——时光如白驹过隙，可叹屋梁上的双栖燕又要像客人一样离此南飞了。流光过隙：形容时间过得飞快。杏梁：泛指屋梁。

人何在，一帘淡月，仿佛照颜色——我思念的人又在哪里呢？淡淡的月光穿透薄帷，仿佛映照出了她的容颜。一帘淡月，仿佛照颜色：化用杜甫《梦李白》中的诗句"落月满屋梁，犹疑照颜色"。

幽寂，乱蛩吟壁，动庾信清愁似织——在清幽寂静的夜晚，墙外的蟋蟀叫个不停，触动了我那像庾信当年北渡时的乡关之情。蛩(qióng)：蟋蟀。庾信(513－581)：字子山，南阳新野(今属河南)人，南北朝时文学大家。梁武帝在位时，他以使臣身份出使长安，后因江陵陷落而不得归，先后在西魏及北周做官。他的后期作品发哀怨之词，多乡国之思，艺术上也更趋成熟。杜甫在《戏为六绝句》中写道："庾信文章老更成，凌云健笔意纵横。"

沉思年少浪迹，笛里关山，柳下坊陌，坠红无信息——想我年少时浪迹天涯、飘泊江湖，在悲抑的笛声中跋涉，在柳丝飘扬的街巷中逗留，而如今我思恋的人却落花一般杳无音信。笛里关山：化用杜甫描写战争罹患生活的《洗兵车》中的诗句"三年笛里关山月"。《关山月》，古乐府曲，描写远行从军出征之事。坠红：落花。比喻情人。

漫暗水涓涓溜碧。漂零久，而今何意，醉卧酒垆侧——时光悄悄流逝。在外飘泊得太久了，磨灭了我的壮志与豪情，我只得一醉解千愁。漫：无边无际。暗水：借水比喻悄悄流逝的光阴。涓涓：流水声。溜碧：碧绿的水缓缓流动。酒垆：古代酒店前放酒瓮的土台子，有时也作为酒店的代称。

新评

姜夔最善长用感知的意象来抒情，使万物皆着我之色。首句开篇点题，"乱落江莲归未得"写得新奇而突兀，奠定了整首词的感情基调，加上体弱多病、渐入清秋、时光流逝、双燕南飞、明月初照、乱蛩烦心，更使得词人愁上加愁，读之不禁深受感染。姜夔词中意象信手拈来，善用眼前、手头之景物，使其词中充满生活气息，拉近了与读者的距离，姜夔之所以成为词作大家就在于此，他通过巧妙的艺术加工使身边通俗之物进入到其高雅的婉约词中，而又含蕴丰富、别具意境。如"江莲"、"纨扇"、"罗衣"、"双燕"、"乱蛩"等，都是目光所及、触手可得的，稍加点化后便成为用以抒情的意象，引人遐思。

本词通篇萦绕着乡愁，以"乱落江莲归未得"起，以"坠红无音信"收，首尾呼应，感情充沛饱满，乡愁之中夹杂情愁，读之感人至深！但姜夔缺乏面对生活的勇气，一味地叫苦叫愁，并不积极寻求解决途径，只是“醉卧酒垆侧”，致使愁怨伴随着他的一生，并形成了创作上的局限性，难于在内容及情感上推陈出新。读其词，多此颓废消沉的愁情。

湘　月

题解

谢映先《中华词律》：念奴，唐·天宝中名倡，善舞，每执板当席，声出朝霞之上，调名本此。别名〔古梅曲〕、〔杏花天〕、〔百字令〕、〔百字歌〕、〔百字谣〕，宋·苏轼〔赤壁怀古〕词有“大江东去”“一尊还酹江月”句，名〔大江东去〕、〔酹江月〕、〔酹月〕、〔赤壁词〕、〔赤壁谣〕，林横舟词名〔大江词〕，王旭词名〔大江东〕，戴复古词有“大江西上”句，名〔大江西上曲〕，姚述尧词有“太平无事，欢娱时节”句，名〔太平欢〕，韩淲词有“年年眉寿，坐对南枝”句，名〔寿南枝〕，张辑词有“柳花淮甸春冷”句，名〔淮甸春〕，游文仲词名〔千秋岁〕，米友仁词名〔白雪词〕，曾觌词名〔壶中天慢〕，一作〔壶中天〕，姜夔词名〔湘月〕。元·丘处机词名〔无俗念〕，明·杨慎词名〔赛天香〕，清·顾贞观词名〔续断令〕，陈维崧词名〔大江乘〕，《翰墨全书》作〔庆长春〕。双调，有平仄两格。仄韵格一百字，前后片各十句四仄韵，多用入声韵部。自第四句起以下句式相同。添字有一百零一字、一百零二字体。平韵格句式与仄韵格相同，前后片各十句四平韵。

宋孝宗淳熙十三年丙午（1186）白石依萧德藻居湖南长沙，这年七月十六晚他与杨声伯、赵氏兄弟、萧氏兄弟泛游于湘江之上，风景如画，兴致所至，提笔度曲。

长溪杨声伯，典长沙楫棹。居濒湘江，窗间所见，如燕公郭熙画图，卧起幽适。丙午七月既望，声伯约予与赵景鲁、景望、萧和父、裕父、时父、恭父，大舟浮湘，放乎中流。山水空寒，烟月交映，凄然其为秋也。坐客皆小冠綀服，或弹琴，或浩歌，或自酌，或援笔搜句。予度此曲，即念奴娇之鬲指声也，于双调中吹之。鬲指亦谓之过腔，见晁无咎集。凡能吹竹者，便能过腔也。

五湖旧约，问经年底事，长负清景。暝入西山，渐唤我一叶夷犹乘兴。倦网都收，归禽时度，月上汀洲冷。中流容与，画桡不点清镜。　谁解唤起湘灵，烟鬟雾鬓，理哀弦鸿阵。玉麈谈玄，叹坐客多少风流名胜。暗柳萧萧，飞星冉冉，夜久知秋信。鲈鱼应好，旧家乐事谁省。

新解

小序意为：长溪人杨声伯掌管长沙一带的船运。他的家在湘水之滨，打开小窗，一幅山水美景便映入眼帘，起卧之间都可以享受这如画的清幽闲适。宋孝宗淳熙十三年(1186)七月十六，声伯约我和赵景鲁、景望、萧和父、裕父、时父、恭父一同乘船游湘江。山水空寒，烟月交映，已经有了秋天的悲凉之景了。大家的穿戴都很随意，有的弹琴，有的高歌，有的喝酒，有的挥笔而作。我作的这个曲子是〔念奴娇〕的鬲指声，要用双调吹奏。鬲指又称为过腔，见晁补之《琴趣外篇》。只要懂得吹奏的人都能演奏过腔。长溪：古县名，在今福建霞浦县南。杨声伯：白石之友，生平不详。典：掌管。楫棹：代指水运。濒：临近。湘江：水名，流经湖南。燕公：北宋工于山水的画家燕文贵或燕肃。郭熙：北宋画家，善山水寒林。既望：每月十六日。赵景鲁、景望：生平不详。萧和父、裕父、时父、恭父：皆萧德藻的侄子，白石妻党。凄然：悲凉的样子。小冠：闲时戴的便帽。绨(shū)：古代一种像苎布的稀疏的织物。浩歌：高歌。援笔搜句：指提笔作文章。援，执；持。即念奴娇之鬲指声也，于双调中吹之：清人方成培《香研居词尘》曰："盖念奴娇本大石调，即太蔟商，双调为仲吕商，律虽异而同是商音，故其腔可过。太蔟当用'四'字住，仲吕当用'上'字住，箫管'上''四'中间只鬲一孔，笛'四''上'两孔相联，只在鬲指之间。又此调毕曲，当用'一'字'尺'字，亦鬲指之间。故曰'鬲指声'也，'能吹竹便能过腔'，正此之谓。所以欲过腔者，必缘起韵及两结字眼用'四'字不谐，配以'上'字声方谐婉，故不得不过耳。"鬲指亦谓之过腔，见晁无咎集：晁无咎《琴趣外篇》注："自过腔，即越调〔永遇乐〕。"《舒艺室余笔》初稿云："晁氏不云过入何调，依此鬲指推之，则过入高大石也。"晁无咎，晁补之，字无咎，北宋"苏门四学士"之一。吹竹：吹奏箫管、笛类的乐器。

五湖旧约，问经年底事，长负清景——当年相约游赏五湖美景，这么多年过去了，今天才实现，究竟是为何事所耽误了呢？五湖：古代吴越地区湖泊。其说不一。这里应指洞庭湖。经年：多年。底事：何事。清景：清丽秀美的景色。

暝入西山，渐唤我一叶夷犹乘兴——暮色降临，游伴们乘兴登船，不慌不忙地划桨前行。暝：日暮；傍晚。渐：正。一叶：指小船。夷犹：从容不迫的样子。

倦网都收，归禽时度，月上汀洲冷——劳累一天的渔夫收网回家了，只有回归的水鸟不时地掠过水面，月光照耀着寂静的汀洲，一切都显得那么清冷。汀：水边平滩。洲：水中的小块陆地。

中流容与，画桡不点清镜——我们在如镜的湖中心停止划桨，随风随水，任船慢慢漂移。中流：湖心。容与：徘徊、从容、缓慢流动的样子。画桡(ráo)：华美的船桨。桡,船桨。

谁解唤起湘灵，烟鬟雾鬟，理哀弦鸿阵——谁能唤起发髻蓬松、如烟如雾的湘水女神来这里弹弦奏曲？传说湘水女神善弹琴,《楚辞·远游》:"使湘灵鼓瑟兮,令海若舞冯夷。"理:弹奏。鸿阵:即筝,筝上有弦柱斜列如雁行。

玉麈谈玄,叹坐客多少风流名胜——大家在船里清谈阔论。玉麈谈玄:魏晋名士谈玄时多持玉麈,以显高雅风度。玉麈,玉柄的拂尘。麈,麈尾的省称,即拂尘。风流名胜:即风流名士,指在座的同游之人。

暗柳萧萧,飞星冉冉,夜久知秋信——杨柳树在黑暗中随风起舞,萧萧作响,流星轻轻地划过夜空,这清凉的深夜带来了秋天的消息。冉冉:柔弱下垂貌。

鲈鱼应好，旧家乐事谁省——我也像张翰见秋风而思鲈鱼那样清楚地记得昔日家中的乐事。鲈鱼:晋代张翰在洛阳任职期间见秋风起而思吴中鲈鱼脍,遂命驾而归。省:记得;记忆。

新评

此词写月夜游湖乐事,景色清丽幽静,感情淡雅,意境空灵蕴藉,呈现出了无尽的宇宙空间和渺小个体的感知。提笔思及旧约,一方面通过表现对旧约的铭记于心来反映五湖的景色之迷人,另一方面也暗示了词人的飘泊生活。从"暝入西山"开始正式记写游湖之事,"夷犹"一词是全篇的主旋律,后面渔夫的"倦"收网、归禽的"时度"、船的"容与",以及下片的"玉麈谈玄"都是"夷犹"的具体表现。此作的主体所流露的是词人极大的兴致:既有"山水空寒,烟月交映"的美景、"谁解唤起湘灵,烟鬟雾鬟,理哀弦鸿阵"梦幻般的情思,又有风流名士的清谈阔论,无处不洋溢着闲适的气息;除此之外,作为多情的词人,当白石在这样的月夜看到"月上汀洲冷"、写到"夜久知秋信",不会不撩起淡淡的乡愁,所以他感叹"旧家乐事谁省",这也就成为本词的点睛之笔。

清波引

题解

谢映先《中华词律》:双调,八十四字,前后片各八句六仄韵,前七句句式相同。减字有八十三字体。

宋孝宗隆兴元年(1163)时,姜夔约九岁,随父到汉阳,淳熙二年(1175)交郑次皋、辛克清、姚刚忠等朋友,大约在第二年二十二岁左右离开汉阳,开始了漫游生活。宋孝宗淳熙十三年丙午(1186)白石依萧德藻居湖南长沙,在湘水之滨赏梅,感怀友人时填作此词。

予久客古沔，沧浪之烟雨，鹦鹉之草树，头陀、黄鹤之伟观，郎官、大别之幽处，无一日不在心目间。胜友二三，极意吟赏。朅来湘浦，岁晚凄然，步绕园梅，摛笔以赋。

冷云迷浦，倩谁唤玉妃起舞。岁华如许。野梅弄眉妩。屐齿印苍藓，渐为寻花来去。自随秋雁南来，望江国，渺何处。　新诗漫与。好风景长是暗度。故人知否，抱幽恨难语。何时共渔艇，莫负沧浪烟雨。况有清夜啼猿，怨人良苦。

新解

小序意为：我在汉阳居住了很长时间，现在汉水的烟雨美景，鹦鹉洲的一草一木，头陀寺、黄鹤楼的宏伟壮观，还有郎官湖、大别山的清幽闲静，这一切每天都萦绕在我的心头。曾经我经常和两三个好友到这些地方尽情地游赏。现在，我却身在湖南，这一年又将过去了，我深感凄凉。于是，我绕梅而踱，提笔写下了这首词。古沔：沔州，即汉阳。姜夔〔探春慢〕词序中写道："予自孩幼，从先人宦于古沔，女须因嫁焉。中去复来几二十年，岂惟姊弟之爱，沔之父老儿女子亦莫不予爱也。"沧浪：指汉水，中有沧浪洲。鹦鹉：指鹦鹉洲，在今武汉市汉阳江边。汉末祢衡死于此，因其作过《鹦鹉赋》，所以后人称此洲为鹦鹉洲。头陀(tuó)：寺名，在汉口西北。黄鹤：指黄鹤楼，今在武昌黄鹤矶上。相传有仙人乘黄鹤过此，故名。唐代崔颢《黄鹤楼》一诗云："昔人已乘黄鹤去，此地空馀黄鹤楼。黄鹤一去不复返，白云千载空悠悠。"郎官：湖名，在汉阳城东南。李白《泛沔州城南郎官湖》诗云："郎官爱此水，因号郎官湖。"这里的郎官指尚书郎张谓。大别：指大别山，即今龟山。胜友：指白石在汉阳的朋友郑次皋、辛克清、姚刚忠等。胜，良；美好；佳妙。去朅(qiè)：走来走去。朅，去。湘浦：湘江岸边。凄然：悲凉的样子。摛(chī)：舒；舒展。

冷云迷浦，倩谁唤玉妃起舞。岁华如许。野梅弄眉妩——迷云冷雾笼罩着湘水之滨，是谁唤起了这漫天飞舞的雪花呢。野梅如此繁盛，卖弄着娇媚的姿色。浦：湘浦，湘江岸边。倩(qìng)：请；使。玉妃：一说指雪花，韩愈《雪》诗："白霓先启涂，从以万玉妃"；一说指梅花，皮日休《行次野梅》诗："茑拂萝梢一树梅，玉妃无侣独徘徊"，陈与义《梅花》诗："粲粲江南万玉妃"，这里依雪花说。眉妩：指眉的样子妩媚。这里用女子形容梅花的可爱。

屐齿印苍藓，渐为寻花来去。自随秋雁南来，望江国，渺何处——梅花下的苍苔上留下了我来去的屐齿印。我随着南飞的秋雁来到湘江，回望那魂牵梦绕的汉阳，渺渺而不可见。屐：木屐，鞋的一种，鞋底有齿。苍藓：苔藓。渐为：正为。南来：白石从湖北汉阳到湖南湘江，所以说"南来"。江国：指汉阳。因汉阳濒临汉水、长江，故称江国。

新诗漫与。好风景长是暗度。故人知否，抱幽恨难语——欢乐的时光总是在不知不觉中悄悄地流逝，我的朋友啊，你们知道吗，我这满腔深沉的遗憾无处诉说，只能随意作诗了。漫与：率意为诗。故人：指词序中所说的"胜友二三"。恨：遗憾。

何时共渔艇，莫负沧浪烟雨。况有清夜啼猿，怨人良苦——何时我们才能同乘小船，泛游于汉水之上，共赏沧浪烟雨呢！在这寒冷的夜晚，传来阵阵猿的哀鸣之声，更增添了我心中无尽的苦楚。清夜啼猿：化用杨炯《巫峡》诗句："山空夜猿啸，征客泪沾裳。"况：副词。表示情态，相当于"正好"、"恰"。怨人：怀有幽怨的人，作者自称。良苦：很苦。良，副词。表示程度，相当于"很"、"甚"。

新评

这是一篇湘浦赏梅、思乡怀友之词。词序中列举了六大汉阳景观，表现了词人对第二故乡——汉阳的真挚热烈的爱和深婉的思念，这六大景观同时与词中"冷云迷浦"、"清夜啼猿"的意象形成对比，凸现了此时境遇的孤寂和凄凉。上片，冷落萧索的环境中词人一人孤独赏梅，因而思及往日同游吟赏的友人，回望汉阳，渺茫一片，引发思乡之情。下片着重抒情，抱恨于往日快乐生活的易逝，愁苦于当下幽恨之情的无处诉说。在难以压抑的思乡怀友之情下，词人道出了心中的期盼，"何时共渔艇，莫负沧浪烟雨"，然而在这美好的憧憬之中，一声清夜啼猿抹杀了词人心中仅余的一点温馨的幻想，更添羁旅生涯的哀苦。

八归

湘中送胡德华

题解

谢映先《中华词律》：双调，有平仄两格。平韵格一百一十一字，前片十句五平韵，后片十一句五平韵。仄韵格一百一十五字，前片十句四仄韵，后片十一句四仄韵。减字有一百一十四字体。

姜夔一生笃于友谊，结交天下，现可考的与其结交者达一百多人，他对朋友的深厚感情也反映到了词作中。〔八归〕便是一篇表现友情的送别之作。据夏承焘《姜白石词编年笺校》考证，此作大约写于宋孝宗淳熙十三年（1186）以前，姜夔三十二岁左右，当时他正漫游湖南长沙，胡德华是其友人，生平不详。湘中指湖南。

芳莲坠粉，疏桐吹绿，庭院暗雨乍歇。无端抱影销魂处，还见筱墙萤暗，藓阶蛩切。送客重寻西去路，问水面琵琶谁拨。最可惜一片江山，总付与啼鴂。　　长恨相从未款，而今何事，又对西风离别。渚寒烟淡，棹移人远，缥缈行舟如叶。想文君望久，倚竹愁生步罗袜。归来后，翠尊双饮，下了珠帘，玲珑闲看月。

新解

芳莲坠粉，疏桐吹绿，庭院暗雨乍歇——院子里小雨刚刚停，莲花褪落了香粉，梧桐在风中摇曳着稀疏的绿叶。暗雨：姜夔词中常用的意象，表现出幽冷悲凉的心情及意境。

无端抱影销魂处，还见筱墙萤暗，藓阶蛩切——无奈当我形单影只、为离别伤心时，竹篱笆下萤火虫却发出微弱的光，蟋蟀也在长满苔藓的台阶上凄切地叫着，又让我平添了几分烦躁和忧伤。无端：无奈。抱影：形容孤单，只能与自己的影子相依。销魂：黯然伤神，这里指为离别悲愁。江淹《别赋》说："黯然销魂者，唯别而已矣！"筱（xiǎo）墙：竹做的篱笆墙。筱，小竹。萤暗：萤火虫发出微弱的光。蛩（qióng）：蟋蟀。

送客重寻西去路，问水面琵琶谁拨——我送友人西去，有谁能为我弹起琵琶来抒发天涯飘泊之感呢？问水面琵琶谁拨：元和十一年（816）秋，白居易被贬江州（今江西九江）司马时送客九江，适遇江上商人妇弹奏琵琶曲，感人至深，引诗人无限感慨，作《琵琶行》记其事。

最可惜一片江山，总付与啼鴂——最让人痛惜的是这如画的江山却总充满离别的哀伤。惜：痛惜。啼鴂（jué）：杜鹃啼叫。杜鹃鸟，鸣声哀，古人常以此作为惜别的象征。鴂，鹈鴂，又称杜鹃。屈原《离骚》："恐鹈鴂之先鸣兮，使夫百草为之不芳。"

长恨相从未款，而今何事，又对西风离别——真遗憾我没能好好招待你，而时间又太短，现在就要离别了。款：殷勤招待。

渚寒烟淡，棹移人远，缥缈行舟如叶——薄雾淡淡，寒气袭人，轻舟一叶，渐渐飘远，只剩下我一个人极目望着那逐渐消失的小船。渚（zhǔ）：江中小洲。棹（zhào）：船桨，这里代指船。缥缈：隐隐约约、若有若无貌。

想文君望久，倚竹愁生步罗袜——料想远方佳人一定望穿秋水，倚竹而立，离愁萦绕着步履，久久不能离开。文君：汉代才女，司马相如之妻，这里借指胡德华的妻子。倚竹：化用杜甫《佳人》中的"天寒翠袖薄，日暮倚修竹"一句。愁生步罗袜：化用李白《玉阶怨》中的"玉阶生白露，夜久侵罗袜"一句。

归来后，翠尊双饮，下了珠帘，玲珑闲看月——待到丈夫归来后，共饮一杯美酒，放下珠帘，一同赏月。翠尊：翡翠玉制的酒杯。尊，同"樽"。玲珑：形容明净透彻的样子，这里用来形容月亮的晶莹剔透。帘：门帘。下了珠帘，玲珑闲看月：化用李白

《玉阶怨》中的"却下水晶帘，玲珑望秋月"。李白诗原是描写佳人独自望月的孤寂之情。

新评

全词采用白描手法，充满了意象的组合，读之晓畅自然，无刻画皴染之痕迹。整首词由庭院细节描写到江边宏观场景描写，由借景抒情到直接抒情，由上片实写到下片虚写，层层递进，多次转换，感情一层深似一层。

词的前六句以哀景写哀，奠定了送别的感情基调，接着叙写送别之场景，化用白居易《琵琶行》中的诗句，表现了家国身世之感。下片从"长恨"写起，以哀景烘托了自己孤身驻足、远望离人的无奈离愁，最后以卓文君与司马相如的典故作结，用对方佳人的盼望和团聚的欢乐场面聊以自慰，化悲伤为爽朗。用他人的温馨反衬自己的形单影只，真是别具匠心，深婉沉痛，感人肺腑。

小重山令

赋潭州红梅

题解

龙榆生《唐宋词格律》：(小重山)又名〔小重山令〕。《金奁集》入"双调"。唐人例用以写"宫怨"，故其调悲。五十八字，前后片各四平韵。

此作写于姜夔客居湖南长沙之时。这是一首咏物词，姜夔的咏物词多咏梅、柳，此关系着他的一段"合肥情事"(见〔一萼红〕题解)，这首小令借咏梅寄托了对情人的思念。潭州指湖南长沙，此地盛产红梅花，有"潭州红"之称。

人绕湘皋月坠时。斜横花树小、浸愁漪。一春幽事有谁知。东风冷、香远茜裙归。　　鸥去昔游非。遥怜花可可、梦依依。九疑云杳断魂啼。相思血，都沁绿筠枝。

新解

人绕湘皋月坠时。斜横花树小、浸愁漪——我绕着湘江岸边的梅树散步，直到月坠江底都不肯离去，横斜的梅枝点缀着朵朵小花，斜映在江面上，使江水愁起了涟漪。湘皋：湘江岸边的高地。湘，湘江，流经湖南。斜横花树小：此句化用北宋诗人林逋《山园小梅》中的诗句："疏影横斜水清浅，暗香浮动月黄昏。"漪：水的波纹，又称涟漪。

一春幽事有谁知。东风冷，香远茜裙归——我的心事有谁明白呢，红裙女郎已经远离，花香远飘，只剩下清冷的东风陪伴我。此句人梅相比，既是写人又是状梅。春：男女情欲。《诗经·召南·野有死麕(jūn)》："有女怀春，吉士诱之。"幽事：心事，一般多指儿女私情。茜裙：茜草染的红裙，一般代指女郎。

鸥去昔游非。遥怜花可可、梦依依——她像鸥鸟一样飞去，昔日的欢乐已经不存在，我仍然怜惜当年梅花摆弄的风情、梦中再现的欢愉场面。可可：恰到好处。依依：余情不断，留恋不舍。

九疑云杳断魂啼。相思血，都沁绿筠枝——九疑山云雾飘杳，娥皇、女英正为思念其夫而伤心地哭泣，我与红裙女郎的思念之情如同他们一样，相思血泪染红了梅花的枝条。九疑：九疑山，今湖南宁远县南，山有九峰。相传古代帝舜南巡，死于苍梧，葬于九疑山下，其二妃娥皇、女英追至痛哭，泣泪染竹，斑斑如血，后二妃死于湘水，成为湘水女神。沁：浸，渗透。筠(yún)：竹子，此处指梅树。

新评

姜夔多以清笔写浓愁，而这首词则是浓彩重墨地渲染离愁之悲切。本词虽是咏物词并以咏梅入手，但整首词都是边写梅边写人，既写梅又写人，梅与人合一，情与景相融。词的上片开头即点题，引出人、梅、愁，并以江水的涟漪代指心中的不平，由景及人。而"一春幽事"、"香远茜裙归"是明写人暗写梅，"鸥去昔游非。遥怜花可可、梦依依"则是明写鸥、写梅，暗写相思之人，一语双关，颇具匠心。词的下片化用娥皇、女英的典故，紧扣题意，并充实了词中梅的意象，笔断而意连。最后"相思血、都沁绿筠枝"点明主旨，含蓄空灵，意境幽远，读之颇为震人心肺，荡气回肠，难怪刘熙载在《艺概》中说："姜白石词幽韵冷香，令人挹之无尽；拟诸形容，在乐则琴，在花则梅也。"

眉　妩

戏张仲远

题解

龙榆生《唐宋词格律》：一名〔百宜娇〕。《词律》以王沂孙《碧山词》为准，与《白石道人歌曲》过片处用短韵及结句用三、三句式，稍有出入。一百三字，前片五仄韵，后片六仄韵。前片第一句，后片第二句及结尾倒数第二句所有第一字并是领格，宜用去声。

这是姜夔的一篇戏作。姜夔在吴兴时曾寄居在张仲远家，张仲远经常外出，他的妻子识文认字且又妒忌心强，所以每有书信来到必先窥视。姜夔戏为此词，投寄仲远，为其妻所见，进而责问仲远，但他竟不能认出此作出自白石之手，不免吃了些苦头。张仲远为白石之友。陈鹄《耆旧续闻》载:“姜尧章尝寓吴兴张仲远家,仲远屡外出,其室人知书,宾客通问,必先窥来札。性颇妬。尧章戏作百宜娇词以遗仲远云……仲远归,竟莫能辨,则受其爪损面,至不能外出云。”

看垂杨连苑,杜若侵沙,愁损未归眼。信马青楼去,重帘下,娉婷人妙飞燕。翠尊共款,听艳歌郎意先感。便携手月地云阶里,爱良夜微暖。 无限风流疏散,有暗藏弓履,偷寄香翰。明日闻津鼓,湘江上催人还解春缆。乱红万点,怅断魂烟水遥远。又争似相携,乘一舸,镇长见。

新解

看垂杨连苑,杜若侵沙,愁损未归眼——看着依依垂杨连接着一个美丽的园林,芳草无边,长满沙堤,真是愁坏了这双盼你回来的眼睛。杜若:香草的一种。杜审言《和韦承庆过义阳公主山池五首(之三)》诗:“杜若幽庭草,芙蓉曲沼花。”《楚辞·九歌·湘君》:“采芳洲兮杜若,将以遗兮下女。”

信马青楼去,重帘下,娉婷人妙飞燕——他骑马来到青楼,在帘幕重重的窗下与婀娜多姿的美人相会。信:任由。青楼:古指显贵人家,曹植《美女篇》:“青楼临大道,高门结重关。”后来亦指妓院,南朝梁刘邈《万山见采桑人》诗:“倡女不胜愁,结束下青楼。”娉(pīng)婷:姿态美好的样子。也指美女。飞燕:汉成帝皇后赵飞燕,身体轻盈,号飞燕。

翠尊共欵,听艳歌郎意先感——两人举起酒杯,缓缓饮下,听着美人吟唱着艳冶的歌曲,情郎被深深打动了。翠尊:翠绿的酒杯,这里代指酒。尊,同“樽”。欵(kuǎn):同“款”,缓慢。

便携手月地云阶里,爱良夜微暖——两人携手于月下的楼台,深深陶醉于这暖意融融的良辰美景。云阶:楼台。

无限风流疏散,有暗藏弓履,偷寄香翰——他做尽了无限风流事,暗藏过绣鞋,偷寄过情书。疏散:散发;施展。弓履:绣鞋。香翰:指情书。

明日闻津鼓,湘江上催人还解春缆——第二天早上,湘江渡头的更鼓声响起,催促着将要远行的人赶快登船出发。津鼓:渡头更鼓声。李端《古离别》诗:“天晴见海樯,月落闻津鼓。”解春缆:解开系舟的绳索,意指开船。缆,系舟的绳索。

乱红万点,怅断魂烟水遥远——落花飞舞,断肠之人惆怅于离别后烟水遥远、不能相见。乱红:落花。

又争似相携,乘一舸,镇长见——不如带着美人乘舟同行,永不分开。舸:船。

镇：经常；总是。

新评

这是一篇戏作，大概也是白石唯一的一篇艳词，“清空骚雅”不指此篇，难怪张仲远不能认出这是白石之笔。此词描写了艳遇的全过程。“看垂杨连苑，杜若侵沙，愁损未归眼”，从女方的角度写出了幽会的地点、环境、时节，描绘出了长满芳草的水边，垂杨小径直通金屋之景。“看”是一领字，引领“垂杨连苑，杜若侵沙”两句。接着词人采用叙事手法叙述了两人幽会的全过程：相见、饮酒、歌唱、携手，别有一番趣味，“月地云阶”用以表现在暧昧气氛下一对爱人如在月光下漫步云端的美妙心理，真是独具匠心。过片说二人做尽了风流之事，“有”是一领字，引领“暗藏弓履，偷寄香翰”句。从“明日”开始，描写第二天在湘水之滨依依分别的情景。结尾出人意表，两人并没有分离，而是同舟共济，永不分离。我国古代描写男女遇合之作大多离不开水边，此篇中偷情的二人在水边相遇、水边分离、水边携手同舟，艳冶中也不失文雅的一面。

浣溪沙

题解

龙榆生《唐宋词格律》：唐教坊曲，《金奁集》入“黄钟宫”，《张子野词》入“中吕宫”。四十二字，上片三平韵，下片两平韵，过片二句多用对偶。别有《摊破浣溪沙》，又名《山花子》，上下片各增三字，韵全同。

宋孝宗淳熙十三年丙午（1186），姜夔从湖南返回汉阳的姐姐家小住，其间与外甥郊游，风景如画，自得其乐，兴尽悲来，乃作此阕。

予女须家沔之山阳，左白湖，右云梦。春水方生，浸数千里。冬寒沙露，衰草入云。丙午之秋，予与安甥或荡舟采菱，或举火罝兔，或观鱼簺下。山行野吟，自适其适。凭虚怅望，因赋是阕。

著酒行行满袂风。草枯霜鹘落晴空。销魂都在夕阳中。
恨入四弦人欲老，梦寻千驿意难通。当时何似莫匆匆。

新解

小序以游记之笔描写的汉阳景色之美和无限的生活情趣，读之令人神往。小序意为：我姐姐家住汉阳县山阳村，左临太白湖，右靠云梦泽。所以每当春季多水之时，方圆千里都会被水面覆盖着。而严冬时节则地表暴露、干枯的杂草千里入云。宋孝宗淳熙十三年(1186)秋，我在姐姐家小住，其间，我与外甥安有时候划船采菱，有时候举火捉兔，有时候又下水网鱼。山野步行，肆意吟唱，自得其乐。站在空旷之处，举目四望，我徒生惆怅，于是写下了这首词。女须：代称姐姐。沔之山阳：汉阳县山阳村。沔，沔州，即汉阳。太白：太白湖。云梦：云梦泽，指汉阳西北的湖泊地带。浸：倒灌存储。安甥：姜夔姐姐之子名安。罝(jū)兔：用网捉兔。罝，捕兽的网。簺(sài)：用竹木编成的捕鱼工具。自适其适：享受这闲适的生活。第一个“适”作动词，第二个作名词。凭虚：站在空旷之处。凭，登临。

著酒行行满袂风。草枯霜鹘落晴空。销魂都在夕阳中——带着醉意在旷野中奔走，清风灌满了衣袖，蔓草枯萎，鹰从天空中飞下，落在了这荒草之中。而我却在这夕阳之下黯然伤神。袂(mèi)：袖子。鹘(hú)：一种鹰类猛禽，即“隼”。销魂：黯然伤神的样子。

恨入四弦人欲老，梦寻千驿意难通。当时何似莫匆匆——即使在梦中走过千百个驿站也难以找到情人诉说深情了，红颜渐老，却只能把这离愁别恨寄托于琵琶之中。早知今日，当初真不应该匆匆分离啊。四弦：指琵琶。白居易在《琵琶行》中写到：“曲终收拨当心画，四弦一声如裂帛。”周邦彦〔浣溪沙〕云：“琵琶拨尽四弦悲。”合肥女子妙解音律，白石〔解连环〕云：“为大乔能拨春风，小乔妙移筝。”

新评

夏承焘在《姜白石编年笺校》中说：“此客汉阳游观之词，而实为怀合肥人作。其人善琵琶，故有‘恨入四弦’句。序与词似不相应，低回往复之情不欲言明也。”笔者认为序与词是紧密关联，而且互补的。序中以快意之笔写景叙事，抒自适之情，上片延伸此意，大有“草枯鹰眼疾”之豪放辽阔。正此豪情高涨之时，白石突然收笔，乐极生悲，忆及情人——“销魂都在夕阳中”，江淹《别赋》中说：“黯然销魂者，唯别而已矣。”白石在快乐幸福惬意之时思及情人，更显情之深，思之切，由此一句开始，作者感情由外放转为内敛，纵横捭阖，下片完全是怀人之笔，表现了追悔之意。

探春慢

题解

谢映先《中华词律》：又名〔探春〕。双调，一百零三字，前后片各十句四仄韵，自第四句起至第八句止句式相同。别有九十五字体。

姜夔早年随父宦游，往来汉阳、长沙等地，后其父卒于汉阳任上，夔孤贫，依姐居于汉川(汉阳西北)，其后漫游于吴越一带。孝宗淳熙十三年丙午(1186)，姜夔应萧德藻之约前往湖州，途中路经汉阳，便去探望了嫁在此地的姐姐和郑次皋、辛克清、姚刚忠等朋友，从初随父宦游汉阳至这一年重回故地，已过了近二十年。他这次逗留时间较短，接着就冒雪去了湖州，临行前依依不舍。

予自孩幼，从先人宦于古沔，女须因嫁焉。中去复来几二十年，岂惟姊弟之爱，沔之父老儿女子亦莫不予爱也。丙午冬，千岩老人约予过苕霅，岁晚乘涛载雪而下，顾念依依，殆不能去。作此曲别郑次皋、辛克清、姚刚忠诸君。

衰草愁烟，乱鸦送日，风沙回旋平野。拂雪金鞭，欺寒茸帽，还记章台走马。谁念漂零久，漫赢得幽怀难写。故人清沔相逢，小窗闲共情话。　　长恨离多会少，重访问竹西，珠泪盈把。雁碛波平，渔汀人散，老去不堪游冶。无奈苕溪月，又唤我扁舟东下。甚日归来，梅花零乱春夜。

新解

此序仿若叙事性散文，叙事详细而严谨，感情充沛。序中简单概括了自己的身世经历，交代了作此词的背景。小序意为：我早年随父宦游于汉阳，姐姐因此也嫁到了这里。除去其中离开这里的时间，我在汉阳居住了将近二十年，在这里不仅只有姐弟之爱，汉阳的父老乡亲对我都有很深的感情。宋孝宗淳熙十三年(1186)冬，老诗人萧德藻邀请我到湖州，年末我冒雪乘舟离开汉阳，依依不舍，不忍离去。于是我作了这首词，留给郑次皋、辛克清、姚刚忠等等这些好朋友。先人：去世的父亲。宦于古沔：在汉阳做官。沔，沔州，即汉阳。女须：代称姐姐。几：差不多。岂惟：难道只有，不只。沔之父老儿女子亦莫不予爱也：汉阳的父老兄弟姐妹们都和我有感情。千岩老人：萧德藻，南宋诗人，字东夫，自号千岩老人。过苕(tiáo)霅(zhà)：到湖州。过，访，探望。苕霅，苕溪和霅溪，代指湖州。

衰草愁烟，乱鸦送日，风沙回旋平野——傍晚，旷野上风沙盘旋，乱飞的乌鸦送走了太阳，枯黄的杂草笼罩着闷腾腾的烟雾。

拂雪金鞭，欺寒茸帽，还记章台走马——我还怀念当初戴着茸皮帽子，手扬马鞭掠雪，到处游荡的欢乐时光。金鞭：装饰华美的马鞭。欺寒：御寒。茸帽：毛皮制作的帽子。章台：汉代长安有章台街，是妓女居住的地方，后来就多用于指代妓院等场所。

谁念漂零久，漫赢得幽怀难写——谁怜惜我多年飘泊江湖，徒落得满怀难以言说的忧愁呢！漫：空，白白地。

故人清沔相逢，小窗闲共情话——和老朋友在清澈明净的沔水上相逢，小窗下共叙旧情，这是多么醉人的事情啊！沔：沔水。今湖北武汉市以下的长江在古代通称为沔水。

长恨离多会少，重访问竹西，珠泪盈把——与亲戚朋友离多聚少是件很遗憾的事情，想当初再次回到扬州之时，我也是内心百感交集，不禁涕零。竹西：扬州有竹西亭，这里代指扬州。

雁碛波平，渔汀人散，老去不堪游冶——我曾经游历过衡阳、洞庭等地，但现在我不再青春年少了，已经不能游荡寻乐了。雁碛(qì)：大雁停宿的沙滩。这里指姜夔曾经游历过的回雁峰，在湖南衡阳县南，传说南飞的候鸟到此不再向南。

无奈苕溪月，又唤我扁舟东下——无奈我又要东下苕溪，作客他乡了。

甚日归来，梅花零乱春夜——不知何时我可以再回来和父老兄弟共同在春夜里欣赏盛开的梅花。

新评

这首词以哀笔开头，首句“衰草愁烟，乱鸦送日，风沙回旋平野”与“枯藤老树昏鸦”有异曲同工之妙，“拂雪金鞭，欺寒茸帽，还记章台走马”虽不似“小桥流水人家”却是以对比手法写出了今昔生活之变化，体现了词人飘泊江湖的迟暮之感。姜夔不但以对比起篇，而且以对比收尾，笔墨变幻，清空中透出瘦硬。看最后“无奈苕溪月，又唤我扁舟东下。甚日归来，梅花零乱春夜”把离别和团聚放在一起，未离别而先发离思之苦，既体现了团聚之遥遥无期，又表现了姜夔之眷恋不舍之情。

此作中，白石大胆采用时空转换之手法，先描写现实“衰草愁烟，乱鸦送日，风沙回旋平野”——悲，再追忆过去“拂雪金鞭，欺寒茸帽，还记章台走马”——喜，然后从“谁念漂零久”到“又唤我扁舟东下”都是写现在，感情变换为悲——喜——悲，最后以遥想未来的乐笔结尾，现在、过去、现在、未来，天马行空，悲喜不断交替，纵横跌宕。

翠楼吟

题解

龙榆生《唐宋词格律》：姜夔自度“双调”曲。其小序云：(略)一百一字，前片六仄韵，后片七仄韵。前后片第七句第一字是领格，宜用去声。后片第二句是上一、下四句式。

宋孝宗淳熙十三年(1186)姜夔离汉阳前往浙江湖州，途经武昌，为庆贺武昌安远楼落成而填此词。十年之后，有歌女仍唱此词，并能说出当时填词的缘由，白石深有感慨，便补上了这个词序。

淳熙丙午冬，武昌安远楼成，与刘去非诸友落之，度曲见志。予去武昌十年，故人有泊舟鹦鹉洲者，闻小姬歌此词。问之，颇能道其事，还吴为予言之。兴怀昔游，且伤今之离索也。

月冷龙沙，尘清虎落，今年汉酺初赐。新翻胡部曲，听毡幕元戎歌吹。层楼高峙，看槛曲萦红，檐牙飞翠。人姝丽，粉香吹下，夜寒风细。　　此地，宜有词仙，拥素云黄鹤，与君游戏。玉梯凝望久，叹芳草萋萋千里。天涯情味，仗酒祓清愁，花消英气。西山外，晚来还卷一帘秋霁。

新解

这个小序作于填词的十年之后。小序意为：宋孝宗淳熙十三年(1186)冬，武昌安远楼落成，我和刘去非等朋友在此庆祝，于是作这首词曲以抒己志。在我离开武昌十年之后，有一位故人靠船在鹦鹉洲边时，恰好听到了有位年轻的歌女正在唱这首词，当向这位歌女问起此曲时，她还能详细地道出当时填词作曲的缘由，于是这位故人回到吴兴后把这件事告诉了我。听到这些，我怀念起过去游玩的情景，更为自己眼下寂寞的生活感到伤感。武昌：今湖北武昌市。安远楼：位于武昌西南黄鹤矶上，是为庆祝抗金胜利而建的。刘去非：白石之友，事迹不详。刘过〔唐多令〕词序云："安远楼小集……同柳阜之、刘去非、石民瞻、周嘉仲、陈孟参、孟容。"落之：庆祝楼的落成。度曲：创制词曲。去：离开。鹦鹉洲：在今武汉市汉阳江边。汉末祢衡死于此，因其作过《鹦鹉赋》，所以后人称此洲为鹦鹉洲。小姬：年轻的歌女。吴：吴兴。今浙江湖州。兴怀：感怀。离索：离群独居的寂寞生活。

月冷龙沙，尘清虎落，今年汉酺初赐——南宋边境月冷尘清，十分平静，今年朝廷大摆廷宴。龙沙：泛指边关塞外的荒凉之地。虎落：遮护城的围墙，也用来泛称边塞分界之标志。酺(pú)：聚会饮酒。汉文帝即位时曾"酺五日"(《汉书·文帝纪》)，故称"汉酺"。这里指宋孝宗为庆祝高宗八十寿辰而犒赏内外群臣的事。

新翻胡部曲，听毡幕元戎歌吹——弹奏起北方少数民族的行军之歌，元帅的军帐中歌声激荡。新翻：重新谱写。胡部曲：北方少数民族的乐曲。毡幕：行军用的厚帐幕。元戎：主将。

层楼高峙，看槛曲萦红，檐牙飞翠——高楼耸立，红色的栏杆蜿蜒曲折，翠绿的屋檐仿佛振翅欲飞。槛(jiàn):栏杆。萦:缠绕。檐牙:房檐边际向外翘出,形状如牙的部分。

人姝丽,粉香吹下,夜寒风细——寒夜中微风送来了美人脂粉的芳香。姝(shū):美好的样子。

此地,宜有词仙,拥素云黄鹤,与君游戏——这里应该有高雅的词人,领着白云黄鹤,与你遨游嬉戏其间。拥:拥有,带领。素云:白云。黄鹤:指黄鹤矶,上有黄鹤楼,相传曾有仙人乘黄鹤过此,故得名。唐崔颢《黄鹤楼》一诗云:"黄鹤一去不复返,白云千载空悠悠。"

玉梯凝望久,叹芳草萋萋千里——站在楼上久久凝望着漫漫芳草。芳草凄凄:有怀念故乡,感伤思归之意。《楚辞·招隐士》:"王孙游兮不归,春草生兮萋萋。"崔颢《黄鹤楼》:"晴川历历汉阳树,芳草萋萋鹦鹉洲。"

天涯情味,仗酒祓清愁,花消英气——流浪天涯,乡思难平,只能靠酒来消除清愁,用花来抚平志气。祓(fú):为了除灾求福而举行的一种活动,有解除之意。

西山外,晚来还卷一帘秋霁——傍晚,站在楼上卷起门帘远眺,西山外,一片秋日的晴朗。帘:门帘。霁:天气转晴。

新评

南宋时,武昌是宋人与金人对峙的军事要地,宋孝宗淳熙十三年(1186)宋金达成和议,双方停战,创作这首词时正是短暂的和平时期。这首词感情充沛而丰富,上片纪实,采用互文手法描写了宋金两国边境无战事的情况,接着描述了朝廷歌舞升平、骄奢淫逸的场面,边塞与朝廷对比,讽刺了宋王朝无视山河破碎,甘于偏安一隅的堕落行径。下片写情,此地空有素云黄鹤却无词仙,蔓草无边,有谁能挽救南宋朝廷呢?暗示了白石怀才不遇,天涯孤寂之情。陈廷焯《白雨斋词话》卷二云:"后半阕一纵一操,笔如游龙,意味深厚,是白石最高之作。"

踏莎行

题解

龙榆生《唐宋词格律》:双调小令,《张子野词》入"中吕宫"。五十八字,上下片各三仄韵,四言双起,例用对偶。又有〔转调踏莎行〕,六十六字,上下片各四仄韵。

这首词写梦而寄相思,作于宋孝宗淳熙十四年(1187)元旦白石从汉阳东去湖州途中。途经金陵时,白石在船上梦见了远别的恋人,乃作此词。夏承焘《合肥词事》云:"白石去年冬随其妇翁萧德藻离湘鄂往湖州,沿长江东下。此时道过金陵,其词涉淮南者,盖翘望合肥之作。"

自沔东来，丁未元日至金陵江上，感梦而作。

燕燕轻盈，莺莺娇软，分明又向华胥见。夜长争得薄情知，春初早被相思染。　　别后书辞，别时针线，离魂暗逐郎行远。淮南皓月冷千山，冥冥归去无人管。

新解

小序意为：我自东面汉阳而来，宋孝宗淳熙十四年(1187)正月初一到达金陵江上，梦醒有感，而作此阕。沔：沔州，即汉阳。金陵：南京。

燕燕轻盈，莺莺娇软，分明又向华胥见——我又在梦中见到了我的爱人，她体态如春燕般轻盈，声音如莺歌般娇软。燕燕、莺莺：指所爱之人。苏轼《张子野年八十五尚闻买妾述古令作诗》云："诗人老去莺莺在，公子归来燕燕忙。"华胥：梦境。《列子·黄帝》记载："黄帝昼寐而梦，游于华胥氏之国。"

夜长争得薄情知，春初早被相思染——（以对方的口气拟写）你这个薄情之人怎知道漫漫长夜孤枕独卧的痛苦呢，春天刚到，却早被我的相思之情浸透了。争得：怎得。薄情：对爱人的昵称。

别后书辞，别时针线，离魂暗逐郎行远——我临行时你用密密的针脚为我缝制衣服，我走后你书信频寄，现在你的魂魄也离开故乡，暗暗地陪我走了好远好远。郎行(háng)：情郎身边。

淮南皓月冷千山，冥冥归去无人管——清冷的月光洒向淮南的万水千山，你的魂魄在幽暗的夜晚独自归去，无依无靠。淮南：即合肥，宋时属淮南路。作者的情人在合肥。皓：明。冥冥：昏暗的样子。也可指"夜"，枚乘《七发》有言："冥火薄天。"

新评

作品虚实结合，虚中有实，实中有虚。"燕燕轻盈，莺莺娇软"既为虚又为实，虽然是梦中之人，梦中相见，可已是作者心中实实在在的人，"分明"为虚写，这一句使用倒装手法，新颖奇特，突出了情人之美，思念之深。"夜长争得薄情知，春初早被相思染"写梦之由，亦虚亦实，以虚笔写真情实感。"别后书辞，别时针线"写实，而"离魂暗逐郎行远"又转移到了梦境，"离魂"句暗用唐传奇《离魂记》中"倩女离魂"的故事，余味颇丰。最后白石以"淮南皓月冷千山，冥冥归去无人管"之实景梦境使全词结束在一片孤寂、凄冷、自责的悲凉意境之中。王国维《人间词话》云："白石之词，余所最爱者，亦仅二语，曰：'淮南皓月冷千山，冥冥归去无人管。'"

本词有一大特点，即从对面写来，用对方思念自己来写自己的思念之深切，读之倍加感人。白石以梦开端，情人魂魄到来，向自己诉说深情，其实句句说的都是白石自己的心声；用爱人之魂伴随而来，表现了两人爱恋的浓切；用爱人离去之孤单抒发自己的追悔、自责、爱怜之情，绝冷绝奇，委婉动人，一往情深，缠绵悱恻。

杏花天影

题解

谢映先《中华词律》：双调，五十八字，前片五句四仄韵，后片五句四仄韵一暗韵。

宋孝宗淳熙十四年（1187）白石从汉阳东去湖州，途经金陵泛游秦淮河时作此词，这一天是正月初二，与上一首词的写作时间仅差一天。

丙午之冬发沔口，丁未正月二日道金陵。北望淮楚，风日清淑，小舟挂席，容与波上。

绿丝低拂鸳鸯浦，想桃叶当时唤渡。又将愁眼与春风，待去，倚兰桡，更少驻。　　金陵路，莺吟燕舞。算潮水知人最苦。满汀芳草不成归，日暮，更移舟，向甚处。

新解

小序意为：宋孝宗淳熙十三年（1186）冬，我从沔口出发，淳熙十四年（1187）正月初二路过金陵。我向北眺望曾经居住过的地方，风和日丽，点点船帆飘荡在水面上。沔口：汉水入江处。淮楚：指淮水流经的江苏、安徽的北部地区。姜夔有情人在合肥。清：洁净，清爽。淑：阳光温和。挂席：挂帆。容与：徘徊、从容、缓慢流动的样子。

绿丝低拂鸳鸯浦，想桃叶当时唤渡——绿色的柳枝低垂在鸳鸯浦上，当年王献之就是在这里与他的爱妾桃叶分别的。鸳鸯浦：鸳鸯栖息的水滨。桃叶：东晋王献之的爱妾，相传王献之曾在秦淮河畔的渡口送别桃叶，并作有《桃叶歌》："桃叶复桃叶，渡江不用楫，但渡无所苦，我自迎接汝。"唤渡：呼舟渡江。

又将愁眼与春风，待去，倚兰桡，更少驻——眼前的景物勾起了我的相思之愁，我只能满怀愁绪地欣赏春景，想要快点儿离去，却又想多看几眼这勾起我相思的地方。兰桡（ráo）：华美的船桨。桡，船桨。少驻：稍作停留。少，同"稍"。

金陵路，莺吟燕舞。算潮水知人最苦——在春光明媚、歌舞繁华的金陵只有那迎来送往的潮水懂得人的愁苦。莺吟燕舞：既写春天的美好又写金陵的繁华。

满汀芳草不成归，日暮，更移舟，向甚处——我的爱人那儿虽满岸春草，但我无法回到她的身边，天色渐晚，我又将驶向哪里呢？汀(tīng)：水边平滩。

新评

同上一首词一样，这也是一首怀人之词。姜夔在秦淮河上望着合肥的方向，看着渡口分别的对对情侣，想到了自己与爱人的分别，不胜感慨。首句以绿柳和鸳鸯浦起兴，化用典故，分别之景如在眼前，引起了人无限的愁思。白石眼看着这一切，有一种逃离苦恼的冲动，却又不忍离去，徘徊之情凄婉动人。下片直接抒情，情思中寄托飘泊之感，境界幽雅，语言含蓄，最后一句“日暮，更移舟，向甚处”把作者的迷茫、飘零、寂寞、哀怨全部涵盖其中，体现了一种不得不任运随化的悲哀，读之耐人寻味。

惜红衣

题解

谢映先《中华词律》：宋·姜夔制。双调，八十八字，前片十句六仄韵，后片九句六仄韵，宜用入声。前结句与后片倒数第二句皆用上一下四句法。添字有八十九字一体。

宋孝宗淳熙十四年(1187)姜夔客居湖州萧德藻处，夏末游湖州弁山时，感荷花盛丽而自度此曲，寄托了对故国的怅望，表达了飘泊江湖的寂寞之情。

吴兴号水晶宫，荷华盛丽。陈简斋云，今年何以报君恩，一路荷华相送到青墩。亦可见矣。丁未之夏，予游千岩，数往来红香中，自度此曲，以无射宫歌之。

簟枕邀凉，琴书换日，睡馀无力。细洒冰泉，并刀破甘碧。墙头换酒，谁问讯城南诗客。岑寂，高树晚蝉，说西风消息。　虹梁水陌，鱼浪吹香，红衣半狼籍。维舟试望故国，眇天北。可惜柳边沙外，不共美人游历。问甚时同赋，三十六陂秋色。

新解

小序意为：吴兴素有“水晶宫”之称，这里的荷花格外茂盛动人。陈简斋说：“今年何以报君恩，一路荷花相送到青墩。”这也可以看出吴兴荷花之盛。宋孝宗淳熙十四年(1187)夏天，我游千岩，几次往来都能欣赏到吴兴的荷花，因此，我作此曲，用无射宫歌咏它们。吴兴号水晶宫:吴兴内有苕溪和霅溪,水清如镜,水晶宫之名由此而得。吴兴,今浙江湖州。华(huā):花,花朵。陈简斋:南宋诗人陈与义,号简斋,他曾于绍兴四年任湖州太守,次年退居吴兴青墩镇。卜居青墩期间有词作〔虞美人〕,其中有两句:"今年何以报君恩,一路荷华相送到青墩。"。千岩:地名,在湖州弁山。红香:指荷花。无射(yì)宫:我国古代的十二宫调的无射律之宫音。

簟枕邀凉,琴书换日,睡馀无力——以竹席枕乘凉,以弹琴看书消磨时光,睡醒后懒洋洋的,浑身没有力气。簟枕:竹制的枕席。

细洒冰泉,并刀破甘碧。墙头换酒,谁问讯城南诗客——用冰泉水洗净新鲜的瓜果,快刀切来吃,又买来美酒相伴,现在谁会理会我呢,只能这样度日了。并刀:并州(今山西太原)的剪刀,以锋利著称。墙头换酒、城南诗客:均化用杜甫的诗《夏日李公见访》:"远林暑气薄,公子过我游。贫居类村坞,僻近城南楼。……隔屋唤西家,借问有酒不。墙头过浊醪,展席俯长流……"城南诗客,白石自称。

岑寂,高树晚蝉,说西风消息——在这一片寂静之中,高树上晚蝉悲切的鸣叫声告诉人们秋天就要来了。岑寂:寂静,寂寞。西风:指秋天的风。

虹梁水陌,鱼浪吹香,红衣半狼籍——水面上虹桥精美,游鱼翻起的波浪送来阵阵清香,荷花已经大半都凋落了。虹梁:构建精美的拱桥。红衣:指荷花。狼籍:凌乱的样子。籍,一本作"藉"。

维舟试望故国,眇天北——系上船,遥望那昔日的国都,它在遥远的北方。维:拴上。故国:昔日的国都,这里指北宋的京城汴京(今河南开封)。眇:通"渺"。

可惜柳边沙外,不共美人游历。问甚时同赋,三十六陂秋色——遗憾的是,这柳下水边没有美人陪我一同游赏了,什么时候我们可以一同欣赏这荷塘秋色,赋诗作词呢?三十六陂(bēi):许多水塘。三十六,虚数。陂,池塘。北宋王安石有诗《题西太乙宫壁》:"杨柳鸣蜩绿暗,荷花落日红酣。三十六陂春水,白头想见江南。"

新评

这是一首羁旅之作,开篇写客居生活的舒适、闲散,表面看来波澜不惊,而且似乎有些自得其乐,但实际上这正表明了白石的寂寞、无聊、无所事事、英雄无用武之地的苦闷。满腹经纶的绝代才子、一代风流的江南诗客此时却在过着这种"簟枕邀凉,琴书换日,睡馀无力"而无人问津的生活,这的确是对伟大生命的一种践踏。而此时晚蝉凄切的叫声、秋天的将至都无形之中为白石增加了一分飘泊江湖的苦闷和凄凉。下片景色虽美却已是"红衣半狼籍",故国在遥远的北方正遭金人践踏,身边美人不在,朋友不在,这几分孤寂落寞恐怕只有词人自己最能体会了。

姜夔词以清空骚雅著称,表达委婉不俗。在这首词中,他跌宕的情绪,烦躁而极度孤寂的感情都是用平淡如水的语言表达出来的,如涓涓细流,和缓平静,但作者心里其实已经翻江倒海，这就是姜夔所选择的感情表达方式。

石湖仙

寿石湖居士

题解

谢映先《中华词律》：宋·姜夔制，取词中“须信石湖仙”句末三字为调名。双调，八十九字，前后片各九句六仄韵。

范成大（1126－1193），字致能，晚年居住在苏州西南的石湖，自号石湖居士。〔石湖仙〕是白石为范成大贺寿而作的自度曲，故以“石湖”名之。据夏承焘《姜白石词编年笺校》考证，这首词可能作于宋孝宗淳熙十四年（1187）夏季，这一年也是二人初识的一年。

松江烟浦，是千古三高游衍佳处。须信石湖仙，似鸱夷翩然引去。浮云安在，我自爱绿香红舞。容与，看世间几度今古。
卢沟旧曾驻马，为黄花闲吟秀句。见说胡儿，也学纶巾欹雨。玉友金蕉，玉人金缕，缓移筝柱。闻好语，明年定在槐府。

新解

松江烟浦，是千古三高游衍佳处。须信石湖仙，似鸱夷翩然引去——云雾迷蒙的吴淞江边，有名垂千古的三高祠，是人们尽情游赏的佳处。石湖居士如同春秋范蠡一样，功成身退，翩然隐去。松江：即吴淞江，俗名苏州河，太湖最大的一条支流，在吴淞口流入长江。三高：江苏吴淞江上有三高祠，供奉越范蠡、晋张翰、唐陆龟蒙。范成大有《三高祠记》，姜夔有《三高祠》诗。游衍：纵情游乐。谢朓《和伏武昌登孙权故城》诗：“于役傥有期，鄂渚同游衍。”王维《桃源行》：“山洞无论隔山水，辞家终拟长游衍。”鸱（chī）夷：指范蠡。春秋时越国大夫范蠡助越王勾践灭吴后，功成身退，浮海至齐国，变姓名为鸱夷子皮，省称鸱夷子。范成大〔念奴娇〕：“家世回首沧洲，烟波渔钓，有鸱夷仙迹。”

浮云安在，我自爱绿香红舞。容与，看世间几度今古——石湖视功名利禄如浮云，而钟情于亭亭而立的荷花，从容自在地笑看世事轮回、古今之变。浮云：指不值得关心的事。《论语·述而》：“不义而富且贵，于我如浮云。”绿香红舞：写荷叶荷花。范成大《吴船录》卷上载：“六月己巳朔，壬申泊青城山，始生之辰也。”由此可知石湖生在六月，正值荷花盛开之季。容与：从容的样子。

卢沟旧曾驻马，为黄花闲吟秀句。见说胡儿，也学纶巾欹雨——石湖曾出使金国，立下不朽功劳，曾驻马卢沟，对菊而吟。金人也“求巾帻效之”对您推崇敬仰。卢沟旧曾驻马，为黄花闲吟秀句：宋孝宗乾道六年(1170)，范成大出使金国，当时金都北京。卢沟指永定河，在今北京市郊。范成大《石湖集》中《卢沟燕宾馆》有诗句：“雪满西山把菊看。”黄花，指菊花。胡儿：指金人。学纶巾欹(qī)雨：《宋史·范成大传》：“金迎使者慕成大名，至求巾帻效之。”范成大《石湖集》中《蹋鸱巾》自注云：“接送伴田彦皋，爱予巾裹求其样，指其所带蹋鸱巾有愧色。”并有诗句“雨中折角君何爱”，这句诗化用了郭泰的典故。《汉书·郭泰传》载，郭泰字林宗，品学为人所重，常外出遇雨，头巾一角陷下，人们争相效仿，故意折叠头巾一角，称为“林宗巾”。后用“垫巾”、“垫角”谓模仿高雅。

玉友金蕉，玉人金缕，缓移筝柱。闻好语，明年定在槐府——饮金杯美酒，听佳人弹筝奏曲，享受晚年退隐生活。祝您明年前程似锦、尽展抱负。玉友：酒名，因其色白如玉，故名。金蕉：酒杯。玉人：美人。金缕：指金缕衣，是曲调名。筝柱：筝上承弦之柱。槐府：宋朝的学士院中有槐厅，在这里是学士院的代称。《梦溪笔谈》：“学士院第三厅学士合子，当前有一巨槐，素号槐厅。旧传居此合者，多至入相。”此作次年，即宋孝宗淳熙十五年(1188)范成大曾起知福州。

新评

这是一篇白石为范成大所作的寿词，尽显骚雅之风。词以写景起笔，描绘了石湖隐居的环境，有云雾缭绕的吴淞江，有供奉高洁雅士的三高祠，从侧面写出了石湖的高雅和超俗。接着正面描写，“似鸥夷翩然引去”、“浮云安在”、“自爱绿香红舞”、“容与，看世间几度今古”，从石湖退隐、不爱功名利禄、与荷花为伴、笑看世间古今变换四个角度，赞扬了石湖超拔脱俗的人格魅力。下片先追述石湖的功劳业绩，然后描写眼下的歌舞生活，赞扬了石湖舍弃功名、积极引退的人格，最后一句是白石对石湖的良好祝愿。陈廷焯《白雨斋词话》卷二云：“白石〔石湖仙〕一阕，自是有感而作，词亦超妙入神。惟‘玉友金蕉，玉人金缕’八字，鄙俚纤俗，与通篇不类。正如贤人高士中着一伧父，愈觉俗不可耐。”通篇来看，从词牌到内容，白石所极力表现和赞扬的是范成大潇洒自在、超拔出尘、不慕富贵名利的“仙”之人格，但从白石对范成大功劳业绩的追述和最后对他的祝愿，也可以看出白石的羡慕之情和一生怀才不遇的遗恨。

点绛唇

题解

龙榆生《唐宋词格律》:《清真集》入“仙吕调”,元北曲同,但平仄句式略异,今京剧中犹常用之。四十一字,前片三仄韵,后片四仄韵。

此篇乃写景怀古之作。宋孝宗淳熙十四年(1187)冬,姜夔再次自湖州到苏州探访范成大,途中经吴松,眺望太湖,晚唐诗人陆龟蒙曾隐居于此,他是姜夔最为崇敬的人,今日踏先人之足迹,发古今之思,乃作此词。

丁未冬,过吴松作。

燕雁无心,太湖西畔随云去。数峰清苦,商略黄昏雨。　第四桥边,拟共天随住。今何许。凭阑怀古,残柳参差舞。

新解

小序意为:宋孝宗淳熙十四年(1187)冬,我经过吴淞江时做了这首词。吴松:即吴淞江,俗名苏州河,太湖最大的一条支流,在吴淞口流入长江。

燕雁无心,太湖西畔随云去——真羡慕大雁的无忧无虑、自由自在,随着流云一起南飞。燕雁:从北方飞来的大雁。燕,燕赵地区,泛指北方。

数峰清苦,商略黄昏雨——远处山峰清寂寥落,雨意正浓。商略:商量,酝酿。俞陛云《唐五代两宋词选释》云:“欲雨而待‘商略’,‘商略’而在‘清苦’之‘数峰’,乃词人幽渺之思。白石泛舟吴江,见太湖西畔诸峰,阴沉欲雨,以此二句状之。”

第四桥边,拟共天随住——第四桥边,我想和天随子一同隐逸在此。第四桥:指吴江城外的甘泉桥,因泉品居第四所以又称第四桥。天随:晚唐诗人陆龟蒙自号天随子,辞官后隐居松江浦里。天随诗多以避世心态写闲散隐逸之作,抒淡泊情思,诗境闲适,杨万里等人曾试图用其情趣拯救江西诗派的生硬瘦涩之弊病。

今何许。凭阑怀古,残柳参差舞——今天,在什么地方,我凭栏怀古,只见颓败的柳树,摇曳着长短不齐的枝条。何许:何处。凭阑:靠着栏杆。

新评

词作层次分明,上片写景,下片怀古抒情。“无心”二字开篇即点明主旨,流露了作者的思绪情怀。“太湖西畔随云去”有所寄托,“云”自古就是隐逸、出世、淡泊、自然的象征,为高洁雅士所偏爱,用在此处“语到意工,不期高远处而自高远”(宋陈郁

《藏一话腴》)。"数峰清苦",景物由远及近,一语双关,流露了白石的清明心境、苦涩人生和高洁寂寞的人格。沈祖棻曾说:"燕雁或者有知,而以'无心'为说;山峰纯属无知,而以'商略'为言,便是夺化工处。"

下片换头虽显突兀,但全词基调和感情一脉相承,表达了自己对陆龟蒙人格的崇敬,对陆式生活的向往,有狷介雅士惺惺相惜之情。"今何许?凭阑怀古,残柳参差舞",陈廷焯《白雨斋词话》评此一句:"通首只写眼前景物,至结处云:'今何许?凭阑怀古,残柳参差舞。'感时伤事,只用'今何许'三字提唱,'凭阑怀古'下,仅以'残柳'五字咏叹了之,无穷哀感,都在虚处。令读者吊古伤今,不能自止,洵推绝调。"见解深刻,道出了白石的艺术真谛。

夜行船

题解

谢映先《中华词律》:宋·张先词名〔夜怄怄〕,黄公绍词名《明月棹孤舟》。双调,五十五字,前后片各四句三仄韵。增减作五十三字、五十四字、五十六字、五十八字诸体。

宋孝宗淳熙十六年(1189),白石客居浙江湖州期间与友人田几道同到城北沈园赏梅,载雪而归,归后作此篇以述志。

己酉岁,寓吴兴,同田几道寻梅北山沈氏圃,载雪而归。

略彴横溪人不度,听流澌佩环无数。屋角垂枝,船头生影,算唯有,春知处。　回首江南天欲暮,折寒香倩谁传语。玉笛无声,诗人有句,花休道,轻分付。

新解

小序意为:宋孝宗淳熙十六年(1189),我寓居吴兴时曾同田几道到北山沈园赏梅,回来的时候正下着雪。吴兴:今浙江湖州。田几道:白石之友,生平不详。北山沈氏圃:南宋时,吴兴有南北沈尚书二园,北沈是沈宾王尚书园,在城北奉胜门外。

略彴横溪人不度,听流澌佩环无数——小桥静静地横卧在溪水上,没有人在上面行走,那潺潺的流水声仿佛是无数的环佩叮咚作响,清脆悦耳。略彴(zhuó):小木桥。陆龟蒙《新夏东郊闲泛有怀袭美》诗:"经略彴时冠暂亚,佩笭箵后带频攜。"苏轼《同王胜之游蒋山》诗:"略彴横秋水,浮图插暮烟。"流澌:流水。《汉书·王霸传》:

"河水流澌，无船，不可济。"佩环：即环佩，衣服上的玉质饰物。

屋角垂枝，船头生影，算唯有，春知处——斜垂在屋角的梅枝，在灯光的映射下在我们的船头留下了斑驳的影子，或许在这里才能看见初春的景象。算：表示推测。

回首江南天欲暮，折寒香倩谁传语——江南的天色渐近日暮，我想折梅寄人，可有谁能为我递梅传信呢？折寒香：用典，据南朝宋盛弘之《荆州记》："陆凯与范晔相善，自江南寄梅花一枝，诣长安与晔，并赠花诗曰：'折花逢驿使，寄与陇头人。江南无所有，聊寄一枝春。'"寒香，指梅花。杜牧《早春寄岳州李使君李善棋爱酒情地闲雅》诗："返照三声角，寒香一树梅。"倩(qìng)：借；借助。

玉笛无声，诗人有句，花休道，轻分付——这里虽没有李白在黄鹤楼中听到的笛声，却有这个如李白一样的诗人为梅花赋词，请梅花你不要埋怨我的词太过微薄疏浅。玉笛无声，诗人有句：化用李白《与史郎中钦听黄鹤楼上吹笛》诗："黄鹤楼中吹玉笛，江城五月落梅花。"这里反用其意。分付：处置；安排。

新评

这当是一篇赏梅怀人之词。序中交待了此行的目的即为寻梅，由"载雪而归"可知本词写的是雪中孤傲、圣洁、具有幽韵冷香的梅。首句写赏梅之地的环境，"略彴横溪人不度，听流澌佩环无数"，以动写静，用小溪潺潺之声写出了环境的清幽、梅的孤独。用"佩环"比喻流水声，不但出人意表，同时也是怀人的伏笔。"屋角垂枝，船头生影"，很有"疏影横斜水清浅，暗香浮动月黄昏"的味道，不但在我们面前展现了月光与灯光相融、雪与梅相映、船与梅影相生的景象，而且使人读之产生清香环绕的感觉。下片变写景为抒情，"折寒香倩谁传语"，意为折寒香无人传语，只是徒劳，流露了怀人之思和深深怅惘之情。结句"花休道，轻分付"，流露的尽是对所怀之人的愧疚和相思无凭借的无奈。本词句句写梅，却无一字提到梅，写出了古雅高远的意境和沉郁隽永的感情，于空灵蕴藉处尽显含蓄至诚的情感。

浣溪沙

题解

宋孝宗淳熙十六年(1189)春，姜夔客居湖州。灯节结束的那一晚，俞商卿邀请他一同去赏灯，这首词就记此晚所见。

己酉岁，客吴兴。收灯夜，阖户无聊。俞商卿呼之共出，因记所见。

春点疏梅雨后枝。剪灯心事峭寒时。市桥携手步迟迟。

蜜炬来时人更好,玉笙吹彻夜何其。东风落靥不成归。

新解

小序意为:宋孝宗淳熙十六年(1189),我客居吴兴。收灯夜闲着无聊,俞商卿邀我一同出去散步,我写了这首词,记下了当晚所见。吴兴:今浙江湖州。收灯夜:正月十五过后灯节结束的那一晚。阖户:关闭门户。俞商卿:俞灏,字商卿,姜夔的好朋友,世居杭州。

春点疏梅雨后枝。剪灯心事峭寒时。市桥携手步迟迟——在这寒冷的收灯之夜,雨后稀疏的梅花斑斑点点,而我愁思萦绕、心事满怀,很想与老朋友话旧,所以就和俞商卿一起出来散步。剪灯心事:灯下与故人话旧。李商隐诗:"何当共剪西窗烛,却话巴山夜雨时。"峭:寒冷。市桥:街道繁华之处。

蜜炬来时人更好,玉笙吹彻夜何其。东风落靥不成归——街头灯火照耀,笙乐不断,人们在春风之中欢歌笑舞,虽然渐渐地面部的妆饰被吹落了,但意兴不减,仍久久不归。蜜炬:蜡烛,此处指灯。夜何其:夜怎样了,现在几时了。指夜已经很深了。其,助词。《诗经·小雅·庭燎》:"夜如何其?夜未央。"靥(yè):古代妇人涂在面颊的一种妆饰。

新评

这首词以写景记事为主。上片写作者自己。"春点疏梅雨后枝。剪灯心事峭寒时",写出门前的寂寞心情,和序中所叙相呼应,笔调清冷俊峭,很有清空骚雅之风;接着写与友人携手出行散步,"迟迟"二字正体现了序中所说的"无聊"心情。下片从视觉和听觉的角度叙写他人的欢乐场面。上下两片形成了作者自己无聊的情境和他人歌舞欢乐的对比,全篇无一字写愁,而愁绪尽现,无一字写寂寞,而寂寞之情流露无遗。

琵琶仙

题解

谢映先《中华词律》:宋·姜夔自度曲。双调,一百字,前片九句四仄韵,后片八句四仄韵,前后片第三句至第七句句式相同。减字有九十九字体。

宋孝宗淳熙十六年(1189),姜夔在吴兴与萧时父等友人载酒春游,一时引起了对旧游的感怀,乃作此词。

吴都赋云:"户藏烟浦,家具画船。"唯吴兴为然,春游之盛,西湖未能过也。己酉岁,予与萧时父载酒南郭,感遇成歌。

双桨来时,有人似旧曲桃根桃叶。歌扇轻约飞花,娥眉正奇绝。春渐远,汀洲自绿,更添了几声啼鴂。十里扬州,三生杜牧,前事休说。　　又还是宫烛分烟,奈愁里匆匆换时节。都把一襟芳思,与空阶榆荚。千万缕藏鸦细柳,为玉尊起舞回雪。想见西出阳关,故人初别。

新解

小序意为:《吴都赋》里记载:"户藏烟浦,家具画船。"只有吴兴是这样,每当春游的季节,这里比西湖还要热闹。宋孝宗淳熙十六年(1189),我和萧时父带着酒到城南春游,我有感于眼前所见,于是写下了这首词。吴都赋云:"户藏烟浦,家具画船":这两句出自唐代李庾的《西都赋》,但与原文略有出入,应为"户闭烟浦,家具画舟",写为"吴都赋"也可能是笔误。吴兴:今浙江湖州。萧时父:萧德藻的侄子,白石之友。南郭:城南。郭,外城。

双桨来时,有人似旧曲桃根桃叶——画船中的一对美女仿佛是我思念的合肥姐妹。桃根桃叶:桃叶是东晋王献之的爱妾,桃叶的妹妹名叫桃根。这里用桃叶桃根比白石的恋人姐妹。

歌扇轻约飞花,娥眉正奇绝——歌扇轻扬,飞花共舞,美人身姿曼妙。约:笼罩。娥眉:代指美人。

春渐远,汀洲自绿,更添了几声啼鴂——春天渐渐远去,汀洲绿满,我又多了几分对你的思念。汀(tīng):水边平滩。啼鴂(jué):杜鹃啼叫。杜鹃鸟,鸣声哀,古人常以此作为惜别的象征。鴂,鹈鴂,又称杜鹃。屈原《离骚》中有"恐鹈鴂之先鸣兮,使夫百草为之不芳"。

十里扬州,三生杜牧,前事休说——我仿佛是前生的杜牧,在歌舞繁华的城市有着令人难忘的情遇,这些事就不要提了。十里扬州:唐代诗人杜牧以风流著称,他的《赠别二首》诗中有诗句:"春风十里扬州路,卷上珠帘总不如。"这里用十里扬州代指繁华的城市。三生:前生、今生和来生。这里指前生。

又还是宫烛分烟,奈愁里匆匆换时节——转眼又到了寒食节了,时间不管人的忧愁烦恼匆匆流逝。宫烛分烟:清明节的前一天是寒食节,寒食节那一天不能烧火,只能吃凉的饭菜,寒食节过后皇宫中有取火烛赐给群臣的习俗。

都把一襟芳思,与空阶榆荚——我只能把满腔的情思付与这无情的杨花榆荚了。襟:胸怀。空阶榆荚:代指无情之物。韩愈有诗《晚春》说:“杨花榆荚无情思,唯解漫天作雪飞。”

千万缕藏鸦细柳,为玉尊起舞回雪——柳树已经渐可藏鸦了,在人们离别时,它飘起柳絮,如漫天飞雪。千万缕藏鸦细柳:形容柳树枝叶茂密。周邦彦在〔渡江云〕中写道:“千万丝,陌头杨柳,渐渐可藏鸦。”

想见西出阳关,故人初别——看到这柳条我又想起了当年与情人分别的情景。西出阳关:指告别远行。此句化用了唐代诗人王维的《渭城曲》中的诗句:“西出阳关无故人。”

新评

这是一首游玩感遇之作,夏承焘在《姜白石编年笺校》中说:“此湖州冶游,怅触合肥旧事之作,‘桃根桃叶’比其人姊妹。合肥人善弹琵琶,……可知此调名〔琵琶仙〕之故。”词的上片以一对画船姐妹勾起作者的相思怀人之情开始,然后转笔写眼前之景,再抒发对往日少年快乐生活的怀念;下片借杨花榆荚感时伤逝,寄寓离别之悲,情景交融,自然浑成。张炎《词源》云:“白石〔琵琶仙〕,少游秦观〔八六子〕,全在情景交链,得言外意。”许昂霄《词综偶评》云:“‘都把一襟芳思’至末,句句说景,句句说情,真能容情景于一家者也。曲折顿宕,又不待言。”

姜夔作词善用前人的诗句和典故,并且运用得高雅浑成、不留痕迹。但这首词中的“宫烛分烟”、“西出阳关”运用得过于牵强,刻画笔意太过明显,如“宫烛分烟”在词中只为了表明时序,而“西出阳关”与情人分别相距得似乎有些遥远。

鹧鸪天

题解

龙榆生《唐宋词格律》:又名〔思佳客〕。五十五字,前后片各三平韵,前片第三、四句与过片三言两句多作对偶。

宋孝宗淳熙十六年(1189),姜夔在吴兴苕溪渡口遇见了一位不幸女子,为其身世所感动,乃著此篇,以表现对这个女子的悲悯和同情。

己酉之秋,苕溪记所见。

京洛风流绝代人,因何风絮落溪津。笼鞋浅出鸦头袜,知是凌波缥缈身。　红乍笑,绿长颦,与谁同度可怜春。鸳鸯独宿何曾惯,化作西楼一缕云。

小序意为：宋孝宗淳熙十六年（1189），我写了这首词，记下了在苕溪渡口的所见。苕溪：水名，在吴兴（今浙江湖州）。

京洛风流绝代人，因何风絮落溪津——有位临安来的才色无双的美人不知因何事竟像柳絮一样随风漂落到了苕溪渡口。京洛：指洛阳，周平王开始建都于此，因东汉的首都也在这里，所以又称京洛。此处代指南宋都城临安（今杭州）。风流绝代：才色仪态举世无双。津：渡口。

笼鞋浅出鸦头袜，知是凌波缥缈身——从她笼鞋头微露出的鸦头袜便知她一定像洛水女神一样轻盈飘逸。笼鞋：鞋面较宽的鞋子。鸦头袜：古代妇女穿的分出足趾的袜子。凌波：乘波。形容女子步态轻盈的样子。曹植《洛神赋》："体迅飞凫，飘忽若神；凌波微步，罗袜生尘。"缥缈：隐隐约约、若有若无貌。

红乍笑，绿长嚬。与谁同度可怜春——她蛾眉紧锁，偶尔浅笑一下，这春光虽然美好，可有谁与她共度呢？红：指女子红润的嘴唇。乍：形容时间短暂。绿：指女子青黛色的眉毛。嚬（pín）：同"颦"，皱眉。可怜：可爱。

鸳鸯独宿何曾惯，化作西楼一缕云——她一个人面对孤单的生活怎么能习惯呢，无奈只能把这绵绵情丝化为一缕愁云。化作西楼一缕云：宋玉《高唐赋》载巫山神女与楚王的故事："妾在巫山之阳，高丘之阻，旦为朝云，暮为行雨，朝朝暮暮，阳台之下。"后来便以朝云暮雨比喻男女情爱。李调元《雨村词话》卷三曰："姜白石〔鹧鸪天〕词三首，如'鸳鸯独宿何曾惯，化作西楼一缕云'，不但韵高，亦由笔妙。"

新评

白石词中描写的女子多为合肥情人，即使是小红至少也算是个身边的婢女，而这里出现的京洛风流绝代人恐怕只是与白石有半面之缘的一个风尘女子，所以在此白石只单纯地对这个女子的服饰、仪态、美貌和表情进行刻画，以人的美来反衬命运的悲惨。上片侧重描写，描写之中暗含身世的悲惨，"京洛"与"溪津"、"风流绝代"与"风絮"形成鲜明对比，用前后生活的落差进一步凸显了命运弄人。下片侧重想象，假想没有人陪她共度春光、她一个人面对孤独生活的苦闷以及她对于爱情的美好回忆和执着的追求，表现了词人对这个女子的千般同情、万般怜惜。

白石虽曾出入勾栏瓦肆、秦楼楚馆之间，但对风尘女子却是极为同情和尊重的，对于感情也是十分看重和珍视的，这由合肥情人一事便可得知。本词正表现了白石对下层女子的同情和悲悯，其中虽不乏一见钟情的成分，但读之却高雅纯正、含蓄飘逸，不容亵渎。

念奴娇

题解

龙榆生《唐宋词格律》：又名〔百字令〕、《酹江月》、〔大江东去〕、《壶中天》、《湘月》。元稹《连吕宫词》自注："念奴，天宝中名倡，善歌。每岁楼下酺宴，累日之后，万众喧隘，严安之、韦黄裳辈辟易不能禁，众乐为之罢奏。玄宗遣高力士大呼于楼上曰：'欲遣念奴唱歌，邠二十五郎吹小管逐，看人能听否？'未尝不悄然奉诏。"(见《元氏长庆集》卷二十四)王灼《碧鸡漫志》卷五又引《天元天宝遗事》："念奴每执板当席，声出朝霞之上。"曲名本此。宋曲入"大石调"，复转入"道调宫"，又转入"高宫大石调"。此调音节高亢，英雄豪杰之士多喜用之。俞文豹《吹剑录》称"学士(苏轼)词，须关西大汉，铜琵琶，铁绰板，唱《大江东去》。"亦其音节有然也。兹以《东坡乐府》为准，取"凭高眺远"一阕为定格，"大江东去"一阕为变格。一百字，前后片各四仄韵。其用以抒写豪壮感情者，宜用入声韵部。另有平韵一格，附著于后。

这是一首吟咏荷花的词篇。白石客居武陵郡时常与好友泛游江南荷塘，在吴兴乔木下、荷花旁携酒而饮，自得其乐。在杭州，词人有感于西湖荷花池的奇景佳境，乃作此阕。

予客武陵，湖北宪治在焉。古城野水，乔木参天，予与二三友日荡舟其间，薄荷花而饮。意象幽闲，不类人境。秋水且涸，荷叶出地寻丈。因列坐其下，上不见日，清风徐来，绿云自动。间于疏处，窥见游人画船，亦一乐也。朅来吴兴，数得相羊荷花中。又夜泛西湖，光景奇绝。故以此句写之。

闹红一舸，记来时尝与鸳鸯为侣。三十六陂人未到，水佩风裳无数。翠叶吹凉，玉容销酒，更洒菰蒲雨。嫣然摇动，冷香飞上诗句。　日暮青盖亭亭，情人不见，争忍凌波去。只恐舞衣寒易落，愁入西风南浦。高柳垂阴，老鱼吹浪，留我花间住。田田多少，几回沙际归路。

新解

小序意为：我客居在武陵，这里是湖北的宪治所在。古老的城池、肆意的流水、高耸入云的树木，我有时和两三个好友乘船畅游其间，在荷花丛边饮酒。这里的景物和意境清幽闲静，让我们远离了尘世的喧嚣。当秋天来临，池水渐渐干涸的时候，荷叶就会露出水面很高，于是我们会并坐在荷叶之下，骄阳就藏在叶子后面，清风吹来，茂盛的荷叶仿佛一大朵绿色云彩，轻轻地随风晃动。透过茂密的荷叶，我们可以望见远处的游人画船，这也是很有乐趣的事情。来到吴兴，我有幸几次徜徉于荷花丛中。这次，我又傍晚泛舟于西湖之上，景色奇丽绝美。所以我用这首词记下这美好的时光。武陵：朗州武陵郡，今湖南常德市。湖北宪治：指宋朝荆州北路提点刑狱的官署。乔木：高大的树木。薄：靠近。涸：枯竭。寻丈：指大概的长度，八尺到一丈之间。寻、丈都是古代计量单位，八尺为一寻，十尺为一丈。绿云：指荷叶。朅(qiè)来：来往。朅，去。吴兴：今浙江湖州。相羊：徜徉，安闲自在地来去。

闹红一舸，记来时尝与鸳鸯为侣——盛开的荷花丛中有一条小船，经常有水中的鸳鸯与它为伴。闹红：盛开的荷花。舸：船。

三十六陂人未到，水佩风裳无数——这里有许多没有人到过的荷花池，无数荷花在碧水中迎风盛开，高洁典雅、雍容多姿。三十六陂(bēi)：许多水塘。水佩风裳：以水为佩玉，以风为衣裳。

翠叶吹凉，玉容销酒，更洒菰蒲雨。嫣然摇动，冷香飞上诗句——微风吹来荷叶随风起舞，那翠绿的颜色渗透着凉爽，荷花颜色娇嫩仿佛美人酒后的脸颊，细雨飘来，它欢乐地摇曳着身姿，浸染了我浓浓的诗意。玉容销酒：用美人酒后脸颊上的红晕比喻荷花粉红的颜色。菰(gū)蒲(pú)：两种水草。嫣然：笑貌。

日暮青盖亭亭，情人不见，争忍凌波去——傍晚荷花挺立翘首，不见情人又怎能忍心凋谢呢？青盖：伞状的荷叶。亭亭：直立的样子。争忍：怎么忍心。凌波：乘波。形容女子步态轻盈的样子。

只恐舞衣寒易落，愁入西风南浦——荷花只怕寒风吹来，吹落了它的舞衣，而无情的西风将把南浦变成充满离愁的萧瑟之地。舞衣：指荷叶。南浦：南朝文学家江淹的《别赋》中有一句："春草碧色，春水渌波。送君南浦，伤如之何！"写的是情人之别。这里的南浦泛指送别之地。

高柳垂阴，老鱼吹浪，留我花间住——高柳垂下绿荫，老鱼吹起波浪，它们仿佛都在挽留我。

田田多少，几回沙际归路——多少次在沙堤的归路上，我频频回首遥望那一片茂密的荷叶。田田：形容荷叶茂盛。古乐府《江南》："江南可采莲，莲叶何田田。"

新评

此篇中的荷花并不是一时一地具体的荷花，而是抽象的概括总结，从词前小序中可以得知白石深被武陵、吴兴和西湖三处荷花塘所触动，这首词的笔中之意着重流露的是心中之情而非眼前之景，伟大的艺术家的超乎寻常之处就在于能把眼前的一景一物赋予人情悲喜。在姜夔笔下，荷花塘的一景一物、一草一木都是富有生命的,都被人性化了。"闹红"、"鸳鸯为侣"、"水佩风裳"、"玉容销酒"、"嫣然摇动"、"争忍凌波去"、"舞衣"、"老鱼吹浪",作者大胆地采用了拟人、比喻、想象的艺术手法,虚实相结合、物与人合一,表现了他对生活的热爱和对美好事物的追求。俞陛云《宋词选释》:"此调工于发端。'闹红'四字,花与人皆在其中。以下三句咏荷及赏荷之人,皆从空际着想。'翠叶'三句略点正面。接以'嫣然'二句,诗意与花香俱摇漾于水烟渺霭之中。下阕怀人而兼惜花,低回不去,而留客赏荷者,托诸'柳阴'、'鱼浪',乃在空处落笔。通首如仙人行空,足不履地,宜叔夏读之,'神观飞越'也。"

淡黄柳

题解

龙榆生《唐宋词格律》:宋姜夔自度曲,《白石道人歌曲》入"正平调"。六十五字,前片三仄韵,后片五仄韵,以用入声韵为宜。

宋光宗绍熙元年庚戌(1190),姜夔再次客居合肥南城赤阑桥时,见到合肥街道的凄凉与寂寞大不同于江南的繁华,甚有山河异色的零落之愁和人生短暂、飘泊江湖的迟暮之悲,因此自度此曲,抒乡国之思、惜春之情。此时他约三十六岁。

客居合肥南城赤阑桥之西,巷陌凄凉,与江左异,唯柳色夹道,依依可怜。因度此阕,以纾客怀。

空城晓角,吹入垂杨陌。马上单衣寒恻恻。看尽鹅黄嫩绿,都是江南旧相识。　正岑寂,明朝又寒食。强携酒,小桥宅。怕梨花落尽成秋色。燕燕飞来,问春何在,唯有池塘自碧。

新解

小序意为:我客居在合肥南城赤阑桥之西,这里的街道凄凉冷清,与江南大不相同,只有道路两边轻轻飘荡的垂柳让人心生怜爱。于是我自度此阕,抒发羁旅之情。序中"以纾客怀"交代了自度这首词曲的原因目的,其中一个"客"字奠定了全词的感情基调,同时表明姜夔虽客居合肥多年,但感情上从没有融入合肥的环境之中。赤阑桥:姜夔有诗《送范仲讷往合肥(之二)》:"我家曾住赤阑桥,邻里相过不寂寥。君若到时秋已半,西风门巷柳萧萧。"江左:即江东。江东泛指长江以南江浙的部分地区。又因古人在地理上以东为左,以西为右,故江东又名江左。依依:杨柳轻柔飘荡的样子。可怜:可爱。纾:解除;排除。

空城晓角,吹入垂杨陌。马上单衣寒恻恻——清晨,空旷的合肥城里响起了号角，随风吹入了摇荡着垂柳的小巷。我在马上穿着单薄的衣服有些寒冷。恻恻：悲伤貌，这里形容凄寒的心境。

看尽鹅黄嫩绿，都是江南旧相识——满眼的鹅黄嫩绿和江南的一样。鹅黄嫩绿：初春刚刚发芽的杨柳。春天的柳条由黄变绿。

正岑寂，明朝又寒食。强携酒，小桥宅——当我出神之时，突然想到了不久之后就是寒食节了，这柳树或许又要遭到厄运了，所以只能强打着精神，拎着酒，回到小桥边的住宅了。岑寂：寂静。寒食：寒食节，在清明节的前一天。寒食节那一天不能烧火，只能吃凉的饭菜，寒食节过后人们需要重新取火，于是会到这个季节容易着火的榆树和柳树上取火。小桥：指赤阑桥。一说通作“乔”，用周瑜之小乔代指合肥情人。笔者依序中“赤阑桥”及后文“池塘”姑且作“赤阑桥”解。

怕梨花落尽成秋色。燕燕飞来，问春何在，唯有池塘自碧——只怕这春天的脚步过于匆忙，待燕子归来之时，春光已尽，只剩下门前的清波了。怕梨花落尽成秋色：此句表达惜春之情，化用了李贺《河南府试十二月乐词》中的“梨花落尽成秋苑”。燕燕飞来，问春何在，唯有池塘自碧：与谢灵运《登池上楼》“池塘生春草，园柳变鸣禽”意义相近。

新评

唐圭璋《唐宋词简释》云：“此首写客居合肥情况。‘空城’两句，写凄凉景色。‘马上’一句，倒卷之笔，盖晓起骑马过垂杨巷陌，既感角声凄咽，又感衣单寒重也。‘看尽’两句，写柳色如旧时最有味。换头，又转悲凉。‘强携酒’三句，勉自解宽。‘梨花落尽成秋苑’，长吉诗，白石只易一‘色’字叶韵。‘燕燕’两句提唱，‘惟有’一句，以景拍合，但言池塘自碧，则花落春尽，不言自明。”

此篇即景遣怀，清刚醇雅，造语工丽精致。上片写客居异乡的所见所感，见到的是凄冷，感到的是寒冷，开篇便表明作者的凄寒心境。突然之间，在这般寂寥清旷的街巷中出现了两排正在抽丝发芽的杨柳，这使词人感受到了旺盛的生命力、想到了春光旖旎的江南。“正岑寂”三个字紧收上片，转接下片，引发出对春的怜爱。“明朝”表明白石的惜春之情和对美好事物的眷恋，“又”字体现了他对寒食节的厌恶及无奈的心理。在这种极端无奈而哀叹的心理下，词人携酒以消愁，而秋意已在心头，怎是一壶酒能了得。最后词人借燕子之口自问自答，全篇结束在一片空空的禅意之中。

长亭怨慢

题解

龙榆生《唐宋词格律》：姜夔自度“中吕宫”曲。其小序云：(略)全阕九十七字，前片六仄韵，后片五仄韵。

由序可知此为白石自度曲，大约作于宋光宗绍熙二年（1191）白石离开合肥之时。是惜别情人之作。

予颇喜自制曲，初率意为长短句，然后协以律，故前后阕多不同。桓大司马云，昔年种柳，依依汉南，今看摇落，凄怆江潭，树犹如此，人何以堪！此语予深爱之。

渐吹尽枝头香絮。是处人家，绿深门户。远浦萦回，暮帆零乱向何许。阅人多矣，谁得似长亭树。树若有情时，不会得青青如此。　日暮，望高城不见，只见乱山无数。韦郎去也，怎忘得玉环分付。第一是早早归来，怕红萼无人为主。算空有并刀，难剪离愁千缕。

新解

小序意为：我很喜欢自度歌曲，开始时经常轻率而随意地写一些长短句，然后再谱曲，所以所作的同一首曲子上下两阕多有不同。庾信的《枯树赋》中有六句："昔年种柳，依依汉南，今看摇落，凄怆江潭，树犹如此，人何以堪。"我很喜欢。在这个序中，姜夔把"昔年种柳，依依汉南，今看摇落，凄怆江潭，树犹如此，人何以堪"六句误记为是东晋大司马桓温所写。桓温只曾说过："木犹如此，人何以堪？"《晋书·桓温传》记载："温自江陵北征，行经金城，见少为琅琊时种柳皆已十围，慨然曰：'木犹如此，人何以堪？'"长短句：词又称长短句，但不完全是长短句，也有整齐的五、七言。

渐吹尽枝头香絮。是处人家，绿深门户——枝头的柳絮吹尽了，那树木丛生的绿荫深处满是人家。渐：表时间，相当于"正当"。香絮：柳絮。是处：到处。

远浦萦回，暮帆零乱向何许——通往远方的河流曲折迂回，不知要把这傍晚的点点船帆带到哪里去呢？远浦：通往远方的河流。浦，水滨。何许：何处。

阅人多矣，谁得似长亭树。树若有情时，不会得青青如此——有谁比得上长亭的柳树见到的离人多呢？倘若柳树也有情，恐怕也会衰老不堪，不会这样青翠了。长亭：古代的驿亭，供人饯别休息，有"十里一长亭，五里一短亭"之说。长亭、柳树均喻送别。

日暮，望高城不见，只见乱山无数——天色渐晚，回望高城已经看不见了，只有无数山峰乱横于眼前。望高城不见：化用欧阳詹《初发太原途中寄太原所思》中的诗句："高城已不见，况复城中人。"

韦郎去也,怎忘得玉环分付。第一是早早归来,怕红萼无人为主——我像韦皋一样地离去了,我不会忘记你的嘱咐的:"一定要早日回来,不要让我没有依靠。"韦郎去也,怎忘得玉环分付:此句化用典故,《云溪友议》卷三载:唐韦皋游江夏,与婢女玉箫相恋,临行时留一玉环为信物,约七年来娶,然八年不至,玉箫绝食而死。此处借韦郎指自己。红萼:红色花萼,在白石词中特指红梅,在此代指恋人。

算空有并刀,难剪离愁千缕——即使用并州锋利的剪刀,也难剪断我这千缕离别的情愁。此句化用李煜〔相见欢〕中的"剪不断,理还乱,是离愁"一句。并刀:并州(今山西太原)的剪刀,以锋利著称。

新评

这首词作于与恋人惜别之时,感情饱满丰富,唐圭璋《唐宋词简释》云:"此首写旅况,情意亦厚。首句从别时别处写起。'远浦'两句,记水驿经历。'阅人'两句,因见长亭树而生感,用《枯树赋》语。'树若'两句,翻'天若有情天亦老'意,措语亦俊。换头,记山程经历,文字如奇峰突起,拔地千丈。乱山深处,最难忘玉环分付,'第一'两句正是分付之语,言情极真挚。末以离愁难消作收。下片一气直贯到底,仿佛苏、辛。"本篇引语及用典颇为丰富,但都巧妙地渗透到词作的内在情感之中,如"树若有情时,不会得青青如此"这一句与李白的"清风知别苦,不遣柳条青"境界相近,以雅致之笔写出相思离别之情,清新脱俗而不显繁缀。这首词不单纯写自己,而是从情人的角度诉说离别之语,未离别而盼望早日归来,以跳跃的思维、角色的转换来表现对情人的留恋和二人之间的深沉之情,无怪陈廷焯说:"哀怨无端,无中生有,海枯石烂之情。"(《词则·大雅集》卷三)

浣溪沙

题解

宋光宗绍熙二年(1191)正月二十四日,姜夔离开合肥之时作了这首叙写离别的爱情词,此时距初遇合肥情人已十余年。

辛亥正月二十四日,发合肥。

钗燕笼云晚不忺。拟将裙带系郎船。别离滋味又今年。
杨柳夜寒犹自舞,鸳鸯风急不成眠。些儿闲事莫萦牵。

新解

小序意为:宋光宗绍熙二年(1191)正月二十四日,离开合肥。

钗燕笼云晚不忺。拟将裙带系郎船。别离滋味又今年——傍晚我精妆梳洗却没有丝毫的快意，因为我的情郎又要远行了。我真想用裙带系住他的游船，但现在只能忍受这一年又一年的离别。钗燕：妇女头上的燕子形状的首饰。笼云：梳笼如云的秀发。忺(xiān)：适意；高兴。拟将：打算用。

杨柳夜寒犹自舞，鸳鸯风急不成眠。些儿闲事莫萦牵——杨柳在夜晚的寒风中尚且独自起舞，鸳鸯也会因为被疾风吹散而不能独眠，世间不如意的事情比比皆是，你(我)就不要为离别这点儿小事而牵挂烦恼了。些儿：细小。萦：缠绕。

新评

这又是一篇离别合肥的作品，词的上片从合肥情人的角度、用情人朴素直白的语言写起，先写装扮，再写心情，最后点明离别，勾人兴趣，引人联想。其中"又今年"第一说明这不是第一次离别了；第二，暗示了这对情侣离多合少；第三，表明了离别的痛苦与思念时时刻刻都在萦绕、折磨着两个人。上片虽是出自情人之口，但流露的是两个人的心情，不仅情人想"系郎船"，而且这个"郎"也希望真的被"系"住，离别的愁思同时萦绕着两个人。下片运用比兴，出自词人之口，写了自己的孤独和不眠。"杨柳夜寒犹自舞，鸳鸯风急不成眠"两句不但是整齐的对偶句，而且包孕丰富：杨柳预示离别，鸳鸯代表情人；"自舞"暗示了风，"不成眠"暗示了夜，由此一句便可见白石的独具匠心、炼字酌句。最后一句"些儿闲事莫萦牵"表面上是在劝慰情人，实际上也是在劝慰自己，以豁达的态度表现了无奈而悲凉的心情。

满江红

题解

龙榆生《唐宋词格律》：《乐章集》、《清真集》并入"仙吕调"。宋以来作者多以柳永格为准。九十三字，前片四仄韵，后片五仄韵。一般例用入声韵。声情激越，宜抒豪壮情感与恢张襟抱。亦可酌增衬字。姜夔改作平韵，附著于后，则情调俱变。

宋光宗绍熙二年（1191）正月最后一天，姜夔经过巢湖时作了这首平韵祭神词。这年夏天，白石又经过巢湖姥山岛圣姥庙，把这首词刻在了庙中。

满江红旧调用仄韵，多不协律。如末句云，"无心扑"三字，歌者将"心"字融入去声，方协音律。予欲以平韵为之，久不能成。因泛巢湖，闻远岸箫鼓声。问之舟师，云"居人为此湖神姥寿也"。予因祝曰："得一席风径至居巢，当以平韵满江红为迎送神曲。"言讫，风与笔俱驶，顷刻而成。末句云"闻佩环"，则协律矣。书于绿笺，沉于白浪。辛亥正月晦也。是年六月，复过祠下,因刻之柱间。有客来自居巢云:“土人祠姥,辄能歌此词。”按曹操至濡须口,孙权遗操书曰:“春水方生,公宜速去。”操曰“孙权不欺孤”,乃撤军还。濡须口与东关相近,江湖水之所出入。予意春水方生,必有司之者,故归其功于姥云。

仙姥来时,正一望千顷翠澜。旌旗共乱云俱下,依约前山。命驾群龙金作轭,相从诸娣玉为冠。向夜深风定悄无人,闻佩环。

神奇处,君试看。奠淮右,阻江南。遣六丁雷电,别守东关。却笑英雄无好手,一篙春水走曹瞒。又怎知人在小红楼,帘影间。

新解

小序意为:〔满江红〕的旧调用仄韵,多不符合音律,如周邦彦〔满江红〕(昼日移阴)的结句“无心扑”中的“心”歌作去声方谐音律,我总尝试用平韵填此句,但始终没有成功。这一天我泛游巢湖之上,听到远处有箫鼓的演奏声。于是我就向船夫询问是何事如此热闹,乃知是当地居民在为巢湖中的女神圣姥贺寿,我说:“我得圣姥的顺风一直到了神姥庙,我应当用平韵作一首〔满江红〕作为祭神之曲。”说罢,我文思泉涌,即刻便作了一首迎送神曲。末句“闻佩环”符合音律。我把它写于绿笺之上,投入湖中祭神。这一天是宋光宗绍熙二年(1191)正月的最后一天。这年夏天,我又经过巢湖姥山岛圣姥庙,把这首词刻在了庙中的柱子上。后来,有来自巢湖的客人对我说,当地的人都能唱这首词。曹操曾经率领大军来到濡须口,孙权给曹操写了一封信,说:“春天涨水,您应该赶快离开。”曹操说“孙权不会欺骗我的”,于是撤军而归。濡须口与东关距离很近,长江与巢湖之水都从这里出入。我认为春天涨水,必有神仙掌管,所以把这个功劳归于巢湖神姥。仄韵:古代字的音调分平、上、去、入,押韵的字属上、去、入的为仄韵。不协律:不符合音律。无心扑:周邦彦〔满江红〕(昼日移阴)的结句。巢湖:在今安徽省合肥市东南。舟师:船夫。居人:当地的人。湖神姥:巢湖中的女神,当地有神姥庙。居巢:古县名,在今安徽省巢湖市东北,这里指神姥庙。迎送神曲:祭祀时迎送神所唱的歌曲。讫:止。笺:书信。沉于白浪:意思是投湖祭神。辛亥正月晦也:宋光宗绍熙二年(1191)正月的最后一天。土人祀姥:当地的人祭祀巢湖女神。濡须:古水名,即今之裕溪河。源于今安徽巢湖市西巢湖,向东南流入长江,古代江淮间的交通要道。遗(wèi),送。东关:在今安徽含山县西南,北控巢湖,南扼长江,是三国吴、魏间的军事要道。司之者:掌管这件事的人。

仙姥来时,正一望千顷翠澜——仙姥从天而降,俯视着这广阔的碧波。翠澜:碧绿的湖水。

旌旗共乱云俱下，依约前山——隐隐约约地看见迎风飘扬的旌旗和堆积的乱云在前山落下。依约:隐隐约约。

命驾群龙金作轭,相从诸娣玉为冠——脖子上戴着金轭的群龙驾车于前,头戴玉冠的众仙姑相从于后。轭(è):牲口拉东西时驾在颈上的器具。娣(dì):泛指妹妹。这句之后姜夔自注:“庙中列坐如夫人者十三人。”

向夜深风定悄无人,闻佩环——夜深人静,风浪不兴,仙姥早已远去,只剩那清脆的佩环声久久萦绕。向:这里为介词,表动作的时间,相当于“至”。佩环:即环佩,衣服上的玉质饰物。

神奇处,君试看。奠淮右,阻江南。遣六丁雷电,别守东关——试看仙姥的神奇之处:镇守淮右,保卫江南,派遣六丁扼守东关。奠:镇守。淮右:宋朝设淮南路,后分东西两路,古人以西为右,故淮南西路又称淮右。阻:阻隔。

却笑英雄无好手,一篙春水走曹瞒——可笑的是世间的英雄没有几个有真本领的,一篙深的春水便把曹操吓跑了。一篙春水走曹瞒:东汉建安十八年(213)曹操欲击东吴,进军濡须口,孙权写信给曹操警告他说:“春水方生,公宜速去。”曹操闻讯撤军。篙,撑船的竹竿。曹瞒,曹操的小字叫阿瞒。

又怎知人在小红楼,帘影间——又怎知道掌控春水,吓走曹操的是住在神姥庙的仙姥呢。小红楼:指神姥庙。

新评

这首平韵〔满江红〕一改往日姜夔词的江湖之感,呈现出一种神奇、变幻、缥缈、浪漫的色彩,令人耳目一新。仄韵〔满江红〕押入声字,激越豪壮;此词改为平韵,则和缓从容,清新雅逸。

词的上片首句从仙姥的眼睛描写巢湖的千顷碧波,新颖奇特;然后写仙姥驾到的气势及阵容,旌旗乱云的宏观描写、群龙诸娣的细处着笔,渲染出一幅威风凛凛的仙姥下凡图,如在眼前,分外逼真。下片描写仙姥的威力及功劳,从更深的一个层次刻画了仙姥的精神气质;最后以众英雄的无能反衬仙姥的神威,以红楼女儿装讽刺了铮铮铁骨,幽默诙谐,别开生面,饶有趣味。

醉吟商小品

题解

谢映先《中华词律》:〔醉吟商〕,宋·姜夔自度曲。双调,三十字,前片三句两仄韵,后片三句三仄韵,前后片句式相同。

姜夔离开合肥经巢湖于宋光宗绍熙二年(1191)初夏到达金陵,拜见杨万里时偶作此阕。

石湖老人谓予云,琵琶有四曲,今不传矣,曰濩索梁州、转关绿腰、醉吟商胡渭州、历弦薄媚也。予每念之。辛亥之夏,予谒杨廷秀丈于金陵邸中,遇琵琶工解作醉吟商胡渭州。因求得品弦法,译成此谱,实双声耳。

又正是春归,细柳暗黄千缕。暮鸦啼处。梦逐金鞍去。一点芳心休诉。琵琶解语。

新解

小序意为:范成大对我说,琵琶有四曲,今已失传,其名分别为〔濩索梁州〕、《转关绿腰》、《醉吟商胡渭州》和《历弦薄媚》。我常常记挂着这四曲。宋光宗绍熙二年(1191)夏天,我到金陵拜谒杨万里,在他的府邸中,我恰好遇见琵琶歌伎弹奏〔醉吟商胡渭州〕。于是我向他们求得了弹奏的方法,然后译成了这个曲谱,它是双调曲。石湖老人:范成大(1126-1193),字致能,晚年居住在苏州西南的石湖,自号石湖居士。范成大此时已六十五岁,约长白石三十岁,所以此处称他为石湖老人。濩(huò)索:白石自注:"一曰索弦。"每:经常;屡次。念:思念。杨廷秀:杨万里(1127-1206)字廷秀,号诚斋,南宋诗人,宋孝宗淳熙十四年(1187)由萧德藻介绍结识姜夔。同年,杨万里介绍姜夔结识石湖。金陵邸:宋光宗绍熙二年(1191)杨万里在金陵(今南京)任江东漕。邸(dǐ),高级官员、贵族办事或居住的地方。双声:双调。

又正是春归,细柳暗黄千缕。暮鸦啼处——又到了春归时节,暮色中的杨柳树垂下千万缕泛黄的细细枝条,乌鸦躲在里面不停地悲啼。春归:暮春。

梦逐金鞍去。一点芳心休诉。琵琶解语——梦中她千万里追随着情郎,醒后,她不必诉说心事,她弹奏的琵琶曲已经流露了心中的情思。金鞍:精致的马鞍,代指游子。

新评

这是一篇感时怀人之词。上片写景,夕阳中的柳条被染上了一层暗黄色,柳枝茂密而纤细,再加上乌鸦的啼叫声,从视觉和听觉上引人进入了忧郁悲凉的境界,与"枯藤老树昏鸦"有异曲同工之妙。"柳树"在白石词中不但是离别的符号象征,而且由于合肥巷陌多种柳树所以很多时候又与合肥情人有关。下片叙事抒情,白石不写自己思念情人,而是反过来说情人对自己是怎样的百般思念,这是白石怀人词惯用手法。白石在〔解连环〕中写道:"大乔能拨春风,小乔妙移筝。"由结句中"琵琶解语”推知此人可能是合肥情人。

摸鱼儿

题解

谢映先《中华词律》：唐教坊曲。又名〔摸鱼子〕、〔安庆摸〕。宋·辛弃疾词名〔山鬼谣〕。晁补之词有“买陂塘、旋栽杨柳”句，名《买陂塘》、《陂塘柳》、《迈陂塘》，元·李治词有“请君试听双渠怨”句，名〔双渠怨〕。双调，一百一十六字，前片十句六仄韵，后片十一句七仄韵，前后片末九句句式相同，前片第六句及后片第七句定十字一气贯注，两片倒数第三句五言的第一字为领格，宜用去声；亦有作上二下三句式者，各家句逗、平仄及叶韵不一，增减一百一十四字、一百一十七字数体。

宋光宗绍熙二年（1191）七夕，姜夔客居合肥，想起了自己的感情波折，便与赵君猷月下饮酒，填作此阕。

辛亥秋期，予寓合肥。小雨初霁，偃卧窗下，心事悠然。起与赵君猷露坐月饮，戏吟此曲，盖欲一洗钿合金钗之尘。他日野处见之，甚为予击节也。

向秋来渐疏班扇，雨声时过金井。堂虚已放新凉入，湘竹最宜欹枕。闲记省，又还是斜河旧约今再整。天风夜冷。自织锦人归，乘槎客去，此意有谁领。　　空赢得今古三星炯炯，银波相望千顷。柳州老矣犹儿戏，瓜果为伊三请。云路迥，漫说道年年野鹊曾并影。无人与问。但浊酒相呼，疏帘自卷，微月照清饮。

新解

小序意为：宋光宗绍熙二年（1191）秋，我寓居合肥。小雨之后，天气放晴，我仰卧在窗下，陷入了忧思之中。晚上，我与赵君猷坐于露天之下，对月而饮，作此阕以助兴，想一改男欢女爱的写作习气。后来，洪迈看到了这首词，对其很是赞赏。霁：天气转晴。偃（yǎn）：仰；仰卧。悠然：忧思貌。赵君猷（yóu）：其人不详。露坐：坐于露天之中。月饮：在月下饮酒。盖：语气词，多用于句首。钿（diàn）合金钗：代指男欢女爱。陈鸿《长恨歌》：“定情之夕，授金钗钿合以固之。”钿合，装饰精美的首饰盒。合，同“盒”。野处：洪迈（1123—1202），字景卢，号野处。击节：打着节拍，表示赞赏他人诗文。

向秋来渐疏班扇，雨声时过金井。堂虚已放新凉入，湘竹最宜欹枕——渐近清秋，扇子慢慢地疏远了，井边不时传出雨滴降落水面的声音，空旷的屋子也凉快起来了，此时斜靠在湘竹枕上休息是十分舒适的。向：接近；临近。班扇：扇子。相传汉成帝时，班婕妤失宠，作《怨歌行》："新裂齐纨素，鲜洁如霜雪，裁为合欢扇，团团似明月。出入君怀袖，动摇微风发。常恐秋节至，凉飙夺炎热，弃捐箧笥中，恩情中道绝。"所以后人又称扇子为"班扇"，含有受冷落之意。金井：栏杆上有华美雕饰的井。堂虚：室内宽敞。湘竹：由湘竹制成的竹枕。欹(qī)枕：斜靠在枕上。

闲记省，又还是斜河旧约今再整。天风夜冷——突然想起今晚是七夕节，但却是夜冷风起。闲记省：无意中想起。斜河旧约：牛郎织女渡银河相聚的旧约。斜河，斜挂天空的银河。整：办，搞，弄。

自织锦人归，乘槎客去，此意有谁领——自从织女回到天宫、乘槎客过世，还有谁能够领会牛郎织女离别的痛苦呢？织锦人：织女。乘槎(chá)客：《博物志》载："天河与海通。近世有人居海渚者，乘槎而去，至一处，有城郭状，屋舍甚严，遥望宫中多织妇，见一丈夫，牵牛渚次饮之。此人问：'此是何处？'答曰：'君还至蜀郡，问严君平则知之。'"槎，木筏。夏承焘《姜白石系年》："词云：'自织锦人归，乘槎客去，此意有谁领。'此时情侣似已离合肥。故白石诗词此年之后遂无合肥踪迹。"

空赢得今古三星炯炯，银波相望千顷。柳州老矣犹儿戏，瓜果为伊三请——现在白白剩下三星在天空闪烁，银河的光波照耀千顷。柳宗元你曾作《乞巧文》向织女乞为官之巧，在此我陈列瓜果为你祈福。赢得：剩有。三星：一夜之间顺次出现的三个星座。《诗经·唐风·绸缪》："绸缪束薪，三星在天(tīn)。今夕何夕，见此良人。"炯炯：光亮的样子。柳州：柳宗元，字子厚，曾被贬官柳州，世人称柳柳州。儿戏：指柳宗元作《乞巧文》。此文涉及了牛郎织女的传说。《荆楚岁时记》载，七夕节时，妇人"陈瓜果于庭中以乞巧"。瓜果为伊三请：陈列瓜果，向银河为你（柳宗元）多次祈福。

云路迥，漫说道年年野鹊曾并影。无人与问——牛郎织女相会之路遥遥，人们空传每年七夕喜鹊连成桥为二人相会，但却没有人确认过此事。迥：遥远。漫：空，白白地。与问：调查此事是否确实。

但浊酒相呼，疏帘自卷，微月照清饮——只管卷起垂帘，招呼朋友月下饮酒。但：只。浊酒：颜色混浊的酒，多为糯米、黄米等酿制而成。微月：淡月。清饮：指清雅的月下之饮。

新评

这首词是七夕感怀之作，由序中"盖欲一洗钿合金钗之尘"和"他日野处见之，甚为予击节也"可知白石对此作颇为自得。词中前四句采用细节描写，刻画了夏末秋初的景致，与词序相呼应；同时又表现了一种炎夏转凉的适意。由此适意而“偃卧窗下”，由窗望月，导致“闲记省”，自此开始，词作转入牛郎织女的传说中，词人也跟着变为“心事悠然”。在引用牛郎织女的传说中，白石又用了两个传说、一个典故：“乘槎客”的传说表现的是无人领会离别之苦，一方面喻示着只有词人自己能体会其中滋味，另一方面也暗含无人领会白石相思苦楚；“柳州”之典不但说明古人以此传说为儿戏，而且白石也刻意流露了自己的儿戏之心；“野鹊并影”又进一步说牛郎织女之事无据可查。三个典故同为一事所串，既写出了“此意无人领”又表现了词人的旷达心胸。结尾“但浊酒相呼，疏帘自卷，微月照清饮”更显豪放清雅之胸怀，的确可以说是“一洗钿合金钗之尘”。

凄凉犯

题解

谢映先《中华词律》：又名〔凄凉调〕、〔瑞鹤仙影〕。双调，九十三字，前片九句六仄韵，后片九句四仄韵。增减作九十一字、九十四字两体。

姜夔精通音律，是继柳永和周邦彦之后的又一个自度新调的大家。这首词创作于宋光宗绍熙二年（1191）客居合肥之时，当时南宋与金以淮水为界，合肥在当时成为边境城市，所以白石说：“时闻马嘶，出城四顾，则荒烟野草，不胜凄黯。”此曲牌〔凄凉犯〕是由琴曲〔凄凉调〕假借而来，“犯”的意思是乐曲中的转调，目的是为了丰富乐曲的变化。

合肥巷陌皆种柳，秋风夕起骚骚然。予客居阖户，时闻马嘶，出城四顾，则荒烟野草，不胜凄黯，乃著此解。琴有凄凉调，假以为名。凡曲言犯者，谓以宫犯商、商犯宫之类。如道调宫上字住，双调宫亦上字住，所住字同，故道调曲中犯双调，或于双调曲中犯道调，其它准此。唐人乐书云：“犯有正旁偏侧，宫犯宫为正，宫犯商为旁，宫犯角为偏，宫犯羽为侧。”此说非也。十二宫所住字各不同，不容相犯，十二宫特可犯商角羽耳。予归行都，以此曲示国工田正德，使以哑觱栗吹之，其韵极美。亦曰瑞鹤仙影。

绿杨巷陌秋风起，边城一片离索。马嘶渐远，人归甚处，戍楼吹角。情怀正恶，更衰草寒烟淡薄。似当时将军部曲，迤逦度沙漠。　追念西湖上，小舫携歌，晚花行乐。旧游在否，想如今翠凋红落。漫写羊裙，等新雁来时系着。怕匆匆，不肯寄与，误后约。

小序意为：合肥的道路两旁多种有柳树，秋风夕起，空中飘荡着风吹柳叶的声音。我客居于此，闭门不出，时而听到马嘶声，出城环望，满眼尽是荒烟野草，让人不禁感到悲凉萧瑟，于是我写下了这首词曲。琴曲中有〔凄凉调〕，我借此为名。大凡曲子所谓的犯调，说的是以宫犯商、以商犯宫之类现象。如：道调宫以"上"字结声，双调宫也是以"上"字结声，所以我们可以说道调曲中犯双调，或者说双调曲中犯道调，其他情形，以此类推。唐人乐书中说："犯曲有正、旁、偏、侧之分，宫犯宫为正，宫犯商为旁，宫犯角为偏，宫犯羽为侧。"这种说法是不对的。十二宫中的结声各不相同，不能相犯，所能犯者商、角、羽三声而已。回到杭州后，我把这首曲子交给宫廷中的乐工田正德，并请他吹奏，其韵律美妙极了。这个词牌又叫做〔瑞鹤仙影〕。骚骚：风吹树叶的声音。阖户：关闭门户。凄黯：凄凉暗淡。解：乐曲的章节。假：借。宫犯商、商犯宫：古代乐曲分为宫、商、角、徵、羽、变宫、变徵七声，以宫声为主的调式称宫，以其它各声为主的称调，合称为宫调。住：全曲的末一字称为住字，为杀声、结声、毕曲。故道调曲中犯双调或于双调曲中犯道调：因道调曲与双调曲住字相同，故可相犯。十二宫特可犯商角羽耳：因它们的住字相同，故可相犯。予归行都：序中自此以下为后来补写。行都，临时的国都，指杭州。国工：宫廷乐工。田正德：人名，当时的著名乐工。哑觱(bì)栗：古代的一种吹奏乐器名。韵：韵律。瑞鹤仙影：词牌名。

绿杨巷陌秋风起，边城一片离索——秋风吹进合肥的大街小巷，夹路的杨柳用残余的生命奋力挣扎着，到处是一片残败萧条的景象。边城：指合肥。离索：破败冷落。

马嘶渐远，人归甚处，戍楼吹角——不知骑马的人要回到哪里去，只听见马的嘶叫声越来越远，留下了号角的长鸣。甚处：什么地方。戍楼：古代城墙上的瞭望台。

情怀正恶，更衰草寒烟淡薄——我这原本糟糕的心情，看到这遍地淡薄寒烟笼罩枯草的萧条景象后更加恶劣了。

似当时将军部曲，迤逦度沙漠——我好像戍边的士卒一样，在荒凉空旷的沙漠中曲折行进。部曲：古代军队的编制单位，在此泛指军队。迤(yǐ)逦(lǐ)：曲折连绵。

追念西湖上，小舫携歌，晚花行乐——记得曾经西湖之上，我在傍晚的荷花丛中荡舟行乐，歌舞相伴。舫：船。携歌：带着歌妓。

旧游在否，想如今翠凋红落——如今那当初和我同游的人已经不在了，昔日的绿叶红花也已经凋零了。

漫写羊裙，等新雁来时系着——只能把我的思念写在信笺上，等到大雁再来时为我捎给心中之人。漫：空，白白地。羊裙：此处用王献之题字于羊欣之裙的典故。

《南史·杨欣传》载："羊欣字敬元，泰山南城人也。……泛览经籍，尤长隶书。父不疑为乌程令，欣年十二。时王献之为吴兴太守，甚知爱之。欣尝夏日着新绢裙昼寝，献之入县见之，书裙数幅而去。欣书本工，因此弥善。"在此羊裙代指寄与友人的书信。系着（zhuó）：把信系在雁足上。著，依附；附着。

怕匆匆，不肯寄与，误后约——只怕大雁来去匆匆不肯捎信，耽误了日后的约会。

新评

此序篇幅较长，不但交待了写作的缘由，并详细说明了音律中的"犯调"问题，看似与本词不相关，但一句"使以哑觱栗吹之，其韵极美"，不但说明了姜夔高度的音律修养，也体现了他对词的内容与曲调严格要求的专业精神及调与词相配合的重要性。

词的上片描写了边城合肥在兵灾影响下的荒凉冷落的景象，"秋风"、"边城"、"马嘶"、"戍楼"、"号角"、"衰草"、"寒烟"，一连串的景象营造了一种肃杀的氛围，寄托了词人黍离之悲、迟暮之情和飘泊之感。末句"似当时将军部曲，迤逦度沙漠"，不但颇有气势，似稼轩之风，而且与所刻画景象融于一体，深化了主题，凸现了意境。下片笔锋突转，回忆起了昔日游赏西湖的场面，在时间、空间和意境上都是一个大的跨度，白石下此奇笔，意在以昔比今、以边疆比国都、以盛比衰，此一鲜明对比，作者之情尽在其中矣。在词的后一部分，白石的飘泊之情、迟暮之悲愈加明显，一句"翠凋红落"不知是写花、写人，还是写青春，很是耐人寻味。最后想以鸿雁传书却又"怕匆匆，不肯寄与"空留遗恨，凝重深蕴。这首词中的"羊裙"一典用得生硬突兀，与词的内容和意境都相脱节，可谓美中之不足矣。

秋宵吟

题解

谢映先《中华词律》：宋·姜夔自度曲。又名〔醉月吟〕。三叠，九十八字，前两叠各五句三仄韵，句式相同；第三叠十句五仄韵。

这首词创作于宋光宗绍熙二年（1191）秋客居合肥之时，是一首自度曲，调名与词旨相吻合。

古帘空，坠月皎。坐久西窗人悄。蛩吟苦，渐漏水丁丁，箭壶催晓。　引凉飔，动翠葆，露脚斜飞云表。因嗟念，似去国情怀，暮帆烟草。　带眼销磨，为近日愁多顿老。卫娘何在，宋玉归来，两地暗萦绕。摇落江枫早。嫩约无凭，幽梦又杳。但盈盈泪洒单衣，今夕何夕恨未了。

新解

古帘空，坠月皎。坐久西窗人悄——陈旧的垂帘内空空无人，只有皎洁的月光照射进来，西窗下我一人久坐，黯然伤神。悄：忧愁貌。

蛩吟苦，渐漏水丁丁，箭壶催晓——蟋蟀悲鸣，漏壶丁丁作响，黎明就要来到了。蛩(qióng)：蟋蟀。漏：漏壶，古代用以计时的工具。丁丁：水滴声。箭壶：漏壶。箭，漏壶中的装置，用以标记时间。

引凉飔，动翠葆，露脚斜飞云表——凉风吹起，翠绿的草木掀起层层波浪，近地的露水也被吹向云端。飔(sī)：凉风。葆(bǎo)：丛生的草。露脚：露水。脚，物体的下端。云表：云外。

因嗟念，似去国情怀，暮帆烟草——看着傍晚风中的船帆、洒满夕阳的薄烟野草，思乡之情溢于言表，发出惆怅的哀叹之声。因：连词。表承接关系。嗟念：嗟叹；叹息。去国：离开家乡。

带眼销磨，为近日愁多顿老——不尽的愁苦使我日渐衰老消瘦，衣带常移，磨损了带眼。带眼：衣带上的孔。人日渐消瘦，所以频频移动带眼以致销磨。柳永〔蝶恋花〕词："衣带渐宽终不悔，为伊消得人憔悴。"杨亿《此夕》诗："程乡酒薄难成醉，带眼频移奈瘦何。"

卫娘何在，宋玉归来，两地暗萦绕——你在哪里啊！我已经回来了，可你已经不在了，我们二人只能暗暗地魂牵梦绕。卫娘：指汉武帝的皇后卫子夫，用在此处代指怀念的合肥女子。宋玉：战国时楚国辞赋家，此处作者用以自比。萦绕：情思缠绕。

摇落江枫早。嫩约无凭，幽梦又杳——江南的枫树早早地凋落了，如同我们的誓约一样经不起风霜。今夜，就连我那幽幽的梦境也不会垂怜我了。嫩约：形容誓约的不牢靠。杳：不见踪影。

但盈盈泪洒单衣，今夕何夕恨未了——我只能横洒满襟的泪水，这绵绵的遗恨此生是难了了。盈盈：(眼泪)清澈的样子。今夕何夕：《诗经·唐风·绸缪》："今夕何夕，见此良人。"

新评

这是一篇秋夜怀人之作。上片写景：垂帘、皎月、西窗、独坐之人、凉风、碧草、露珠、白云、夕阳、船帆、寒烟构成了一幅内容丰富的图画，"蛩吟"、"水丁丁"给它赋予声音，使它活了起来。这幅画不但有声，而且有情，"古帘空，坠月皎"写出人面不知何处去之悲凉，"悄"字是全篇的感情主线，"去国情怀"道出了飘零之感。夏承焘、吴无闻《姜白石词校注》解："此乃秋夜不寐、思念情人之作。上片写秋夜独坐情景：'古帘空'、'坠月皎'、'露脚斜飞云表'是所见；'蛩吟苦'、'漏水丁丁'是所闻。'箭壶催晓'应'坐久'句，写通宵不寐的相思之苦。上片种种描写为的是从侧面烘托怀人这个主题。"下片正面抒情，采用了"带眼"这一细节描写，凸现了为怀人而形容消瘦的形象，"卫娘何在，宋玉归来"明写了自己的对欢聚的期待换来的却是合肥情人的远去的悲哀和无奈。"嫩约无凭"可看出白石对合肥情人的丝丝埋怨，"幽梦又杳"则又进一步写出了思念至极的苦恼，爱恨交织，真挚而感人。结句"今夕何夕恨未了"大有"此恨绵绵无绝期"之意，可谓断肠之言。

点绛唇

题解

本词作于宋光宗绍熙二年(1191)离开合肥之时。

金谷人归，绿杨低扫吹笙道。数声啼鸟，也学相思调。　月落潮生，掇送刘郎老。淮南好，甚时重到，陌上生春草。

新解

金谷人归，绿杨低扫吹笙道——我的情人要回去了，碧绿的杨柳枝低垂着为她扫净归去的道路，我吹笙为曲伴她回家。金谷：古代地名，在今河南洛阳西北。西晋石崇筑园于此，名金谷园，用来蓄歌妓绿珠，后来遂以金谷人代指歌妓。在此处金谷人指白石的情人。笙：一种管乐器。

数声啼鸟，也学相思调——树上的小鸟发出哀怨的啼鸣，仿佛也在为思念情人而苦恼。

月落潮生，掇送刘郎老——与恋人的离别折磨着我的思绪，催人衰老。月落潮生：指离别之时。元稹《重赠乐天》："明朝又向江头别，月落潮平是去时。"掇送：催逼。刘郎老：刘禹锡《再游玄都观》诗中有一句："前度刘郎今又来"，此时距前一次到玄都观已隔十四年。

淮南好，甚时重到，陌上生春草——合肥的春光一年又一年，我何时才会再回到这里呢？淮南：即合肥，宋时属淮南路。陌上生春草：汉代淮南小山写有《招隐士》，其中有一句："王孙游兮不归，春草生兮萋萋。"

新评

词的上片写春日离别。杨柳树不仅仅是姜夔此作中合肥恋情的象征，而且是中国古代文化中特有的离别意象，此作从杨柳之景写起，开篇点明主旨。“数声啼鸟，也学相思调”一句移情于物，笔致清虚，使万物皆着相思之色，流露出词人细腻深婉的惜别之情。“月落潮生，掇送刘郎老”写得含蓄动人，仿佛倾注了所有的感情。不过白石的确是把一生的情感都投入到了合肥，前后二十几年，直到白石老去之时都没有忘记“香远茜裙归”的佳人。“陌上生春草”虽化用了淮南小山的诗句，但与全诗情景浑融，并不露刻画之痕迹。此首作品通篇写景，把难以排遣的无奈和遗憾之情寄托于实实在在的景物，情味深长，凄婉动人。

解连环

题解

谢映先《中华词律》：原名〔望梅〕。宋·周邦彦词有“信妙手、能解连环”句，遂改名《解连环》，又名《玉连环》(与《一落索》别名《玉连环》不同，更与《玉连环》正调无涉)。张辑词有“把千种旧愁，付与杏梁语燕”句，名《杏梁燕》。双调，一百零六字，前片十一句五仄韵，后片十句五仄韵，前后片自第二句起至第八句止句式相同。减字有一百零五字体。

宋光宗绍熙二年(1191)秋后，姜夔再次离开合肥，填此离别之词。他这年两次赴合肥，而此时情人已人去楼空，这年以后白石诗词中再无重游合肥的踪迹。

玉鞍重倚，却沉吟未上，又萦离思。为大乔能拨春风，小乔妙移筝，雁啼秋水。柳怯云松，更何必十分梳洗。道郎携羽扇，那日隔帘，半面曾记。　　西窗夜凉雨霁，叹幽欢未足，何事轻弃。问后约空指蔷薇，算如此溪山，甚时重至。水驿灯昏，又见在曲屏近底。念唯有夜来皓月，照伊自睡。

新解

玉鞍重倚，却沉吟未上，又萦离思——我将要扬鞭远行了，却被离愁萦绕，不能潇洒而去。玉鞍：马鞍。倚：依靠在物体或人身上。在此指把马鞍放在马背上，意味着将要远行。沉吟：思量斟酌，表迟疑不决意。萦：缠绕。

为大乔能拨春风，小乔妙移筝，雁啼秋水——大乔小乔皆是通音晓乐之人，她们弹奏的声音如雁啼秋水般幽怨悲咽。大乔小乔：三国时东吴桥公有两女，皆国色天香，人称大桥、小桥，在此指合肥两姐妹。桥又作“乔”。拨春风：指善弹琴瑟。移筝：弹筝。雁啼秋水：此句双关，一方面形容琴声如秋雁哀鸣，另一方面，因筝上弦柱斜列如雁行，所以以雁啼喻筝鸣。

柳怯云松，更何必十分梳洗——她们虽伤心憔悴却仍然美丽动人，又何必精妆打扮呢？柳怯：形容腰肢柔软。云松：形容发髻松乱。

道郎携羽扇，那日隔帘，半面曾记——恋人说：“初次见面的情景我还记忆犹新，那日，隔着竹帘你手持羽扇，潇洒不凡。”半面：初次见面。在此有形容记得真切之意。《后汉书·应奉传》载东汉应奉记忆力特强，有一人露半面看他，数十年后应奉见此人还清楚地认得。

西窗夜凉雨霁，叹幽欢未足，何事轻弃——雨后的夜晚的凉风从窗中钻入，我和她还没有共度完幸福的生活为何就轻易离别了呢？霁：天气转晴。幽欢：男女欢会。

问后约空指蔷薇，算如此溪山，甚时重至——不知后会之期是在何时，也不知我们什么时候才能重游如此美好的河山。空指蔷薇：空指花开为期，意思是不知何时。杜牧《留赠》诗中有：“不用镜前空有泪，蔷薇花谢即归来。”算：想来。

水驿灯昏，又见在曲屏近底——在驿馆昏黄的灯光下，我又仿佛看见她在屏风边休息。水驿：水边驿站。曲屏：折叠的屏风。近底：旁边。

念唯有夜来皓月，照伊自睡——想来只有夜晚的明月伴她入睡吧。皓月：明月。伊：她。“伊”可以作第二人称、第三人称代词。

新评

此词作于离开合肥后的驿馆之中，上片写回忆，下片写别后，时空跳跃性较大，但却紧密有序，毫不疏散。首句写别时作者的不舍和眷恋，顿时使全篇萦绕着别离的愁思氛围。接着写合肥两姐妹拨琴弹筝为我送行的情景，美妙的乐曲如春风般和缓温柔，如大雁啼秋般清厉悲凉；美丽的姐妹虽然伤感憔悴却仍然难掩国色天香。上片的最后一句以佳人对双方初次见面的回忆告结，用初见的难忘反衬离别的难舍，用情人的话语表现自己的离愁别绪，新颖而感人。下片白石全部用冷色调来处理，一展其清劲瘦硬的风格。其中“空指蔷薇”不仅表现了再见无期，也流露了词人无奈而绝望的心情，令人不胜哀叹。“水驿灯昏，又见在曲屏近底”是词人因思念成疾而产生的幻想。最后以遥想情人明月伴伊入睡的孤独收尾，感情细腻真挚。吴无闻先生在《姜白石词校注》中说：“结句有‘共看明月应垂泪，一夜相思两处同’之意。”

玉梅令

题解

谢映先《中华词律》：宋·姜夔制。双调，六十六字，前片七句四仄韵，后片六句三仄韵。

宋光宗绍熙二年（1191）冬，姜夔冒雪乘舟拜访范成大，在苏州别墅小住。范成大自制新曲，并请白石为之填词。白石借这首词表达了对石湖早日康复的祝愿，词旨与调名相符。

石湖家自制此声，未有语实之，命予作。石湖宅南，鬲河有圃曰范村。梅开雪落，竹院深静，而石湖畏寒不出，故戏及之。

疏疏雪片，散入溪南苑。春寒锁旧家亭馆。有玉梅几树，背立怨东风，高花未吐，暗香已远。　公来领客，梅花能劝。花长好，愿公更健。便揉春为酒，剪雪作新诗，拚一日绕花千转。

新解

小序意为：范成大自制此曲，但他还没有填词，所以就让我来作一首。范宅的南面有一条河，河对岸有个花园，名为范村。雪后，园中竹梅辉映，更显幽深清静，但范成大却因天气冷而闭门不出，于是我借这首词来取笑他。石湖：范成大（1126—1193），字致能，晚年居住在苏州西南的石湖，自号石湖居士。范村：范成大《梅谱》自序："余于石湖玉雪坡既有梅数百本，比年又于舍南买王氏僦舍七十楹，尽拆除之，治为范村。以其地三分之一与梅。"鬲：通"隔"。

疏疏雪片，散入溪南苑。春寒锁旧家亭馆——轻盈的雪花飘进了小溪南面的范村，初春的寒气充斥着整个园圃。疏疏：形容雪花稀疏而轻盈的样子。旧家亭馆：指范成大《梅谱》自序中提到的"王氏僦舍七十楹"。

有玉梅几树，背立怨东风，高花未吐，暗香已远——有几树梅花仿佛在埋怨东风似的，背风而立，并不完全打开花蕾，但那清幽的香气已经被吹得很远很远了。暗香：北宋诗人林逋《山园小梅》中有诗句："疏影横斜水清浅，暗香浮动月黄昏。"

公来领客，梅花能劝。花长好，愿公更健——请您陪我一起去赏梅吧，梅花能勉励你，增强你抵抗疾病的意志。梅花会越开越好，也祝愿您能够早日康复。劝：勉励。

便揉春为酒，剪雪作新诗，拚一日绕花千转——如果您能恢复健康的话，我愿把春色酿成美酒，裁剪雪花作成新诗，每天绕梅花千次。便揉春为酒：把春色酿成美酒。辛弃疾〔粉蝶儿〕词："把春波都酿作一江醇酎。"拚(pīn)：旧读 pàn。舍弃；不顾惜。

新评

这是一首借咏梅寓祝福之词。词的上片写景，描绘了雪的形态和梅的味道，很有"幽韵冷香"之感。"背立怨东风"写得尤为传神，尽显梅花之"态"，夏承焘、吴无闻《姜白石词校注》中说："'玉梅几树，背立怨东风'……亦为'石湖畏寒不出'而发。"下片尽抒对石湖健康的祝愿，写得万象灵动，情趣别致。李佳《左庵词话》卷下："白石词〔玉梅令〕下阕……词中寓祝寿意，写来却见语妙意新，与俗手固自不同。"这首咏梅词的最大特点也就在于此。

暗　香

题解

龙榆生《唐宋词格律》：姜夔自度"仙吕宫"曲。其小序云：(略)后张炎用以咏荷花荷叶，更名《红情》、《绿意》。此曲九十七字，前片五仄韵，后片七仄韵，例用入声韵部。前片第五字，后片第六字，皆领格字，宜用去声。

〔暗香〕和〔疏影〕皆咏梅名篇，是姜夔最具代表性的两首自度曲。姜夔词中出现的"小红"就是范成大缘于此二曲而送给他的。这两首词的词牌取自北宋诗人林逋《山园小梅》中的诗句："疏影横斜水清浅，暗香浮动月黄昏。"张炎《词源》云："词之赋梅，唯姜白石〔暗香〕、〔疏影〕二曲，前无古人，后无来者，自立新意，真为绝唱。"

辛亥之冬，予载雪诣石湖。止既月，授简索句，且征新声，作此两曲。石湖把玩不已，使二妓肄习之，音节谐婉，乃名之曰暗香疏影。

旧时月色，算几番照我，梅边吹笛。唤起玉人，不管清寒与攀摘。何逊而今渐老，都忘却春风词笔。但怪得竹外疏花，香冷入瑶席。　江国，正寂寂。叹寄与路遥，夜雪初积。翠尊易泣，红萼无言耿相忆。长记曾携手处，千树压西湖寒碧。又片片吹尽也，几时见得？

新解

小序意为：宋光宗绍熙二年(1191)冬，我冒雪乘舟到范成大家里。住了一个月后，范成大向我索要词章，征求新的曲调，我应邀作了两曲。范成大十分喜欢，不停地吟诵欣赏，并令两个歌妓练习，其韵律音节十分美妙，于是命名为〔暗香〕和〔疏影〕。载雪：冒雪乘舟。诣(yì)：拜访。止既月：已经一个月。简：竹简，这里指纸张。声：乐歌，歌曲。把玩：吟诵，欣赏。肄：练习，学习。

旧时月色，算几番照我，梅边吹笛。唤起玉人，不管清寒与攀摘——还是从前那样的清晖月色，不知这是第几次这样笼罩着我了，从前我在梅边吹笛，把美人从梦中唤醒，她不顾天气的清寒，为我摘取枝头的梅花。玉人：美人。刘体仁《七颂堂词绎》云："落笔得'旧时月色'四字，便欲使千古作者，皆出其下。"

何逊而今渐老，都忘却春风词笔。但怪得竹外疏花，香冷入瑶席——我如同当年的何逊一样，但随着年纪的增长已经没有了往日的青春俊笔。可是竹林外那稀疏的梅花为何要把香气送到我的身边，令我想起往事呢？何逊：字仲言，南朝诗人，诗文极为当时名流范云、沈约赏识，对唐代杜甫等人影响甚大。他酷爱梅花，任扬州法曹时写过著名的《咏早梅》一诗，杜甫《和裴迪登蜀州东亭送客逢早梅相忆见寄》中有诗句："东阁官梅动诗兴，还如何逊在扬州。"春风词笔：何逊有诗《咏春风》。但怪得：只惊异。瑶席：坐席的美称。

江国，正寂寂。叹寄与路遥，夜雪初积——江南水乡现在格外寂静，我是多么想折一枝红梅送给你啊，可惜这山高路远，夜雪阻隔。江国：指江南。寄与：用典，南朝宋盛弘之《荆州记》中有："陆凯与范晔相善，自江南寄梅花一枝，诣长安与晔，并赠花诗曰：'折花逢驿使，寄与陇头人。江南无所有，聊寄一枝春。'"

翠尊易泣，红萼无言耿相忆——对着酒人容易伤心悲泣，窗外无言的红梅令我回忆起那久久不能忘怀的往事。翠尊：翠绿的酒杯，这里代指酒。尊，同"樽"。红萼：在此指红梅。耿：耿耿，心中不安，老是想着。谭献《谭评〈诗辨〉》云："石湖咏梅，是尧章独到处。'翠尊'二句，深有《骚》、《辨》意。"

长记曾携手处，千树压西湖寒碧。又片片吹尽也，几时见得——最难忘你我携手同游，千树万树的梅花倒影在西湖的寒光碧色中，而现在又是梅花随风吹落的时节，我和你几时才能相见呢？千树：宋代西湖孤山梅花成林。邓廷祯《双砚斋随笔》云："姜石帚之'长记曾携手处，千树压西湖寒碧。'状梅之多，皆神情超越，不可思议，写生独步也。"

新评

作品构思精巧周密，疏散开阔。全篇围绕梅展开，上片由"旧时"领起，追忆往日赏梅欢乐之事；中间由"而今"转折，写出年老、寂寞而无心赏梅，似有"人面不知何处去，'梅'花依旧笑春风"之意。下片抒写对玉人的思慕之情。"叹寄与"意思递进一层，见不到玉人也就罢了，连折梅寄远都成为不可能，悲愁加深加重了。"长忆"使词人又回到了旧时之乐，与首句相呼应。姜夔最终还是走不出这万般愁绪，只能陷入“几时见得”困惑深渊。周济《宋四家词选》云：“前半阕言盛时如此，衰时如此。后半阕想其盛时，想其衰时。”

本词笔法婉曲凝练，用语清空，以骚雅之笔写至情至爱，句句咏梅，处处写人，而梅与人始终是保持距离的，并不合为一体，想必这只有白石的词艺术才可做到。

疏 影

题解

龙榆生《唐宋词格律》：姜夔自度“仙吕宫”曲。张炎以咏荷叶，改名〔绿意〕。兹以姜词为准。一百十字，前片五仄韵，后片四仄韵，例用入声部韵。

关于本篇的主旨，前人众说纷纭，一说感徽、钦二帝被俘；一说思念合肥情人；还有的说是为范成大而作……在此，笔者取借咏梅表达对美好事物的怜惜、暗喻自己的身世之说。

苔枝缀玉，有翠禽小小，枝上同宿。客里相逢，篱角黄昏，无言自倚修竹。昭君不惯胡沙远，但暗忆江南江北。想佩环月夜归来，化作此花幽独。　犹记深宫旧事，那人正睡里，飞近蛾绿。莫似春风，不管盈盈，早与安排金屋。还教一片随波去，又却怨玉龙哀曲。等恁时重觅幽香，已入小窗横幅。

新解

苔枝缀玉，有翠禽小小，枝上同宿——长满苔须的枝条上点缀着晶莹如玉的花朵，一对小小的翠鸟在枝头相互依偎。苔枝：苔梅，梅的一种。范成大《梅谱》云苔梅：“苍藓鳞皴，封满花身。又有苔须垂于枝间，或长数寸，风至绿丝飘飘可玩。”有翠禽小小，枝上同宿：此句用典，出自柳宗元《龙城录》：隋名将赵师雄醉游罗浮山，遇一女子，二人同饮，有一绿衣童子笑歌欢舞，待醒来后发现自己身在大梅花树下，枝头有翠鸟，而女子不知去向。

客里相逢，篱角黄昏，无言自倚修竹——客居他乡又逢梅花，傍晚时分，她在篱笆的角落靠着竹林，默默无语地伫立着。倚修竹：杜甫《佳人》：“天寒翠袖薄，日暮倚修竹”。

昭君不惯胡沙远，但暗忆江南江北。想佩环月夜归来，化作此花幽独——昭君不习惯那遥远的大漠生活，只思念江南江北的故里，料想她的魂魄会在月夜归来，化作这幽静孤独的梅花。昭君不惯胡沙远：西汉时，汉元帝把宫女王昭君嫁给了匈奴呼韩邪单于。佩环：即环佩。杜甫《咏怀古迹》其三咏王昭君："画图省识春风面，环佩空归月夜魂。"

犹记深宫旧事，那人正睡里，飞近蛾绿——人们还清晰地记得南朝皇宫中的一桩往事：在寿阳公主酣睡之时，一朵梅花飘落在她的眉间。相传南朝寿阳公主日卧含章殿下，梅花落额上，成五片，拂之不去，成"梅花妆"，此句用典故形容梅花凋落。蛾绿：女子青黛色的细长眉毛。

莫似春风，不管盈盈，早与安排金屋——不要像春风一样不怜惜这娇美的梅花，要早早地把她珍藏起来。金屋：金屋藏娇。汉武帝小时候对姑母说："若得阿娇作妇，当作金屋贮之。"

还教一片随波去，又却怨玉龙哀曲。等恁时重觅幽香，已入小窗横幅——如果还让梅花一片片凋零，随流水而去，那就怨玉笛吹奏的哀曲了。等到那个时候，再也找不到这阵阵幽香了，只剩下那横斜的疏影照映在小窗之上。玉龙哀曲：指笛曲《梅花落》，声调哀婉。李白在《与史郎中钦听黄鹤楼上吹笛》中有诗句："黄鹤楼中吹玉笛，江城五月落梅花。"玉龙：笛名。

新评

本篇句句或用典或化用诗句，晦涩难解，词旨飘忽不定，以致产生了前人对本篇主旨的多种说法，但是姜夔终于用他人的文字显示了自己所独有的幽韵冷香、清刚醇雅。这首词紧承上一篇，也是紧紧围绕梅展开的，但却是借咏梅花来伤感个人的身世，表达了词人孤独寂寞的境况和高洁人格。上片记梅，首句"苔枝缀玉，有翠禽小小，枝上同宿"写梅之貌，"苔"、"玉"、"翠"构成一幅绚丽的而又是冷色调的图画，展示了一种和谐安谧的氛围，以乐景写哀，从反面突出了梅之寂寞。"客里"一句，写梅之神，人与梅合一，既写出了梅之孤独也写出了人之寂寞；倚竹而立，既写出了梅之飘逸也写出了人之高洁。白石以"昭君"点化梅之魂，恰到好处，昭君不仅有梅之美貌，梅之纯洁，梅之高尚，而且和梅一样的孤独寂寞。下片惜梅，竟有奇想"金屋藏梅"，怜惜之情溢于言表。最后一句，暗香不再，疏影残留，飘渺黯淡，洞入人的心灵，久久萦绕。

水龙吟

题解

龙榆生《唐宋词格律》：又名〔龙吟曲〕、〔庄椿岁〕、〔小楼连苑〕。《清真集》入"越调”。各家格式出入颇多，兹以历来传诵苏、辛两家之作为准。一百二字，前后片各四仄韵。又第九句第一字并是领格，宜用去声。结句宜用上一、下三句式，较二、二句式收得有力。

宋光宗绍熙四年(1193)秋，白石客居绍兴，同黄庆长夜游鉴湖。

黄庆长夜泛鉴湖，有怀归之曲，课予和之。

夜深客子移舟处，两两沙禽惊起。红衣入桨，青灯摇浪，微凉意思。把酒临风，不思归去，有如此水。况茂陵游倦，长干望久，芳心事、箫声里。　　屈指归期尚未，鹊南飞有人应喜。画阑桂子，留香小待，提携影底。我已情多，十年幽梦，略曾如此。甚谢郎也恨飘零，解道月明千里。

新解

小序意为：黄庆长夜游鉴湖，作了一首思念故乡的词，让我与之唱和。黄庆长：白石之友，事迹不详。鉴湖：即镜湖，在浙江绍兴城南。课：督促。

夜深客子移舟处，两两沙禽惊起——深夜，我们乘舟在鉴湖中游荡，惊起了卧在沙洲上的对对水鸟。客子：客居他乡的人，这里是词人自称。沙禽：沙洲上的水鸟。

红衣入桨，青灯摇浪，微凉意思——船桨深入到粉红的荷花丛中，船头的灯光随着波浪荡漾闪动，湖面袭来微微的凉意。红衣：荷花。青灯：船上的油灯。

把酒临风，不思归去，有如此水——我对风举杯，指水为誓，我真的想回归家乡。把酒临风：范仲淹《岳阳楼记》云：“登斯楼也，则有心旷神怡，宠辱偕忘，把酒临风，其喜洋洋者矣。”有如此水：指水为誓，意思是我的心很明白。《诗经·王风·大车》有言：“谓予不信，有如皎日。”苏轼《游金山寺》：“有田不归如江水。”

况茂陵游倦，长干望久，芳心事、箫声里——况且我已厌倦了飘泊的生活，家人也盼望我早日回去，我这怀归之情都从箫声中流露出来了。茂陵：汉武帝陵，在今陕西兴平县东北，汉代大文豪司马相如晚年曾多病客居于此。在此用茂陵代指作者的客居之所。长干：古金陵（今南京）里巷名，在此代指作者家的住处。李白《长干行》：“……感此妾伤心，坐愁红颜老。早晚下三巴，预将书报家。相迎不道远，直至长风沙。”以女子之口写望夫的爱情故事。箫声：姜夔善吹箫。

屈指归期尚未，鹊南飞有人应喜——屈指算算，我不知何时才能回去。我想当我给家人报信时，家人会为我的即将归来而万分高兴。屈指：计算。鹊南飞有人应喜:汉代刘歆的《西京杂记》卷三:“乾(qián)鹊噪而行人至。”曹操《短歌行》:“月明星稀,乌鹊南飞。”

画阑桂子,留香小待,提携影底——画阑边的桂花还保留着香气,它正等我归去和心上人携手同游花影之下呢。画阑:雕花的栏杆。桂子:桂花。提携:携手。

我已情多,十年幽梦,略曾如此——我在这方面的感受颇多,十年梦境般的悲欢离合大抵如此。

甚谢郎也恨飘零,解道月明千里——你为何也遗憾于飘泊江湖,而写出千里思归的篇章呢?甚:为什么。谢郎:指南朝宋谢庄,在此指黄庆长。解:能够;会。月明千里:谢庄《月赋》中有“美人迈兮音尘阙,隔千里兮共明月”之句,“月明千里”用在此处借指黄庆长原作。

新评

此篇作品以怀归为主题,开篇先写景,其中“夜深”表明了客子因思乡而久不能寐;“两两沙禽惊起”一句,以动写静,以沙禽的“两两”反衬客子的形单影只。下面继续写景,反说桨入红衣、摇浪青灯,顿显词情画意,别具风格。但这样的美景也不能消除客子的思归之情:“微凉”一词双关,既写出了天气的清凉,又写出了心境的凄凉,而此“微凉意思”也就引出了下面的大段怀归之情的表述。白石趁着酒意先以誓言表明思归,接着说明原因:一是游子已厌倦了飘泊;一是佳人的殷切盼望。词的下片就详细想象了佳人的期盼。虽然游子还不知道何时回归故里,但那时一定“有人应喜”,不但如此,就连桂子都在“留香小待”——待这对有情之人携手花影之下。游子这样的想象不但表现了佳人的盼归,同时也流露了他自身对回归的深深的渴望。“我已情多,十年幽梦,略曾如此。”此笔与以往白石怀人之词不同,多了一分洒脱,少了些许哀愁,这大概就是极度悲伤后的冷静吧。结笔写友人同自己一样怀归,照应唱和之意;化用谢庄之句不但写出了相思之情,而且景与情融、物与人合,不见雕刻之痕迹。

玲珑四犯

题解

谢映先《中华词律》:宫调名。清·王闿运词名〔夜来花〕。双调,九十九字,前后片各九句五仄韵,各家句式、平仄及叶韵不一。添字有一百字及一百零一字数体。

这首词作于宋光宗绍熙四年(1193)岁暮,姜夔客居浙江绍兴之时,此时他约三十九岁。岁暮是团圆之时,家家张灯结彩,白石产生了难以抑制的江湖漂零之感,遂成此阕。

越中岁暮，闻箫鼓感怀。

叠鼓夜寒，垂灯春浅，匆匆时事如许。倦游欢意少，俛仰悲今古。江淹又吟恨赋。记当时送君南浦。万里乾坤，百年身世，唯有此情苦。　扬州柳垂官路。有轻盈换马，端正窥户。酒醒明月下，梦逐潮声去。文章信美知何用，漫赢得天涯羁旅。教说与，春来要寻花伴侣。

新解

小序意为：年末，我在越中，听到箫鼓声有感。越中：浙江省绍兴一带。

叠鼓夜寒，垂灯春浅，匆匆时事如许——将近初春的寒夜里，鼓声接连不断，为了迎接新年，家家挂起了彩灯，时间转眼即逝，世间的事就是这般匆匆啊。叠鼓：接连不断的鼓声。垂灯：张挂彩灯。

倦游欢意少，俛仰悲今古——我对在外旅居的生活感到疲倦，心情郁郁寡欢，常感时间短暂，今非昔比。俛仰：形容时间短暂。晋王羲之《兰亭集序》中有言：“向之所欣，俯仰之间，已为陈迹。”俛，同“俯”。向下，低头，同“仰”相对。

江淹又吟恨赋。记当时送君南浦——我依然记得当时与你分别的情形。江淹：字文通，南朝文学家，代表作：《恨赋》、《别赋》。《别赋》：“春草碧色，春水渌波。送君南浦，伤如之何！”写的是情人之别。

万里乾坤，百年身世，唯有此情苦——在天地之间，在一生之中，只有离愁最是苦涩。乾坤：天地。

扬州柳垂官路。有轻盈换马，端正窥户——在扬州柳树相伴的官家大道上，我曾出入秦楼楚馆，过了一段放浪的生活。轻盈：形容女子柔美的体态。换马：古乐府《杂曲歌辞》有“爱妾换马”篇。唐代李玫《异闻实录》记载鲍生多养声妓，韦生好乘骏马，一日相遇，韦生以一妓女换鲍生一匹好马。端正：指女子容貌端正，这里代指容貌姣好的女子。窥户：这里指情遇。

酒醒明月下，梦逐潮声去——我在明月下醒过酒来，往日的美梦也就随潮水一样退却了。

文章信美知何用，漫赢得天涯羁旅——才高八斗、文赋满车又能怎样？只落得个天涯孤旅、四处飘零。信美：十分优美。信，确实。漫：空，白白地。羁旅：客居他乡，漫游。

教说与，春来要寻花伴侣——只能安慰自己说，春天来了，可以有香花绿草来陪伴我了。

新评

在这首词中，姜夔对他传统的艺术风格有所突破，一改往日表情达意的含蓄委婉的方式，产生了一种喷薄情感的欲望，像“倦游欢意少，俛仰悲今古”、“万里乾坤，百年身世，唯有此情苦”、“文章信美知何用，漫赢得天涯羁旅”这样的句子在姜夔的作品中是很少见的，真如酒醉之言。

姜夔是一个多愁善感的词人，也正是这多愁善感成就的这一代婉约大师，仿佛任何景象影射到他的眼中都会变成无尽的悲愁，悲国，悲家，悲身世，悲离别……

但姜夔称不上是一个感情丰富的人，至少在他的词中，他不是感情丰富的。虽然他无时无刻不沉浸在饱满的感性之中，但终究不离思乡、怀人，当然偶尔也会思及家国，但他毕竟不能跳出个人的情感樊笼，这也就注定了姜夔永远在艺术上、思想上受到限制，不能放开自我，用生命投入艺术境界，用生命感发艺术灵魂。

莺声绕红楼

题解

谢映先《中华词律》：双调，五十字，前片四句四平韵，后片四句三平韵，句式与《惜春令》同而平仄异。

这首词作于宋光宗绍熙五年(1194)春。

甲寅春，平甫与予自越来吴，携家妓观梅于孤山之西村。命国工吹笛，妓皆以柳黄为衣。

十亩梅花作雪飞。冷香下携手多时。两年不到断桥西，长笛为予吹。　　人妒垂杨绿，春风为染作仙衣。垂杨却又妒腰肢，近前舞丝丝。

新解

小序意为：宋光宗绍熙五年(1194)春，我和平甫由绍兴来到杭州。一天，我们带着乐妓到西湖孤山的西村赏梅，并让宫廷乐工吹笛，让乐妓都穿上柳黄色的衣服跳舞歌唱。平甫：即张鉴。越：浙江，这里特指浙江绍兴。吴：江苏，这里特指杭州。孤山：在杭州西湖中，以梅花著称。西村：白石于〔卜算子〕八首中自注：“西村在孤山后，梅皆阜陵时所种。”国工：宫廷乐工。

十亩梅花作雪飞。冷香下携手多时——十亩梅林如雪一样洁白剔透，在梅花的冷香之下，我和好友携手同赏，久久不愿离开。十亩梅花：孤山多梅，白石〔暗香〕中有“千树压西湖寒碧”一语。

两年不到断桥西，长笛为予吹——两年不曾来过断桥了，这首笛曲就是为你而演奏的。断桥：西湖名景，在孤山之西、白堤之上。

人妒垂杨绿，春风为染作仙衣——美人仿佛嫉妒杨柳那翠绿的春色，要么怎会穿上如同春风染过的柳黄色的衣裳呢。

垂杨却又妒腰肢，近前舞丝丝——杨柳却又妒嫉美人纤细娇柔的腰肢，要么怎会在她们跟前尽情舞动丝丝的枝条呢。

新评

这是一篇游记之作，五句写了五种不同的景物。第一句写梅，“十亩梅花”极富气势，描写出了一片梅林的宏大、浩荡之美。第二句写梅树下长久伫立赏梅的人，正面写出了梅之香，侧面写出了梅之美和人对梅花的怜爱。第三、四句刻画了洋溢春色、婀娜多姿的人和柳，既可以说是借美人写杨柳又可以说是借杨柳写美人，人与柳相互映衬，交相辉映。此作短小精悍，内容充实，词序与词作浑然一体，相互补充，构成一篇真切传神的佳作。

角　招

题解

谢映先《中华词律》：宋·姜夔自度曲。双调，一百零八字，前片十一句七仄韵，后片十三句九仄韵，前片第四句起至第九句止与后片第五句起至第十句止句式相同。减字有一百零七字体。

宋光宗绍熙五年（1194）春，白石客居杭州之时曾与俞商卿共赏孤山西村的梅花，此后不久商卿回吴兴（今浙江湖州），白石又独游孤山，睹物思人，与好友的欢乐往事历历在目，于是自度此曲，以表达对友人的怀念。

甲寅春，予与俞商卿燕游西湖，观梅于孤山之西村。玉雪照映，吹香薄人。已而俞商卿归吴兴，予独来，则山横春烟，新柳被水，游人容与飞花中。怅然有怀，作此寄之。商卿善歌声，稍以儒雅缘饰。予每自度曲，吹洞箫，商卿辄歌而和之，极有山林缥缈之思。今予离忧，商卿一行作吏，殆无复此乐也。

为春瘦，何堪更绕西湖尽是垂柳。自看烟外岫。记得与君，湖上携手。君归未久，早乱落香红千亩。一叶凌波缥缈，过三十六离宫，遣游人回首。　　犹有，画船障袖，青楼倚扇，相映人争秀。翠翘光欲溜。爱着宫黄，而今时候。伤春似旧，荡一点春心如酒。写入吴丝自奏，问谁识曲中心，花前友。

新解

小序意为：宋光宗绍熙五年（1194）春，我和俞商卿到西湖游览，共赏孤山西村的梅花。梅雪辉映，香气逼人。不久后俞商卿回到吴兴，我自己再来到这里时，已经是春花春水、绿柳青山、游人徜徉了。我想起老朋友，惆怅感怀，便写下这首词以寄思念之情。商卿擅长歌唱，能以文雅的风度节制自己。我每次用箫吹奏自创的新曲，商卿就会歌而和之，很有山林隐居的意味。现在，我们相距千里，商卿又出去做官，我想我们大概不会再现当年的快乐时光了。俞商卿：俞灏，字商卿，姜夔的好朋友，世居杭州。燕游：宴游，饮宴游玩。孤山：在杭州西湖中，以梅花著称。西邨（cūn）：西村，白石于〔卜算子〕八首中自注："西村在孤山后，梅皆阜陵时所种。"邨，同"村"。玉雪：梅与雪。吹香薄人：香气袭人。薄，迫近。已而：不久。被水：拂水。容与：徘徊、从容的样子。怅然：惆怅的样子。缘饰：修饰。辄：即；就。歌而和之：歌唱呼应。缥缈：隐隐约约、若有若无貌。离忧：遭遇忧愁。一行作吏：出来做官。《咸淳临安志》载："俞灏绍熙四年登第。"殆：近于；几乎。

为春瘦，何堪更绕西湖尽是垂柳——春天本来就容易触动人的愁思，使人消瘦，更何况看到萦绕西湖的垂柳又想到离别呢。

自看烟外岫。记得与君，湖上携手——独自眺望春雾缭绕的远山，我又想起了当日与你同游西湖的情景。岫：高山，山峰。

君归未久，早乱落香红千亩——你离开不久之后，这千亩梅花便早早地纷纷飘落了。香红：梅花。

一叶凌波缥缈，过三十六离宫，遣游人回首——小船在落花中驶过许多宫殿，使人不禁频频回首。一叶：小船。凌波：乘波。三十六离宫：言宫殿之多。离宫，皇帝临时住的行宫，此指南宋都城临安（今杭州）的宫殿。遣：使；令。

犹有，画船障袖，青楼倚扇，相映人争秀——现在依旧有画船里的美女举袖遮风、青楼前的歌妓持扇伫立，她们各显风情，争芳斗艳。青楼：妓院。

翠翘光欲溜。爱着宫黄，而今时候——她们仍头戴璀璨的翠翘，脸上涂着流行的宫黄，依旧是莺歌燕舞，欢乐如故。翠翘：古代妇人的首饰。宫黄：古代宫女用来涂额的黄粉,民间妇女亦多效仿,也称额黄。是当时一种时髦的妆扮。

伤春似旧,荡一点春心如酒——而我伤春的情绪依旧在心中荡漾,似浓酒般强烈。

写入吴丝自奏,问谁识曲中心,花前友——我把心事谱入曲中弹奏出来,有谁能明白我这伤春怀友的曲中之意呢。吴丝:琴弦。

新评

这是一篇怀人之作,但不同的是,这篇所怀的不是情人而是友人,像此类已点明了具体所怀之友人的作品在姜夔的词作中是很少见的。词的上片首句点题,"为春瘦"奠定了整首词的感情基调——伤春;"垂柳"则点明了此作的主旨——怀人,作者因为怀人而伤春,因为伤春而更加怀人,二者相交融,难分彼此。下一句"自看"与"携手"写出了"人非",玉雪照映,吹香薄人的梅花已"早乱落香红千亩"写出"物非",而此梅花是作者与友人昔日携手所赏之梅,所以这与主体相关的景物承载的是人之情,体现的是人之非。过片描写的是艳冶绝伦的春日丽景"画船障袖,青楼倚扇"、"翠翘光欲溜,爱着宫黄",表现的是无我之"物是"。至此,上下两片形成鲜明的对比,不仅体现了物是人非的沧桑之感,也以乐景衬托了作者隐伤的心境,也就是由于他飘荡在这外在欢乐与内心隐伤之间才"春心如酒"。词的最后一句与序相呼应:谱曲自聊,把心中恍恍惚惚之所思寄托于实实在在的琴弦之中,既见文人骚雅又知白石心中的隐忍之痛。

鹧鸪天

题解

宋宁宗庆元元年(1195)三月十四日张鉴生日的那天,姜夔陪他同游了南昌西山玉隆宫,逸兴横生,痛快饮酒。第二年生日之时,张鉴将要治舟前往湖州,想到此西山之行不可再来,于是姜夔追忆往事,填作此阕,以为平甫祝寿。此词于宋宁宗庆元二年(1196)在杭州时创作。

予与张平甫自南昌同游西山玉隆宫,止宿而返,盖乙卯三月十四日也。是日即平甫初度,因买酒茅舍,并坐古枫下。古枫,旌阳在时物也。旌阳尝以草屦悬其上,土人以屦为屩,因名曰挂屩枫。苍山四围,平野尽绿,鬲涧野花红白,照影可喜,使人采撷,以藤纠缠著枫上。少焉,月出大于黄金盆。逸兴横生,遂成痛饮,午夜乃寝。明年,平甫初度,欲治舟往封禺松竹间,念此游之不可再也,歌以寿之。

曾共君侯历聘来，去年今日踏莓苔。旌阳宅里疏疏磬，挂屩枫前草草杯。　　呼煮酒，摘青梅，今年官事莫徘徊。移家径入蓝田县，急急船头打鼓催。

新解

此序可以称为一篇游记散文，其中不但讲述了写作的背景缘由，还描述了西山之行：古枫树下怀念古人、苍山平野中采花为乐、如盆明月下把酒言欢，赏心乐事、如画美景令人向往。小序意为：我和张平甫在南昌时曾经同游西山玉隆宫，并夜宿于此，次日而返，那一天是宋宁宗庆元元年（1195）三月十四日，平甫的生日。我们在附近买来酒，并坐在古枫树下。这棵古枫树是晋代许逊时的。因为许逊常常把草鞋挂在这棵树上，而当地的人把屦称为屩，所以他们把这棵树称为挂屩枫。苍山环绕，绿野平阔，山涧两边的野花倒映在水中，鲜艳夺目，惹人喜爱。我们命人采来鲜花，并用青藤把它缠绕在古枫树上。不久，月亮出来了，大而明亮，犹如黄金盆。我们兴致盎然，举杯畅饮，深夜才睡。第二年平甫生日时，他将要乘船前往湖州，我想大概不能再有去年一样的游赏经历了，所以写下了这首词作为送给平甫的寿礼。张平甫：即张鉴。西山：又名南昌山，在江西省新建县西，玉隆宫是新建县内的宫观。《舆地纪胜》载："在新建县界，旧名游帷观。"初度：生日的旧称。旌（jīng）阳：指曾为旌阳令的许逊。草屦（jù）：草鞋。土人：当地的人。屩（juē）：草鞋。鬲：通"隔"。少焉：不久；一会儿。寝：睡觉。明年：第二年。封禺：封山、禺山合称为封禺，在浙江湖州武康（今属德清县），用在这里代指湖州。松竹：比喻节操坚贞或节操坚贞的人。念：思考；考虑。

曾共君侯历聘来，去年今日踏莓苔——我和你曾经一起游访西山，那是在去年的今天，我们携手漫步在山间长满莓苔的林荫路上。君侯：指张鉴，张鉴作过山阴宰，故称君侯。历聘：游访。

旌阳宅里疏疏磬，挂屩枫前草草杯——我们在玉隆宫中击磬而歌，在挂屩枫前举酒把杯。疏疏：稀疏；断断续续。磬：古代的一种打击乐器。旌阳宅：指曾任旌阳令的许逊的故宅——玉隆宫。《豫章台今记》："许真君逊，字敬之，南昌人，晋永和二年八月十五日，合家仙去。其宅今游帷观是也。"

呼煮酒，摘青梅，今年官事莫徘徊——我们呼唤上青梅煮成的美酒，愿你在工作上一帆风顺，有所建树。呼煮酒，摘青梅：古代春末夏初有以青梅煮酒的习俗，取其新酸开胃。曹操、刘备曾青梅煮酒论英雄。晏殊〔诉衷情〕有："青梅煮酒斗时新。"官事：官衙中的公务。徘徊：犹豫不决。

移家径入蓝田县，急急船头打鼓催——船头急促的打鼓之声正催促你移家蓝田仙境。蓝田县:在今陕西内,以盛产美玉闻名。杜甫《去矣行》诗:"未试囊中餐玉法,明朝且入蓝田山。"夏承焘《姜白石词编年笺校》:"王维有辋川蓝田别业,此以比平甫封禺别业。"

新评

这虽是一首贺寿词,但语出含蓄高雅,不落窠臼。整首词用去大半篇幅追忆去年张鉴生日时二人在西山游访的情景,可看出他们惺惺相惜、肝胆相照的情谊。姜夔在《姜尧章自序》中说:"旧所依倚,惟有张兄平甫,其人甚贤。十年相处,情甚骨肉。而某亦竭诚尽力,忧乐同念。"此种感情在作品之中不难看出。词中虽不直言祝寿,但却用两个典故表达了祝寿之意:"旌阳"化用了许逊成仙之典,意在祝张鉴长寿;"蓝田"化用的是餐玉养身之说,意在祝张鉴健康。就连建功立业这样俗套的祝福在白石笔下也表现得格外雅致。"呼煮酒,摘青梅,今年官事莫徘徊",充满了煮酒论英雄的味道,大有豪放之气。

齐天乐

题解

谢映先《中华词律》:宋·周邦彦词有"绿芜彫尽台城路"句,名〔台城路〕。张辑词有"如此江山"句,名《如此江山》,沈端节词名《五福降中天》(与江致和词《五福降中天》无涉)。双调,一百零二字,前片十句五仄韵,后片十一句五仄韵,前片第三句起至第八句止与后片第四句起至第九句式相同。增减有九十九字、一百字、一百零一字、一百零三字、一百零四字诸体。

这是一首咏物词,但并不是单纯咏物,而是借物咏怀。此时白石客居杭州。

丙辰岁,与张功父会饮张达可之堂,闻屋壁间蟋蟀有声。功父约予同赋,以授歌者。功父先成,辞甚美。予徘徊茉莉花间,仰见秋月,顿起幽思,寻亦得此。蟋蟀中都呼为促织,善斗。好事者或以二三十万钱致一枚,镂象齿为楼观以贮之。

庾郎先自吟愁赋,凄凄更闻私语。露湿铜铺,苔侵石井,都是曾听伊处。哀音似诉。正思妇无眠,起寻机杼。曲曲屏山,夜凉独自甚情绪。　　西窗又吹夜雨。为谁频断续,相和砧杵。候馆迎秋,离宫吊月,别有伤心无数。豳诗漫与。笑篱落呼灯,世间儿女。写入琴丝，一声声更苦。

新解

序中先交代了作词的缘由，然后简略介绍了一些当时关于蟋蟀的情况。小序意为：宋宁宗庆元二年(1196)秋，我和张功父一同在张达可家饮酒，席间听到屋壁间有蟋蟀的叫声。功父邀我一同写词交给歌妓演唱。功父先写成，文辞很美。我徘徊于茉莉花间，仰望秋月，产生了幽深的情思，很快写成此篇。北宋时，蟋蟀称为促织，擅长角斗。好事的人拿二三十万钱买一只，用象牙制的楼台状的笼子养它。这一介绍流露出了词作的主旨意图。张功父：张镃，字功父，号约斋，姜夔之友、张鉴的异母兄弟，著有《南湖集》。张功父旧字时可，可能与张达可是兄弟。寻：随即。中都：北宋都城汴京。

庾郎先自吟愁赋，凄凄更闻私语——张功父已先吟了一词，蟋蟀如同私语的叫声更加凄切了。庾郎先自吟愁赋：庾郎指庾信(513－581)，字子山，南阳新野(今属河南)人，南北朝时文学大家，其作《愁赋》现已不存，只在宋人叶廷珪《海录碎事》中保留了片段。这里用庾信的《愁赋》指代张功父先吟之词。

露湿铜铺，苔侵石井，都是曾听伊处——被露水侵湿的门下、长满青苔的井口旁，到处都能听到你的声音。铜铺：铜制的门环的底座，一般刻有兽面图案。这里代指门。

哀音似诉。正思妇无眠，起寻机杼——那哀怨的声音好像在向人诉说着什么，搅得思妇无法入眠，又起来纺纱织布。思妇：思念远行的丈夫的妇女。机杼(zhù)：织布机。

曲曲屏山，夜凉独自甚情绪——思妇独自在寒夜中望着屏风上的曲曲远山，有着怎样的离愁啊。屏山：形容山如屏。苏轼〔行香子·过七里濑〕："重重似画，曲曲如屏。"

西窗又吹夜雨。为谁频断续，相和砧杵——夜雨不知为谁断断续续地敲着西窗，与思妇的捣衣声和成一片。砧(zhēn)杵(chǔ)：捣衣石和捶衣棒。捣衣是为游子做寒衣的前奏，是对游子思念的象征。

候馆迎秋，离宫吊月，别有伤心无数——游子在客馆中迎来了秋天的悲吟，离宫里的人在对月伤怀。候馆：客馆。离宫：皇帝的行宫。在此暗指北宋沦亡，徽宗被俘。

豳诗漫与。笑篱落呼灯，世间儿女——我率意写了这首词，但可笑那些孩子高兴地提着灯笼在篱笆旁捉蟋蟀。豳(bīn)诗：《诗经·豳风·七月》中说到蟋蟀："七月在野，八月在宇，九月在户，十月蟋蟀，入我床下。"漫与：率意为诗。虽言"漫与"，实则写南宋朝廷不顾民间疾苦，依旧歌舞升平，过着声色犬马的生活。陈廷焯《白雨斋词话》评此一句云："以无知儿女之乐，反衬出有心人之苦，最为入妙。"

写入琴丝，一声声更苦——把蟋蟀之声写入琴谱，这声音更加凄苦。在此姜夔自注："宣政间，有士大夫制《蟋蟀吟》。"

新评

小序中以北宋京都奢靡、玩乐之事暗示了此篇主旨，开篇又以《愁赋》之愁奠定了全篇的感情基调，所以不难看出作者要以蟋蟀为笔写国情，记民生。

此篇既为咏物词当然离不开物，而作者又不拘泥于物，而是纵横驰骋，描绘了广阔的生活场面。上片以蟋蟀的叫声为桥梁而写思妇，下片继续借蟋蟀写游子，写灭亡的北宋，写被俘的宋徽宗，写无知的孩子，而这一切都是通过这些人的听觉感受来写的，用蟋蟀的悲吟贯穿以思妇之愁、离乡之悲、亡国之恨。闻蟋蟀之声，思妇难以入眠，游子悲秋思乡，被囚之人无声慨叹，孩子们天真游戏，这真是一幅世间百态图，有悲有喜，以乐写哀。此外作者以孩子的笑声作陪衬，实则暗写南宋朝廷不顾民间疾苦，不思收复失土，而偏安一隅、贪图享乐的可耻行径。

这首词是从听觉角度写的，极富音乐美。开篇先写蟋蟀私语，接着写机杼声、捣衣声、雨声、候馆离宫的叹息声，最后写笑声，似有"大珠小珠落玉盘"之感。

庆宫春

题解

谢映先《中华词律》：〔庆春宫〕与〔高阳台〕别名〔庆春宫〕有别，又名〔庆宫春〕。双调，一百零二字，有平仄两格：平韵格前片十一句四平韵，后片十一句五平韵，自第四句起以下句式相同。仄韵格前后片各十一句四仄韵，句式与平韵格相同。

宋宁宗庆元二年（1196）冬，姜夔同俞灏、张鉴、葛天民从浙江前往无锡途经吴松，夜游垂虹桥，回忆起五年前的除夕从范成大所居的石湖回吴兴时，带着小红雪夜泛舟过垂虹桥的往事，乃作此阕。这次回去后，四人各作诗词五十多首。

绍熙辛亥除夕，予别石湖归吴兴。雪后夜过垂虹，尝赋诗云："笠泽茫茫雁影微，玉峰重叠护云衣。长桥寂寞春寒夜，只有诗人一舸归。"后五年冬，复与俞商卿、张平甫、铦朴翁自封禺同载诣梁溪，道经吴松。山寒天迥，雪浪四合。中夕相呼步垂虹。星斗下垂，错杂渔火。朔吹凛凛，卮酒不能支。朴翁以衾自缠，犹相与行吟，因赋此阕，盖过旬涂稿乃定。朴翁咎予无益，然意所耽不能自已也。平甫、商卿、朴翁皆工于诗，所出奇诡，予亦强追逐之。此行既归，各得五十余解。

双桨莼波，一蓑松雨，暮愁渐满空阔。呼我盟鸥，翩翩欲下，背人还过木末。那回归去，荡云雪孤舟夜发。伤心重见，依约眉山，黛痕低压。　　采香泾里春寒，老子婆娑，自歌谁答。垂虹西望，飘然引去，此兴平生难遏。酒醒波远，政凝想明珰素袜。如今安在，唯有阑干，伴人一霎。

新解

此小序可谓名副其实的写景叙事性散文，简洁明了，文笔秀丽，如不读此序，便觉这篇词作晦涩难解，题旨不定。小序意为：宋光宗绍熙二年(1191)除夕，我从范成大家回吴兴。在雪后的夜晚渡过垂虹桥时写下了诗句："笠泽茫茫雁影微，玉峰重叠护云衣。长桥寂寞春寒夜，只有诗人一舸归。"五年之后的冬天，我和俞商卿、张平甫、铦朴翁从浙江乘船前往无锡，途经吴松。天寒地冻，万山被雪。半夜，我们几个人相约一起步登垂虹桥。漫天的星斗一直延伸到天边，与大地相连，远远望去，分不清哪里是渔火哪里是星光。寒风凛凛，我们饮酒取暖。朴翁裹着被子，和我们边走边吟诗，这时候我作了这首词，过了十几天后修改定稿。朴翁责备我太过认真了，但这是我的爱好所在，我也很难控制自己。平甫、商卿、朴翁都擅长作诗，其作品十分奇特，我也勉强追随他们。这次旅途回来之后，我们每个人都创作了五十多首。石湖：范成大，自号石湖居士。垂虹：即吴江利往桥，桥上有垂虹亭，所以又称垂虹桥。此桥临太湖，建造宏大华美，风光旖旎。尝赋诗云：姜夔当时(五年前)写有《除夕夜自石湖归苕溪》十首，这里所引为其中之一。笠泽：吴松江。《吴郡图经续志》："'松江一名笠泽'，自太湖分流也。"俞商卿、张平甫、铦朴翁：俞商卿，即俞灏。张平甫，即张鉴。铦朴翁，即葛天民，字无怀，初为僧，名义铦，字朴翁。三人都是姜夔的好朋友。封禺：封山和禺山，两山相近，在今浙江德清县西南。梁溪：即江苏无锡，因城西有梁溪而得名。中夕：半夜。卮(zhī)酒：杯酒。卮，古代酒器。衾：被子。行吟：边走边吟诗。过旬：过了十几天。涂稿：修改草稿。咎予：责备我。无益：太过认真，没有必要。耽：喜好。奇诡：奇特，奇异。解：首。

双桨莼波，一蓑松雨，暮愁渐满空阔——傍晚，泛舟在莼菜浮生的水面上，细雨穿过松叶，滴落在蓑衣上，勾起了无限的愁思。莼：莼菜，浮生在水面。

呼我盟鸥，翩翩欲下，背人还过木末——我呼唤昔日熟悉的水鸟，她翩翩飞来，仿佛就要落下，却又背过人飞走了，飞过了树梢。盟鸥：与我有约的水鸟。古人用与鸥鸟订盟比喻退隐。木末：树梢。

那回归去，荡云雪孤舟夜发——那次自吴松归去，我在浮云低垂、大雪纷飞的深夜乘着孤舟出发了。

伤心重见，依约眉山，黛痕低压——令人伤心的是又见到了那如眉的远山，阴云沉沉。依约：隐隐约约。眉山：眼眉似的远山。黛痕：形容远山笼罩着青黑的乌云。黛：青黑色，多指女子的眉毛。

采香泾里春寒，老子婆娑，自歌谁答——在春寒料峭的采香泾旁，我盘旋高歌，可有谁会和我唱和呢？采香泾：苏州香山旁的小溪。老子：作者自称。婆娑：盘旋。

垂虹西望，飘然引去，此兴平生难遏——站在垂虹桥上向西眺望，看着太湖的漫漫碧水，真想归隐泛游。嘿，功成身退，谈何容易啊！飘然引去：春秋时范蠡助越王勾践灭吴后和西施泛游于太湖之上。用此典含有功成身退之意。

酒醒波远，政凝想明珰素袜——酒意已消，小船走远，我想起当年的小红。政：通“正”。明珰素袜：明珠的耳饰，洁白的罗袜。

如今安在，唯有阑干，伴人一霎——而今她在哪里呢？现在只有身边的栏杆与我作伴了。

新评

由于词序过于精彩，所以词作与之相比逊色不少，显得有些头重脚轻。但也正因为有了如此简洁明了的小序，才使得白石可以把诗的疏散开阔的构思、细致婉曲的表达，成功地运用到了词中，否则，要想把握词旨恐怕不是件容易的事情。此词是在烟波浩渺、疏远开阔的意境中展开的，其空灵蕴藉之笔，表现了渴望同情人一起归隐自然、寄情山河的骚雅人格。姜夔所渴望的归隐是范蠡式的先功成而后身退，他的诗词作品深刻地表达了这种不凡的抱负，这也正是他积极入世、直面人生的体现。在中国古代文人当中，始终不乏向往范蠡式归隐的人，李白就是其中之一。但这些文人的这种浪漫的愿望却很难在现实中实现，而越是实现不了就越具有无穷的魅力，就有越来越多的人心向往之，这正是李白、姜夔的悲哀，是我国古代落魄文人的悲哀。这首词中充满了中国古代诗词中的典型意象及意境，如“蓑”、“雨”、“云”、“雪”、“明珰”、“素袜”、“阑干”的意象和烟雨濛濛、暮色笼愁、穿林打雨的意境，白石把它们用超然的艺术手法，灌注于淡薄、宁远、孤寂的思绪之中，“声情激越，笔力精健，而意味仍是和婉，哀而不伤”（陈延焯《白雨斋词话》）。

江梅引

题解

谢映先《中华词律》：〔江城梅花引〕唐·李白诗句“江城五月落梅花”，调名本此。亦称〔江梅引〕。宋·程垓词名《摊破江城子》。陈允平词名《西湖明月引》。赵宗簿词名《明月引》,周密词名《梅花引》(与《梅花引》正调有别)。洪皓组词四首中均有一"笑"字,名《四笑江梅引》。清·项鸿祚词名《江城明月引》。双调,八十七字,有三声叶和平韵两格。增减有八十五字、八十六字、八十八字数体。

这是一首记梦怀人之词。时宋宁宗庆元二年(1196)冬,姜夔约四十二岁,此距绍熙二年(1191)别合肥已有五个年头。

丙辰之冬,予留梁溪,将诣淮南不得,因梦思以述志。

人间离别易多时。见梅枝,忽相思。几度小窗幽梦手同携。今夜梦中无觅处,漫徘徊。寒侵被,尚未知。　　湿红恨墨浅封题。宝筝空,无雁飞。俊游巷陌,算空有古木斜晖。旧约扁舟,心事已成非。歌罢淮南春草赋,又萋萋。漂零客,泪满衣。

新解

小序意为:宋宁宗庆元二年(1196)冬,我滞留在无锡,想要前往合肥而不得。梦醒有感,作此阕以述心志。梁溪:即江苏无锡,因城西有梁溪而得名。诣:前往。淮南:即合肥,宋时属淮南路。姜夔的情人在合肥。不得:不能实现。因:按照,依据。

人间离别易多时。见梅枝,忽相思——人的一生中离别的时间较长,看见梅枝,我又想起了心中的恋人。白石此时别合肥已有五年。梅枝:象征情人。参见〔一萼红〕题解。

几度小窗幽梦手同携——几回在梦中,我和你在小窗下手牵手。这句化用了苏轼〔江城子·记梦〕中的:"夜来幽梦忽还乡,小轩窗,正梳妆。"

今夜梦中无觅处,漫徘徊。寒侵被,尚未知——今夜的梦中我找不到你,只能独自徘徊,寒气已将我的被子沁透,但梦中的我仍未察觉。漫:空,白白地。徘徊:回旋往返貌。

湿红恨墨浅封题。宝筝空,无雁飞——泪水冲淡了离愁的墨迹和题字,没有人弹奏宝筝了,也没有鸿雁可为我传递书信。湿红:指美人眼泪,又称红泪,因流下时带有胭脂而得名。恨墨:诉说离愁的文字。封题:指书信。封,封缄。题,题赠。宝筝:华美的筝。姜夔之说,借指书信〔解连环〕中有"小乔妙移筝"句,可见他的情人善弹筝。雁:古代有鸿雁传书之说,借指书信。

俊游巷陌,算空有古木斜晖——曾经我们欢乐地游荡的街巷,现在恐怕只有古树和落日了。俊游:快意的游乐。算:数。斜晖:落日。

旧约扁舟,心事已成非——曾经相约扁舟泛游、归隐江湖的愿望,现在也化为空谈了。扁舟：春秋时范蠡助越王勾践灭吴后归隐江湖，和西施泛游于太湖之上。

歌罢淮南春草赋，又萋萋。漂零客，泪满衣——又到了春草萋萋的时节，我仍飘泊在外，无奈泪满衣衫。淮南春草赋：汉代淮南小山写有《招隐士》，其中有一句："王孙游兮不归，春草生兮萋萋。"在此"淮南"又指合肥。五年之前，姜夔别合肥时曾作〔点绛唇〕(金谷人归)，最后一句是："淮南好，甚时重到？陌上生春草。"这两首词的结尾刚好照应。

新评

姜夔的一段风流韵事让他牵挂了一生，折磨了他一生，也成就了他的一生，他的大多数感人肺腑的词作都是怀人词，而所怀念的又都是合肥女，这一篇也不例外。此篇寓飘泊之感，寄刻骨忆恋，离思深至，凄婉动人。上片直写梦境，一气贯通，由梦中小窗携手写到现在梦中无觅处、漫徘徊，可谓"此时无声胜有声"，只递进了一步，便以梦中不得见活脱脱地展现了作者思念之深切，感情之凄婉，此情之可泣。下片紧承其上，记写物是人非、旧约落空，表现了作者对往日生活的无限追忆、对盟约生活的无限向往和现在的痛苦、凄凉、孤独的心境。此篇结尾别具匠心，与五年前离别之词相呼应，正证明了白石对往日之约的清晰记忆，表现了他归心似箭而又归不得的现实与理想的极度矛盾。

鬲溪梅令

题解

谢映先《中华词律》：宋·姜夔自度曲，又名〔高溪梅令〕。双调，四十八字，前后片同，各四句四平韵。

宋宁宗庆元二年(1196)冬，白石由无锡回到杭州。此时白石已与合肥情人分别五年，并且自宋光宗绍熙二年(1191)之后，姜词中再不见前往合肥的踪迹。

丙辰冬，自无锡归，作此寓意。

好花不与殢香人，浪粼粼。又恐春风归去绿成阴，玉钿何处寻。　木兰双桨梦中云，小横陈。漫向孤山山下觅盈盈，翠禽啼一春。

新解

小序意为：宋宁宗庆元二年(1196)冬，我自无锡回杭州，作此阕以抒情。

好花不与殢香人，浪粼粼——梅花总是不等待惜花之人，我和她虽只有一水之隔，却不能挽留，只能看她早早地凋落于流水之中。好花：指梅花。殢（tì）：困于，沉溺于。

又恐春风归去绿成阴，玉钿何处寻——恐怕待我重归花前之时已是春去夏来，绿树成荫，再也不见花的踪迹。此句化用杜牧《叹花》诗："自恨寻芳到已迟，往年曾见未开时。如今风摆花狼藉，绿叶成阴子满枝。"玉钿（diàn）：古代妇女的头饰，用在这里一语双关，既指花又指人。

木兰双桨梦中云，小横陈——我和佳人乘舟同游的情景只能在梦中重现了：那时，她横卧舟中，体态娇美。木兰双桨：华美的船桨。木兰，一种贵重的树木。

漫向孤山山下觅盈盈，翠禽啼一春——虽知徒劳无功，但我仍向孤山寻觅梅花，曼妙春光，只有翠禽啼鸣而已。漫：徒然。孤山：在杭州西湖中，以梅花著称。盈盈：形容女子体态柔美，这里借指梅花。翠禽：出自柳宗元《龙城录》。隋名将赵师雄醉游罗浮山，遇一女子，二人同饮，有一绿衣童子笑歌欢舞，待醒来后发现自己身在大梅花树下，枝头有翠鸟，而女子不知去向。

新评

白石的记梅之作多为借梅喻合肥情人，这篇也不例外。"好花不与殢香人"点明了我与如花的美人只能空留遗恨而无法再见，殢香人是词人自称，流露了词人无限的爱怜之情。"又恐"两句续写惜花之情，道出了时不待我的遗憾。下片由惜花转向寻花，既然花已落，他就只能在梦中重会如花美眷。此作全篇皆为对佳人的想象，而这里的梦便是想象中的梦，所以这梦并不能满足词人的怀念之情、怜爱之意，反而更加激化了他的思念之情，于是他明知徒劳却仍要向孤山"觅盈盈"，结果不言而喻。全词既以花写人，又以人喻花，两相交融，不分涯际，惜花之人的寻花不得、娇艳梅花的无奈零落都是万古空留、感人至深的遗恨。

浣溪沙

题解

此首与下一首〔浣溪沙〕（剪剪寒花小更垂）皆作于宋宁宗庆元二年（1196）腊月。

丙辰腊，与俞商卿、銛朴翁同寓新安溪庄舍，得蜡花韵甚，二首。

花里春风未觉时。美人呵蕊缀横枝。鬲帘飞过蜜蜂儿。

书寄岭头封不到，影浮杯面误人吹。寂寥惟有夜寒知。

新解

小序意为：宋宁宗庆元二年（1196）腊月，我与俞商卿、銛翁一同寓居在张平甫在新安的庄园——溪庄舍。看到腊梅花格外风雅，于是我作了这两首词。俞商卿：俞灏，字商卿，姜夔的好朋友，世居杭州。銛朴翁：即葛天民，字无怀，初为僧，名义銛，字朴翁，姜夔之友。新安：镇名，在江苏无锡东南三十里。溪庄舍：张平甫的庄园。张镃有《题平甫弟梁溪庄园》诗。蜡花：腊梅。韵：风雅。

花里春风未觉时。美人呵蕊缀横枝。鬲帘飞过蜜蜂儿——腊梅花开，犹在二月，不觉春风到来。但美人仍冒寒前来赏梅，双手捧梅，向花蕊呵着暖气。蜜蜂闻到花香也隔帘飞了过来。横枝：梅枝。林逋《梅花》："雪后园林才半树，水边篱落忽横枝。"鬲：通"隔"。

书寄岭头封不到，影浮杯面误人吹。寂寥惟有夜寒知——梅岭距离这里路远而坎坷，连封信也难以到达，而此时此地的梅花离我们却很近，它倒映在酒杯中，让人误以为是落在了上面，还想轻轻地把它吹去。夜晚中梅花的寂寞有谁能知道呢，大概只有这寒冷的深夜了。岭头：大庾岭，岭上多植梅树，又称梅岭。梅岭地形险峻，行者苦之，自张九龄督修后始可通车马。

新评

白石对梅的描写极富想象色彩。春风未觉，美人以口中暖气呵护梅花，使其开放，美人口中定有如兰的芳香，既传给了梅花，也引来了隔帘的蜜蜂。简短两句，以花衬人，以人写花，写出了人和花的美与芬芳。下片"影浮杯面误人吹"以侧笔写出了花之美丽和无处不在。从思想内容方面来看，此篇借咏梅以怀人。上片是对合肥情人的想象性描写，把心中恍恍惚惚之所思变为了眼中实实在在之所见；下片用"岭头"暗指合肥，表现了音信不传，芳思无凭，空留遗恨的惆怅心理和迷醉之感，结句"寂寥惟有夜寒知"既是写梅又是写人，既是写心中的情人又是写自己。

浣溪沙

剪剪寒花小更垂。阿琼愁里弄妆迟。东风烧烛夜深归。

落蕊半黏钗上燕，露黄斜映鬓边犀。老夫无味已多时。

新解

剪剪寒花小更垂。阿琼愁里弄妆迟。东风烧烛夜深归——小小的梅花整齐地向下低垂着，闺阁中愁怨的少女懒懒起床，梳洗打扮后便去踏雪寻梅。夜色渐深，但她仍秉烛在深夜的寒风中赏梅，很晚才回去。剪剪：形容梅花整齐。寒花：指腊梅。阿琼：泛指美女。弄妆迟：温庭筠〔菩萨蛮〕："懒起画蛾眉，弄妆梳洗迟。"

落蕊半黏钗上燕，露黄斜映鬓边犀。老夫无味已多时——飘落的花瓣黏在少女发钗的飞燕上，那瞬时闪过的黄色辉映着她鬓边的犀簪。而我在这里赏梅却如同嚼蜡般无味。露黄：腊梅露出黄色。鬓边犀：指犀簪，用犀角制成的发簪。老夫：词人自称。无味：味同嚼蜡。

新评

此篇通过对一女子观梅的细节性描写表现了白石的怀人之思。"阿琼愁里弄妆迟"白石是怎样知道的呢？莫不是和她有特殊关系？这大概又是白石的想象吧。"落蕊半黏钗上燕，露黄斜映鬓边犀"，借梅花写这女子的美丽，在美丽之极时，词人笔锋一转而写自己"老夫无味已多时"，流露出内心的寂寞寥落之情。

浣溪沙

题解

宋宁宗庆元二年(1196)冬，姜夔受张鉴的邀请，举家搬往杭州。腊月，他从无锡乘船回杭州，途经吴松，作了这首小词。

丙辰岁不尽五日，吴松作。

雁怯重云不肯啼。画船愁过石塘西。打头风浪恶禁持。
春浦渐生迎棹绿，小梅应长亚门枝。一年灯火要人归。

新解

小序意为：宋宁宗庆元二年(1196)将要过去了，距除夕还差五天，我在吴松写下了这首词。吴松：即吴淞江，俗名苏州河，太湖最大的一条支流，在吴淞口流入长江。

雁怯重云不肯啼。画船愁过石塘西。打头风浪恶禁持——雁群畏怯浓浓的阴云不敢哀啼，画船也害怕经过石塘向西，这猛烈的顶头风浪让人怎么支撑呢。石塘：在苏州小长桥附近，垒石而成。恶(wū)：何，怎么。

春浦渐生迎棹绿，小梅应长亚门枝。一年灯火要人归——春水渐涨，绿色浮萍前来迎接我的船，小梅树的枝条也应该横斜于门前了，万家守岁的灯火都在呼唤着远方的游子。棹：船浆。这里指船。亚：俯；低垂。要(yāo)：召唤，邀请。

新评

全词分三层推进。首先写刚刚启程时的景物："雁怯重云不肯啼，画船愁过石塘西，打头风浪恶禁持。"用"重云"、"愁过"、"打头风浪"的归途艰辛，表现"近乡情怯"的沉重的心情。然后写途中景物"春浦渐生迎棹绿"，随着家乡的临近，一切烦恼之事全被回家的喜悦所冲淡，感情由悲转喜，与"打头风浪"形成鲜明对比。此时是除夕之前，虽已有春意但恐怕浮萍未必已变绿，只是作者心中一片春的喜悦，万物便色彩鲜亮了起来。最后以对家中景物的想象收尾，把心中的喜悦、迫切之情和盘托出，温馨浪漫。《词林纪事》引楼敬思语，说姜白石词"能以翻笔、侧笔取胜"，这在此首词中表现突出，全词无一字写思乡而思乡之情跃然纸上。

鹧鸪天

丁巳元日

题解

宋宁宗庆元二年(1196)冬，姜夔受张鉴的邀请，举家搬往杭州。这首词作于庆元三年(1197)正月初一，时姜夔约四十三岁，此正月期间，姜夔作五首〔鹧鸪天〕，除此阕外，其他均为怀人之作。丁巳元日：宋宁宗庆元三年(1197)正月初一。

柏绿椒红事事新。隔篱灯影贺年人。三茅钟动西窗晓，诗鬓无端又一春。　　慵对客，缓开门。梅花闲伴老来身。娇儿学作人间字，郁垒神荼写未真。

新解

柏绿椒红事事新。隔篱灯影贺年人——红彤彤的椒盘映着碧绿的柏叶酒，一切都显得新鲜靓丽，篱笆外灯影斑斑点点，人们已经开始贺新年了。柏绿：碧绿的柏叶酒，古时元旦以喝用柏叶浸的酒来祈福。椒红：一说以盘进红椒，又名椒盘；一说以红椒泡酒。

三茅钟动西窗晓，诗鬓无端又一春——寺院的钟声敲起，天要亮了，我的年纪又徒长了一岁。三茅钟：泛指寺院的钟声。陆游《纵笔》有诗曰："三茅钟残窗欲明。"诗鬓：作者自称。

慵对客，缓开门。梅花闲伴老来身——有人前来拜年，我磨磨蹭蹭地去开门。我懒得迎接客人，只想要梅花伴我老来清闲。慵：懒。

娇儿学作人间字，郁垒神荼写未真——我那娇儿在学写字，可连门神都写不清呢。郁垒神荼(shū)：传说中的两个门神。郁垒，此两字繁体笔划甚多，儿童初学字，不易写对。

新评

这首词是姜夔的一篇难得的闲适之作，通篇几乎看不到“愁”的影子，听不到“愁”的声音，只是慨叹了一下“诗鬓无端又一春”，而这正是在家居生活中的深切感受，感受到久别的家庭温暖、亲人关怀从而想到自己在外已飘泊多年，青春年华已逝，错过了许多欢聚的时光。“慵对客，缓开门。梅花闲伴老来身”仿佛是在慨叹自己已垂垂老矣。此时姜夔虽已近知天命，但还不至于行动迟“缓”了吧，他只是想深居简出，享受天伦之乐。词的结尾幽默风趣、别具意味，展现了一个活生生的生活场景，令人忍俊不禁，也表现了姜夔此时此刻的快乐心情。

鹧鸪天

正月十一日观灯

题解

这首词作于宋宁宗庆元三年（1197）正月十一，至此以下的四首〔鹧鸪天〕均为怀人之作。我国正月十五有观灯习俗，宋代自腊月十五至元宵节前已开始陆续试灯，称为“预赏”。

巷陌风光纵赏时，笼纱未出马先嘶。白头居士无呵殿，只有乘肩小女随。　　花满市，月侵衣。少年情事老来悲。沙河塘上春寒浅，看了游人缓缓归。

新解

巷陌风光纵赏时，笼纱未出马先嘶——人们在街道上尽情赏灯，热闹非凡，富家子的开道灯笼还没有出门，马嘶声已传得很远了。纵赏：尽情观赏。笼纱：蒙有纱罩的灯笼。况周颐《蕙风词话》评“笼纱未出马先嘶”曰：“七字出华贵气象，却淡隽不涉俗。”

白头居士无呵殿，只有乘肩小女随——我这样的上了年纪的百姓，没有随从，只有坐在肩头的小女陪伴着我。白头居士：作者自称。呵殿：官员出行时，前面喝道的称为“呵”，后面的随从称为“殿”。

花满市，月侵衣。少年情事老来悲——花灯满街，月光照衣，这少年的一段情事到了我年老时却来折磨我孤寂的心。

沙河塘上春寒浅，看了游人缓缓归——早春的正月还有些寒意，沙河塘上熙熙攘攘的人群看完灯后慢慢地都回家了。沙河塘：宋时是杭州最繁华的地区之一。春寒浅：浅浅的春寒。看了：看完灯。

新评

由于姜夔与合肥女子分别是在正月十五灯节前后，所以在此元宵佳节他又思及合肥，前后作了四首怀人的〔鹧鸪天〕，这是第一首，作于正月十一观灯之后。上片采用横向对比手法，以富家子的前呼后拥来对比自己只有小女一人相陪的情景，在此姜夔的儒生之气尽现，他始终不能以超脱的态度面对自己的生活。下片采用纵向时空对比，“少年情事老来悲”，曾经和情人共同赏灯的乐事，到了他暮年孤寂之时又来加倍的咬噬他的心灵。

在艺术上，“笼纱未出马先嘶”是这首词的一个亮点。这一句使用了未见其人先闻其声的方法，如王熙凤未到而晓其声、知其人也，给人先声夺人之气势，只七字便把一个威风八面、趾高气扬的富家贵人形象描绘得活灵活现，而这个人实际上并没有出场，所以这给人留下丰富的想象空间，成为艺术上的留白。同时，这是一处细节描写，一般的诗人恐怕会直接铺张扬厉地描写街上行马之威风，而白石避开正面描写，以间接之笔描写一细微处，可谓眼光独到。

鹧鸪天

元夕不出

题解

这首词作于宋宁宗庆元三年(1197)正月十五，元宵佳节词人本应外出赏灯，但他却留在家里写下此阕，并在序中标明“元夕不出”，这正是由于他又怀念起合肥情人，正值如此良宵，倍觉思念深切。

忆昨天街预赏时，柳悭梅小未教知。而今正是欢游夕，却怕春寒自掩扉。　帘寂寂，月低低。旧情唯有绛都词。芙蓉影暗三更后，卧听邻娃笑语声。

新解

忆昨天街预赏时，柳悭梅小未教知——回想正月十一那天我去赏灯，柳树刚刚发芽，梅花尚未开放，所以我没有用心理会。天街：京城临安（今杭州）的街道。预赏：我国正月十五有观灯习俗，宋代自腊月十五至元宵节前已开始陆续试灯，称为“预赏”。柳悭（qiān）：柳树刚刚发芽。悭：缺少，欠缺。教知：让人知道，吸引人。

而今正是欢游夕，却怕春寒自掩扉——今晚才是赏灯的正日子，而我担心外面寒冷而没有出门。掩扉：闭门。

帘寂寂，月低低。旧情唯有绛都词——夜晚寂静无人，明月低垂相伴，我只有在〔绛都春〕中才能寻找到往日的欢乐。绛都词：北宋丁仙现有吟咏汴京元宵灯节盛况的[绛都春·上元]词一首。

芙蓉影暗三更后，卧听邻娃笑语声——深夜，花灯已灭，邻家的少男少女们说说笑笑地回来了。芙蓉：荷花，在此指花灯。

新评

《姜斋诗话》中说：“以乐景写哀，以哀景写乐，一倍增其哀乐。”此篇就是一篇典型的以乐景写哀之作。开头第一句“忆及天街预赏时”紧承上篇作品，形成前后的连贯性，为我们展现了白石在短时期内的感情的微妙变化，接着“柳悭梅小”的单薄景色及“怕春寒”的理由为自己元夕不出找借口推托，似乎在说：“外面太冷，景色也不好，所以我就不出去了。”他真的怕冷吗？为何四天前还去赏灯呢？十六为何又出去了呢？（见下一首[鹧鸪天]）外面景色真的不好吗？可邻娃却是带着笑语回来的呀！他是怕自己看到出双入对的少男少女而倍感孤独，怕自己见到往日繁华之景象而生物是人非之感，所以白石只能在家从〔绛都春〕中追寻往日与情人的欢乐时光。

鹧鸪天

元夕有所梦

题解

这首词紧承上一首，作于宋宁宗庆元三年(1197)正月十五晚，那晚他没有出去赏灯，却做了一个梦，于是写下了这首词。夏承焘说：“白石怀人各词，此首记时地最显，时白石约四十馀岁，距合肥初遇，已二十馀年矣。”陈思《白石道人年谱》：“案所梦即〔淡黄柳〕之小桥宅中人也。”

肥水东流无尽期，当初不合种相思。梦中未比丹青见，暗里忽惊山鸟啼。　　春未绿，鬓先丝。人间别久不成悲。谁教岁岁红莲夜，两处沉吟各自知。

新解

肥水东流无尽期，当初不合种相思——我对她的思念就像肥水滚滚东流永不停歇，当初就不应该种下这相思的种子。肥水东流：出合肥西南紫蓬山，宋时东流经合肥，入巢湖。不合：不应该。

梦中未比丹青见，暗里忽惊山鸟啼——幽暗的梦中我见到了她的影子，但却被山鸟的啼叫声惊醒了，真不如画像来得真切长久。丹青：泛指画像。见（xiàn）：同"现"，显现。暗里：幽暗的梦中。

春未绿，鬓先丝。人间别久不成悲——春风还没有吹绿大地，我的头发就已经先白了，人间的离别太长久了反而不像当初那样悲伤了。春未绿：本词作于正月，春意尚浅，草木刚刚发芽。这里暗指与合肥情人还没有幸福地生活过。

谁教岁岁红莲夜，两处沉吟各自知——谁使得年年情人欢会的元宵节我们分隔两地呢，这种相思之苦只有我们两个人知道啊。红莲：指元宵节的花灯。沉吟：默默地相思。

新评

这虽是一首记梦之作，但并未描写梦中景象，而是着重描写相思之情。唐圭璋《唐宋词简释》："此首元夕感梦之作。起句沉痛，谓水无尽期，犹恨无尽期。'当初'一句，因恨而悔，悔当初错种相思，致今日有此恨也。'梦中'两句，写缠绵颠倒之情，既经相思，遂不能忘，以致入梦，而梦中隐约模糊，又不如丹青所见之真。'暗里'一句，谓即此隐约模糊之梦，亦不能久做，偏被山鸟惊醒。换头，伤羁旅之久。'别久不成悲'一语，尤道出人在天涯况味。'谁教'两句，点明元夕，兼写两面，以峭劲之笔，写缱绻之深情，一种无可奈何之苦，令读者难以为情。"

此作开头以滚滚东流的肥水比喻深痛的相思离别之恨，而这种痛苦是"无尽期"的，所以作者后悔地说"当初不合种相思"，真的是后悔了吗？显然不是，如果是后悔，他就不会如此地怀念情人了。思念至深但又无法相见，所以只能寄托于梦中了，但这片刻的温存对他来说真的是奢求了，山鸟不识趣地打搅了他的美梦，引发了他"梦中未比丹青见"的感慨。下片进一步写相思之深。青春已逝，白发垂鬓，作者由青春思念到垂暮，或许思念已成为家常便饭，成为他生命中的一部分，或许思念已把他折磨得感情麻木了，总之他达到了"人间别久不成悲"的境界，富有深刻的人生体味和理性色彩，耐人咀嚼回味。最后“两处沉吟各自知”一句反驳了上一句的“不成悲”，证明了不是“不成悲”而是更加“悲”了。同时这一句把二人的感情混结在一起，让人觉得通篇仿佛既是我思念情人又是情人在思念我，相思之情顿时加倍。

鹧鸪天

十六夜出

题解

这首词写于宋宁宗庆元三年（1197）正月十六。夏承焘在《姜白石系年》中说：“怀人各词，可考作年者，此为最后。”十六：宋宁宗庆元三年（1197）正月十六。

辇路珠帘两行垂，千枝银烛舞僛僛。东风历历红楼下，谁识三生杜牧之。　　欢正好，夜何其。明朝春过小桃枝。鼓声渐远游人散，惆怅归来有月知。

新解

辇路珠帘两行垂，千枝银烛舞僛僛——道路两边的珠帘垂了下来，千百支烛光映射出歌女们翩翩起舞的美妙姿态。辇（niǎn）路：这里指京城的道路。辇：帝王乘坐的车子。僛僛（qī）：醉舞的样子。

东风历历红楼下，谁识三生杜牧之——一样的场景，我清晰地记得当年我在歌馆玩乐的事情，现在有谁知道我就像当年的杜牧一样呢？三生：前生、今生和来生。这里指前生。杜牧之：唐代诗人杜牧，字牧之。杜牧以风流著称，他的《遣怀》诗中有诗句：“十年一觉扬州梦，赢得青楼薄倖名。”他曾经有一个情人，但没有与她结合，后来这个情人结婚生子了，他写道：“岂是寻春去较迟，不须惆怅怨芳时。狂风吹尽深红色，绿叶成荫子满枝。”

欢正好，夜何其。明朝春过小桃枝——夜已经很深了，但依旧在歌舞升平，明天春风依旧会把桃花的花枝染红。夜何其：夜怎样了，现在几时了，指夜已经很深了。《诗经·小雅·庭燎》：“夜如何其？夜未央。”

鼓声渐远游人散，惆怅归来有月知——敲锣打鼓的声音渐渐远了，游人散去了，只有月亮知道我的孤独。惆怅：伤感，失意。

新评

姜夔作这首词时距开始写怀人词的淳熙十三年丙午已有十年，而距初识合肥情人已二十年（据夏承焘《白石怀人词考》）。二十年的相思，十年的忆恋深深地折磨着词人，但也因此成就了他一生的事业，形成了他独特的怀人词作的风格和梅柳意象。解读文学作品离不开作者的思想及性格，考白石一生，他的主要情感是飘泊的孤独和对情人的怀念，而姜夔把他的真挚深情毫无保留地反映到了他的作品中，把思念之情寄寓到飘泊之感、迟暮之悲中，深深慨叹"谁识三生杜牧之"，真的是"字字看来皆是血，二十年辛苦不寻常。"

月下笛

题解

谢映先《中华词律》：双调，九十九字，前片十句五仄韵，后片十一句七仄韵。增减有九十七字、九十八字及一百字诸体。

此作追忆昔日与佳人同游的欢乐，具体创作时间已不可考，但由"朱门深闭，再见无路"可知此时恋人已嫁人，所以这首词当作于宋光宗绍熙二年(1191)之后。

与客携壶，梅花过了，夜来风雨。幽禽自语，啄香心，度墙去。春衣都是柔荑剪，尚沾惹残茸半缕。怅玉钿似扫，朱门深闭，再见无路。　凝竚，曾游处，但系马垂杨，认郎鹦鹉。扬州梦觉，彩云飞过何许。多情须倩梁间燕，问吟袖弓腰在否。怎知道、误了人，年少自恁虚度。

新解

与客携壶，梅花过了，夜来风雨——我与好友携酒踏青，却发现一夜的风雨已将梅花摧残殆尽。壶：酒器。

幽禽自语，啄香心，度墙去——梅花枝头孤鸟独鸣，啄食花心，凌空而去。香心：花心。

春衣都是柔荑剪，尚沾惹残茸半缕——出自佳人纤纤玉手的一件崭新的春衣上还残留一点儿缝制时的线头。柔荑(tí)：形容女子的手柔软白皙。《诗经·卫风·硕人》："手如柔荑，肤如凝脂。"荑，初生茅草的嫩芽。残茸：线头。

怅玉钿似扫，朱门深闭，再见无路——可惜现在梅花香凋玉殒，她也被锁在深深的庭院，我们不可能再相见了。怅：失意；失望。玉钿(diàn)：古代妇女的头饰。用在这里比喻凋落的花瓣，同时暗指作者的情人。

凝竚，曾游处，但系马垂杨，认郎鹦鹉——我伫立凝望当初和她携手同游的地方，而今只剩下那日我们系马的垂杨柳和熟悉我的鹦鹉了。竚(zhù)：同"伫"、

"伫"。

扬州梦觉，彩云飞过何许——当我从旧梦中醒来时，我的爱人又在何处呢？扬州梦觉：杜牧《遣怀》诗中有诗句："十年一觉扬州梦，赢得青楼薄倖名。"彩云飞：指美好事物的消逝。李白有诗《宫中行乐词》云："只愁歌舞散，化作彩云飞。"晏几道《临江仙》云："当时明月在，曾照彩云归。"何许：何处。

多情须倩梁间燕，问吟袖弓腰在否——我只能借助梁间的燕子把我的深情传达给她，问一问她现在过得怎样。倩(qìng)：借；借助。吟袖弓腰：扬袖而歌，弓腰而舞。这里指意中女子。

怎知道、误了人，年少自恁虚度——当初我们怎能料想到这样会虚度时光、浪费青春呢。恁：如此；这样。

新评

首句似有"夜来风雨声，花落知多少"之感叹，但不同的是，孟浩然是通过听觉进行的想象，而白石却用眼睛看到了实景。"幽"、"冷"都是白石偏爱之词，此处用"幽禽"影射了词人孤寂苦闷的心情。白石善用细节描写，这里用"自语"、"啄"、"度"一系列动词刻画一只鸟的行动，可谓是独到之处，既通过鸟的孤独表现了自己的心情，又揭示了佳人的不幸命运。"春衣都是柔荑剪，尚沾惹残茸半缕"又是一处细节描写，试想，一件尚带着佳人脂粉香气的春衣如她的玉手般精致柔滑，上面还沾着她留下的线头，这一下子就拉近了游子与佳人的距离，表现出一种无比亲密、细腻的情感，所谓"此时无声胜有声"大概就是这样一种境界吧。"怅玉钿似扫，朱门深闭，再见无路"哀感无穷，有催人泪下之势，与"侯门一入深似海，从此萧郎是路人"有异曲同工之妙。下片用"桃花依旧笑春风"之境写人去楼空之感，道出了白石对往日生活的无限追忆之情、对物是人非无限感伤之恨，同时照应了尾句：词人并不是遗憾于虚度光阴，而是流连于昔日柔情。

阮郎归

题解

龙榆生《唐宋词格律》：又名〔醉桃源〕、〔碧桃春〕。《神仙记》载刘晨、阮肇入天台山采药，遇二仙女，留住半年，思归甚苦。既归则乡邑零落，经已十世。曲名本此，故作凄音。四十七字，前后片各四平韵。

由词序可看出这首词作于张鉴的寿辰，陈思《白石道人年谱》编此作在宋宁宗庆元三年(1197)三月十四日，〔阮郎归〕(旌阳宫殿昔徘徊)在庆元四年(1198)，姜虬绿《白石道人诗词年谱》疑二首皆作于庆元二年(1196)。在此依陈谱。

为张平甫寿，是日同宿湖西定香寺。

红云低压碧玻璃。惺憁花上啼。静看楼角拂长枝，朝寒吹翠眉。　　休涉笔，且裁诗。年年风絮时。绣衣夜半草符移，月中双桨归。

新解

小序意为：这天是张平甫的生日，为了庆祝，我和他一起住在了西湖西面的定香寺。张平甫：即张鉴。湖：指西湖。定香寺：在杭州西湖附近。《武林旧事》卷五："旌德观元系定香寺。"《西湖志》："旌德观在苏堤映波桥。"

红云低压碧玻璃。惺憁花上啼——成片的红花倒映在碧绿而清澈的湖面上，仿佛一朵红云从天而降，黄莺在花丛中唱着清脆悦耳的歌。碧玻璃：形容湖水碧绿而清澈。惺憁（sōng）：这里指黄莺的叫声。元稹《春六十韵》诗："燕巢才点缀，莺舌最惺憁。"

静看楼角拂长枝，朝寒吹翠眉——楼阁墙角的杨柳树在清晨的寒风中舞动，如眉的翠叶舒展开来。翠眉：比喻柳叶。

休涉笔，且裁诗。年年风絮时——年年风吹飞絮之时就不要为公务所纠缠了，来尽情享受美好春光，吟诗作赋吧。涉笔：提笔，这里指起草公文。李昭玘《永兴提刑谢到任》文："据鞍涉笔，拥文墨之纷纭。"裁诗：作诗。杜甫《江亭》："故林归未得，排闷强裁诗。"

绣衣夜半草符移，月中双桨归——我们一直玩到深夜，待到官员公布的官令中禁止游湖的时辰到了，才趁着月色划船到定香寺就寝。绣衣：绣衣直指，汉代的官名。此指官府指派的警戒官吏。草符：非正式文书。

新评

这是一篇写景游记。为了给张平甫庆祝寿辰，这一天姜夔陪他到西湖游赏。词的上片描写了西湖之景：红花、绿水、黄莺、翠柳、楼阁，一幅色彩斑斓的江南水乡的春景图尽现眼底；水声、风声、鸟鸣声、人语声，繁华欢快的迎春曲在耳边响起，白石以此秀逸清畅之笔寄托了对友人生日的美好祝福。下片"休涉笔，且裁诗。年年风絮时"既是规劝也是祝愿，希望平甫能以健康的身体享受快乐的生活。"绣衣夜半草符移，月中双桨归"一语极富情趣，寓乐而忘返之意于官府禁令之上，寄欢乐不尽之情于明月之中，其雅趣惬意，真切流露。

阮郎归

题解

参〔阮郎归〕(红云低压碧玻璃)。宋宁宗庆元元年(1195)三月十四日张鉴寿辰,姜夔和他同游了南昌西山玉隆宫。一年后张鉴再次过寿时,姜夔作了一首寿词〔鹧鸪天〕(曾共君侯历聘来),追忆了那次游历的情景。本篇词作也是对那次游历的再现。

旌阳宫殿昔徘徊,一坛云叶垂。与君闲看壁间题,夜凉笙鹤期。　茅店酒,寿君时。老枫临路岐。年年强健得追随,名山游遍归。

新解

旌阳宫殿昔徘徊,一坛云叶垂——昔日我和张平甫曾游西山,在玉隆宫漫步徘徊,院中古枫如云般的树冠垂下片片碧叶。旌阳宫殿:指旌阳令的许逊的故宅——玉隆宫,在江西南昌。《豫章台今记》:"许真君逊,字敬之,南昌人,晋永和二年八月十五日,合家仙去。其宅今游帷观是也。"游帷观宋时改称玉隆宫。坛:庭院。云叶:指玉隆宫中的挂屩枫。

与君闲看壁间题,夜凉笙鹤期——我和平甫悠闲地欣赏古观墙壁上的题咏,黑夜来临,凉风习习,顿生飘飘成仙之感。笙鹤期:吹笙乘鹤升仙的约期。刘向《列仙传》载王子乔:"好吹笙,作凤凰鸣,游伊洛之间。道士浮丘公接以上嵩高山。三十余年后……果乘白鹤驻山头,望之不可到,举手谢时人,数日而去。"

茅店酒,寿君时。老枫临路岐——那日我们茅店买酒,并坐古枫树下,为平甫庆祝生日。

年年强健得追随,名山游遍归——希望平甫永远健康,我要和他一同游遍南北河山。

新评

这是一首怀念旧游之词,与〔鹧鸪天〕(曾共君侯历聘来)遥相呼应,应参照阅读。或许因日渐年老的缘故,姜夔在这两篇词作中都有羽化成仙的意象和身体健康的祝愿,此篇中的这层含义更加明显,暗用了"笙鹤期"之典,直言了"年年强健"之意。"旌阳宫殿昔徘徊,一坛云叶垂"是对昔游之景的追忆,与"旌阳宅里疏疏磬,挂屩枫前草草杯"相对应;"与君闲看壁间题,夜凉笙鹤期"和"茅店酒,寿君时。老枫临路岐"是对昔游之乐的陶醉;"年年强健得追随,名山游遍归"是对张鉴健康的祝愿,与“移家径入蓝田县”相呼应。对朋友良好的祝愿以真挚的友谊为基础，而“年年强健得追随”也深刻表现了这位朋友在白石心中的地位。

喜迁莺慢

功父新第落成

题解

吴藕汀《词名索引(增补本)》:(一)调见宋张元幹《芦川词》卷下。(二)即喜迁莺。宋姜夔词名喜迁莺慢，见《白石道人歌曲》卷四。

清·王弈清等《钦定词谱》:(喜迁莺)此调有小令、长调两体。小令起于唐人，《太和正音谱》注:黄钟宫。因韦庄词有“鹤冲天”句，更名〔鹤冲天〕;和凝词有“飞上万年枝”句，名〔万年枝〕;冯延巳词有“拂面春风长好”句，名〔春光好〕;宋夏竦词名〔喜迁莺令〕;晏几首词名〔燕归来〕;李德载词有“残腊里、早梅芳”句，名〔早梅芳〕。长调起于宋人，《梅溪集》注:黄钟宫。《白石集》注:太族宫，俗名中管高宫。江汉词一名〔烘春桃李〕。

张镃字功父，号约斋，是张鉴的异母兄弟。宋宁宗庆元六年(1200)张镃在杭州的新第历时十四年终于完成，《浙江通志·山川》载:“白洋地一名南湖(在杭州北城)。宋时张镃功父构园亭其上，号曰桂隐。后舍为广寿慧云寺，俗呼张家寺。”《齐东野语》称其“园池声妓服玩之丽甲天下”。姜夔的这首词就是为贺桂隐落成而作。第:封建社会中官僚的大宅子。落成:(建筑物)完工。

玉珂朱组。又占了道人林下真趣。窗户新成，青红犹润，双燕为君胥宇。秦淮贵人宅第，问谁记六朝歌舞。总付与，在柳桥花馆，玲珑深处。　居士，闲记取。高卧未成，且种松千树。觅句堂深，写经窗静，他日任听风雨。列仙更教谁做，一院双成俦侣。世间住，且休将鸡犬，云中飞去。

新解

玉珂朱组。又占了道人林下真趣——高官厚禄、身份显贵的张镃又享受到了道人隐士的山林野趣。玉珂:洁白如玉的贝制马具。朱组:古代用来系佩玉或印章的红色丝带，显贵者的服饰。《礼记·玉藻》:“诸侯佩山玄玉而朱组绶。”这里用玉珂朱组并称代表了张镃的显贵身份。林下:指隐士。

窗户新成，青红犹润，双燕为君胥宇——门窗刚刚建好，油漆还很湿润，成双的燕子已经前来视察新居了。青红:指门窗上青红的油漆。润:湿润。胥宇:视察建造房屋的新址。出自《诗经·大雅·绵》:“爰及姜女,聿来胥宇。”胥,相;视察。宇,居处,指建房的地址。

秦淮贵人宅第,问谁记六朝歌舞——秦淮河畔曾经一度是豪贵人家的聚居之地,六朝金粉,歌舞升平,现在却早已被人们遗忘。秦淮:秦淮河,经南京注入长江,自古以来便是繁华之地。杜牧《泊秦淮》诗:“烟笼寒水月笼沙,夜泊秦淮近酒家。”六朝:吴、东晋、宋、齐、梁、陈,相继建都于建康(今南京),史称六朝。

总付与,在柳桥花馆,玲珑深处——当年六朝的繁华如今都集中到了桂隐精巧细致的柳桥花馆之中了。柳桥花馆:张氏园林西宅有柳塘花院,北园有艳香馆、揽月桥、芙蓉池、飞雪桥等等。玲珑:(东西的)精巧细致。

居士,闲记取。高卧未成,且种松千树——张镃隐居不成,却在桂隐中种了许多松树。居士:指张镃。张镃自号约斋居士。闲记取:表示对朋友的叮咛。闲,闲逸。记取,记住。高卧:指隐居,也有休闲意。《晋书·谢安传》载:“卿累违朝旨,高卧东山。”《晋书·陶潜传》:“尝言夏月虚闲,高卧北窗之下,清风飒至,自谓羲皇上人。”且种松千树:张镃桂隐北园有苍寒堂种青松二百株。

觅句堂深,写经窗静,他日任听风雨——无论是宦海沉浮还是世事变迁,张镃都安神若定,在桂隐潜心吟诗,研究佛理。觅句:吟诗。写经窗静:桂隐中专设写经寮,书写《华严经》等大乘诸经。

列仙更教谁做,一院双成俦侣——谁能成为得道的神仙呢,住在这院子里的人都是仙人伴侣。列仙:诸多神仙。刘向有《列仙传》。双成:董双成,女仙名。《汉武帝内传》载,双成是西王母的侍女,侍西王母于炼丹宅中,丹成得道,驾鹤成仙。俦侣:伴侣。

世间住,且休将鸡犬,云中飞去——张镃既有这般宅第,就不要羡慕飞天成仙了。此句化用淮南王刘安得道升天的故事。《神仙传》:“淮南王(刘)安临去时,余药器置在中庭,鸡犬舐啄之,尽得升天,故鸡鸣天上,犬吠云中也。”将:携带。

新评

此词虽是为贺功父新第落成而作,但并没有对桂隐作过多的外观景物描写,而是以“道人”、“列仙”贯穿全篇,把俗的主题灌以高雅的内容。“玉珂朱组”写的是张功父入世,“又占了道人林下真趣”写出世,而此出世的一面既是通过桂隐反映的,也间接地揭示了桂隐的超凡脱俗,不同于其他鄙俚纤俗的豪华奢侈的建筑。下片虽说“高卧未成”,但词人从字里行间表现出来的却是隐士的风趣和仙人的逍遥自在,如“写经窗静”、“列仙更教谁做,一院双成俦侣”。末句“世间住,且休将鸡犬,云中飞去”,在尘世中建造乐土做出世之人,语意更近一层。

徵 招

题解

谢映先《中华词律》:双调,九十五字,前片九句五仄韵,后片八句五仄韵。各家句式、平仄及叶韵不尽一致。

徵调自唐乐中已不存在,作为音乐天才的姜夔于宋宁宗嘉泰元年(1201)游历浙江,在船上感物而兴怀,自创了[徵招],用的是黄钟徵,名为“黄钟下徵调”。

越中山水幽远,予数上下西兴钱清间,襟抱清旷。越人善为舟,卷篷方底,舟师行歌徐徐曳之,如偃卧榻上,无动摇突兀势,以故得尽情骋望。予欲家焉而未得,作徵招以寄兴。徵招、角招者,政和间,大晟府尝制数十曲,音节驳矣。予尝考唐田畸声律要诀云,徵与二变之调,咸非流美,故自古少徵调曲也。徵为去母调,如黄钟之徵,以黄钟为母,不用黄钟乃谐。故隋唐旧谱不用母声,琴家无媒调商调之类,皆徵也。亦皆具母弦而不用。其说详于予所作琴书。然黄钟以林钟为徵,住声於林钟。若不用黄钟声,便自成林钟宫矣。故大晟府徵调兼母声,一句似黄钟均,一句似林钟均,所以当时有落韵之语。予尝使人吹而听之,寄君声于臣民事物之中,清者高而亢,浊者下而遗,万宝常所谓宫离而不附者是已。因再三推寻唐谱并琴弦法,而得其意。黄钟徵虽不用母声,亦不可多用变徵蕤宾、变宫应钟声。若不用黄钟而用蕤宾、应钟,即是林钟宫矣。馀十一均徵调仿此,其法可谓善矣。然无清声,只可施之琴瑟,难入燕乐。故燕乐阙徵调,不必补可也。此一曲乃予昔所制,因旧曲正宫齐天乐慢前两拍是徵调,故足成之。虽兼用母声,较大晟曲为无病矣。此曲依晋史名曰黄钟下徵调,角招曰黄钟清角调。

潮回却过西陵浦,扁舟仅容居士。去得几何时,黍离离如此。客途今倦矣,漫赢得一襟诗思。记忆江南,落帆沙际,此行还是。　迤逦,剡中山,重相见、依依故人情味。似怨不来游,拥愁鬟十二。一丘聊复尔,也孤负幼舆高志。水葓晚,漠漠摇烟。奈未成归计。

新解

小序交待了写作的原由背景:越中山水清幽淡远,我几次往来于西兴和钱清之间,每当看到这里的景色,我都会感到胸怀宽广,心灵澄澈。这里的人撑船的技术很好，船夫们一边悠闲地唱着歌一边慢慢地划船，我在船上就像躺在床榻上一样，一点儿都不会感到颠簸，所以我可以尽情地欣赏这越中的山水美景。我想要在这里安家，但是却不能实现，所以我写下了这首词来表达我的心情。政和年间，大晟府曾经创制过数十曲[徵招]和[角招]，音节都很混杂。我曾经考证过这个问题，唐田畸《声律要诀》中说：徵音与变宫、变徵都不能成为优美的曲调，所以自古以来徵调的曲子就比较少。越中：浙江省。西兴：古地名，在今浙江萧山县西二十里。六朝时名西陵，五代吴越认为“陵”是不吉之语，所以改名为西兴。钱清：河流名，在今绍兴西北五十里，萧山以东。曳：飘摇，摇摆。偃(yǎn)：仰；仰卧。突兀：上下颠簸。欲家焉：想在这里安家定居。招：通“韶”。政和：宋徽宗年号。大晟府：宋徽宗时设置的音乐机构。《大晟乐志》载：“政和三年，诏令大晟府刊行新徵、角二调曲谱之已经按试者。”唐田畸声律要诀：声律之书，唐代司马田畸撰，其书已佚。徵(zhǐ)：古代五音之一。二变：古代音乐中的变宫、变徵二调。咸非流美：都不能成为优美的曲调。黄钟、林钟、蕤(ruí)宾：皆古代音乐中十二宫调之一。住：全曲的末一字，称为住字，又称杀声、结声、毕曲。落韵：出韵，声调不谐。寄君声于臣民事物之中：寄林钟宫于商、角、徵、羽。《礼记·乐记》：“宫为君，商为臣，角为人，徵为事，羽为物。”万宝常：隋代民间音乐家。燕乐：隋唐以来在吸收借鉴少数民族音乐的基础上形成的在宴请宾客、亲友的场合弹奏的宫廷雅乐。

潮回却过西陵浦，扁舟仅容居士。去得几何时，黍离离如此——潮水回流，我乘着小小的一叶扁舟又来到了西兴。我才离开这里不长时间，怎会这么快就变得如此荒凉破败呢。西陵：即西兴。居士：姜夔自称。黍离离：黍苗茂盛。形容破败的样子。《黍离》，《诗经·王风》篇名，首句“彼黍离离”。此篇写作者看到西周故宗庙宫室的遗址上密密麻麻长满黍苗，不胜感伤。

客途今倦矣，漫赢得一襟诗思。记忆江南，落帆沙际，此行还是——我这个天涯孤旅的游客已厌倦了飘泊的生活，多年的江湖羁旅只赢得了满怀寂寞的诗思。记得当初我浪迹江南之时，停舟沙际的情景与此时一样。漫：空，白白地。襟：胸怀。

迤逦，剡中山，重相见、依依故人情味。似怨不来游，拥愁鬟十二——美丽的剡中山啊，再见到你就像看到我的老朋友一样，你是那样的叫人眷恋不舍。你好像在埋怨我许久不曾来这里游赏似的，要不你那山峰怎像满怀愁情的小姐的发髻呢。迤(yǐ)逦(lǐ)：地势曲折连绵。剡中：这里指西兴附近的山。剡，水名，即剡溪。在浙江省嵊县曹娥江上游。李白《秋下荆门》：“此行不为鲈鱼脍，自爱名山入剡中。”愁鬟十二：原指女子发髻，这里以此喻剡中山峰。黄庭坚《雨中登岳阳楼望君山》：“满川风雨独凭栏，绾结湘娥十二鬟。”

一丘聊复尔，也孤负幼舆高志。水葓晚，漠漠摇烟。奈未成归计——如果要隐居，只一片茂密的山林也就足够了，但这也辜负了谢鲲建功立业的壮志。天色渐晚，水蘋生处，烟雾濛濛，而我仍飘泊在外，归计未成。一丘：退隐的安身之地。《晋书·谢鲲传》载："明帝问曰：'论者以君方庾亮，自谓何如？'答曰：'端委庙堂，使百僚准则，鲲不如亮。一丘一壑，自谓过之。'"幼舆：谢鲲字幼舆。水蘋：一种水草。漠漠：烟雾迷蒙的样子。

新评

此作所寄寓的是飘泊之感和迟暮之悲。首句中"回"字不仅代表再到西兴，也暗含了自己游荡的生活；下句"扁舟仅容居士"，扁舟本就象征游子远游，这里用"仅容"修饰扁舟，就又为游子增添了一分孤独之感；"去得几何时，黍离离如此"充满了时光飞逝的感慨和今非昔比的悲哀；"客途今倦矣。漫赢得一襟诗思"直言了清客生活使自己厌倦和疲惫，而得到的只是诗文上的成就。由"漫"可看出词人志不在此，那么他的志在那里呢？"此行还是"既写出了自己多年以来一直过着飘泊的生活，也写出了时光空流逝，而自己没有长进，徒增白发的悲凉和无奈。下片中词人以谢鲲自比，说："一丘聊复尔，也孤负幼舆高志"，可见志在建功立业，在辅佐社稷。青山恋我，我也适合隐居的生活，可"志"却不在于此；"客途今倦矣"而又"未成归计"，现实与理想的差距构成了白石生活中和思想上不可调和的矛盾。

蓦山溪

题钱氏溪月

题解

龙榆生《唐宋词格律》：又名〔上阳春〕。《清真集》入"大石调"。八十二字，前片六仄韵，后片四仄韵。亦有前片四仄韵，后片三仄韵者，列为别格。

钱良臣字友魏，于华亭（今上海松江）筑有别墅，号曰"云间洞天"，园内有东岩堂、巫山十二峰、观音岩、桃花洞等。钱良臣与范成大是同榜进士，白石由范成大介绍认识了钱良臣，并常游钱氏庄园。良臣于宋孝宗淳熙十六年（1189）十一月卒，十三年后，即宋宁宗嘉泰二年（1202）秋，白石客华亭，作此阕悼念良臣。

与鸥为客，绿野留吟屐。两行柳垂阴，是当日仙翁手植。一亭寂寞，烟外带愁横。荷苒苒，展凉云，横卧虹千尺。　才因老尽，秀句君休觅。万绿正迷人，更愁入山阳夜笛。百年心事，惟有玉阑知。吟未了，放船回，月下空相忆。

新解

与鸥为客，绿野留吟屐。两行柳垂阴，是当日仙翁手植——我想与鸥鸟往来相伴，这个庄园里曾留下我吟诗的脚步。路边的两行垂柳是当年钱良臣种下的。绿野：唐宰相裴度罢相后在洛阳建别墅绿野堂。因钱良臣由给事中除端明殿学士，签书枢密院，复除参知政事，所以白石在此用绿野代指钱氏园林。屐：木屐，鞋的一种，鞋底有齿。仙翁：指钱良臣，因其已仙逝十三年。

一亭寂寞，烟外带愁横。荷苒苒，展凉云，横卧虹千尺——亭榭冷落而寂寞，远处弥漫着凄迷的烟雾。阴凉的水雾笼罩着池塘中丛生的荷花，拱桥横卧溪上，像一条长长的彩虹。苒苒：茂盛的样子。王粲《迷迭赋》："挺苒苒之柔茎。"白居易《题小桥前新竹招客》："桥前何所有，苒苒生新竹。"

才因老尽，秀句君休觅。万绿正迷人，更愁入山阳夜笛——随着年龄的增长，我的文才也衰竭了，不能再强求秀词妙句了。你种的树正翠绿迷人，凄切的夜笛之声传来，使我对你更加思念。才因老尽：南朝梁代江淹早年以文章名世，晚年文思衰退，人称江郎才尽。山阳夜笛：表示对旧友的怀念。魏晋时向秀经过山阳旧居，听见邻人吹笛，引起了对亡友嵇康、吕安的怀念，作《思旧赋》。

百年心事，惟有玉阑知。吟未了，放船回，月下空相忆——人生百年的爱恨情仇恐怕只有这静默的栏杆知晓。我的忆念沉吟不断，划桨而归，月下只留有我对你不尽的回忆。玉阑：白玉雕刻的栏杆。

新评

这首词全篇紧绕睹物思人的主题，同时流露了人生苦短的感叹。首句中鸥鸟作为隐居的象征，表明自己适意于隐居的生活，紧接着说这片园林留有自己的脚印，暗示了词人和钱良臣曾在这里有过一段隐士生活的回忆。"两行柳垂阴"顺接"绿野"而写，与"一亭"、"荷苒苒"、"横卧虹千尺"构成了睹物思人的意象群，流露了物是人非之感，也对园林作了整体的描述。下片抒情，"才因老尽，秀句君休觅"与"绿野留吟屐"相呼应，用今昔对比表现年华已逝、青春不再的迟暮之悲。"万绿"和"山阳夜笛"以雅逸之笔写悼念之情，使此情更加凝重深蕴。末句"月下"呼应序中"溪月"，"吟未了"与"空相忆"使绵绵思绪无穷无尽。

侧犯

咏芍药

题解

谢映先《中华词律》：宫调名。双调，七十七字，前片九句六仄韵，后片九句五仄韵。增减有七十六字、七十九字体。

这首词咏扬州芍药花，大约作于宋宁宗嘉泰二年（1202）以前，夔已四十余岁，此时恰逢暮春，芍药盛开。扬州盛产芍药。吴曾《能改斋漫录》引孔武仲《芍药谱》："扬州芍药，名于天下，非特以多为夸也，其敷腴盛大而纤丽巧密，皆他州所不及。"

恨春易去，甚春却向扬州住。微雨，正茧栗梢头弄诗句。红桥二十四，总是行云处。无语，渐半脱宫衣笑相顾。　金壶细叶，千朵围歌舞。谁念我鬓成丝，来此共尊俎。后日西园，绿阴无数。寂寞刘郎，自修花谱。

新解

恨春易去，甚春却向扬州住——春天的匆匆而去总是让人感到很遗憾，可为什么扬州的春天如此长久呢？恨：遗憾。甚：为何。

微雨，正茧栗梢头弄诗句——细雨中的芍药含苞待放，让人看了就萌发出作诗的兴致。茧栗：形容芍药的花蕾如蚕茧、栗子般大小。《礼记·王制》："祭天地之牛角茧栗。"黄庭坚《广陵早春》诗："红药枝头初茧栗。"

红桥二十四，总是行云处——二十四桥边大片大片的芍药，如同天上的云彩。二十四：指二十四桥。据沈括《补笔谈》载，唐代扬州有桥二十四座，宋时只保留一部分。另外一说，二十四桥是一座桥的名字，李斗在《扬州画舫录》中说："二十四桥即吴家砖桥，一名红药桥。"这里依后说。

无语，渐半脱宫衣笑相顾——芍药花静默着，渐渐褪去花苞，露出鲜嫩的颜色，正如美女红妆半裹，笑颜相望。宫衣：宫中嫔妃之衣。

金壶细叶，千朵围歌舞——无数细小的绿叶映衬着千万朵硕大的金红色的芍药，娇艳美丽，人们围绕着它们载歌载舞。金壶：酒器。唐代韩翃有诗《田仓曹东亭夏夜饮得春字》："金壶醉老春。"千朵围歌舞：据吴曾《能改斋漫录》引孔武仲《芍药谱》载，扬州人家多种芍药，"自三月初旬初开，浃旬而甚盛。观者相属于路，幕帘相望，笙歌相闻"。

谁念我鬓成丝，来此共尊俎——谁会想到我在两鬓苍苍的时候来这里宴饮赏花呢？鬓成丝：两鬓苍苍。化用黄庭坚《广陵早春》："春风十里珠帘卷，仿佛三生杜牧之。红药梢头初茧栗，扬州风物鬓成丝。"尊：同"樽"，酒杯。俎：切肉的砧板。

后日西园，绿阴无数。寂寞刘郎，自修花谱——不久之后，芍药花凋谢，只剩下成片的绿荫，我也只能默默地回味花的娇艳美丽。后日：日后。西园：这里指芍药盛开之地。魏文帝《芙蓉池》："乘辇夜行游，萧遥步西园。"王粲《杂诗》："日暮游西园，冀写忧思情。"宋代著名画家李伯时有《西园雅集图》。宋代米芾撰有《西园雅集图记》一文。刘郎：《宋史·艺文志》有刘攽《芍药谱》一卷，今不传。这里作者用刘郎指自己。

新评

这虽是一篇咏物之词，但没有拘泥于事物本身，而是通过芍药花的美、艳、日后凋零等表达自身的迟暮之悲。"恨春易去"开篇就点明伤春的题旨，"甚春却向扬州住"形成转折，引出了芍药花的含苞待放，而"正茧栗梢头弄诗句"——"渐半脱宫衣笑相顾"——"金壶细叶，千朵围歌舞"——"绿阴无数"描写了芍药花从酝酿花蕾到凋谢的整个过程，富有动态美感，也影射了词人的一生。最后姜夔以刘郎修花谱来自比"鬓成丝"时的怜花之情，深沉而含蓄，迟暮之悲尽现。

词中使用了对比（如"春易去"与"却向扬州住"、游人的"千朵围歌舞"与词人的"鬓成丝"）、拟人（如"无语，渐半脱宫衣笑相顾"）、比喻（如"金壶细叶"）等多种修辞方法，勾勒出了生机盎然的春、花瓣零落的暮春和满面沧桑的词人，以人写花，由花见人二者难分涯际。

洞仙歌

黄木香赠辛稼轩

题解

龙榆生《唐宋词格律》：唐教坊曲，《乐章集》兼入"中吕"、"仙吕"、"般涉"三调，句逗亦参差不一。兹以《东坡乐府》所用《洞仙歌令》为准。音节舒徐，极骀宕摇曳之致。八十三字，前后片各三仄韵。前片第二句是上一、下四句法，后片收尾八言句是以一去声字领下七言，紧接又以一去声字领下四言两句作结。前片第二句亦有用上二、下三句法，并于全阕增一、二衬字，句逗平仄略异者。

宋宁宗嘉泰三年（1203）正月，辛弃疾被召入京，将被任命为浙东安抚使。姜夔为了祝贺辛弃疾特送黄木香，并作此词相赠。黄木香即木香，荼蘼花别名，蔓生植物，春末夏初开花，或白或淡黄，略有香气。

花中惯识，压架玲珑雪。乍见缃蕤间琅叶。恨春风将了，染额人归，留得个袅袅垂香带月。　鹅儿真似酒，我爱幽芳，还比酴醿娇绝。自种古松根，待看黄龙，乱飞上苍髯五鬣。更老仙添与笔端春，敢唤起桃花，问谁优劣。

新解

花中惯识，压架玲珑雪。乍见缃蕤间琅叶——花中常见许多小巧洁白的木香压满花架，而这种分布在琅叶之间的淡黄色的木香便不多见了。压架：木香攀附花架的样子。玲珑雪：形容花小而繁多洁白。缃(xiāng)蕤(ruí)：淡黄色而又下垂的花朵。缃，浅黄色。蕤，草木花分披下垂貌。间：错落相间。琅：似玉的美石。形容珍贵而少见。

恨春风将了，染额人归，留得个袅袅垂香带月——可惜春风将尽，黄木香如染额女子悄然而来，纤细娇柔的枝条映着月光，点缀着满树的花香。将了：将尽。染额：指美女。染额，古代女子的一种面妆，即在额间涂以黄色。南朝梁简文帝《戏赠丽人》："同安鬟里拨，异作额间黄。"袅袅：草木柔弱细长的样子。

鹅儿真似酒，我爱幽芳，还比酴醿又娇绝——木香黄似鹅黄酒，我最喜欢它的幽香，比酴醿花还要娇艳绝伦。鹅儿真似酒：形容黄木香淡黄色如同鹅黄酒。鹅黄，酒名。杜甫《舟前小鹅儿》："鹅儿黄似酒，对酒爱新鹅。"酴(tú)醿(mí)：花名，因颜色与酴醿酒相似，故名之。酴醿花属落叶灌木，初夏开花，白色，有香气。

自种古松根，待看黄龙，乱飞上苍髯五鬣——根深的黄木香，盘旋的枝条如苍髯五鬣，长而青翠。黄龙：指黄木香盘旋的枝条。苍髯五鬣(liè)：指松针如苍髯马鬣。苍髯：青色的胡须。五鬣：马颈上的长毛。

更老仙添与笔端春，敢唤起桃花，问谁优劣——辛弃疾若为黄木香赋诗作词，定会使之生色不少，敢与桃花争奇斗艳。老仙添与笔端春：辛弃疾为黄木香赋诗作词。

新评

在姜夔的咏物词中，咏梅花的最多，写黄木香的仅此一篇。本篇借黄木香写辛弃疾，表达了白石对这位儒家抗金将领的崇敬之情。开篇采用对比手法，写白木香常有而黄木香少见，暗示的辛弃疾不凡。由于黄木香少见，不为大家熟悉，所以白石选择用侧笔描写它，写白木香，写染额人，写鹅黄酒，写酴醿花，写古松，写黄龙，写苍髯五鬣，借用这些来展现黄木香的色、味、根、茎、枝条等等。通过对黄木香传神的描写，既塑造了一个美艳绝伦的花的形象，也喻示了辛弃疾满腹诗书的将才之风。

汉宫春

次韵稼轩

题解

龙榆生《唐宋词格律》:《高丽史·乐志》名〔汉宫春慢〕,《梦窗词集》入“夹钟商”。各家句逗多有出入,兹以《稼轩长短句》为准。九十六字,前后片各四平韵。

宋宁宗嘉泰三年(1203)六月,辛弃疾被南宋朝廷起用,任绍兴知府兼浙东安抚使,他于绍兴建秋风亭,作有〔汉宫春·会稽秋风亭观雨〕,张镃、丘崈等人著词唱和,姜夔的这首〔汉宫春〕即为其中的一首,收在《白石道人歌曲别集》中。次韵又称步韵,指按照所和诗词的原韵原字及次序写的诗词。辛弃疾〔汉宫春·会稽秋风亭观雨〕:“亭上秋风,记去年袅袅,曾到吾庐。山河举目虽异,风景非殊。功成者去,觉团扇便与人疏。吹不断斜阳依旧,茫茫禹迹都无。　千古茂陵词在,甚风流章句,解拟相如。只今木落江冷,眇眇愁余。故人书报,莫因循忘却莼鲈。谁念我新凉灯火,一编太史公书。”

云曰归欤,纵垂天曳曳,终反衡庐。扬州十年一梦,俛仰差殊。秦碑越殿,悔旧游作计全疏。分付与高怀老尹,管弦丝竹宁无。　知公爱山入剡,若南寻李白,问讯何如。年年雁飞波上,愁亦关予。临皋领客,向月边携酒携鲈。今但借秋风一榻,公歌我亦能书。

新解

云曰归欤,纵垂天曳曳,终反衡庐——白云说:归去吧,即使你的志向再远大,最终还是要归隐山林的。归欤:归去吧。欤,语气词。《论语·公冶长》:“子在陈曰:‘归欤!归欤!’”垂天:《庄子·逍遥游》:“鹏之背,不知其几千里也,怒而飞,其翼若垂天之云。”曳曳:拖;牵引。衡庐:衡山和庐山。也可作衡宇解,指简陋的房子,陶渊明《归去来辞》:“乃瞻衡宇,载欣载奔。”

扬州十年一梦,俛仰差殊——我虽过着风流潦倒的生活,而你身在官场,但我们并不感到彼此之间有多大的悬殊。扬州十年一梦:指风流浪荡的生活。杜牧《遣怀》诗中有两句:“十年一觉扬州梦,赢得青楼薄倖名。”俛(fǔ):低头,同“俯”。差殊:约略不同。

秦碑越殿,悔旧游作计全疏——真后悔当初没有与你一同游访前人古迹。秦碑:在今绍兴市秦望山上,秦始皇曾登此山并使李斯刻石碑。越殿:春秋时越王勾践所建的宫殿,在此泛指古代宫殿。作计:打算。作,起;拿出(主意、计划)。疏:疏忽;忽略。

分付与高怀老尹,管弦丝竹宁无——如今你作了知府,又建了秋风亭,如此赏心乐事怎能没有音乐相伴呢?分付:告诉;告知。高怀:高远的胸怀。老尹:指辛弃疾。尹,官名。管弦丝竹:指音乐。宁(nìng)无:哪能没有。宁,副词,表反诘。

知公爱山入剡,若南寻李白,问讯何如——我知道你喜爱名山大川,现在在浙江你就像当年的李白入剡,不知你过得怎么样呢。入剡:李白《秋下荆门》:"此行不为鲈鱼脍,自爱名山入剡中。"剡,水名,即剡溪。在浙江省嵊县曹娥江上游。何如:怎么样。

年年雁飞波上,愁亦关予——年年秋雁归来之时我都会因思念你而感到愁苦。雁飞波上:刘孝绰有诗《咏归雁》:"洞庭春水绿,衡阳旅雁归。差池高复下,欲向龙门飞。"愁亦关予:我也同样愁苦。《九歌·湘夫人》:"帝子降兮北渚,目眇眇兮愁予。"

临皋领客,向月边携酒携鲈——我多想和你再次聚会,设宴饮酒,同赏美好风景啊。临皋:亭名,在湖北黄冈县长江边上。苏轼被贬黄州时和客人游览于此,作《后赤壁赋》:"……将归于临皋。二客从予……仰见明月,顾而乐之……于是携酒与鱼,复游于赤壁之下。"

今但借秋风一榻,公歌我亦能书——今天就只借着秋风亭与你作词唱和吧。秋风:指辛弃疾所建的秋风亭。榻:坐卧用具。公歌:指辛弃疾作的〔汉宫春·会稽秋风亭观雨〕。我亦能书:指词人所作的这首唱和之词。

新评

这首词紧承稼轩原作而来,顺其归隐之思——"莫因循忘却莼鲈",用"云曰归欤"起笔,淡泊而高远。原作中稼轩抒家国之悲慨,和词中姜夔用"垂天曳曳"赞扬了辛弃疾的凌云壮志和卓越的才能。接着姜夔以自身"扬州十年一梦"的浪荡游子的形象反衬出了稼轩忧国忧民之情怀,同时"俛仰差殊"表现了二人友情之真挚。令人遗憾的是"秦碑越殿,悔旧游作计全疏",但姜夔没有就此继续写愁绪,而是转笔说"管弦丝竹宁无",体现了他的乐观情绪,同时也是对稼轩的劝勉和鼓励。下片以李白、苏轼比辛弃疾,赞扬了他旷达的心胸和高逸的情怀,结尾处以秋风亭的酬唱作结,正对应辛词的首句"亭上秋风"。"公歌我亦能书"一句最富情趣,流露了两个高雅词人间的和谐。

汉宫春

次韵稼轩蓬莱阁

题解

辛词〔汉宫春·会稽蓬莱阁怀古〕:"秦望山头,看乱云急雨,倒立江湖。不知云者为雨,雨者云乎。长空万里,被西风变灭须臾。回首听月明天籁,人间万窍号呼。

谁向若耶溪上,倩美人西去,麋鹿姑苏。至今故国人望,一舸归欤。岁月暮矣,问何不鼓瑟吹竽。君不见王亭谢馆,冷烟寒树啼乌。"

姜夔这首词是为和辛弃疾[汉宫春·会稽蓬莱阁怀古]而作,同样收在《白石道人歌曲别集》中。蓬莱阁在今绍兴卧龙山下,是五代时吴越王钱镠所建。

一顾倾吴，苎萝人不见，烟杳重湖。当时事如对弈，此亦天乎。大夫仙去,笑人间千古须臾。有倦客扁舟夜泛,犹疑水鸟相呼。　秦山对楼自绿,怕越王故垒,时下樵苏。只今倚阑一笑,然则非欤。小丛解唱,倩松风为我吹竽。更坐待千岩月落,城头眇眇啼乌。

新解

一顾倾吴,苎萝人不见,烟杳重湖——当年以美貌吞灭整个吴国的西施已经不在了,只剩下烟雾笼罩、景色昏暗的重湖了。一顾倾吴:汉代李延年诗《北方有佳人》有"北方有佳人,绝世而独立,一顾倾人城,再顾倾人国"之句。此处指春秋时越王勾践使用美人计,把西施献给吴王夫差,使吴王沉迷于美色,最终灭吴之事。苎(zhù)萝人:指西施。相传西施是越国苎萝村(今浙江诸暨县南)人。杳:幽暗;幽深。重湖:又名鉴湖、镜湖,在浙江绍兴西南。

当时事如对弈,此亦天乎——世事如棋,吴、越两国棋逢对手,以越胜吴败告终,这都是天意啊。当时事如对弈:化用杜甫《秋兴》中的诗句:"闻道长安似弈棋,百年世事不胜悲。"对弈:下棋。

大夫仙去,笑人间千古须臾——大夫文种走了,可笑这千古时空中只存在于瞬间的人啊。大夫:指越大夫文种。他助越王灭吴后没有听范蠡的规劝及时退隐而终被越王所杀,葬于卧龙山,卧龙山旧名种山。仙去:死了。须臾:片刻。

有倦客扁舟夜泛,犹疑水鸟相呼——我曾泛舟夜游,那水鸟啼鸣声仿佛在召唤我脱离这凡尘俗世。倦客:倦游之客,词人自称。

秦山对楼自绿，怕越王故垒，时下樵苏——蓬莱阁对面的秦望山依然是一片葱绿，恐怕那越王台现在已成为打柴割草的地方了。秦山：秦望山，在今浙江绍兴市东南，是群峰之杰，秦始皇曾登此山以望南海。楼：指蓬莱阁。越王故垒：指越王台，在卧龙山之西。樵苏：打柴曰樵，割草曰苏。

只今倚阑一笑，然则非欤——如今我凭栏怀古，面对历史的兴亡之事只能付之一笑，难道不都是这样吗？阑：栏杆。

小丛解唱，倩松风为我吹竽——小丛为我唱歌，清风吹动松林为她伴奏。小丛：盛小丛，古代一歌女名，在此代指辛弃疾的侍女。解唱：会唱歌。倩(qìng)：请。竽：一种管乐器。

更坐待千岩月落，城头眇眇啼乌——一直睁眼到月落天明，远远地听到乌鸦在城头开始啼叫。眇眇：高远。啼乌：啼叫的乌鸦。张继《枫桥夜泊》："月落乌啼霜满天，江枫渔火对愁眠。"

新评

这首词是为和辛词而作，辛词换头咏西施事，所以白石以"一顾倾吴"开始，一方面于突兀中显凌人气势；另一方面开篇点题，并由此展开议论。不管是叹"时事如对弈"，还是笑"人间千古须臾"，都是围绕吴越之事展开的，其中流露了对范蠡的赞美和崇敬，以至词人"扁舟夜泛"想要寻找范蠡的踪迹，感觉水鸟的啼叫仿佛就是范蠡的召唤之声。下片"秦山对楼自绿，怕越王故垒，时下樵苏"充满了时间流逝的宇宙意识，和"人间片刻须臾"不敌青山绿水长久的感叹。越王与上片的文种相呼应，作者的倾向已十分明显。"小丛解唱，倩松风为我吹竽"饶有情趣，与词作整体形成错落之势。此篇不重描写，而重议论感叹，但又没有陷入"淡乎寡味"的套路，而是借景抒情，使万物都体现着苍凉的宇宙意识，其达观超脱的态度、纵横慷慨的气势在姜词中是很少见的。

念奴娇

毁舍后作

题解

宋宁宗嘉泰四年(1204)三月，杭州大火，烧毁了尚书省、中书省、枢密院、六部右丞相府及两千七百馀家，姜夔的寓所在此大火中被毁，于是移居张鉴东青门的别馆之中，之后填此阕以抒怀。张鉴大约卒于宋宁宗嘉泰二年(1202)左右。

昔游未远，记湘皋闻瑟，澧浦捐褋。因觅孤山林处士，来踏梅根残雪。獠女供花，伧儿行酒，卧看青门辙。一丘吾老，可怜情事空切。　　曾见海作桑田，仙人云表，笑汝真痴绝。说与依依王谢燕，应有凉风时节。越只青山，吴惟芳草，万古皆沉灭。绕枝三匝，白头歌尽明月。

新解

昔游未远，记湘皋闻瑟，澧浦捐褋——昔日我曾游湘江，至今还记得当时的情景。湘皋：湘江岸边的高地。湘，湘江，流经湖南。闻瑟：传说湘水女神善弹琴，《楚辞·远游》："使湘灵鼓瑟兮，令海若舞冯夷。"澧（lǐ）浦：澧水之滨。澧水源出湖南栗山，流入洞庭湖。捐褋（dié）：捐弃单衣。《楚辞·湘夫人》有："捐余袂兮江中，遗余褋兮澧浦。"

因觅孤山林处士，来踏梅根残雪——凭借着在杭州有张鉴可以依靠，我有机会来到西湖，欣赏孤山的寒梅映雪。因：依靠；凭借。林处士：林逋（967－1028），字君复，钱塘（今浙江杭州）人，北宋诗人。曾隐居于西湖孤山，好养鹤种梅，人称"梅妻鹤子"。"林处士"在此指梅花盛开之处。

獠女供花，伧儿行酒，卧看青门辙——粗蠢的侍女献花，粗野的侍儿斟酒，闲居无事，看着东青门过往的车辙度日。獠（liáo）女：指粗野丑陋的婢女。獠，凶恶丑陋的样子。伧（cāng）：鄙陋；粗俗。青门：东青门。

一丘吾老，可怜情事空切——人死后只不过需要一座坟墓而已，可惜我原先不明此理，执着于世事，白白地浪费了情感。一丘：此句中指坟墓。《晋书·谢鲲传》载："明帝问曰：'论者以君方庾亮，自谓何如？'答曰：'端委庙堂，使百僚准则，鲲不如亮。一丘一壑，自谓过之。'"在这里"一丘一壑"指退居山野。可怜：可惜。切（qiè）：忧伤悲凉的样子。

曾见海作桑田，仙人云表，笑汝真痴绝——那云外仙人看着我们在沧海桑田、无常世事的变幻中挣扎、求生、追名逐利、耿耿于怀，定笑我们痴傻之绝也。海作桑田：比喻世事变化无常，这里指人生坎坷经历及这场大火。葛洪《神仙传》中麻姑云："接侍以来，已见东海三为桑田。"表：外；外面。

说与依依王谢燕，应有凉风时节——告诉你们这些贵族之家、人生得意之人，兴衰成毁乃是自然之理，不必耿耿于心。王谢：东晋时王导、谢鲲两大家族。刘禹锡《乌衣巷》有诗句："旧时王谢堂前燕，飞入寻常百姓家。"此处有隐含张鉴之意。应有凉风时节：指总有秋凉南飞之时，以此喻人生的衰毁之时。

越只青山，吴惟芳草，万古皆沉灭——古代的吴越之地现在只剩下座座青山和萋萋芳草，什么样的英雄都会消失在无限的时空中，什么样的伟业都只会成为历史而已。吴越：古越国和古吴国，都是古代兵家必争之地，出现了许多英雄霸主。

绕枝三匝，白头歌尽明月——虽然不知自己的明天将如何，但尽可以在剩余的人生中对月而歌。绕枝三匝：曹操《短歌行》："月明星稀，乌鹊南飞，绕树三匝，何枝可依。"此处暗指张鉴之死、大火烧舍后不知自己该何去何从。

新评

这是一篇遇火抒怀之作。人之常情，在大灾难大变动之后，人们容易产生对生命、人生的思考，姜夔就由火灾想到世事变化无常，联想起自己的飘泊无依，又思及好友的去世，悟得"依依王谢燕，应有凉风时节"，发出了"万古皆沉灭"的慨叹。词的上片先追忆昔游：由湘中到杭州，写出了自己飘泊的生活。"记"引领"湘皋闻瑟"和"澧浦捐褋"，表示记得湘水之游，记得湘江的一景一物；"因觅孤山林处士，来踏梅根残雪"则充分显示了白石清空骚雅的风格。接着词人叙写火后生活的艰难无聊及由大火引起的人生观的改变。下片四句中，前三句并列写自己的顿悟，说明世事变迁乃是万物之理，不必太过痴绝、执着于人生一时的得失兴衰，最后一句写出了此时的心情及对剩余人生的总的规划和态度。这首词既是写给词人自己的，也是写给朋友张鉴的，表现出了词人旷达任运的胸襟和气魄。

永遇乐

北固楼次稼轩韵

题解

龙榆生《唐宋词格律》：《乐章集》入"歇指调"。晁补之《琴趣外篇》卷一于"消息"之下注云："自过腔，即〔越调永遇乐〕。"兹以苏、辛词为准。一百四字，前后片各四仄韵。

宋宁宗嘉泰四年（1204）辛弃疾被委派由浙东安抚使转任镇江知府，进行北伐金国的准备，开禧元年（1205）他写下了著名的〔永遇乐·京口北固亭怀古〕。姜夔这首词就是为和北固亭怀古词而作。时辛弃疾六十六岁，姜夔约五十一岁。此词收在《白石道人歌曲别集》中。北固楼又名北固亭，在镇江北固山上。辛弃疾〔永遇乐·京口北固亭怀古〕："千古江山，英雄无觅，孙仲谋处。舞榭歌台，风流总被，雨打风吹去。斜阳草树寻常巷陌，人道寄奴曾住。想当年金戈铁马，气吞万里如虎。　元嘉草草，封狼居胥，赢得仓皇北顾。四十三年，望中犹记，烽火扬州路。可堪回首，佛狸祠下，一片神鸦社鼓。凭谁问，廉颇老矣，尚能饭否。"

云隔迷楼，苔封很石，人向何处。数骑秋烟，一篙寒汐，千古空来去。使君心在苍厓绿嶂，苦被北门留住。有尊中酒差可饮，大旗尽绣熊虎。　　前身诸葛，来游此地，数语便酬三顾。楼外冥冥，江皋隐隐，认得征西路。中原生聚，神京耆老，南望长淮金鼓。问当时依依种柳，至今在否。

新解

云隔迷楼，苔封很石，人向何处——江上的烟雾阻隔了迷楼，苔藓覆盖了很石，那些英雄们都到哪里去了啊。迷楼：在扬州，为隋炀帝下江南时所建。北固亭与扬州隔江相望。很石：北固山甘露寺中的一块石头，状如伏羊，号为很石，意为“很如羊”。据说孙权和刘备曾经坐在上面共商联合抗曹的大计。

数骑秋烟，一篙寒汐，千古空来去——秋烟中的骑兵、晚潮中的航船却历尽了千古仍旧往来不断。骑（qí）：骑兵。篙：撑船的工具。汐（xī）：晚潮。

使君心在苍厓绿嶂，苦被北门留住——稼轩您的心在青山绿水的田园之间，却被边疆国事缠身。使君：指辛弃疾。汉代以前称刺史为使君，汉代后“使君”成为州郡长官的尊称。绍熙五年（1194）稼轩被罢官，在江西上饶的带湖和铅山的瓢泉隐居十年，直到作这首词前一年才被起用，故称“心在苍厓绿嶂”。北门：指镇江，南宋与金以淮水为界，而镇江是当时抗金的北疆门户。

有尊中酒差可饮，大旗尽绣熊虎——好在杯中有酒可以饮，军中又多勇猛之士。有尊中酒差可饮：东晋桓温曰：“京口酒可饮，兵可用。”（《晋书·郗超传》）这里以桓温喻稼轩。尊，同“樽”，指酒器。差可，还可以。大旗尽绣熊虎：古代多把熊、虎等勇猛形象绣于军旗之上，这里暗指猛士众多。

前身诸葛，来游此地，数语便酬三顾——稼轩像诸葛亮一样，向朝廷力陈北伐政见，得以被派来驻守镇江。诸葛：指三国时政治家、军事家诸葛亮，他在汉末隐居隆中（今湖北襄阳）时刘备曾三顾茅庐，诸葛亮为酬答知遇之恩，竭尽毕生精力辅助刘备建立了蜀汉政权。这里作者以诸葛亮比辛弃疾。刘宰《贺辛待制知镇江》：“卷怀盖世之才，如圯上子房；剂量济时之策，若隆中诸葛。”

楼外冥冥，江皋隐隐，认得征西路——楼外虽迷雾濛濛，江岸虽隐隐约约，但您认得出征的道路。冥冥、隐隐：皆蒙蒙胧胧、隐隐约约之意。江皋：水边高地。认得征西路：东晋桓温曾拜征西大将军，这里以桓温比辛弃疾。辛弃疾熟悉北方地形，他在〔永遇乐·京口北固亭怀古〕中说：“望中犹记，烽火扬州路。”

中原生聚，神京耆老，南望长淮金鼓——中原地区经过多年的休养生息，逐渐恢复了人力、财力，汴京的父老盼望着南宋反攻的战鼓。中原：指黄河流域金人统治的地方。生聚：繁殖人口，积聚财力。神京：指北宋京城汴京（今河南开封）。耆（qí）老：原指老年人，这里泛指父老。长淮：淮河，南宋与金以淮河为界。

问当时依依种柳，至今在否——试问当年稼轩在北方种的那些柳树，今天还在吗?依依种柳:化用东晋大司马桓温故事。《晋书·桓温传》记载:“温自江陵北征,行经金城,见少为琅琊时种柳皆已十围,慨然曰:‘木犹如此,人何以堪?’”依依,柳条轻柔的样子。

新评

本词是为和辛词而作,是姜夔难得的涉及重大事件的作品。上片写镇江的风光及地理的重要性,从而点出了稼轩镇守的阵容及威严,北伐之事因此有了转机。下片以诸葛亮、桓温比稼轩,赞扬他的智谋才略,鼓励他不负人民期望,收复沦丧的故土。全词感情激昂,表现了姜夔关心国事,迫切希望收复失地的愿望,笔力遒劲,气魄宏大,风格与辛词相近。周济《宋四家词选》曰:“(白石)变雄健为清刚,变驰骤为疏宕。”大概仅指与稼轩的唱和之词。

虞美人

题解

龙榆生《唐宋词格律》:唐教坊曲。《碧鸡漫志》卷四:“《脞说》称起于项籍‘虞兮’之歌。予谓后世以此命名可也,曲起于当时,非也。”又称:“旧曲三,其一属‘中吕调’,其一属‘中吕宫’,近世又转入‘黄钟宫’。”兹取两格,一为五十六字,上下片各两仄韵,两平韵。一为五十八字,上下片各两仄韵,三平韵。

范成大在浙江括苍任职时兴建了烟雨楼,宋宁宗开禧二年(1206)姜夔登上此楼。因此楼有范成大〔虞美人〕题额,姜夔此次前来亦作一阕。

括苍烟雨楼,石湖居士所造也。风景似越之蓬莱阁,而山势环绕,峰岭高秀过之。观居士题颜,且歌其所虞美人。夔亦作一解。

阑干表立苍龙背,三面巉天翠。东游才上小蓬莱,不见此楼烟雨未应回。　　而今指点来时路,却是冥濛处。老仙鹤驭几时归,未必山川城郭是耶非。

新解

小序意为:括苍烟雨楼乃范成大所建。这里的风景可以和越中的蓬莱阁相媲美,而与之相比,其山势环绕、峰高岭秀又略胜一筹。看到烟雨楼上有范成大所作的的[虞美人],我也起了诗兴,便提笔作了这首词。括苍:古县名,因括苍山而得名,在今浙江丽水东南。烟雨楼:《浙江通志·处州·喻良能〈旧州治记〉》:“由好溪堂层级，三休至烟雨楼。凭阑四顾，目与天远。”石湖居士，范成大(1126－1193)，字致能，晚年居住在苏州西南的石湖，自号石湖居士。蓬莱阁：在浙江会稽的卧龙山下，五代吴越王钱镠所建。居士题颜：范成大为烟雨楼题额。《浙江通志》引《方舆胜览》：“烟雨楼在州治，范致能书。”一解：一阕、一首。

阑干表立苍龙背，三面巉天翠。东游才上小蓬莱，不见此楼烟雨未应回——高楼的栏杆挺立于雄伟的山峰之上，三面碧绿的山峰高耸连天。来游此地，不登上烟雨楼就不应该返回。表：外边；外面。苍龙背：比喻山峰雄伟。巉天翠：碧绿的山峰高耸连天。巉，险峻陡峭。小蓬莱：序中说烟雨楼“风景似越之蓬莱阁”，所以称此楼为小蓬莱。

而今指点来时路，却是冥濛处。老仙鹤驭几时归，未必山川城郭是耶非——现在回首来时经过的道路，只见一片昏暗迷蒙。石湖如果乘鹤而归的话，恐怕也不会对这里的山川城郭感到陌生。冥濛：昏暗不明。老仙鹤驭：范成大卒于绍熙四年(1193)，距白石作此词已有十三个年头。《搜神后记》载，丁令威学道灵虚山，成仙后化鹤返乡，并唱道：“有鸟有鸟丁令威，去家千年今始归。城郭如故人民非，何不学仙冢累累。”

新评

这是一篇写景怀人之作。“阑干表立苍龙背，三面巉天翠”描写的是“山势环绕，峰岭高秀”之景，“不见此楼烟雨未应回”表现了对小楼风景极度赞叹、喜爱、推崇之情。下片抒情，“而今指点来时路，却是冥濛处”写出了世事沧桑之感，和在这沧桑世间的迷惑之情。结句借呼唤石湖灵魂的回归，既表达了对好友的怀念之情，也写出了物是人非之感和对烟雨楼风景的喜爱。

水调歌头

题解

龙榆生《唐宋词格律》：唐大曲有〔水调歌〕，据《隋唐嘉话》，为隋炀帝凿汴河时所作。宋乐入“中吕调”，见《碧鸡漫志》卷四。凡大曲有“歌头”，此殆裁截其首段为之。九十五字，前后片各四平韵。亦有前后片两六言句夹叶仄韵者，有平仄互叶几于句句用韵者。

宋宁宗开禧二年(1206)姜夔泛游浙江，登烟雨楼，然后从丽水顺瓯江乘舟东下到永嘉，在郭公山上的富览亭填作此阕。富览亭，据《永嘉县志》载：“在郭公山上，不越几席，而尽山水之胜。”郭公山因晋郭璞卜居于此而得名。永嘉：今浙江温州。

富览亭，永嘉作。

日落爱山紫，沙涨省潮回。平生梦犹不到，一叶眇西来。欲讯桑田成海，人世了无知者，鱼鸟两相推。天外玉笙杳，子晋只空台。　倚阑干，二三子，总仙才。尔歌远游章句，云气入吾杯。不问王郎五马，颇忆谢生双屐，处处长青苔。东望赤城近，吾兴亦悠哉。

新解

小序意为：我在永嘉登上富览亭作了这首词。

日落爱山紫，沙涨省潮回。平生梦犹不到，一叶眇西来——傍晚的余晖映照出一派紫色山峦，沙间水涨，海潮归来。我平生连做梦都想来的地方，今天终于可以乘小舟自西而来这里。山紫：赤城山土呈赤色。沙涨省潮回：永嘉近海而且濒临瓯江，海潮的涨落影响瓯江水位。省（xǐng），知道；明白；懂得。一叶：小舟。苏轼《前赤壁赋》："驾一叶之扁舟。"眇：辽远。

欲讯桑田成海，人世了无知者，鱼鸟两相推——我想询问桑田成沧海的奥秘，可人世间无人知晓，鱼和鸟也推说不知道。桑田成海：比喻世事变化无常。因永嘉临海，所以有桑田成海之问。葛洪《神仙传》中麻姑云："接侍以来，已见东海三为桑田。"

天外玉笙杳，子晋只空台——仙人王子晋响彻天外的笙曲再也听不到了，人间剩下的只有这座空台了。刘向《列仙传》载："王子乔者，周灵王太子晋也。好吹笙，作凤凰鸣，游伊洛之间。道士浮丘公接以上嵩高山。三十余年后……果乘白鹤驻山头，望之不可到，举手谢时人，数日而去。"《永嘉县志》引《名胜志》载："吹台山在城南二十里，上有王子晋吹笙台。"

倚阑干，二三子，总仙才。尔歌远游章句，云气入吾杯——倚靠着阑干遐思无边，同游的诸子都负有才华，你们若吟出像《远游》那样的诗句，定会有如云的仙气助我酒兴。二三子：指同游的人。远游章句：《楚辞》中有屈原所作的《远游》篇。

不问王郎五马，颇忆谢生双屐，处处长青苔——王羲之的五马坊至今仍在，只是谢灵运木屐的行迹都已长满了青苔，令人颇为怀念。王郎五马：指王羲之的五马坊。《永嘉县志》载："五马坊在旧郡治前。王羲之守永嘉，庭列五马，绣鞍前勒，出即控之。"据《浙江通志》考证，王羲之本传中并无守永嘉事，可能是后人误读《晋书·孙绰传》中"会稽内史王羲之引为右军长史，转永嘉太守"，并附会有五马坊、洗砚池等古迹。谢生：谢灵运曾为永嘉太守。永嘉有池上楼、谢客岩等古迹。双屐：指谢公屐,上山时去前齿,下山时去后齿。李白《梦游天姥吟留别》:“脚着谢公屐,身登青云梯。”

东望赤城近,吾兴亦悠哉——向东望去,赤城的美景近在眼前,我们到此游览的兴致是多么的悠闲逍遥。赤城:指赤城山,是道教名山,在浙江台州,今天台县北。据《会稽记》载,赤城“土色皆赤,状似云霞。望之如雉堞”。

新评

这是一篇记游抒怀之作,但除了开篇第一句外并没有对游览的景色进行细致的描写,抒情议论多于记游。“日落爱山紫,沙涨省潮回”先写山再写水,总写站在山上之亭鸟瞰到的全景。“平生梦犹不到”写对富览亭的向往,“一叶”用小舟的轻快写来时的喜悦之情。“欲讯桑田成海,人世了无知者”一句流露了无限的沧桑之感,然后进一步写鱼鸟都不忍、不愿提起沧海桑田的变化,以此凸现世事变迁的剧烈和无情。下片先借《远游》表现自己超拔脱俗的自得情怀,再照应上片感叹古今之变,最后结句渐趋超脱悠闲。全篇的感情以游览为线索,经历了轻快潇洒、深沉沧桑、超脱悠闲三个阶段,完整而符合逻辑,起伏而富有韵致。

卜算子

题解

龙榆生《唐宋词格律》:北宋时盛行此曲,万树《词律》以为取义于“卖卜算命之人”。双调,四十四字,上下片各两仄韵。两结亦可酌增衬字,化五言为六言句,于第三字逗。宋教坊复演为慢曲,《乐章集》入“歇指调”。八十九字,前片四仄韵,后片五仄韵。

宋宁宗开禧三年(1207),姜夔为和友人曾三聘的《梅花八咏》,在杭州写下了八首〔卜算子〕,收在《白石道人歌曲别集》中。夏承焘在《姜白石词编年笺校》中说:“白石词可考年代者,以此八首为最后矣。”吏部指曾三聘,他在宋宁宗时为吏部考功郎,故称其为“吏部”。《梅花八咏》今不存。次韵又称步韵,指按照所和诗词的原韵原字及次序写的诗词。

吏部梅花八咏,夔次韵。

江左咏梅人,梦绕青青路。因向凌风台下看,心事还将与。
忆别庾郎时,又过林逋处。万古西湖寂寞春,惆怅谁能赋。

新解

小序意为：曾三聘作了《梅花八咏》，我以此韵和之。

江左咏梅人，梦绕青青路。因向凌风台下看，心事还将与——历代吟咏梅花的文人骚客都对江左青碧的寻梅路魂牵梦绕，顺着凌风台观赏梅花，把自己的心事都寄托其中。江左：即江东。江东泛指长江以南江浙的部分地区。又因古人在地理上以东为左，以西为右，故江东又名江左。因：顺着。凌风台：扬州台观名，其地多梅花。何逊有诗《咏早梅》写道："枝横却月观，花绕凌风台。"何逊，字仲言，南朝诗人，他酷爱梅花，杜甫《和裴迪登蜀州东亭送客逢早梅相忆见寄》中有诗句："东阁官梅动诗兴，还如何逊在扬州。"

忆别庾郎时，又过林逋处。万古西湖寂寞春，惆怅谁能赋——想到与你分别之事，我又到西湖去寻找梅花的踪迹，可怜这西湖春光寂寞，自你走后，再也没有人能吟咏她迷人的神魂了。庾郎：庾信(513—581)，字子山，南阳新野(今属河南)人，南北朝时文学大家。梁武帝在位时，他以使臣身份出使长安，后因江陵陷落而不得归，先后在西魏及北周做官。他的后期作品发哀怨之词，多乡国之思，艺术上也更趋成熟。此处用庾信借指曾三聘。林逋(967—1028)：字君复，钱塘(今浙江杭州)人，北宋诗人。曾隐居于西湖孤山，好养鹤种梅，人称"梅妻鹤子"。"林逋处"在此指梅花盛开之处。

新评

这首词围绕咏梅着笔，但并没有直接写梅，没有对梅的任何正面描写，而只是写咏梅的典故及咏梅人。通过"梦绕"、"心事"、"寂寞"、"惆怅"可以看出词人所侧重及表现的是梅与人的关系，是梅与人的交流，并且这种交流不是单向的，上片写的是咏梅人把自己的感情、思想寄托于梅花之上，即"心事还将与"，下片写的则是梅花通过咏梅词把内在的品质、气质外化，与人进行精神上的交流。以此词作为这八首咏梅词之首再恰当不过了，它既道出了咏花词的共同之处——以花喻人，又统摄着这八首词的精神主旨，很是值得品味。

卜算子

月上海云沉，鸥去吴波迥。行过西泠有一枝，竹暗人家静。
又见水沉亭，举目悲风景。花下铺毡把一杯，缓饮春风影。

新解

月上海云沉，鸥去吴波迥。行过西泠有一枝，竹暗人家静——月亮升起，水鸟飞去，浮云低笼着一望无际的西湖。我的小船经过西泠桥，忽见竹林之中一株梅花，在寂静的夜晚、幽暗的竹林之中静静独立。吴波：西湖水。迥：远。西泠（líng）：姜夔自注："西泠桥在孤山之西。"

又见水沉亭，举目悲风景。花下铺毡把一杯，缓饮春风影——继续行船，又看孤山北水沉亭的废址，引起我无限兴亡之感。在梅花之下我铺毡斟酒，饮下这杯中的春风花影。水沉亭：姜夔自注："水沉亭在孤山之北，亭废。"毡：毡子。

新评

姜夔似乎对月夜游湖情有独钟，如〔水龙吟〕、〔湘月〕、"有倦客扁舟夜泛，犹疑水鸟相呼"等都提及月下游湖之事，此篇又是一首乘月光泛舟赏梅之作。词中呈现了一种月与湖相连、云与海相接、万籁俱寂的博大、辽远、深阔、空旷、幽静之意境，但词人并不局限于这样的粗线条的阔大，他又从细处着笔——"行过西泠有一枝，竹暗人家静"、"花下铺毡把一杯，缓饮春风影"描绘出了竹与梅相伴、花与酒相谐的情趣，词人又不单写情趣、辽阔，"又见水沉亭，举目悲风景"为全词注入悲凉之感，引入今昔兴亡之思，可谓粗细结合，疏密相当，错落有致了。最后"缓饮春风影"意味深长，饮下的既是杯中之春风梅花的倒影，又是这春风花影之情，既是春风花影之柔情，又是古今兴亡之悲情，耐人思考回味。

卜算子

藓干石斜妨，玉蕊松低覆。日暮冥冥一见来，略比年时瘦。

凉观酒初醒，竹阁吟才就。犹恨幽香作许悭，小迟春心透。

新解

藓干石斜妨，玉蕊松低覆。日暮冥冥一见来，略比年时瘦——长满青苔的梅枝因岩石的阻挡而蔓枝横斜，松树的枝条低垂在梅花的花蕊上。傍晚昏暗光照中的梅花显得比去年稍微消瘦了一些。藓干：长满青苔的梅枝。这里描写的梅可能是苔梅。范成大《梅谱》云："（苔梅）苍藓鳞皴，封满花身。又有苔须垂于枝间，或长数寸，风至绿丝飘飘可玩。"冥：昏暗。

凉观酒初醒，竹阁吟才就。犹恨幽香作许悭，小迟春心透——到凉观、竹阁饮酒赋诗后再去赏梅，那梅花仍旧吝啬于自己的香气，让人颇感遗憾，还要等待一段时间，梅花才能把自己的香气全部散发出来。凉观：姜夔自注："凉观在孤山之麓，南北梅最奇。"竹阁：姜夔自注："竹阁在凉观西，今废。"就：完成。恨：遗憾。许悭：这般吝啬。迟(zhì)：等待；希望。

新评

白石笔下的梅花，与其说是梅，不如说是人，是冰清玉洁憔悴损的人，而此人之心、之情、之态便是白石之心、之情、之态。词的开篇便勾勒出了苔枝、奇石、青松这样的奇崛组合的景象，一派瘦硬之笔，尽显词人心中的孤高清傲，接着日暮中清瘦的梅花和盘托出了词人的情思，与李清照的"人比黄花瘦"有异曲同工之妙。

词中梅、松、酒、诗把词人清高雅致的思想人格展现无遗。刘熙载在《艺概》中说："姜白石词幽暗冷香，令人挹之无尽；拟诸形容，在乐则琴，在花则梅也。"

卜算子

家在马城西，今赋梅屏雪。梅雪相兼不见花，月影玲珑彻。

前度带愁看，一晌和愁折。若使逋仙及见之，定自成愁绝。

新解

家在马城西，今赋梅屏雪。梅雪相兼不见花，月影玲珑彻——我家在马城西，今天我想吟咏梅屏雪景，梅枝为积雪所覆盖，分不清哪儿是梅，哪儿是雪，月光照映在梅枝上，玲珑透彻。马城：姜夔自注："马城在都城西北，梅屏甚见珍爱。"马城，亦作马塍。《淳祐临安志》卷九载："东西马塍，在馀杭门外羊角埂之间。土细宜花卉，园人多工于种接，为都城之冠。或云是钱王旧城，非塍也。"苏洞《泠然斋集》有《到马塍哭姜尧章》诗四绝。白石晚年居马塍，死后长眠于此。梅屏：列梅为屏。《南宋杂事诗注》卷二引《北涧集·梅屏赋》载："北山鲍家田尼庵，梅屏甲京都。高宗尝令待诏院图进。"

前度带愁看，一晌和愁折。若使逋仙及见之，定自成愁绝——前次我怀着忧愁来赏梅，一时之间顺应着愁思攀折其枝，如果让林逋看到这一幕一定心痛不已。一晌：片刻。逋仙：林逋(967—1028)，字君复，钱塘(今浙江杭州)人，北宋诗人。曾隐居于西湖孤山，好养鹤种梅，人称"梅妻鹤子"。

新评

这是一篇月下赏梅之作，但与〔卜算子〕(月上海云沉)、〔小重山令〕(人绕湘皋月坠时)等所写的梅不同的是,这篇是以雪写梅。“家在马城西,今赋梅屏雪”交待所咏之物及地点,描绘出了大的咏梅背景,给人以整体的视觉效果,语言通俗明了。“梅雪相兼不见花,月影玲珑彻”尤为经典,细处着笔,写出了梅、雪、月光相浑融的洁白、清凉、玲珑、透彻之美,于美绝之处又尽显孤傲、高洁。下片写自己为愁情所驱使误折梅枝,“若使逋仙及见之,定自成愁绝”一句以写逋仙爱花成愁来表现自己对花的怜惜之情,饶有情趣。

卜算子

摘蕊暝禽飞,倚树悬冰落。下竺桥边浅立时,香已漂流却。
空径晚烟平,古寺春寒恶。老子那花第一番,常恐吴儿觉。

新解

摘蕊暝禽飞,倚树悬冰落。下竺桥边浅立时,香已漂流却——傍晚,我轻轻地摘下一朵梅花,却惊飞了在梅枝上栖息的小鸟;我偎依在树旁,却摇落了悬在梅枝上的冰凌。当我站在下竺桥边赏梅时,梅花已随着流水飘零远逝了。下竺桥:白石自注:“下竺寺前磵石上,风景甚妙。”

空径晚烟平,古寺春寒恶。老子那花第一番,常恐吴儿觉——傍晚的迷烟笼罩着空无人迹的小径,下竺寺中春寒料峭。我第一次悄悄地来此寻梅,唯恐惊动了当地的少年。老子:老夫。姜夔自称。吴儿:吴地少年。

新评

这又是一篇夜出访梅之作,全篇充满着作者与自然界及人的矛盾。暝禽因“我”的到来而飞走了,悬冰因“我”的到来而坠落了,“我”在桥边赏梅,梅花却已“漂流却”,看来“我”与自然界是那么的不和谐,在自然界中,“我”是孤独的。下片,“我”所寻梅的小径是寒烟笼罩的“空径”,通往的古寺却又是“春寒恶”,最后一句可以说是全篇矛盾的源头及总结。由此可见:作者由于怕惊动了当地的少年而选择了已不见人迹,且“晚烟平”、“春寒恶”的傍晚出来寻梅,但此时的梅花“香已漂流却”,赏梅时节已过,虽是“第一番”,却不但没有实现第一番的意义,也使之成为最后一番,读之凄然。至于作者如此战战兢兢“常恐吴儿觉”的原因,或在于自己的年迈,或在于自己的孤独,耐人寻味。

卜算子

绿萼更横枝，多少梅花样。惆怅西村一坞春，开过无人赏。
细草藉金舆，岁岁长吟想。枝上绵幺禽一两声，犹似宫娥唱。

新解

绿萼更横枝，多少梅花样。惆怅西村一坞春，开过无人赏——梅花品种繁多，有绿萼、横枝等。西村一带梅花盛开，一派春意，但却无人欣赏，令人惆怅。绿萼更横枝：姜夔自注："绿萼、横枝皆梅别种，凡二十许名。"惆怅：伤感，失意。西村：姜夔自注："西村在孤山后，梅皆阜陵时所种。"阜陵，宋孝宗葬于永阜陵。坞(wù)：山坳。

细草藉金舆，岁岁长吟想。枝上幺禽一两声，犹似宫娥唱——当年皇帝亲临，车辇驶过的情景，至今令这里的细草沉吟回想。梅枝上那小鸟的叫声，仿佛宫中美女在吟唱。藉：铺；垫。金舆：金饰的车子，指皇帝的车辇。幺禽：小鸟。宫娥：宫中美女。

新评

这首词以拟人的手法写被冷落的西村之梅。上片写梅花品种繁多、开放茂盛但却无人欣赏；下片回忆当年此地梅花得皇帝恩宠时的热闹场景，并把此时的梅花喻为受冷落的宫女，传情达意形象生动。这首词有着明显的以诗入词的手法，四句词起、承、转、合十分工整。此首明处写梅，并以人喻梅，暗则以梅喻自己的孤独、冷落、怀才不遇，同时写出了当时南宋大的社会环境的萧条沉闷。

卜算子

象笔带香题，龙笛吟春咽。杨柳娇痴未觉愁，花管人离别。
路出古昌源，石瘦冰霜洁。折得青须碧藓花，持向人间说。

新解

象笔带香题，龙笛吟春咽。杨柳娇痴未觉愁，花管人离别——在梅花的香气中提笔咏梅，耳边响起了幽咽的伤春的笛曲。杨柳不识愁滋味，娇痴无忧，随风摇摆起舞，而梅花却满怀对春的惜别之情。象笔：象牙制成的笔。龙笛：笛子。王维《新竹》诗："乐府裁龙笛，渔家伐钓竿。"

路出古昌源，石瘦冰霜洁。折得青须碧藓花，持向人间说——路过盛产梅花的古昌源，此间怪石嶙峋、冰霜纯洁，我折下一枝带着青须藓花的苔梅，带回向世人展示。昌源：姜夔自注："越之昌源，古梅妙天下。"《嘉泰会稽志》载："越州昌源梅最盛，实大而美。项里、容山、直步、石龟，多出古梅，尤奇古可爱。"昌源坂在会稽县南三十五里。青须碧藓花：指苔梅，梅的一种。范成大《梅谱》云苔梅："苍藓鳞皴，封满花身。又有苔须垂于枝间，或长数寸，风至，绿丝飘飘可玩。"

新评

词的上片写提笔咏梅时一笛伤春之曲勾起了愁思，作为离别象征的杨柳并不因春的消逝而悲伤，反倒是梅花充满了对春天的惜别之情，对比之中表现了词人对梅花的喜爱。下片写会稽昌源梅坡采梅的情景，通过"石瘦冰霜洁"的环境描写，突出了梅的高贵和非凡。末句"持向人间说"更有"此花只应天上有"之意味，流露了词人对梅花无尽而真挚的崇敬式的热爱。

卜算子

御苑接湖波，松下春风细。云绿峨峨玉万枝，别有仙风味。

长信昨来看，忆共东皇醉。此树婆娑一惘然，苔藓生春意。

新解

御苑接湖波，松下春风细。云绿峨峨玉万枝，别有仙风味——聚景园与澄碧的西湖相接，园内松树下春风习习，梅林碧绿的枝条亭亭而立，连成一片，像一片绿色的云彩，置身其中，仿佛到了神家仙境。御苑：指聚景园，宋孝宗晚年所居之处。姜夔自注："聚景官梅皆植之高松之下，芘荫岁久，萼尽绿。夔旧岁观梅于彼，所闻于园官者如此，末章及之。"湖：指西湖。

长信昨来看，忆共东皇醉。此树婆娑一惘然，苔藓生春意——去年我曾来游此园，至今仍怀念于当初令我陶醉的春光。再次来到这里，梅树见我惆怅不已，随即为我婆娑起舞，就连枝间苔藓也为我散发出春的绿意。长信：汉宫名。《三辅黄图》："长信宫，汉太后常居之。"因宋宁宗曾奉成肃皇太后临幸聚景园，所以此处以长信宫比之。东皇：春神。代指春光。惘然：怅然失意貌。婆娑：舞蹈的样子。

新评

此篇是姜夔到临安聚景园观梅而作。上片首句写观梅的地点及宏观的景象，接着缩小视线范围写生机盎然、一派绿意的梅林；下片追忆去年来此赏梅的情形，流露了对那时春景的无限喜爱和留恋。词的结尾把梅树人性化、情绪化,显出天然情趣,苔藓上的聚焦描写,以小见大,写出了春意已浓。这首咏梅词的独到之处在于,没有写到梅花,没有写到红,没有写出梅花温柔娇艳、孤高冷峻的一面,而是从梅枝着笔,写出了亭亭而立、绿意丰润、生机无限的生命节奏感,新颖别致。

好事近

赋茉莉

题解

龙榆生《唐宋词格律》:又名〔钓船笛〕,《张子野词》入"仙吕宫"。四十五字,前后片各两仄韵,以入声韵为宜。两结皆上一、下四句法。

据《群芳谱》载:茉莉花"此花出波斯,弱茎繁枝,叶如茶而大,绿色团尖。夏秋开小白花,花皆暮开,其香清婉柔淑。"此作所歌咏的就是这暮开的白色小花。

凉夜摘花钿,苒苒动摇云绿。金络一团香露,正纱厨人独。

朝来碧缕放长穿,钗头罣层玉。记得如今时候,正荔枝初熟。

新解

凉夜摘花钿,苒苒动摇云绿。金络一团香露,正纱厨人独——凉风晓月之下,一男子想摘花为钿,赠送佳人,却摇动了茂密如云的绿叶。他骑着金络马,带着沾满露水的茉莉花,送去给心上人。纱帐之内,一女子正独守空房。钿(diàn):古代妇女的头饰。苒苒:茂盛的样子。王粲《迷迭赋》:"挺苒苒之柔茎。"金络:黄金络,指马笼头。宋孙光宪《风流子》词:"金络玉衔嘶马,系向绿杨阴下。"纱厨:即纱帐。

朝来碧缕放长穿,钗头罣层玉。记得如今时候,正荔枝初熟——早晨佳人用碧绿色的丝线串连花蕊,把它挂在钗上当作首饰,洁白的茉莉如玉雕般美丽。这个时候正是夏末荔枝初熟的宜人季节。碧缕:碧绿色的丝线。钗:古代的一种首饰,是由两股簪子相交叉而组合成的,用来绾住头发。罣(guà):悬挂。

新评

此作既写花也写人,主要采用细节描写的手法,通过一系列的动作,展现给我们一个美丽而浪漫的情节。夜晚:男子"摘"花,花"动",男子"骑"马,花"香",佳人正在"等";早晨:佳人又"串"花,"挂"在头上,句句不离人,句句不离花,细致的小动作饱含深情,沾满露水、洁白如玉的茉莉花散发幽香。词中所写的情如同茉莉的花香一样淡雅、含蓄,如同茉莉的花色一样洁白、纯洁,以茉莉花写此情,以此情凸现茉莉花，真是妙笔真趣。

虞美人

题解

这是两篇吟咏牡丹的作品。在姜夔的咏花词作中，咏梅花的为数最多，咏荷次之，除此之外，只有这两篇写牡丹，而咏茉莉、芍药的各一篇。

西园曾为梅花醉，叶剪春云细。玉笙凉夜隔帘吹，卧看花梢摇动一枝枝。　娉娉袅袅教谁惜，空压纱巾侧。沈香亭北又青苔，唯有当时蝴蝶自飞来。

新解

西园曾为梅花醉，叶剪春云细。玉笙凉夜隔帘吹，卧看花梢摇动一枝枝——西园的梅花固然令人陶醉，牡丹花也同样娇艳迷人。春风吹过茂密的牡丹花丛也会被她的枝叶裁剪得更加纤细。寒冷的夜晚，玉笙之曲隔帘飞来，我悠闲高卧，欣赏窗外那摇曳的花枝。西园：汉末曹操在邺都建的园林。魏文帝《芙蓉池》："乘辇夜行游，萧遥步西园。"王粲《杂诗》："日暮游西园，冀写忧思情。"宋代著名画家李伯时有《西园雅集图》。宋代米芾撰有《西园雅集图记》一文。

娉娉袅袅教谁惜，空压纱巾侧。沈香亭北又青苔，唯有当时蝴蝶自飞来——有谁来怜惜这轻盈娇美的牡丹花呢，她仍然孤独地在纱帐巾帼旁开放。沉香亭现在一片荒凉，长满青苔，只有蝴蝶还在这里飞舞。娉娉袅袅：形容身姿轻盈美好的样子。杜牧《赠别二首》中写道："娉娉袅袅十三馀，豆蔻梢头二月初。"沉香亭：《异人录》载：唐玄宗见沉香亭牡丹花盛开，与妃子同赏，命李白作新词，李白进〔清平乐〕三章，其一曰："名花倾国两相欢，长得君王带笑看。解释春风无限恨，沉香亭北倚阑干。"

新评

此词虽咏花，但别有寄托。开篇首句采用正衬的手法写出了牡丹花的美丽迷人，接着写赏花之人在夜凉风清的晚上听着玉笙观赏牡丹，侧面写出了花的雍容娇美。下片转向抒情，既流露了对花的怜惜，也表达了自己的寂寞之情。最后一句，集咏花、怀古、抒情为一炉，借写花的生不逢时来暗示自己怀才不遇的苦闷。结句中的"自"用得巧妙，写出了蝴蝶也是无人看管，与当时身在深宫中、飞于沉香亭、环绕莺歌燕舞的蝴蝶绝不一样，而词人又偏偏说"唯有当时蝴蝶自飞来"，别有深味，进一步写出了盛衰之变和今昔之感。

虞美人

摩挲紫盖峰头石，下瞰苍厓立。玉盘摇动半厓花，花树扶疏一半白云遮。　　盈盈相望无由摘，惆怅归来屐。而今仙迹杳难寻，那日青楼曾见似花人。

新解

摩挲紫盖峰头石，下瞰苍厓立。玉盘摇动半厓花，花树扶疏一半白云遮——用手抚摸着紫盖峰的石头，顺着陡峭的苍崖向下望去，半山腰如玉盘大的牡丹花在随风摇曳，那茂盛的枝叶让浮云遮去了一半。摩挲：即抚摸。韩愈《石鼓歌》："牧童敲火牛砺角，谁复着手为摩挲？"紫盖峰：衡山七十二峰之一。下瞰：指俯视。厓：指山崖，即山陡峭的侧边。半厓花：长在半山腰的牡丹花。扶疏：形容植物枝叶繁茂纷披的样子。《吕氏春秋·任地》："树肥无使扶疏，树硗不欲专生而族居。肥而扶疏则多秕，硗而专居则多死。"

盈盈相望无由摘，惆怅归来屐。而今仙迹杳难寻，那日青楼曾见似花人——我远望着柔美多姿的牡丹，牡丹也望着我，可惜山势太过陡峭，我不能把她采摘，真是辜负了登山的美意。如今我再也见不到那么美丽的牡丹了，但那日我在青楼前曾见到一个像牡丹花一样美丽的佳人。盈盈：形容女子体态柔美，这里借指牡丹花。惆怅：伤感；失意。屐：木屐，鞋的一种，鞋底有齿。青楼：古指显贵人家，曹植《美女篇》诗："青楼临大道，高门结重关。"后来亦指妓院，南朝梁刘邈《万山见采桑人》诗："倡女不胜愁，结束下青楼。"

新评

这既是一篇追忆衡山旧游之作，又是一首咏花之词，其最大的特点就是赏花的角度，词中花的特别之处也就在于它生长在山崖峭壁之上。上片写站在苍崖之上向下俯视，却见到了娇艳美丽的牡丹花，可谓寓柔美于苍劲峭拔的环境之中，使这种美富有了顽强坚韧的灵魂。下片写只可远观不可采摘的无奈和惆怅，赋予牡丹花以圣洁、神秘、高贵的美。最后以人写花，道出了对牡丹花的怀念之情。姜夔《昔游诗》（昔游衡山上）有"北有懒瓒岩，大石庇樵木。下窥半厓花，杯盂琢红玉"之句，与此词相仿。

忆王孙

番阳彭氏小楼作

题解

龙榆生《唐宋词格律》:单调小令,又名〔豆叶黄〕、〔阑干万里心〕。三十一字,五平韵。

姜夔把一生的思念都无私地献给了合肥情人,这从现代人的眼光来看对他的妻子未免过于不公和无情,不过这也倒是说明了白石是一个用情至深至诚至专的性情中人。少来夫妻老来伴,已近迟暮的白石恐怕此时真的是感念糟糠之情的难能可贵了。番阳是姜夔的故乡,今是江西波阳县。彭氏是宋代番阳世族,家声颇为显赫。

冷红叶叶下塘秋,长与行云共一舟。零落江南不自由。两绸缪,料得吟鸾夜夜愁。

新解

冷红叶叶下塘秋,长与行云共一舟。零落江南不自由——败落的枫叶在瑟瑟的冷风中飘落秋塘,我这个浪迹天涯、长与扁舟行云为伴的游子早已厌倦了这种碌碌无为、寄人篱下的飘泊生活。冷红:枫叶。

两绸缪,料得吟鸾夜夜愁——我夫妻二人情意缠绵,想必她正因思念我而夜夜沉吟愁闷,无法入睡。绸缪:紧紧捆缚,引申为缠绵。鸾:指作者的妻子。古人常以鸾凤喻夫妇。

新评

冷峻悲凉是这首词的整体基调。词以"冷红"开头统摄全篇,为整首词铺下了第一层"冷";再往后看,此红不但是冷,而且正叶叶"下",似雨打浮萍,"冷"调加倍;而此失去归宿的冷红的下场是落在了比其更冷的"秋塘"之中,一句之内三重凄冷,层层推进。第二句中出现了中国古代诗词中特有而常见的意象——行云与扁舟,行云常用来比喻飘泊的游子,扁舟与其相近,表示远离家乡出门在外,姜夔在此并不直说"我如行云",而是说"与行云共一舟",这一方面避免了落入俗套的比喻,另一方面刻画了只有行云扁舟两个无根飘泊之物相陪伴的游子的形象,增添了飘泊、孤独的游子的不定与寂寞的元素。"零落江南不自由",一语双关,既表明了寄人篱下的"不自由",又表现了飘泊江湖、碌碌无为、任年华流逝的苦楚。词的最后一笔写得情意缠绵,充满了伤感的思念之情,不但写出了妻子因思念游子而夜夜愁,同时也道出了游子因思念妻子思念家乡而夜夜长开眼。此词景与人浑然一体，意境凄冷缠绵，不知到底是冷红还是冷的人、冷的心、冷的命运……，让人久久寻味。

少年游

戏平甫

题解

龙榆生《唐宋词格律》:《乐章集》、《张子野词》皆入"林钟商",《清真集》分入"黄钟"、"商调"。各家句读亦多出入,兹以柳永词为定格。五十字,前片三平韵,后片两平韵。苏轼、周邦彦、姜夔三家同为别格,五十一字,前后片各两平韵。

平甫即姜夔之友张鉴。姜夔在四十岁左右时结识了世家贵胄张鉴,然后移家杭州,靠张鉴的接济为生,他在《姜尧章自序》中说:"旧所依倚,惟有张兄平甫,其人甚贤。十年相处,情甚骨肉。而某亦竭诚尽力,忧乐同念。"姜夔和张鉴感情深厚,此篇是夔戏张鉴纳妾之作。

双螺未合,双蛾先敛,家在碧云西。别母情怀,随郎滋味,桃叶渡江时。　扁舟载了,匆匆归去,今夜泊前溪。杨柳津头,梨花墙外,心事两人知。

新解

双螺未合，双蛾先敛，家在碧云西——小妾的双髻还没有梳好，想到将要远离家乡，她眉毛皱起。双螺:古代少女的发式,呈螺形的发髻,绾在头的两侧。双蛾:双眉。蚕蛾触须细长而弯曲,因以比喻女子美丽的眉毛。《诗经·卫风·硕人》:"螓首蛾眉,巧笑倩兮。"敛:皱眉。碧云西:指小妾的家乡。江淹《休上人怨别诗》:"日暮碧云合,佳人殊未来。"

别母情怀,随郎滋味,桃叶渡江时——离别母亲的不舍之情和随郎君远去的甜蜜滋味和当年桃叶渡江时一样。桃叶:东晋王献之的爱妾。相传王献之曾在秦淮河畔的渡口送别桃叶,并作有《桃叶歌》:"桃叶复桃叶,渡江不用楫,但渡无所苦,我自迎接汝。"

扁舟载了,匆匆归去,今夜泊前溪——两人乘上扁舟,匆匆而回,到了晚上就把船停在了武康前的小溪边。扁舟载了:暗用范蠡与西施扁舟泛游五湖的典故。前溪:浙江武康前有溪。张鉴在武康县有别墅。

杨柳津头，梨花墙外，心事两人知——在这种满杨柳的渡头，在种满梨花的院墙之外,两个人的快乐只有他们自己知道。津头:渡口。

新评

此篇描写的是张鉴迎纳小妾的过程，从小妾在家梳洗开始，写到与母亲离别、与郎君乘舟而去、行船匆匆、夜到前溪、之后的快乐，写得活泼而富有生趣。篇中对人物的心理描写最传情，小妾的不舍与喜悦的矛盾、张鉴匆匆行船的急切，以及最后留下极大想象空间的“心事两人知”都真实、符合常理而又带有戏谑味道。陈廷焯《白雨斋词话》卷八：“‘随郎滋味’四字，似不经心，而别有姿态，盖全以神味胜，不在字句之间寻痕迹也。”

诉衷情

端午宿合路

题解

谢映先《中华词律》：唐教坊曲。〔康熙词谱〕作《诉衷情令》，又名《桃花水》，宋·张元幹词名〔渔父家风〕，张辑词有“一钓丝风”句，名〔一丝风〕，贺铸词有“罨画楼空”、“翻试周郎”、“偶相逢”、“恁陵残醉步花间”句，名〔画楼空〕、《试周郎》、《偶相逢》、《步花间》。单调三十三字，十一句，六平韵为主，五仄韵两部间叶。添字有三十七字体。双调四十四字，前片四句三平韵，后片六句三平韵。增减有四十一字、四十五字体。

端午节这天，本是团聚欢乐之日，姜夔却一人飘泊在外，顿生孤寂寥落之感，遂填此阕以抒怀。词旨与词牌相符。农历五月初五日是我国传统的民间节日——端午节。相传端午节是为了纪念于此日自沉汨罗江的古代爱国诗人屈原。在我国的南方部分地区，端午节这一天有包粽子、赛龙舟等风俗。合路是桥名，在江苏吴江县。

石榴一树浸溪红，零落小桥东。五日凄凉心事，山雨打船篷。
谙世味，楚人弓，莫忡忡。白头行客，不采苹花，孤负薰风。

新解

石榴一树浸溪红，零落小桥东。五日凄凉心事，山雨打船篷——石榴花开满了一树，照映在溪中，把溪水都染成了红色，我的小船飘零在合路桥的东面。端午佳节，他人欢声笑语，我却满怀心事，倍觉凄凉，连山雨都不怜惜我，不停地敲打着我的船篷。小桥：指合路桥。五日凄凉：万俟咏〔南歌子〕：“五日凄凉，今古与谁同。”五日，农历五月初五日。《梦粱录》卷三载：“其日正是葵榴斗艳，栀艾争香，角黍包金，菖蒲切玉，以酬佳景，不特富家巨室为然，虽贫乏之人，亦且对时行乐也。”

谙世味，楚人弓，莫忡忡。白头行客，不采苹花，孤负薰风——我已尝尽人间的酸甜苦辣，至于得失，已不放在心上。我虽是白发游子，但如果不尽情地踏青赏花，就白白地辜负了这大好的春光。谙：知道。楚人弓：《孔子家语·好生》："楚王失弓，楚人得之，又何求之？"后多比喻失而复得之物，表示对得失的达观态度。忡忡：忧愁、担心、不安的样子。《诗经·召南·草虫》："未见君子，忧心忡忡。"行客：在外地旅居、作客。采苹花：代指踏青。苹，草名。薰风：指温暖柔和的南风。

新评

这是一篇端午舟上抒怀之作。上片抒寂寞之情，开头以乐景写哀，在"石榴一树浸溪红"的喜庆中突出了"零落"的船和"零落"的人。"五日凄凉心事"直言心境凄凉，于孤独寂寞之处也见词人不得不发的抑郁之情。"山雨打船篷"进一步用环境的凄楚凸现自我境遇的悲凉，衬托出心情的恶劣。下片感情发生变化，慨叹人间沧桑，但又揉进了一种旷达情怀，表现了经历了酸甜苦辣之人的参透和顿悟。

念奴娇

谢人惠竹榻

题解

有人送给了姜夔一个竹制的小床，夔为了表示感谢之心乃作此阕。竹榻是竹制的小床，供躺卧而用。

楚山修竹，自娟娟不受人间袢暑。我醉欲眠伊伴我，一枕凉生如许。象齿为材，花藤作面，终是无真趣。梅风吹溽，此君直恁清苦。　　须信下榻殷勤，翛然成梦，梦与秋相遇。翠袖佳人来共看，漠漠风烟千亩。蕉叶窗纱，荷花池馆，别有留人处。此时归去，为君听尽秋雨。

新解

楚山修竹，自娟娟不受人间袢暑——南方的竹子长而柔美，即使在夏天也依然清凉，不会变热。楚山：泛指南方的山。修竹：指长得长长的竹子。娟娟：形容姿态轻盈、娇柔、美好的样子。杜甫《寄韩谏议注》诗："美人娟娟隔秋水，濯足洞庭望八荒。"袢(pàn)暑：指炎暑，溽暑。

我醉欲眠伊伴我，一枕凉生如许——用此竹做榻，醉后它伴我入眠，枕席之间是那么清爽舒适。

象齿为材，花藤作面，终是无真趣——用象牙为材料并装饰有花藤的床，看起来虽华美无比，但却不实用。

梅风吹溽，此君直恁清苦——湿热的梅风吹来，竹榻却为人送来凉爽，它是如此的清苦。梅风：初夏梅子黄时东南沿海地区的风。吹溽：吹来夏天的湿热。此君：指竹榻。恁（nèn）：如此。

须信下榻殷勤，翛然成梦，梦与秋相遇——在这个竹榻上休息会受到殷勤的接待，很快就会自然地进入梦乡，梦中仿佛置身于凉爽的秋天。翛（xiāo）然：超脱，无所顾忌、无所拘束的样子。《庄子·大宗师》："翛然而往，翛然而来而已矣。"

翠袖佳人来共看，漠漠风烟千亩——梦中有翠袖女子和我共同欣赏迷蒙无际的千里风烟。翠袖佳人：指女子。杜甫《佳人》诗："天寒翠袖薄，日暮倚修竹。"漠漠：烟雾迷蒙的样子。

蕉叶窗纱，荷花池馆，别有留人处——芭蕉叶的影子在窗纱上摇晃，荷花在池塘中开得娇艳，这样宜人的梦境真让人不忍离去。

此时归去，为君听尽秋雨——我从梦中醒来之时定会为你听尽凉秋的风雨声。

新评

此篇既可以说是咏物之词，也可以说是记梦之作。上片以不同的方式称赞了竹榻的清凉。"楚山修竹"句从材料的角度说此竹本清和；"我醉"句从人的实际感受方面证明了竹榻的凉爽；"象齿"句用反衬的手法说明竹榻虽朴素但很实用的品质，"梅风"句直言对竹榻的感激和赞美。下片记梦，"须信下榻殷勤，翛然成梦"紧承上片，既写出了竹榻的清凉宜人，又写出了梦的开始，一举两得。从"梦与秋相遇"开始写梦，用梦中的一个大的场景来写小小竹榻所给予人的东西：梦中的佳人、风烟、蕉叶、纱窗、荷花、池馆、秋雨，这一切都是竹榻用"清苦"换来的。最后一句在半梦半醒之时借梦中秋雨表达了对朋友的感激之情，极富艺术情趣。

法曲献仙音

题解

龙榆生《唐宋词格律》：陈旸《乐书》："法曲兴于唐，其声始出清商部，比正律差四律，有铙、钹、钟、磬之音。《献仙音》其一也。"《乐章集》、《清真集》并入"小石调"，《白石道人歌曲》入"大石调"。周、姜两家句逗大体相同，兹以姜词为准。九十二字，前片三仄韵，后片六仄韵。前片结尾是以一去声字领下五言两句，后片结尾是以一去声字领下四言一句、六言一句，周、姜全同。

秋季，词人在铁冶岭上晚登高楼，鸟瞰杭州，光景奇绝，乃生江湖羁旅之感，遂作此阕。

张彦功官舍在铁冶岭上，即昔之教坊使宅。高斋下瞰湖山，光景奇绝。予数过之，为赋此。

虚阁笼寒，小帘通月，暮色偏怜高处。树隔离宫，水平驰道，湖山尽入尊俎。奈楚客淹留久，砧声带愁去。　屡回顾。过秋风未成归计，谁念我重见冷枫红舞。唤起淡妆人，问逋仙今在何许。象笔鸾笺，甚而今不道秀句。怕平生幽恨，化作沙边烟雨。

新解

小序意为：张彦功的官舍在铁冶岭上，乃是原先教坊使的宅院。在这高高的宅子里鸟瞰湖山，景色奇丽绝美。我来过这里几次，特作此阕记之。张彦功：其人不详。刘过《龙州词》中有赠张彦功的〔贺新郎〕。铁冶岭：在杭州云居山下。教坊使：唐宋掌管宫廷音乐的官员。唐玄宗开元二年，以中官（内官）为教坊使，从此不隶属太常。

虚阁笼寒，小帘通月，暮色偏怜高处——夜晚的寒气笼罩着空空的楼阁，皎洁的月光射透薄帘，铁冶岭的暮色尤其赏心悦目。怜：怜爱；爱惜。

树隔离宫，水平驰道，湖山尽入尊俎——一片树林环绕着聚景园，车马大道与湖面相接，当着如此湖山美景设宴饮酒，觥筹之间山水相映，美妙景观尽收眼底。离宫：皇帝临时住的行宫。在此指聚景园，宋孝宗晚年所居之处。驰道：天子专用的道路，后来泛指大道。尊俎：代指酒宴。尊，同“樽”，酒杯。俎，切肉的砧板。

奈楚客淹留久，砧声带愁去——无奈我已经在外飘泊太久了，捣衣的声音总是引发我的思乡之愁。奈：无奈。用于转折句，表示原因。楚客：因姜夔来自湖北汉阳，所以自称楚客。淹留：滞留，停留。砧声：捣衣声。捣衣是为游子做寒衣的前奏，是对游子思念的象征。

屡回顾。过秋风未成归计，谁念我重见冷枫红舞——常想起在家乡的事情。秋风又吹来了，我归计未成，有谁知道我一次次见到红叶飘落时的心情呢。归计：回家的打算。冷枫红舞：枫叶经霜而红，然后凋落。

唤起淡妆人，问逋仙今在何许。象笔鸾笺，甚而今不道秀句——我想唤起梅花，问问林逋现在在什么地方。为何我虽有如此精美的纸笔却写不出好的诗句呢？淡妆人：指梅花。杨万里《梅花》诗有：“月波成雾雾成霜，借与南枝作淡妆。”逋仙：林逋（967－1028），字君复，钱塘（今浙江杭州）人，北宋诗人。曾隐居于西湖孤山，好养鹤种梅，人称“梅妻鹤子”。何许：何处。象笔鸾笺：精美的笔纸。象笔，象牙制成的笔。鸾笺：带有鸾凤花纹的彩笺。甚：为什么。

怕平生幽恨，化作沙边烟雨——恐怕我这一生深深的遗憾要化作无边的烟雨了。幽恨：藏于心中的深深的遗憾。沙边：沙滩。

新评

这是一篇月夜楼头观景思归之作。上片先写高处、近处之景“虚阁笼寒，小帘通月”，再写俯瞰的低处、远处之景“树隔离宫，水平驰道”，充满了浪漫迷人气氛，“湖山尽入尊俎”可见对景宴饮的欢乐场面。下一句一个“奈”字由写景转向写人，由欢乐气氛转向悲凉的思乡之情，这可谓“酒入愁肠化作相思泪”。“砧声带愁去”一句既写出了砧声勾起了“我”的相思之愁，又写出了家中思妇怀念游子之情，把感情具象化，形象而真挚。下片借问林逋“象笔鸾笺，甚而今不道秀句”写出自己心情潦倒，诗兴全无，同时用自己比林逋，表现了姜夔清高淡雅的情怀。末句虽写“‘怕’平生幽恨，化作沙边烟雨”实则写幽恨“只能”并且“已经”化为了无边的烟雨，表现得无比凄凉沉重。

永遇乐

次韵辛克清先生

题解

这是一首为故人辛克清而写的应和之作，收在《白石道人歌曲别集》中。白石在五言古诗《以“长歌意无极，好为老夫听”为韵奉别沔鄂亲友》中写道：“诗人辛国士，句法似阿驹。别墅沧浪曲，绿阴禽鸟呼。颇参金粟眼，渐造文字无。儿辈例学语，屋壁祝蒲卢。”并在“诗人辛国士”下自注：“辛泌，克清。”辛克清，名泌，是湖北汉阳诗人（白石〔探春慢〕序中提及与此人有交游）。

我与先生，夙期已久，人间无此。不学杨郎，南山种豆，十一征微利。云霄直上，诸公衮衮，乃作道边苦李。五千言老来受用，肯教造物儿戏。　　东冈记得，同来胥宇，岁月几何难计。柳老悲桓，松高对阮，未办为邻地。长干白下，青楼朱阁，往往梦中槐蚁。却不如洼尊放满，老夫未醉。

新解

我与先生，夙期已久，人间无此——我和辛克清交情已久，恐怕世间很难找到像我们这样结识这么久的朋友。夙期:旧交。夙,旧,经历了很长的时间。

不学杨郎,南山种豆,十一征微利——辛克清不像杨恽那样南山种豆,买卖粮食,追逐蝇头小利。杨郎:指汉代杨恽,曾封平通侯,后废为庶人,卒被腰斩。他在《报孙会宗书》云:“田彼南山,芜秽不治,种一顷豆,落而为萁。”又云:“幸有余禄,方籴贱贩贵,逐什一之利。”表示曾南山种豆,并进行粮食买卖活动,以求十分之一的利润。征:求;取。

云霄直上,诸公衮衮,乃作道边苦李——许多人都相继进入官场,青云直上,高官厚禄,而他却甘于淡泊。诸公衮衮:语出杜甫《醉时歌》:“诸公衮衮登台省,广文先生官独冷。”诸公,地位显达、享有高官厚禄的人。衮衮(gǔn),相继不绝。乃作道边苦李:意为辛克清不随波逐流,而甘于淡泊。《晋书·王戎传》载:“道侧李树多实,群儿竞趋之,戎独不往。或问其故,戎曰:‘树在道边而多子,必苦李也。’取之信然。”苏轼《次韵王定国南迁回见寄》:“君知先竭是甘井,我愿得全如苦李。”

五千言老来受用,肯教造物儿戏——辛克清深得道家精要,这把年纪了怎会被命运戏弄呢。五千言:老子《道德经》五千余言,提出道法自然、无为而治的主张。肯:怎肯。造物:指命运。

东冈记得,同来胥宇,岁月几何难计——我还记得当初和你一起到山冈上看房址,打算结邻而居的事情,但此事已经过去很多年了,这个愿望终究没有实现。东冈:向阳的山岗。冈,不高的山。胥宇:视察建造房屋的新址。《诗经·大雅·绵》云:“爰及姜女,聿来胥宇。”胥,相;视察。宇,居处,指建房的地址。

柳老悲桓,松高对阮,未办为邻地——现在那块地的柳树、松树都已经长高变老了,而我们始终没有成为邻居。柳老悲桓:《晋书·桓温传》记载:“温自江陵北征,行经金城,见少为琅琊时种柳皆已十围,慨然曰:‘木犹如此,人何以堪?’”松高对阮:阮籍《咏怀》诗:“瞻仰景山松,可以慰吾情。”杜甫《绝句四首》之一:“梅熟喜同朱老吃,松高拟对阮生论。”

长干白下,青楼朱阁,往往梦中槐蚁——人世间的荣华富贵只不过是南柯一梦而已。长干:古金陵里巷名,在今江苏南京市南。白下:今江苏南京。唐武德时改金陵为白下。青楼:在此指显贵人家。曹植《美女篇》诗:“青楼临大道,高门结重关。”槐蚁:李公佐《南柯太守传》载,淳于棼醉卧槐树下,梦游槐安国,娶公主,任南柯太守。醒来后发现槐树下有蚁穴,有一大蚁,即国王,一穴直上南枝,即南柯郡。

却不如窪尊放满,老夫未醉——倒不如斟满酒,一醉方休。窪(wā)尊:酒杯。窪,同“洼”。尊,同“樽”。唐代开元年间,李适之登岘山,发现山上有石窪下,可作酒樽,因而在此建亭,名曰“窪樽”。唐代颜真卿有《登岘山观李左相石樽联句》:“李公登饮处,因石为洼樽。”后亦用窪樽代指酒杯。放满:斟满。

新评

这首词深沉质朴，豪逸旷达，在姜夔词中是十分独特的。词的上片先写与辛克清的交谊深厚，然后写辛公不求名利的人格特征，最后上升到人生哲学的高度——辛克清淡泊无为的老庄思想。过片回忆往事，同时也是对两人深厚感情的追忆，流露了年华似水、世事不遂人愿的感慨。但词人马上转笔，“长干白下，青楼朱阁，往往梦中槐蚁”，道出了富贵如云烟、人生如梦幻的生活体味，刻画了白石自己和辛克清两个出世之人的形象。此词中虽也用悲情，但与以往不同的是，它并没有结束在不尽的哀愁之中，而是被白石以旷达的态度淡而化之了，结尾处不再是“醉卧酒垆侧”的借酒消愁，而是以酒为乐的仙人之饮了。

◎文

白石道人诗集自叙

题解

宋孝宗淳熙十六年己酉(1189),姜夔约三十五岁,到无锡,拜谒归里家居的尤袤,与尤袤探讨诗法,作《白石道人诗集自叙》。

诗本无体〔1〕,三百篇皆天籁自鸣〔2〕。下逮黄初迄于今〔3〕,人异韫〔4〕,故所出亦异。或者弗省〔5〕,逐艳其各有体也〔6〕。近过梁溪〔7〕,见尤延之先生〔8〕。问余诗自谁氏。余对以异时泛阅众作〔9〕,已而病其驳如也〔10〕,三薰三沐师黄太史氏〔11〕。居数年,一语噤不敢吐〔12〕。始大悟学即病〔13〕,顾不若无所学之为得〔14〕,虽黄诗亦偃然高阁矣〔15〕。先生因为余言,近世人士喜宗江西〔16〕,温润有如范致能者乎〔17〕,痛快有如杨廷秀者乎〔18〕,高古如萧东夫〔19〕,俊逸如陆务观〔20〕,是皆自出机轴,亶有可观者〔21〕,又奚以江西为〔22〕。余曰,诚斋之说政尔〔23〕。昔闻其历数作者〔24〕,亦无出诸公右〔25〕,特不肯自屈一指耳〔26〕。虽然,诸公之作,殆方圆曲直之不相似〔27〕,则其所许可亦可知矣〔28〕。余识千岩于潇湘之上〔29〕,东来识诚斋、石湖,尝试谕兹事〔30〕,而诸公咸谓其与我合耶〔31〕。岂见其合者而遗其不合者耶〔32〕,抑不合乃所以为合耶〔33〕,抑亦欲俎豆余于作者之间而姑谓共合耶〔34〕。不然〔35〕,何其合者众也〔36〕。余又自喈曰〔37〕,余之诗,余之诗耳。穷居而野处〔38〕,用是陶写寂寞则可〔39〕,必欲其步武作者〔40〕,以钓能诗声〔41〕,不惟不可,亦不敢。

注释

〔1〕诗本无体:作诗本没有法则可依。

〔2〕三百篇:指《诗经》。《诗经》分为风、雅、颂三部分,共三百零五篇,故称"三百篇",又称"诗三百"。　天籁:原指自然界的各种声响,如风声、水声等,后用来比喻诗文天然浑成的自然之趣。　这句话的意思是说,诗三百都是表现自然之趣的浑成之作。

〔3〕逮:及至;到。　黄初:指黄初体,是魏文帝曹丕时的一种诗体。宋代严羽《沧浪诗话·诗体》:"以时而论,则有:建安体,黄初体。"原注:"魏年号,与建安相接,其体一也。"

〔4〕人异韫(yùn):人们所见识的、接受的、吸收的东西都不一样。韫,蕴藏。

〔5〕或者弗省：有的人不能明白这一点。

〔6〕逐艳其各有体也：他们追随效仿各种优秀的风格体制。

〔7〕梁溪：即江苏无锡，因城西有梁溪而得名。

〔8〕龙延之：尤袤（1127—1194）字延之，南宋诗人，宋高宗绍兴十八年（1148）进士。《宋史》卷三八九有传。

〔9〕异时：以往；从前。

〔10〕已而病其驳如也：后来感受到了混杂之害。已而，后来。驳，混杂；不纯。

〔11〕三薰三沐：反复多次薰香、沐浴。表示认真、努力、再三学习，有虔敬、恭敬之意。　黄太史：黄庭坚，字鲁直，号山谷道人，晚年又号涪翁。世称黄太史、豫章先生，殁后私谥文节先生。

〔12〕一语噤不敢吐：不敢作诗了。噤，闭口。

〔13〕学即病：一味地模仿别人是错误的。

〔14〕顾不若无所学之为得：自我反省才知道不应该一味学习，要自己去体会、领悟。

〔15〕偃然：倒卧的样子。　高阁：指束之高阁，把东西捆绑好，并放在高高的架子上面。意思是弃置不用。

〔16〕喜宗江西：喜欢学习江西诗派。

〔17〕范致能：范成大（1126—1193），字致能，自号石湖居士，南宋诗人。　机轴：比喻诗文的风格、构思、辞采等。

〔18〕杨廷秀：杨万里（1127—1206），字廷秀，号诚斋，南宋诗人。

〔19〕萧东关：萧德藻，字东夫，自号千岩老人，南宋诗人。

〔20〕陆务观：陆游（1125—1201），字务观，号放翁，南宋诗人。陆游、杨万里、范成大、尤袤被称为“中兴四大诗人”。

〔21〕亶（dǎn）：副词。确实。

〔22〕奚（xī）：疑问代词。为什么。　这两句的意思是：他们确实有很多优秀之作，而又怎么能说他们是一味地学习江西诗派呢。

〔23〕诚斋之说改尔：杨万里可不这样认为。

〔24〕历数：一一地说出；逐个列举。　作者：有卓越成就的人。

〔25〕出诸公右：胜人一筹。右，古以右为上，为贵。

〔26〕特不肯自屈一指耳：竟不能认识到自己诗作的可贵。特，竟，竟然。

〔27〕殆：大概，几乎。

〔28〕则其所许可亦可知矣：这样也就能看出他嘉许多家诗法，而不仅限于江西诗派。

〔29〕千岩：指萧德藻。　潇湘：指湘江。

〔30〕尝试谕兹事：（我们）经常在一起探讨（学习作诗）这件事情。兹，代词。这，此。

〔31〕咸：都；皆。

〔32〕岂见其合者而遗其不合者耶：莫非是看到相同之处抛开不同之处吗？

〔33〕抑：还是。

〔34〕抑亦欲俎豆余于作者之间而姑谓共合耶：只是他们抬举我而认为我与他们有着同样的诗歌造诣罢了。俎豆，原指祭祀，后引申为崇奉。

〔35〕不然：如果不是这样。

〔36〕何其合者众也：天下哪有那么多志趣相投的人呢。

〔37〕嗟（jiè）：叹息。

〔38〕穷居：隐居，不出来为官。

〔39〕陶写：消愁解闷，陶冶性情。

〔40〕必欲其步武作者：一定要让自己模仿有成就的诗人。必，副词。步武，按着前人的脚步走。比喻效法、模仿前人。

〔41〕以钓能诗声：以此谋取诗名。钓，以手段谋取、得到。

新评

此篇《自叙》可以看作是《白石道人诗说》的前奏，其中介绍了姜夔对诗法和学诗的认识。“诗本无体，三百篇皆天籁自鸣”，此句是姜夔对“诗”的总体认识，也可以看作是他诗歌理论体系的总的概括。他认为真正的诗歌应是天籁之音，是艺术创作手段与自然生趣的完美的、不着痕迹的结合。关于这一点，他在《白石道人诗说》中作了进一步论述。“下逮黄初迄于今，人异韫，故所出亦异。或者弗省，逐艳其各有体也”是姜夔对学诗、作诗的认识，同时也包含了他对当时诗坛上江西诗派创作之风盛行这一状况的总体概括与否定。以上两上观点结合起来就是《自叙》与《诗说》所要论述的主要问题，即诗是自然心性的产物，不应该用诗法严格限制创作，这一结论是他通过三个阶段的学习后得出的。

第一阶段，他泛阅众作，深感迷茫而无所得；第二阶段，三熏三沐后同样无功而返；第三阶段，大悟“学即病”，而后进行主体意识为主的自我创作。表面看来前两个阶段似乎是在浪费时间，但实际上这两个阶段却是第三阶段的基础。姜夔并不是否认学习，而是主张学习和主观意识相结合，而不能一味地模仿、效法，所以前两个阶段是在蓄积量变，到了第三个阶段便产生了质的飞跃，但是这第三个阶段是最为关键的，如果不能悟出其中的真乘，就会陷入模仿的套路，最终无所成就。严羽《沧浪诗话·诗辨》中的“禅道惟在妙悟，诗道亦在妙悟”，可以拿来说明第三阶段这一关键的质变。

“三薰三沐师黄太史氏”说明姜夔是从江西诗派走来的，而由这篇《自叙》，我们正可以看出姜夔脱胎江西诗派的轨迹，但是他的诗作并不能完全摆脱江西诗派的影响，而成为了江西诗派与晚唐的结合，这在我国古代诗歌史上也是值得注意的一点。另外，姜夔说：“先生因为余言，近世人士喜宗江西，温润有如范致能者乎，痛快有如杨廷秀者乎，高古如萧东关，俊逸如陆务观，是皆自出机轴，亶有可观者，又奚以江西为？”由此可以了解到，范成大、杨万里、萧德藻、陆游都是起初学江西而又不局限于江西的，同时尤袤对四人诗歌的观点看法也是值得注意的，我们在学习认识姜夔诗歌创作及诗歌理论时，也应该把他与这四位大诗人的作品及理论相比较而细审之。

白石道人诗说

题解

《白石道人诗说》是姜夔一生创作经验的总结，涉及的主要是诗歌创作方法和技巧，不但对于初学者来说是十分有价值的，在我国古代诗歌理论史上也占有一席之地。

大凡诗自有气象[1]、体面[2]、血脉[3]、韵度[4]。气象欲其浑厚，其失也俗。体面欲其宏大，其失也狂。血脉欲其贯穿，其失也露。韵度欲其飘逸，其失也轻[5]。

作大篇尤当布置[6]，首尾匀停[7]，腰腹肥满[8]。多见人前面有余，后面不足，前面极工，后面草草。不可不知也[9]。

诗之不工[10]，只是不精思耳[11]。不思而作，虽多亦奚为[12]？

雕刻伤气[13]，敷衍露骨[14]。若鄙而不精巧[15]，是不雕刻之过[16]。拙而无委曲[17]，是不敷衍之过。

人所易言，我寡言之。人所难言，我易言之。自不俗[18]。

花必用柳对，是儿曹语[19]。若其不切[20]，亦病也[21]。

难说处一语而尽，易说处莫便放过。僻事实用，熟事虚用。说理要简切，说事要圆活，说景要微妙。多看自知，多作自好矣。

小诗精深[22]，短章蕴藉[23]，大篇有开阖[24]，乃妙。

喜辞锐[25]，怒辞戾[26]，哀辞伤[27]，乐辞荒[28]，爱辞结[29]，恶辞绝[30]，欲辞屑[31]。乐而不淫[32]，哀而不伤[33]，其惟《关雎》乎[34]。学有余而约以用之，善用事者也。意有余而约以尽之，善措辞者也。乍叙事而间以理言，得活法者也[35]。

不知诗病[36]，何由能诗。不观诗法[37]，何由知病。名家者各有一病，大醇小疵差可耳[38]。

篇终出人意表，或反终篇之意，皆妙。

守法度曰诗[39]，载始末曰引[40]，体如行书曰行[41]，放情曰歌[42]，兼之曰歌行[43]，悲如蛩螿曰吟[44]，通乎俚俗曰谣，委曲尽情曰曲。

诗有出於《风》者，出于《雅》者，出于《颂》者。屈宋之文，《风》出也[45]。

韩柳之诗,《雅》出也[46]。杜子美独能兼之[47]。

《三百篇》美刺箴怨皆无迹[48],当以心会心[49]。

陶渊明天资既高,趣诣又远,故其诗散而庄[50],澹而腴[51]。断不容作邯郸步也。

语贵含蓄。东坡云[52]:"言有尽而意无穷者[53],天下之至言也[54]。"山谷尤谨於此[55]。清庙之瑟[56],一唱三叹,远矣哉[57]。后之学诗者可不务乎[58]。若句中无余字,篇中无长语,非善之善者也。句中有余味,篇中有余意,善之善者也。

体物不欲寒乞[59]。

意中有景,景中有意。

思有窒碍[60],涵养未至也[61]。当益以学[62]。

岁寒知松柏,难处见作者。

波澜开阖,如在江湖中,一波未平,一波已作。如兵家之阵,方以为正,又复是奇,方以为奇,忽复是正。出入变化,不可纪极。而法度不可乱。

文以文而工[63],不以文而妙。然舍文无妙。圣处要自悟。

意出于格[64],先得格也。格出于意,先得意也。吟咏情性,如印印泥[65]。止乎礼义,贵涵养也。沈着痛快,天也。自然与学到[66],其为天一也[67]。

意格欲高,句法欲响。只求工于句字,亦末矣。故始于意格,成於句字。句意欲深、欲远,句调欲清、欲古、欲和,是为作者[68]。

诗有四种高妙。一曰理高妙,二曰意高妙,三曰想高妙,四曰自然高妙。碍而实通[69],曰理高妙。出自意外,曰意高妙。写出幽微[70],如清潭见底,曰想高妙。非奇非怪,剥落文采[71],知其妙而不知其所以妙,曰自然高妙。

一篇全在尾句。如截奔马,词意俱尽。如临水送将归[72],意尽辞不尽。若夫辞尽意不尽,剡溪归棹是已[73]。辞意俱不尽,温伯雪子是已[74]。所谓辞意俱尽者,急流中截后语,非谓词穷理尽者也。所谓意尽辞不尽者,意尽于未当尽处,则辞可以不尽矣,非以长语益之者也。至如辞尽意不尽者,非遗意也,辞中已仿佛可见矣。辞意俱不尽者,不尽之中固已深尽之矣。

一家之语,自有一家之风味。如乐之二十四调,各有韵声,乃是归宿处[75]。模仿者语虽似之，韵亦无矣。鸡林其可欺哉[76]。

诗说之作，非为能诗者作也[77]，为不能诗者作而使之能诗。能诗而后能尽吾之说，是亦为能诗者作也。虽然，以吾之说为尽[78]，而不造乎自得，是足以为能诗哉[79]？后之贤者，有如以水投水者乎[80]，有如得兔忘筌者乎[81]？噫！吾之说已得罪于古之诗人，后之人其勿重罪余乎[82]！

注释

〔1〕气象：气韵风格。
〔2〕体面：指诗文的体制格局。
〔3〕血脉：脉络。
〔4〕韵度：气韵风度。
〔5〕轻：轻薄而缺少沉重。
〔6〕作大篇尤当布置：长篇的作品尤其讲究结构布局。
〔7〕匀停：适中；均匀。
〔8〕腰腹肥满：中间部分要丰富饱满。
〔9〕不可不知也：不能不注意这一点呀。
〔10〕诗之不工：诗写得不好。
〔11〕精思：精心的思考。
〔12〕虽多亦奚为：虽然写得多但又有什么用呢？
〔13〕伤气：损伤诗歌本身的气韵。
〔14〕敷衍：发挥；铺陈。
〔15〕鄙：形容诗歌粗俗质朴。
〔16〕是不雕刻之过：是由于缺少文辞修饰。
〔17〕拙而无委曲：诗歌粗劣而不转折含蓄。
〔18〕自不俗：自然就不落俗套了。
〔19〕儿曹：儿辈。
〔20〕切：贴切。
〔21〕病：败笔。
〔22〕小诗精深：作小诗要精妙深厚。
〔23〕短章蕴藉：短章要含蓄蕴藉。
〔24〕大篇有开阖：长篇大作要纵横开阖，有起有落。
〔25〕喜辞锐：喜辞欢乐而有气势。
〔26〕怒辞戾：怒辞粗虐暴戾。
〔27〕哀辞伤：哀辞悲痛伤感。
〔28〕乐辞荒：声色之辞荒淫迷乱。
〔29〕爱辞结：感情深厚之辞忧愁而不得发泄。
〔30〕恶辞绝：庸俗之辞空洞贫乏。
〔31〕欲辞屑：欲望之辞凌乱琐碎。
〔32〕乐而不淫：快乐而不放荡。

〔33〕哀而不伤：悲伤而不过分。

〔34〕其惟《关雎》乎：大概只有《诗经》才是这样吧？

〔35〕活法：创造中的灵活变通的法则。宋人吕本中《〈夏均父集〉》："学诗当识活法。所谓活法者，规矩备具，而能出于规矩之外；变化不测，而亦不背于规矩也。是道也，盖有定法而无定法，无定法而有定法。知是者，则可以与语活法矣。"

〔36〕诗病：诗作的缺点和毛病。

〔37〕诗法：即作诗的法度，指艺术技巧和表现手法。

〔38〕大醇小疵：大体纯正、正确，略有些欠缺、小毛病。醇，纯。疵，病。

〔39〕守法度曰诗：严守诗的法度、规矩的作品称为诗。

〔40〕载始末曰引：叙述情志缘起皈依的称为引。

〔41〕体如行书曰行：情韵若行书体势的称为行。

〔42〕放情曰歌：恣意放情的称为歌。

〔43〕歌行：古代乐府诗的一体。后从乐府发展为古诗的一体，音节、体式一般比较自由，形式多变，采用五言、七言、杂言。

〔44〕蛩(qióng)螀(jiāng)：蟋蟀和寒蝉。

〔45〕《风》出也：(屈原、宋玉的诗)是应属于《风》一类的。

〔46〕《雅》出也：(韩愈、柳宗元的诗)具有《雅》的特征。

〔47〕杜子美：唐代诗人杜甫，字子美。

〔48〕《三百篇》：指《诗经》。《诗经》分为风、雅、颂三部分，共三百零五篇，故称"三百篇"，又称"诗三百"。美刺箴怨皆无迹：从字面上看不出美刺箴怨。

〔49〕当以心会心：应当用心去体会。

〔50〕散(sǎn)：飘逸；潇洒。

〔51〕澹：淡泊；恬淡；质朴。　腴：丰厚，丰满。

〔52〕东坡：苏东坡，指北宋文学家苏轼，字子瞻，号东坡居士。

〔53〕言有尽而意无穷：有限的言辞中包蕴丰富的内容。

〔54〕至言：尽善尽美的语言。

〔55〕山谷：北宋诗人黄庭坚，字鲁直，号山谷道人，苏门四学士之一。

〔56〕清庙之瑟：指古代帝王祭祀祖先的乐章。《礼记·乐记》："《清庙》之瑟，朱弦而疏越，壹倡而三叹。"

〔57〕远矣哉：现在已经见不到了。

〔58〕可不务乎：可以不努力吗？

〔59〕寒乞：指诗文浅薄、欠缺风神等。

〔60〕思有窒碍：思绪受到阻碍。

〔61〕涵养未至也：(是因为你的)学识涵养不够。

〔62〕当益以学：应该努力学习，增长知识，加以补救。

〔63〕文以文而工：文章会因为文辞的优美而显得工整。

〔64〕意出于格：诗人要表达的思想、情感、意境超出了诗作的格调。

〔65〕如印印泥：就像在封泥上盖章一样。印泥：盖章时使用的印料。

〔66〕自然与学到：把自然的生趣与学到的知识、技巧相结合。

〔67〕天一：与天、与自然合而为一。

〔68〕作者：有卓越成就的人。

〔69〕碍而实通:诗作看上去难以理解而实际上却符合人的心理,是人之常情。

〔70〕幽微:事情的隐微之处。

〔71〕剥落文采:摆脱藻饰痕迹。

〔72〕临水送将归:语出战国时期楚国宋玉《九辩》的“登山临水兮送将归”,这句话的意思是:登山临水,上下远望,送别亲友。

〔73〕剡溪归棹:《世说新语·任诞》:“王子猷居山阴,夜大雪,眠觉,开室命酌酒,四望皎然。因起彷徨,咏左思招隐诗。忽忆戴安道。时戴在剡,即便夜乘小舟就之。经宿方至,造门不前而返。人问其故,王曰:‘吾本乘兴而行,兴尽而返,何必见戴?’”

〔74〕温伯雪子:《庄子·田子方》:“温伯雪子适齐,舍于鲁。……至于齐,反舍于鲁,……仲尼见之而不言。子路曰:‘吾子欲见温伯雪子久矣,见之而不言,何邪?’仲尼曰:‘若夫人者,目击而道存矣,亦不可以容声矣。’”

〔75〕乃是归宿处:这才是作诗的意向所归。

〔76〕鸡林:指鸡林贾。这是古代对新罗商人的称呼,后亦用来指精美的文章。

〔77〕非为能诗者作也:不是作给会写诗的人看的。

〔78〕以吾之说为尽:以我的诗说统概全部的诗歌创作。

〔79〕是足以为能诗哉:这恐怕也不能算是真正懂得诗歌、真正会作诗吧。

〔80〕有如以水投水者乎:有没有和我观点相通的呢?以水投水,《列子·说符》:“曰:‘若以水投水,何如?’孔子曰:‘淄、渑之合,易牙尝而知之。’”杨伯峻集释引卢重玄解:“以水投水,喻合不可隐也。”本指使同类的事物相合在一起。后来指事物类同而难以鉴别。

〔81〕得免忘筌:比喻已达目的,即忘其凭借。

〔82〕重罪:再来得罪(我)。

新评

姜夔的诗歌理论主要反映在这篇《诗说》之中,颇有见解独到之处,在我国古代文论史上占有一席之位。王士祯《渔洋诗话》称:“多精至之论,严羽之前,无与比也。”顾易生等先生主编的《宋金元文学批评史》称:“从初期的‘论诗及事’为主,终于完成了向‘论诗及辞’为主的过渡,有关诗歌的创作思维及艺术规律的探索,构成了优秀诗话的主要内容。”

“诗法”是贯空整个《诗说》的一条主要线索,他说:“不知诗病,何由能诗。不观诗法,何由知病。”他认为必先知诗法,再知诗病,后才“能诗”,在论述过程中,他把诗法与诗病相结合,把诗法作为整个诗歌创作的前提条件,这虽然不免有些教条化,但从全篇关于诗法的论述来看,还是颇为精到的。那么到底什么是“诗法”呢?就《诗说》来看,主要是指诗歌创作的艺术手段和技巧。如结构,“作大篇尤当布置,首尾匀停,腰腹肥满”;如雕饰,“雕刻伤气,敷衍露骨”;如章法,“波澜开阖,如在江湖中,一波未平,一波已作,如兵家之阵,方以为正,又复是奇,方以为奇,忽复是正,出入变化,不可纪极,而法度不可乱”;如对仗,“花必用柳对,是儿曹语,若其不切,亦病也”;如用典,“僻事实用,熟事虚用”;等等。

对于诗歌的艺术境界，姜夔提出了高妙说，“诗有四种高妙。一曰理高妙，二曰意高妙，三曰想高妙。碍而实通，曰理高妙。出自意外，曰意高妙。写出幽微，如清潭见底，曰想高妙。非奇非怪，剥落文采，知其妙而不知其所以妙，曰自然高妙。”其中“碍而实通”开清人贺裳“无理而妙”之先河，但姜夔并不认为这是最佳境界，他最终推崇的是“自然高妙”，是诗歌作品中不着痕迹的自然理趣。他说“自然与学到，其为天一也”，是诗歌作品中不着痕迹的自然之美，又继承了苏轼自然天成、冥于造化的文艺思想，开启了元好问的“一语天然万古新，豪华落尽见真淳”的境界理论。

在艺术表现上，姜夔重视情景交融，特别强调含蓄。情景交融在我国古代诗论史上是得到普遍认同的，实际上这也是自然天成的一种表现，在这里姜夔并没有多作论述，只是用“意中有景，景中有意”一句，一带而过。明清之际王夫之则较为详细地阐述了情景理论。他在《姜斋诗话》中说：“关情者景，自与情相为珀芥也。”“景以情合，情以景生，初不相离，唯意所适。”他认为情景的结合不仅有“景中情”和“情中景”两种方式，还有“妙合无限”的最高境界，即水乳交融，自然天成之境界。这比姜夔的理论又更进一步。姜夔还特别强调含蓄，他说：“语贵含蓄。东坡云：‘言有尽而意无穷者，天下之至言也。’山谷尤谨於此。清庙之瑟，一唱三叹，远矣哉。后之学诗者可不务乎。若句中无余字，篇中无长语，非善之善者也。句中有余味，篇中有余意，善之善者也。”又说：“一篇全在尾句。如截奔马，辞意俱尽。如临水送将归，意尽辞不尽。若夫辞尽意不尽，剡溪归棹是已。辞意俱不尽，温伯雪子是已。所谓辞意俱尽者，急流中截后语，非谓辞穷理尽者也。所谓意尽辞不尽者，意尽于未当尽处，则辞可以不尽矣，非以长语益之者也。至如辞尽意不尽者，非遗意也，辞中已仿佛可见矣。辞意俱不尽者，不尽之中固已深尽之矣。”姜夔之前，刘勰、皎然、司空图、梅尧臣等都曾提出过含蓄说，姜夔又主要继承了苏轼的理论，并在这个基础上进行了发挥创新，提出了“善之善者”，并着重阐释了尾句之含蓄。他在此把含蓄分为“辞意俱尽”、“意尽辞不尽”、“辞尽意不尽”和“辞意俱尽”四种，并进行了形象而具体的论述，四者各有所长，由此可以看出他并不是一味极端地追求含蓄，而是具体地、辩证地看待这个问题，具有很大的创新性。

虽然《诗说》以“诗法”为主线，但通过《自叙》及《诗说》我们可以看出姜夔诗是反对模仿提倡创新的，他明确提出：“一家之语，自有一家之风味。如乐之二十四调，各有韵声，乃是归宿处。模仿者语虽似之，韵亦无矣。”曰：“圣处要自悟。”曰：“以吾之说为尽，而不造乎自得，是足以为能诗哉。”并且在《自叙二》中他还说：“作诗求与古人合，不若求与古人异。求与古人异，不若不求与古人合而不能不合、不求与古人异而不能不异。”显然姜夔是主张“不法而法”与“不似之似”的，并且姜夔用自己的实际作品证明了他的这一观点。可以说，他跳出了江西诗派的限制，开辟了独树一帜的“幽韵冷香”的艺术境界。但是，我们不能否认此篇《诗说》主要论述的就是诗歌的法度问题，这明显带有江西诗派的痕迹，与他自己的想法也有些矛盾。

《诗说》涉及到诗歌创作的法度、构思、诗人的涵养等，主张含蓄、自然，提出了意格说、高妙说，既是对前人理论的总结，又带有很大的独创性，并在一定程度上影响了继往开来的一代。姜夔虽然没有完全彻底地摆脱江西诗派的樊笼，但他主张诗无定法，反对模仿，提倡自然，这使他的《诗说》成为扭转江西诗论统治文坛局面的关键，在文论史和文学史上都具有转折性的意义。

◎附　录

姜夔年谱简编

姜夔生卒甲子，现无证可考，学术界大多认为他当生于1155年、卒于1220年之后，本书依此说。

宋高宗绍兴二十五年(1155)，一岁

姜夔生。

李清照卒，约七十二岁。洪迈三十三岁。范成大三十岁。杨万里、尤袤二十九岁。吴猎、朱熹二十六岁。京镗十八岁。辛弃疾十六岁。俞商卿十岁。张镃三岁。刘过二岁。

绍兴二十六年(1156)，二岁

范成大在徽州司户参军任。

绍兴二十九年(1159)，五岁

朱敦儒卒，七十九岁。蔡松年卒。五十三岁。

绍兴三十年(1160)，六岁

夔父噩中进士。萧德藻中进士。

绍兴三十一年(1161)，七岁

金迁都汴京。金兵第二次大规模南侵，江淮军败，扬州遭到极大破坏。此年，辛弃疾从耿京起义抗金。

张元干卒，七十一岁。

绍兴三十二年(1162)，八岁

宋高宗禅位，孝宗即位。昭雪岳飞。辛弃疾南渡。陆游赐同进士出身。杨万里焚烧少作千余首。杨万里初识萧德藻于零陵(在今湖南宁远东南)。

徐玑生。

宋孝宗隆兴元年(1163)，九岁

夔侍父宦汉阳。

乾道元年(1165)，十一岁

辛弃疾上《美芹十论》。

乾道二年(1166)，十二岁

曾几卒，八十三岁。

乾道三年(1167),十三岁

戴复古生。

乾道四年(1168),十四岁

姊嫁汉川、父卒于汉阳任约在是年。

乾道五年(1169),十五岁

张孝祥卒,三十八岁。

乾道六年(1170),十六岁

范成大使金,全节而归。杨万里为国子博士。辛弃疾上《九议》。

乾道八年(1172),十八岁

范成大任广南西路安抚使兼知静江府。陆游悟得"诗家三昧"。

乾道九年(1173),十九岁

初学诗。

淳熙元年(1174),二十岁

范成大为四川制置使。杨万里知漳州,不久改知常州。

蔡圭卒。

淳熙二年(1175),二十一岁

夔居汉阳。交郑次皋、辛克清、姚刚忠等朋友。项平父进士及第。

淳熙三年(1176),二十二岁

夔到扬州。作〔扬州慢〕。

此后十年,行迹不详,可能往来于江淮之间,合肥情遇当在此十年之间。

淳熙四年(1177),二十三岁

萧德藻为龙川丞。

淳熙五年(1178),二十四岁

范成大上表奉祠回乡。叶适进士及第。

魏了翁生。

淳熙八年(1181),二十七岁

夔初习兰亭当在此年。

淳熙九年(1182),二十八岁

夔〔虞美人草〕大约作于此年。

范成大病归石湖。杨万里自编诗集《南海集》。

淳熙十二年(1185),三十一岁

萧德藻在湖北参议任。

淳熙十三年(1186),三十二岁

宋金停战合议达成。

夔客湖南长沙。登岳麓山，正月初七作〔一萼红〕；立夏，游南岳衡山，至密云峰；发现商调《霓裳羽衣曲》乐谱，作〔霓裳中序第一〕；七月十六晚与杨声伯、赵景鲁、景望、萧和父、裕父、恭父游湘江，作〔湘月〕；五古《待千岩》、七绝《过湘阴寄千岩》当作于此时；湘水之滨赏梅，感怀友人，作[清波引]；送友人胡德华的〔八归〕大约作于此时；戏张仲远，作〔眉妩〕；《昔游诗》"洞庭八百里"、"放舟龙阳县"、"九山如马首"、"萧萧湘阴县"、"昔游桃源山"、"昔游衡山下"、"昔游衡山上"、"衡山为真宫"皆指此年游湘之事；《菖蒲》、〔小重山令〕(人绕湘皋月坠时)似作于此时。

受萧德藻之约前往湖州，途经湖北汉阳，于是在姐姐家小住。与外甥郊游，作〔浣溪纱〕(著酒行行满袂风)，夏承焘《姜白石系年》云："怀合肥情人词始见于此。"临行前作〔探春慢〕、《以"长歌意无极，好为老夫听"为韵奉别沔鄂亲友》。

冬，途经武昌。为贺安远楼落成作〔翠楼吟〕，《雪中六解》"黄鹤矶边晚渡时"当指此时；渡长江，《昔游诗》"扬舲下大江"、"既离湖口县"当指此时。

《女郎山》疑作于此年。

结识萧时父。

淳熙十四年(1187)，三十三岁

夔前往湖州途中经金陵。正月初一到金陵江上，感梦作〔踏莎行〕(燕燕轻盈)；正月初二游秦淮，作〔杏花天影〕；《昔游诗》"雪霁下扬州"当指此时。

三月，经萧德藻介绍到杭州袖诗拜谒杨万里，万里许其文工，便以诗《送姜尧章谒石湖先生》送往见范成大，姜夔和之，作《次韵诚斋送仆往见石湖长句》。杨万里《朝天集》约在此时编成。

客湖州。夏末游湖州弁山，作〔惜红衣〕；作《赋千岩曲水》诗。

夏，到苏州石湖拜谒范成大，作[石湖仙]贺石湖寿、《次石湖〈书扇〉韵》似作于此时；范成大向白石提及古代有琵琶四曲当在此时；游苏州，作《姑苏怀古》；游苏州三高祠，作《三高祠》诗。

冬，再次自湖州到苏州探访范成大，途中经吴松，作〔点降唇〕(燕雁无心)。

《春日书怀四首》、《思陵发引诗》约作于此年。

刘克庄生。

淳熙十五年(1188)，三十四岁

夔客临安。为题徐南卿的竹友轩而作《竹友为徐南卿作》。

又到湖州。

《次韵千岩〈杂谣〉》诗约作于是年。

十一月，范成大起知福州。

淳熙十六年(1189)，三十五岁

早春，夔寓湖州。与田几道到城北沈园赏梅，作〔夜行船〕；收灯夜与俞商卿出游，作〔浣溪纱〕（春点疏梅雨后枝）；与萧时父等人载酒春游作〔琵琶仙〕。

秋，在苕溪渡口悲悯不幸女子，作〔鹧鸪天〕（京洛风流绝代人）。

到杭州。游西湖，作〔念奴娇〕（闹红一舸）。

到无锡，拜谒归里家居的尤袤，《白石道人诗集自叙》作于此时。

《寄田郎》约作于此年，但无实据。

十一月，钱良臣卒。

宋光宗绍熙元年（1190），三十六岁

卜居苕溪白石洞下，作七言古诗《余居苕溪上，与白石洞天为邻。潘德久字余曰“白石道人”，且以诗见畀。其词曰：“人间官爵似摴蒱，采到枯松亦大夫。白石道人新拜号，断无缴驳任称呼。”予以长句报贶》。

客居合肥南城赤阑桥之西，与范仲讷为邻。寒食节前，作〔淡黄柳〕；六月，送王孟玉归山阴，作《送王孟玉归山阴》。

《同潘德久作明妃诗》、《雁图》约作于此年，然无确据。

杨万里自编《朝天续集》、《江东集》。

元好问生。

绍熙二年（1191），三十七岁

正月二十四日发合肥，作〔长亭怨慢〕、〔浣溪纱〕（钗燕笼云晚不忺）；正月的最后一天经巢湖，作〔满江红〕；到镇江，遇张思顺，离别时作《京口留别张思顺》；初夏，到金陵，拜谒杨万里，作〔醉吟商小品〕、《送〈朝天续集〉归诚斋，时在金陵》；六月，复过巢湖，刻〔满江红〕于姥山圣姥庙。

秋，客合肥。七夕作〔摸鱼儿〕；作〔凄凉犯〕，此时似情人已离合肥；作〔秋宵吟〕；发合肥，作〔点绛唇〕（金谷人归）、〔解连环〕。

秋，过牛渚，作《牛渚》诗。

九月，杨万里为萧德藻作《千岩摘稿序》。

冬，冒雪乘舟拜访范成大，作词〔玉梅令〕、〔暗香〕、〔疏影〕，作诗《雪中访石湖》，范成大和作《次韵姜尧章雪中见赠》。石湖赠夔青衣小红。

除夕，自石湖归湖州，作《除夜自石湖归苕溪》；大雪过垂虹，作《过垂虹》。

《送左真州还长沙》作于是年。

此年之后，姜夔诗词中再也不见其前往合肥。

绍熙三年（1192），三十八岁

寓湖州。

约中秋后在杭州作《呈徐通仲，兼简仲锡。通仲与诚斋为乡人，近来赴调，而诚斋去国。又通仲久与千岩有苕霅之约而未至。余挽通仲欲与同千岩，故末章及之。》

范成大加大学士。

绍熙四年(1193),三十九岁

客绍兴。初识张鉴。作《陪张平甫游禹庙》、《项里苔梅》、《越中仕女游春》、《萧山》、《同朴翁登卧龙山》;同朴翁、张鉴等六人同游兰亭,作《次朴翁〈游兰亭〉韵》。

秋,与黄庆长夜游鉴湖,作〔水龙吟〕。

九月,范成大病故,十二月白石赴苏州吊唁,作《悼石湖三首》。

岁暮居绍兴,作〔玲珑四犯〕。

《寄时父》、《寄上郑郎中》约作于此年;《夏日寄朴翁,朴翁时在灵隐》、《乍凉寄朴翁》大约作于此年之后。

绍熙五年(1194),四十岁

春,随张鉴由绍兴到杭州,于西湖孤山西村赏梅,作〔莺声绕红楼〕;又与俞商卿同游西村。不久商卿回吴兴,夔独游孤山,作〔角招〕怀念友人。

受知朱熹,约在此时。

尤袤卒,六十八岁。陈亮卒,五十二岁。

宋宁宗庆元元年(1195),四十一岁

三月十四日,张鉴生日,同张鉴游南昌西山玉隆宫,止宿而返。

客杭州。作《送项平父倅池阳》。

曾三聘为考功郎。京镗除知枢密院事。项平父由校书郎添差通判池州。

吴潜生。

庆元二年(1196),四十二岁

这一年姜夔受张鉴邀请,举家搬往杭州,住在东青门附近。从此至老死二十余年皆定居杭州,其间远游,皆属出外作客。

居杭州。三月,张鉴将要治舟前往武康,夔作〔鹧鸪天〕(曾共君侯历聘来);秋,与张镃同饮于张达可家,作〔齐天乐〕。

秋,同葛天民游武康,作《武康丞宅同朴翁咏牵牛》诗;《朴公悼牵牛甚奇余亦作》疑作于此时。

冬,同俞商卿、张鉴、葛天民从浙江前往无锡,过下菰城,见风景宜人,作七言绝句《下菰城》;道经吴松,夜游垂虹桥,作〔庆宫春〕。

到无锡。想前往合肥而不能实现,作记梦词〔江梅引〕。

返回杭州,怀念合肥情人,作〔鬲溪梅令〕。

腊月,与俞商卿、葛天民同住在无锡新安镇张鉴的庄园中,作〔浣溪纱〕(花里春风未觉时)(剪剪寒花小更垂)二首咏蜡梅。

返回杭州,腊月二十六日左右途中经吴松,作〔浣溪纱〕(雁怯重云不肯啼);〔翠楼吟·序〕当作于是年。

《送范仲讷往合肥三首》大约作于此年,尚待考证。

庆元三年(1197),四十三岁

居杭州。正月,连作五首〔鹧鸪天〕:正月初一一首、正月十一一首、正月十五两首、正月十六一首,除第一首外,其他四首均属怀人之作。夏承焘《姜白石系年》曰:“怀人各词。可考作年者,此为最后。”三月十四日,张鉴生日,同宿湖西定香寺,作〔阮郎归〕(红云低压碧玻璃);四月,上《大乐议》和《琴瑟考古图》,建议治理国乐,但因权臣妒才而未被重视;秋,作《和转庵舟桂韵》和《丁巳七月望湖上书事》;冬,送李万顷之池阳。

[月下笛]、《华藏寺云海亭望具区》、《出北关》、《灯词》大约作于此年。

庆元四年(1198),四十四岁

居杭州。正月,作《戊午春帖子》。三月十四日,张鉴生日,作〔阮郎归〕(旌阳宫殿昔徘徊),回忆庆元元年同游南昌西山玉隆宫之事。

《题杨冠卿〈客亭吟稿〉》疑作于是年。

庆元五年(1199),四十五岁

居杭州。上《圣宋铙歌鼓吹》十二章,获诏允许免解参加礼部进士考试,不幸落第。

秋,夔与韩淲、潘德久、盖希之同往西林(今杭州西泠)看木樨,作《桂花》。

《平甫放三十六鸥于吴松,余不及与盟》疑作于是年。

孙逢吉卒,六十五岁。

赵孟坚生。

庆元六年(1200),四十六岁

居杭州。张镃杭州新宅历时十四年终于完成,姜夔作贺词〔喜迁莺慢〕。张鉴邀夔去喝酒,他没有兴致,便写了《平甫见招不欲往》来答谢朋友盛情。组诗《湖上寓居杂咏》大约作于此时。

朱熹卒,七十一岁。京镗卒,六十三岁。吴猎卒,七十一岁。

嘉泰元年(1201),四十七岁

秋,居杭州,闲来无事想起早年的孤贫生活及多年的漂泊生涯,感触颇多,乃作《昔游诗》十五首来记述漫游经历。

秋,游历浙江。船上感物兴怀,作〔徵招〕;朱鼐赠绛帖;《送陈敬甫》作于此时。

八月,张岩第一次任参知政事。

嘉泰二年(1202),四十八岁

正月十五上元节时,夔与葛天民过净林,作《同朴翁过净林广福院》、《嘉泰壬戌上元日,访全老于净林广福院,观沈傅师碑、隆茂宗画,赠诗》、《龙井》。

秋,客松江。游钱良臣园林,作〔蓦山溪〕;《题华亭钱参园池》约作于此时。

十月,于僧了洪处见保母帖。

冬至时,编成歌曲六卷,松江钱希武刻于东岩之读书堂。

十二月,得乌台卢提点所藏定武旧刻禊帖。

〔侧犯〕大约作于此年,这是他第二次到扬州。

作《与和甫、时父分题画卷,夔得〈剡溪图〉》约在此年,然乏证据。

夏承焘《姜白石系年》:"据《嘉靖吴江志》,此年彭法作吴江钓雪亭。集中有吴江钓雪亭诗,无甲子。"

张鉴卒。《张平甫哀挽》约作于此时。

洪迈卒,八十岁。

嘉泰三年(1203),四十九岁

正月,辛弃疾被召入京,将被任命为浙东安抚使。姜夔为了祝贺辛弃疾特送黄木香,并作〔洞仙歌〕相赠。

三月,《契丹歌》似作于此时。十二日,再跋禊帖。

五月九日,《绛帖平》成。

六月九日,三跋禊帖。

六月,辛弃疾被南宋朝廷起用,任绍兴知府兼浙东安抚使,于绍兴作〔汉宫春·会稽秋风亭观雨〕,夔以〔汉宫春·次韵稼轩〕和之;作〔汉宫春·会稽蓬莱阁怀古〕,夔以〔汉宫春·次韵稼轩蓬莱阁〕和之。

九月,作保母帖跋。

陈造卒,七十一岁。

嘉泰四年(1204),五十岁

居杭州。三月,杭州大火,烧毁了尚书省、中书省、枢密院、六部右丞相府及两千七百余家,姜夔的寓所在此大火中被毁,只能暂住旅馆,在此期间作《临安旅邸答苏虞叟》;此后又移居张鉴东青门的别馆之中,作〔念奴娇·毁舍后作〕。

十月,张岩重召还为参知政事,夔作七律《贺张肖翁参政》。

辛弃疾被委派由浙东安抚使转任镇江知府,进行北伐金国的准备。

开禧元年(1205),五十一岁

春,作《次韵胡仲方因杨伯子见寄》。

〔永遇乐·北固楼次稼轩韵〕、《陈君玉以小集见归,用予还诚斋〈朝天续集〉韵作七字,夔报贶》约作于此年。

周必大卒,七十九岁。

开禧二年(1206),五十二岁

游浙江。过桐庐,作《过桐庐》、《登乌石寺观张魏公刘安成岳武穆留题刘云侍儿意真奉命题记》;秋至括苍,登烟雨楼,作〔虞美人〕(阑干表立苍龙背);到处州,与处州太守赵雍东堂联句;抵永嘉(今浙江温州),登郭公山富览亭,作〔水调歌头·富览亭永嘉作〕。

杨万里卒，八十岁。刘过卒，五十三岁。

开禧三年(1207)，五十三岁

居杭州。作〔卜算子·吏部梅花八咏夔次韵〕和曾三聘的《梅花八咏》；作《答沈器之二首》。

《禽言如日哥哥》、《次韵德久》约作于此年。

九月，辛弃疾卒，六十八岁。

嘉定元年(1208)，五十四岁

《赤松图》约作于这一年，但无确据。

谢采伯刻《续书谱》成。

嘉定三年(1210)，五十六岁

陆游卒，八十六岁。

嘉定四年(1211)，五十七岁

作《春词》二首。

徐照卒。

嘉定五年(1212)，五十八岁

游金陵，结识苏洞约在此时。

嘉定六年(1213)，五十九岁

蒙古取金东京。

嘉定七年(1214)，六十岁

徐玑卒，五十三岁。

嘉定十二年(1219)，六十五岁

客扬州，初识吴潜。

赵师秀卒。

嘉定十四年(1221)，六十七岁

卒于西湖约在此时，寿约六十七岁。

附注：本《年谱》主要是集众家之说而成。所采诸家主要有：夏承焘《唐宋词人年谱》(上海古籍出版社1979年版)、陈思《白石道人年谱》(丛书集成续编本)、孙玄常《姜白石诗集笺注》(山西人民出版社1986年版)。只为方便读者参考，不敢掠美，故此声明，同时致以诚挚的谢意。

姜夔研究重要参考文献

著作部分

1. 夏承焘《白石诗词集》人民文学出版社.1998.
2. 夏承焘《姜白石词编年笺校》上海古籍出版社.1998.
3. 夏承焘、吴无闻《姜白石词校注》广东人民出版社.1983.
4. 孙玄常《姜白石诗集笺注》山西人民出版社.1986.
5. 刘乃昌《姜夔词新释辑评》中国书店出版社.2001.
6. 刘乃昌《姜夔诗词选注》上海古籍出版社.1983.
7. 夏承焘《唐宋词人年谱》上海古籍出版社.1979.
8. 赵晓岚《姜夔与南宋文化》学苑出版社.2001.
9. 丘琼荪《白石道人歌曲通考》音乐出版社.1959.
10. 杨荫浏、阴法鲁《宋姜白石创作歌曲研究》人民音乐出版社.1979.
11. 林明辉《宋姜夔词乐之研析》台湾高雄复文图书出版社.1992.
12. 吴润霖《姜白石与音乐》上海音乐出版社.1988.
13. 阎凤梧《柳永、周邦彦、姜夔诗词精选180首》山西古籍出版社.1995.
14. 韩经太、王维若《姜夔词》人民文学出版社.2005.
15. 刘逸生、刘斯奋《姜夔张炎词选》广东人民出版社.1984.
16. 杜子庄《姜白石诗词》江西人民出版社.1981.
17. 李之亮《千山皓月:周邦彦、姜夔、张炎词选》岳麓书社.2002.
18. 沈祖棻《宋词赏析》上海古籍出版社.1980.
19. 夏承焘、盛弢青《唐宋词选》中国青年出版社.1981.
20. 唐圭璋《唐宋词简释》上海古籍出版社.1981.
21. 谢映先《中华词律》湖南大学出版社.2005.
22. 龙榆生《唐宋词格律》上海古籍出版社.1980.
23. 清·王弈清等《钦定词谱》中国书店出版社.1983.
24. 吴藕汀《词名索引(增补本)》中华书局.2006.

论文部分

1. 姜虬绿《白石道人诗词年谱》. 蕙风丛书香东漫笔卷二. 国粹学报第六卷第三期. 白石道人词笺本.

2. 陈思《白石道人年谱》. 丛书集成续编本.

3. 马维新《姜白石先生年谱》. 励学第一卷第一至二期 . 1933 年 12 月 . 1934 年 6 月出版 .

4. 李鸿瑀《姜夔词作年考》. 夏大周刊第十四卷第二十八期 . 1935 年 6 月 3 日出版 .

5. 夏承焘《姜白石词谱的读译和校理》. 浙江师范学院学报. 1957. 1.

6. 夏承焘《论姜夔词》. 文学研究 . 1957. 1.

7. 游忠《对姜白石研究的一些意见》. 光明日报 . 1964 年 10 月 25 日

8. 马国权《谈姜夔的〈续书谱〉》. 书法 . 1979. 6.

9. 朱舟《我国南宋时代的音乐家姜夔》. 四川音乐 . 1979. 10.

10. 夏野《南宋作曲家姜夔及其作品》. 南艺学报 . 1980. 1.

11. 史乘《谈姜夔〈暗香〉〈疏影〉词的寄托——与周振甫同志商榷》. 北方论丛 1980. 2.

12. 刘逸生《姜夔:疏影》. 广州文艺 . 1980. 9.

13. 金文伟《从姜夔的自度曲谈音乐对古典诗歌的影响》. 新疆师范大学学报 1981. 1.

14. 常伦桂《杰出的南宋音乐家姜夔》. 心声 1981. 4.

15. 邓乔彬《论姜夔词的清空——姜词艺术析论之一》. 文学遗产 . 1982. 1.

16. 虞尊祖《姜夔诗词的思想意义浅论》. 上饶师专学报 . 1983. 2.

17. 顾易生《姜夔〈齐天乐〉(并序)试析》. 文史知识 . 1983. 2.

18. 陈尚君《姜夔卒年考》. 复旦学报 . 1983. 2.

19. 郭鲸鲲《姜夔的〈扬州慢〉浅析》. 宁波师专学报 . 1983. 3.

20. 杨海明《论宋词发展史中的“雅”、“俗”之辨》. 昆明师范学院学报. 1983. 3.

21. 史克振《姜夔与辛弃疾——试论“白石脱胎稼轩”》. 山东师大学报. 1983. 4.

22. 徐应佩、周溶泉《感慨今昔,情深词工——谈姜夔词〈扬州慢〉》. 语文教学 1983. 5.

23. 邓乔彬《论姜夔词的骚雅——姜词析论之二》. 文学评论丛刊(22). 1984 年

24. 金文伟《试谈姜夔词的爱国主义思想》. 新疆师范大学学报 . 1984. 1.

25. 吴宇《姜夔词与“清角”》. 语言文学 . 1984. 1.

26. 许理绚《旨同趣异,珠联璧合:姜夔〈扬州慢〉的小序和主词》. 语文战线(杭州大学中文系). 1984. 10.

27. 朱邦蔚《瘦石孤花,清笙幽磬:姜夔词艺术特色成因隅探》. 南京师大学报 1985. 2.

28. 程杰《姜夔咏物词与江西诗派咏物诗》. 文学遗产 . 1985. 3.

29. 祁晓明《冷香飞上诗句:试论姜夔词的特色》. 文史知识. 1985. 7.

30. 虞尊祖《略论姜夔词清空骚雅的艺术风格》. 上饶师专学报 . 1986. 2.

31. 朱鉴珉《隐括唐人诗句续发〈黍离〉悲音——读姜夔〈扬州慢〉》. 北京师范大学学报 . 1986. 3.

32. 曾钴《"不隔"之说原意究竟何在？从姜夔词看〈人间词话〉的"不隔"之说》. 上海师范大学学报 . 1987. 4.

33. 刘扬忠《借雄豪之调，颂当代英才：说姜夔词〈永遇乐 · 次稼轩北固楼词韵〉》. 文史知识 . 1987. 8.

34. 陈忻《论张炎词风与姜夔的异同》. 重庆师范大学学报. 1988. 1.

35. 般光熹《姜夔词体现了"中和之美"：兼探宋词第三种风格的美学特征》. 学术月刊 . 1988. 4.

36. 余和生《"秦桧当政，姜夔隐居"考辨》. 上饶师专学报 . 1988. 6.

37. 孙安邦、李安纲《评〈姜白石诗集笺注〉》. 运城师专学报 . 1989. 2.

38. 许鸿翔《关于姜夔诗艺的再评价》. 辽宁师范大学学报 . 1989. 3.

39. 熊江鹏《布衣才子姜夔》. 争鸣 . 1989. 4.

40. 董国炎《无限心曲付烟波：读姜夔除夜归家诗》. 名作欣赏 . 1990. 6.

41. 阮世祝《无字处皆其意：姜夔〈扬州慢〉的结尾艺术》. 语文教学阵地1991. 2.

42. 王英志《十年两梦缠绵感慨：姜夔情词二首赏析》. 名作欣赏 1991. 5.

43. 曹旭、杨保国《柳的情结：姜夔〈长亭怨慢〉词赏析》. 文史知识 1991. 6.

44. 曹渝扬《姜夔在南宋诗坛的地位》. 上饶师专学报 . 1992. 2.

45. 古建军《姜夔诗歌美学思想初探》. 延安大学学报 . 1992. 3.

46. 吕美生《姜夔〈鬲溪梅令〉情爱心理审美观照》. 名作欣赏 . 1992. 3.

47. 杜道明《魂牵梦绕不了情：姜夔词〈鹧鸪天 · 元夕有所梦〉赏析》. 古典文学知识. 1994. 1.

48. 束景南《白石姜夔卒年确考》. 古籍整理研究学刊 . 1992. 4.

49. 李昱春《浅谈姜夔咏梅词的创作特色》. 哈尔滨师专学报 . 1993. 1.

50. 周均平《姜夔"自然高妙"说的美学内涵及意义》. 求是学刊 . 1993. 3.

51. 吕美生《托兴梅柳合肥情：姜夔〈莺声绕红楼〉赏析》. 名作欣赏 1993. 4.

52. 王俊文《〈凄凉犯〉——姜夔歌曲研究之二》. 南京艺术学院学报. 1994. 1.

53. 王俊文《〈鬲溪梅令〉——姜夔歌曲研究之三》. 南京艺术学院学报. 1994. 2.

54. 蔡锦芳《姜夔与杜甫》. 杜甫研究学刊 . 1994. 4.

55. 张培生《论姜夔的所谓"诗法"》. 上海大学学报 . 1994. 6.

56. 肖向明《舞席歌场时有击碎唾壶之意——论姜夔词所蕴含的爱国情感》. 娄底师专学报 . 1995. 1.

57. 张达聪《姜夔词辨析》. 江汉论坛 . 1995. 2.

58. 蔡起福《从〈扬州慢〉看姜夔词的音乐性》. 苏州教育学院学报. 1995. 4.

59. 朱郭《姜夔诗编年考略》. 湖州师专学报 . 1995. 4.

60. 朱绍秦《姜夔与陆龟蒙诗歌师承关系辨析》. 宁波大学学报. 1995. 4.

61. 钱玉趾《姜夔〈扬州慢〉新解》. 成都大学学报 . 1996. 1.

62. 朱兴邦《姜夔〈续书谱〉浅探》. 南京高师学报 . 1996. 1.

63. 钱玉趾《从〈扬州慢〉读姜夔词派的历史心境》. 文史杂志 . 1996. 1.

64. 许鸿翔《初论姜夔诗歌的创作道路》. 大连大学学报 . 1996. 3.

65. 张瑞君《唯有绿荷红菡萏,卷舒开合任天真——姜夔诗论》. 河北大学学报 1996. 4.

66. 朱绍秦《姜夔词风辨》. 浙江社会科学 . 1996. 5.

67. 蒋蕊《如故的和如今的:读刘过〈六州歌头·镇长谁〉和姜夔〈扬州慢〉有感》. 中文自学指导 . 1996. 6.

68. 张林《题材同类风格迥异——姜夔 . 辛弃疾两首代表词作比较》. 吉林师范学院学报 . 1996. 7.

69. 崔海正《近十年姜夔词研究述略》. 江西师范大学学报 . 1997. 1.

70. 孙虹《论姜夔词的骚雅化》. 学术论坛 . 1997. 4.

71. 李康化《从清旷到清空——苏轼、姜夔词学审美理想的历史考察》. 文学评论 . 1997. 6.

72. 姜海峰《淮南皓月冷千山——词人姜夔与合肥》. 合肥联合大学学报. 1998. 1.

73. 高恒文《姜夔〈扬州慢〉的现代阐释》. 天津师范大学学报 . 1998. 1.

74. 汤异水《姜夔咏物词的审美趣尚和艺术风格》. 天津师大学报 . 1998. 1.

75. 赵曼初《姜夔词调声辞配合关系浅说》. 中国韵文学刊 . 1998. 1.

76. 陈洁《论姜夔词与题序之关系》. 中国韵文学刊 . 1998. 1.

77. 谢建英《姜夔词"含蓄"说略》. 文史杂志 . 1998. 2.

78. 杨柳《论姜夔艺术化人生的悲剧性》. 陕西师范大学学报 . 1998. 3.

79. 贾文昭《关于宋词的风格与流派——〈清雅: 白石词之美学风度〉一文质疑》. 安徽大学学报 . 1998. 3.

80. 吴石虹《非豪非婉清空一派——试论姜夔词的艺术特色》. 石油大学学报 1998. 3.

81. 杨柳《匠心独运自成高格——论姜夔诗词的相互影响》. 河东学刊. 1998. 3.

82. 姚大勇《姜夔词小序研究》. 新疆大学学报 . 1998. 4.

83. 钟尚钧《借象寓意托物言情——浅谈姜夔的咏物词》. 语文学刊 . 1998. 5.

84. 李之亮《读姜夔〈扬州慢〉——兼说"清空"》. 华北水利水电学院学报 . 1999. 1.

85. 过常职《"江国"、"江南江北"辨——姜夔〈暗香〉〈疏影〉题旨探微》. 安徽农业大学学报 . 1999. 1.

86. 左瑞《姜夔词的风格特点》. 南昌职业技术师范学院学报 . 1999. 2.

87. 孙维城《"晋宋人物" 与姜夔其人其词——兼论封建后期士大夫的文化人格》. 文学遗产 . 1999. 2.

88. 钟振振《说姜夔词〈扬州慢〉》. 文史知识 . 1999. 4.

89. 杨海明《无枝可依:姜夔的飘零之感和恋家之情》. 齐鲁学刊 . 1999. 4.

90. 王建设、田维瑞《论姜夔词的艺术性》. 武汉水利电力大学学报 . 1999. 6.

91. 殷光熹《"诗家名流,词极精妙"——姜夔诗词综论》. 楚雄师专学报. 2000. 1.

92. 李之亮《读姜夔〈扬州慢〉——兼说"清空"》. 文史知识 2000. 1.

93. 李家欣《水乳交融, 相映生辉——说姜夔的词与序》. 沈阳师范学院学报 2000. 2.

94. 赵晓岚《也谈"晋宋人物"、"文化人格"及姜夔——与孙维城先生商榷》. 文化遗产 . 2000. 3.

95. 赵晓岚《论姜夔的"中和之美"及其〈歌曲〉》. 文学评论 . 2000. 3.

96. 何绵山《姜夔词探论》. 陕西广播电视大学学报 . 2000. 3.

97. 曹保合、张强《第四桥边思古人——读姜夔〈点绛唇 · 丁未冬过吴松作〉》. 衡水师专学报 . 2000. 3.

98. 周世伟《姜夔诗略论》. 宜宾师范高等专科学校学报 . 2000. 3.

99. 何绵山《试论姜夔在南宋音乐史上的贡献》. 福建广播电视大学学报 2000. 3.

100. 杨厚典《姜夔与"自度曲"》. 语文教学通讯 . 2000. 8.

101. 王瑞华《"呼灯篱落"与姜夔〈齐天乐 · 蟋蟀〉》. 语文教学通讯 . 2000. 9.

102. 王宝琴《通俗 · 典丽 · 醇雅——柳永、周邦彦、姜夔与宋词词风变化》. 青海师专学报 . 2001. 2.

103. 邱丽梅《论姜夔词的"骚雅"与"清空"》. 大连民族学院学报 . 2001. 2.

104. 滕春红 . 辛弃疾《姜夔咏花词比较》. 唐都学刊 . 2001. 3.

105. 陈毓文《论姜夔词的"尊体"》. 福州师专学报 . 2001. 4.

106. 邱丽梅《论姜夔词的诗学思想及其词创作》. 辽宁师范大学学报. 2001. 5.

107. 王海《姜夔词中的两个语码因素》. 达县师范高等专科学校学报. 2002. 1.

108. 王万岭《词乐并茂:姜夔〈扬州慢〉及其曲谱》. 学语文 . 2002. 1.

109. 赵晓岚《〈白石道人诗说〉与江西诗派之关系》. 文艺理论研究 . 2002. 1.

110. 赵晓岚《〈白石道人诗说〉与白石诗歌艺术》. 中国文学研究 . 2002. 2.

111. 刘玉力《论姜夔词的〈黍离〉之悲》. 胜利油田师范专科学校学报. 2002. 2.
112. 薛莹《晏殊姜夔雅词比较论》. 苏州教育学院学报. 2002. 2.
113. 陈志斌《野云孤飞，去留无迹——论姜夔词的清空特征》. 南华大学学报. 2002. 2.
114. 张锲《暗香疏影话姜夔——〈姜夔与合肥〉序言》. 中华诗词. 2002. 4.
115. 陈毓文《姜夔的词学思想》. 宜宾学院学报. 2002. 5.
116. 周进芳《"意格"管窥——兼论姜夔对诗学范畴的贡献》. 江汉论坛 2002. 10.
117. 何惠馨《论姜夔词》. 华南师范大学 2002 年硕士学位论文
118. 毛德胜《姜夔词研究述评》. 湖北广播电视大学学报. 2003. 2.
119. 张艳辉《绕枝三匝，白头歌尽明月——姜夔词中的飘零怀旧之情》. 河北能源职业技术学院学报. 2003. 2.
120. 朱丽霞《姜夔与辛稼轩相识之时间考》. 古典文学知识. 2003. 3.
121. 刘维治、刘艳萍《白石词的词语意象特征》. 广东技术师范学院学报 2003. 3.
122. 赵晓岚《论姜夔〈续书谱〉的书法美学批评思想》. 唐都学刊. 2003. 3.
123. 李云琦《对"白石脱胎稼轩"的商榷——兼论姜夔词风的渊源》. 淮北煤炭师范学院学报. 2003. 4.
124. 王洪《论姜夔作为职业词人的历史文化地位》. 天中学刊. 2003. 6.
125. 吴功正《姜夔词序的审美鉴赏》. 名作欣赏. 2003. 6.
126. 石英《诗与梅花一样清——试论姜夔的自恋人格对其词作之美学风貌的潜在影响》. 苏州大学 2003 年硕士学位论文
127. 王冬艳《"黍离之悲"的余味——读姜夔〈扬州慢〉一词兼论其词风》. 齐齐哈尔大学学报. 2004. 1.
128. 张巍、刘虹利《姜夔对周邦彦咏物词的继承和突破》. 沈阳农业大学学报 2004. 1.
129. 尹占华《柳永周邦姜夔三家词比较》. 甘肃广播电视大学学报. 2004. 1.
130. 成友宝《姜夔词中的传统节庆民俗研究》. 西南民族大学学报. 2004. 1.
131. 甘松《试论姜夔诗学观与其词创作之关系》. 郧阳师范高等专科学校学报. 2004. 2.
132. 杨晓慧《诗词共源异曲同工——论姜夔诗词思想内容的一致性》. 焦作工学院学报. 2004. 2.
133. 周荷初《姜夔与杨万里七言绝句比较》. 中州学刊. 2004. 4.
134. 杨晓慧《论姜夔诗词的创新性》. 重庆工商大学学报. 2004. 4.

135. 邱丽梅《法悟并重自然高妙——论姜夔的诗学思想》. 佳木斯大学学报 2004. 6.
136. 房日晰《姜夔〈满江红〉解读》. 光明日报 . 2004. 9. 1
137. 徐林《浅析姜夔词小序》. 宜宾学院学报 . 2004,增刊
138. 夏丽莉《姜夔的艺术人生及其词》. 内蒙古师范大学 2004 年硕士学位论文.
139. 魏倩玮《姜夔的家世与诗歌考论》. 首都师范大学 2004 年硕士学位论文.
140. 张爽《论姜夔词的"人工"雅化》. 东北师范大学 2004 年硕士学位论文.
141. 李静《姜夔词的创作与其雅士形象的角色认同》. 牡丹江师范学院学报 2005. 1.
142. 赵婉平《姜夔在南宋诗坛上的地位不应被忽视》. 大理学院学报. 2005. 2.
143. 蔡永恒《山色有无中——论姜夔的词风》. 成都理工大学学报 . 2005. 2.
144. 胡静、邓红梅《试论姜夔词过片的结构功能》. 南阳师范学院学报. 2005. 2.
145. 杨新民《姜夔的文艺观及其创作实践》. 内蒙古大学 2005 年硕士学位论文.
146. 颜震、骆侠《惆怅西村一坞春,开遍无人赏——论姜夔〈暗香〉、〈疏影〉的题旨》. 西昌学院学报 . 2006. 1.
147. 王文俐《书之风神诗之高妙——姜夔自度曲审美原则》. 解放军艺术学院学报 . 2006. 1.
148. 徐杰《古代文人对我国古代音乐的影响——以姜夔为例》. 云南艺术学院学报 . 2006. 2.
149. 杨晓慧《诗言志词缘情——浅论姜夔诗词思想内容之异》. 河南理工大学学报 . 2006. 3.
150. 郭锋《论姜夔词的"清空"》. 贵州社会科学 . 2006. 5.
151. 许贵文《姜夔是只身过垂虹吗? ——与金文明先生商榷》. 理论界. 2006. 9.
152. 颜震、骆侠《及荣华之未落兮,相下女之可诒——姜夔〈暗香〉赏析兼论其题旨》. 语文学刊 . 2006. 10.
153. 王艺《姜夔与江西诗派》. 江西师范大学 2006 年硕士学位论文 .

《姜夔集》名言警句

△士生有如此,储粟不满瓶。著书穷愁滨,可续离骚经。(《以"长歌意无极,好为老夫听"为韵奉别沔鄂亲友》其十)(第 001 页)

△裁衣赠所欢,曲领再三安。欢出无人试,闺中自着看。(《古乐府》)(第 005 页)

△瀑布在山半,仿佛认一斑。庐山忽不见,云雨满人间。(《昔游诗》其十三)(第 009 页)

△乾坤虽大知者少，君不见古人拙处今人巧。（《送项平父倅池阳》）（第010页）
△省中诗人官事了，狎鸥入梦心无机。韵高落落悬清月，铿锵妙语春冰裂。（《次韵诚斋送仆往见石湖长句》）（第015页）
△玉琴虚素月，金剑落清秋。野鹿知随草，饥鹰故上鞲。风流大堤曲，一唱使人愁。（《答沈器之二首》其一）（第019页）
△涉远身良苦，登高望欲迷。（《答沈器之二首》其二）（第020页）
△江山平日眼，花鸟暮年心。（《悼石湖三首》其一）（第021页）
△伯劳飞燕若为忙，还忆东斋夜共床。（《京口留别张思顺》）（第024页）
△更欲少留天不许，晓风吹艇入垂杨。（《京口留别张思顺》）（第024页）
△夕阳啼鸟人将散，俯仰兴怀自昔同。（《次朴翁〈游兰亭〉韵》）（第026页）
△吾侪正坐清贫累，各自而今白发生。人物渺然须强饭，天工应不负才名。（《寄时父》）（第027页）
△万里晴沙夕照西，此心唯有断云知。（《雁图》）（第030页）
△百年草草都如此，自琢春词剪烛看。（《除夜自石湖归苕溪》其六）（第034页）
△长桥寂寞春寒夜，只有诗人一舸归。（《除夜自石湖归苕溪》其七）（第035页）
△但得明年少行役，只裁白纻作春衫。（《除夜自石湖归苕溪》其八）（第035页）
△少小名知翰墨场，十年心事只凄凉。旧时曾作梅花赋，研墨于今亦自香。（《除夜自石湖归苕溪》其九）（第036页）
△万里青山无处隐，可怜投老客长安。（《临安旅邸答苏虞叟》）（第037页）
△平生最识江湖味，听得秋声忆故乡。（《湖上寓居杂咏》其一）（第041页）
△沉思只羡天随子，蓑笠寒江过一生。（《三高祠》）（第046页）
△自作新词韵最娇，小红低唱我吹箫。曲终过尽松陵路，回首烟波十四桥。（《过垂虹》）（第047页）
△万马行空转屋檐，高寒屡索酒杯添。（《雪中六解》其三）（第051页）
△晴窗日日拟雕虫，惆怅明时不易逢。（《戊午春帖子》）（第056页）
△自胡马窥江去后，废池乔木，犹厌言兵。（〔扬州慢〕"江左名都"）（第063页）
△纵豆蔻词工，青楼梦好，难赋深情。（〔扬州慢〕"江左名都"）（第063页）
△二十四桥仍在，波心荡，冷月无声。（〔扬州慢〕"江左名都"）（第063页）
△南去北来何事，荡湘云楚水，目极伤心。（〔一萼红〕"古城阴"）（第066页）
△最可惜一片江山，总付与啼鴂。（〔八归〕"芳莲坠粉"）（第075页）
△长恨相从未款，而今何事，又对西风离别。（〔八归〕"芳莲坠粉"）（第075页）
△渚寒烟淡，棹移人远，缥缈行舟如叶。（〔八归〕"芳莲坠粉"）（第075页）
△九疑云杳断魂啼。相思血，都沁绿筠枝。（〔小重山令〕"人绕湘皋月坠时"）（第076页）
△衰草愁烟，乱鸦送日，风沙回旋平野。（〔探春慢〕"衰草愁烟"）（第081页）

△雁碛波平，渔汀人散，老去不堪游冶。（〔探春慢〕"衰草愁烟"）（第081页）
△此地，宜有词仙，拥素云黄鹤，与君游戏。（〔翠楼吟〕"月冷龙沙"）（第083页）
△天涯情味，仗酒祓清愁，花消英气。（〔翠楼吟〕"月冷见沙"）（第083页）
△燕燕轻盈，莺莺娇软，分明又向华胥见。夜长争得薄情知，春初早被相思染。别后书辞，别时针线，离魂暗逐郎行远。淮南皓月冷千山，冥冥归去无人管。（〔踏莎行〕"燕燕轻盈"）（第085页）
△数峰清苦，商略黄昏雨。（〔点绛唇〕"燕雁无心"）（第091页）
△今何许。凭栏怀古，残柳参差舞。（〔点绛唇〕"燕雁无心"）（第091页）
△千万缕藏鸦细柳，为玉尊起舞回雪。想见西出阳关，故人初别。（〔琵琶仙〕"双浆来时"）（第095页）
△京洛风流绝代人，因何风絮落溪津。（〔鹧鸪天〕"京洛风流绝代人"）（第096页）
△红乍笑，绿长嚬，与谁同度可怜春。鸳鸯独宿何曾惯，化作西楼一缕云。（〔鹧鸪天〕"京洛风流绝代人"）（第096页）
△翠叶吹凉，玉容销酒，更洒菰蒲雨。（〔念奴娇〕"闹红一舸"）（第098页）
△高柳垂阴，老鱼吹浪，留我花间住。田田多少，几回沙际归路。（〔念奴娇〕"闹红一舸"）（第098页）
△怕梨花落尽成秋色。（〔淡黄柳〕"空城晓角"）（第100页）
△树若有情时，不会得青青如此。（〔长亭怨慢〕"渐吹尽枝头香絮"）（第102页）
△日暮，望高城不见，只见乱山无数。韦郎去也，怎忘得玉环分付。第一是早早归来，怕红萼无人为主。算空有并刀，难剪离愁千缕。（〔长亭怨慢〕"渐吹尽枝头香絮"）（第102页）
△却笑英雄无好手，一篙春水走曹瞒。（〔满江红〕"仙姥来时"）（第105页）
△花长好，愿公更健。便揉春为酒，剪雪作新诗，拚一日绕花千转。（〔玉梅令〕"疏疏雪片"）（第117页）
△旧时月色，算几番照我，梅边吹笛。（〔暗香〕"旧时月色"）（第118页）
△何逊而今渐老，都忘却春风词笔。（〔暗香〕"旧时月色"）（第118页）
△江国，正寂寂。叹寄与路遥，夜雪初积。翠尊易泣，红萼无言耿相忆。长记曾携手处，千树压西湖寒碧。（〔暗香〕"旧时月色"）（第118页）
△昭君不惯胡沙远，但暗忆江南江北。想佩环月夜归来，化作此花幽独。（〔疏影〕"苔枝缀玉"）（第120页）
△倦游欢意少，俛仰悲今古。（〔玲珑四犯〕"叠鼓夜寒"）（第124页）
△万里乾坤，百年身世，唯有此情苦。（〔玲珑四犯〕"叠鼓夜寒"）（第124页）
△文章信美知何用，漫赢得天涯羁旅。（〔玲珑四犯〕"叠鼓夜寒"）（第124页）
△伤春似旧，荡一点春心如酒。写入吴丝自奏，问谁识曲中心，花前友。（〔角招〕"为

春瘦")(第 127 页)

△哀音似诉。正思妇无眠,起寻机杼。([齐天乐]"庾郎先自吟愁赋")(第 130 页)

△西窗又吹夜雨。为谁频断续,相和砧杵。([齐天乐]"庾郎先自吟愁赋")(第 130 页)

△豳诗漫与。笑篱落呼灯,世间儿女。写入琴丝,一声声更苦。([齐天乐]"庾郎先自吟愁赋")(第 130 页)

△双桨莼波,一蓑松雨,暮愁渐满空阔。([庆宫春]"双桨莼波")(第 133 页)

△人间离别易多时。见梅枝,忽相思。几度小窗幽梦手同携。([江梅引]"人间离别易多时")(第 135 页)

△巷陌风光纵赏时,笼纱未出马先嘶。([鹧鸪天]"巷陌风光纵赏时")(第 141 页)

△肥水东流无尽期,当初不合种相思。([鹧鸪天["肥水东流无尽期")(第 144 页)

△春未绿,鬓先丝。人间别久不成悲。谁教岁岁红莲夜,两处沉吟各自知。([鹧鸪天]"肥水东流无尽期")(第 144 页)

△客途今倦矣,漫赢得一襟诗思。([徵招]"潮回却过西陵浦")(第 152 页)

图书在版编目（CIP）数据

姜夔集／（宋）姜夔著；杜伟伟，姜剑云解评．—太原：三晋出版社，2008.8（2012.3 重印）
（中国家庭基本藏书·名家选集卷）
ISBN 978-7-80598-888-7

Ⅰ.姜… Ⅱ.①姜… ②杜… ③姜… Ⅲ.①古典诗歌—作品集—中国—南宋②宋词—选集③古典散文—作品集—中国—南宋 Ⅳ.I 214.422

中国版本图书馆 CIP 数据核字（2008）第 157741 号

姜夔集

著　　者：（宋）姜　夔	**解 评 者**：杜伟伟　姜剑云
责任编辑：吕文玲	**审 订 者**：陈霞村
封面设计：敬人工作室	**版式设计**：敬人工作室
责任校对：吕文玲	**责任印制**：李佳音

出版发行：山西出版传媒集团·三晋出版社（原山西古籍出版社）
地　　址：太原市建设南路 21 号
电　　话：（0351）4956036（咨询）　4922268（邮购）
传　　真：（0351）4922102
网　　址：http://sjs.sxpmg.com
邮　　编：030012
E - mail：sj@sxpmg.com

印刷装订：山西出版传媒集团·山西新华印业有限公司
（本书如有破损、缺页、装订错误，请与承印厂联系调换　0351-4120948）

开　　本：787mm×960mm　1/16
字　　数：240 千字
印　　张：14.5
版　　次：2008 年 8 月第 1 版
印　　次：2012 年 3 月第 2 次印刷
书　　号：ISBN 978-7-80598-888-7
定　　价：20.00 元